剑来

26 人间最得意

◎ 烽火戏诸侯 著

001　第一章　吓天下一大跳

027　第二章　我是东山啊

048　第三章　不能白忙一场

070　第四章　白也去也

088　第五章　饮者留其名

112　第六章　一洲涸泽而渔

136　第七章　白也真剑仙

155　第八章　李花太白虎头帽

184　第九章　徘徊陋巷

224　第十章　问剑商位

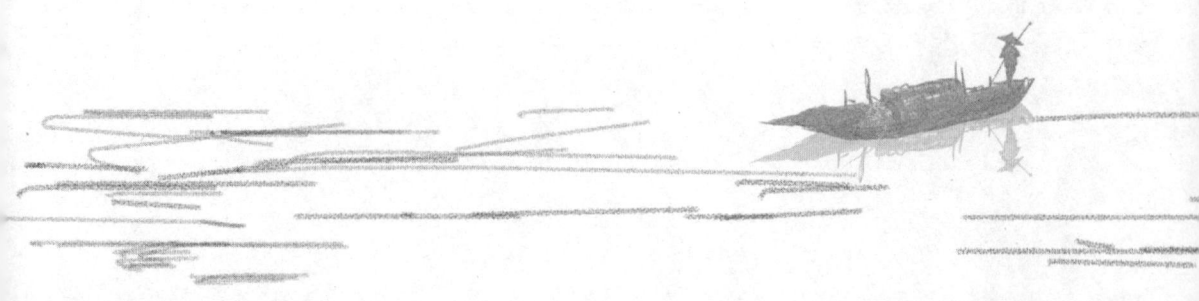

第一章 吓天下一大跳

朱敛在清风城偷偷摸摸挥了几年的小锄头,最终撬走了一座狐国。

朱敛带着沛湘返回落魄山的时间,刚好在君倩下山和左右入山之间。其时,清风城城主许浑则刚离开飞升台没多久。许浑原本与风雷园剑修黄河一起被誉为宝瓶洲"上五境之下,杀力最大者",如今跻身于上五境,沉稳如他,亦是不免流露出几分志得意满,因此他没有直接返回清风城,而是乘坐牛角山渡口一条大骊边军渡船,按照在飞升台时的约定,赶赴老龙城战场。然后他就收到了一封飞剑传信。他在渡船之上随即绽放出一股惊人气势,杀气浓郁,如潮水弥漫开来,笼罩住渡船。

因为其所在渡船上边的宝瓶洲修士身份特殊,所以一位横剑身后的墨家游侠悄悄离开大骊陪都,专程护送这条渡船南下。许浑压抑不住一身上五境气势,如江河倾泻,以至整条渡船震颤不已,渡船又刚好掠过云海,因此渡船所过之处,白云碎散四方,翻涌不定。

许弱神色如常,一手绕后,以观摩一幅古蜀剑仙图悟出的独创攥剑式,轻轻推剑出鞘寸余,许浑那股气息瞬间被压制住。

游侠许弱对一位大骊武将出身的渡船管事摇摇头,示意不用小题大做,清风城城主此举,渡船可以记录在册,但是现在就不用跑去问责了。片刻之后,常年披挂一副瘊子甲的许浑现身船头,主动找到渡船管事道歉,再与许弱致谢。许弱只是笑着说:"无妨,小事一桩。"

许浑返回船舱住处,看上去道心已经不起涟漪。

那位大骊随军修士出身的边军武将来自真武山，而在真武山和风雪庙这两座宝瓶洲兵家祖庭中，真武山与墨家关系算是最好的，大道相近、意气相投使然。

披甲武将以心声轻声问道："许先生，能让一位上五境修士如此失态，是清风城那边出了大变故？"

许弱点头道："多半是那座狐国。我们不用管这些，自有谍子盯着那边。"

清风城的立身之本是狐国，更是"挣钱"二字，城主许浑虽然身居高位，但其实对于风花雪月和花钱一事，反而清心寡欲得如同道德圣人。当然，许浑的那个婆娘，是个能挣钱的，也是个会享福的，在大骊京城官场的风评毁誉参半。

许弱叹息一声，有些遗憾，先前在国师崔瀺那边得知了一桩天大秘事，可惜自己脱不开身，未能赶来见一面那位诗仙更剑仙的白也。

先前朱敛返回落魄山后，当晚就立即拉着魏檗、米裕和韦文龙一起商讨了几件大事。

管家武夫，盟友山君，供奉剑仙，管钱算账的金丹练气士，走的虽是不同的修行道路，也来自不同的家乡，却最终在落魄山碰头。

朱敛这个落魄山大管家，与米裕和韦文龙是初次见面，只是这场议事，却很不把两人当外人。

一行人在朱敛院子石桌旁落座，魏檗一拂袖，桌上多出四壶长春宫仙家酒酿，以及四只十二花神杯中的"立"字头仿品，按照山下的说法，属于典型的"官仿官器"。简而言之，就是桌上的这四只流传自百花福地的小酒杯，比四壶春花娇酿要值钱多了。那些夜游宴不是白办的，魏山君还是搜刮到不少仙家奇珍异玩的。

朱敛说道："今夜只是小饮，谁都莫要喝多。"

魏檗便又抬袖，看架势是要干脆地收了酒水。朱敛赶紧伸手捂住自己身前的酒壶："小饮助兴啊，不喝也不成。"

魏檗微笑道："谈正事。"

韦文龙原本正在仔细打量那只酒杯，心里边估了几个价，听闻魏山君言语，立即收起心神。

朱敛抿了一口酒就放下了酒杯，双指轻轻拧转那只精美绝伦的瓷杯。

第一件事，朱敛就是询问山主到底何时返回浩然天下，以及……到底能否返回家乡。他是做了最坏打算的，甚至做好了被魏檗劈头盖脸骂一顿的准备。不过他得到了一个绝好的消息，当然不是什么确切消息，而是米裕说那位刘先生，也就是隐官大人的师兄，比较笃定此事，不敢说小师弟一定可以返回，但是生还的希望还是有的，肯定会有一线生机。天无绝人之路，若真有，他们这些当师兄的，谋划也好，递剑也好，出拳也罢，或算计或以拳剑，都要为小师弟赢得那一线生机。

朱敛说道:"先前发生在北岳地界头顶的三场天幕动乱,真真切切瞧在眼里,实在惊人。好拳法,真是好拳法。"

只不过不是朱敛不敬重君倩,而是朱敛心目中,对于拳法和武学的看法一向比较古怪。在他看来,相较于崔诚的拳意,君倩虽然同样人拳去天,可是拳意依旧是从天而下,所以朱敛还是更为推崇武夫崔诚。就像晚辈丁婴,按照公子和种秋所说,丁婴至死,依旧有一个老天爷压在头顶和心头。问拳于天,当然绝好,堪称霸气。可是对于朱敛而言,他甚至觉得老天爷就算站在自己眼前,或者你便就是老天爷了,也应如崔诚推崇的那个拳理一样,武夫身前,当无敌手。不然丁婴哪怕在别处藕花福地犹有来世,到时候拳法再涨一筹,甚至哪怕修了仙法反哺拳法,拳意再高,还只是个牵线傀儡。

朱敛收起些许思绪,开始聊第二件事。是假定山主在未来几年依旧未归,落魄山的选择。也就是与一国即一洲的大骊宋氏,到底应当如何相处。

关于此事,魏檗一言不发,披云山无论与落魄山如何亲近,他都不适宜开口。除非朱敛三人议论时,出现魏檗心中的大偏差。只不过朱敛从不出昏招,下棋就是如此。朱敛棋艺颇高,与魏檗旗鼓相当,虽然他们两位都略逊郑大风些许,跟崔东山比更是差距不小,但是朱敛下棋从不刻意追求神仙手,这一点,就连郑大风都会溜须拍马一箩筐。

米裕则是心虚,在落魄山上,他光顾着与小米粒嗑瓜子了。这会儿他这个米大剑仙就有些露怯。所幸还有个韦文龙,没有让米裕失望。

韦文龙和朱敛一起商议出了个结果,还是要一分为二,与大骊宋氏的相处之道和与大骊王朝的相处之道,应当稍有不同。朱敛给出了一个方案。

牛角山渡口所有渡船,不收一枚雪花钱的停靠费用,牛角山渡口的灵气损耗,落魄山独力承担。魏檗便说还是五五分成。朱敛搓搓手,笑容谄媚地望向魏山君,刚要说话,魏檗就斩钉截铁地说五五分成,披云山多一成都不行。

高风亮节魏山君,两袖清风披云山……喜事不断大北岳,小办几场夜游宴,砸锅卖铁上山来,美酒几杯下山去……朱敛想到了一些个连远在清风城都能听说的传闻,便觉得魏山君其实操持那么大一份家业怪不容易的,也就不再砍价了。

最惨的还是那些好不容易偷溜去中岳地界避风头的,结果刚好碰到山君晋青又办夜游宴。

朱敛思量一番,给出一个想法,刨去落魄山所有买卖成本、杂乱开销后的所有利润,一切与大骊军伍和战场物资有关的,哪怕是从落魄山这边辗转入手,再到边军的一切物资,都舍了所有利润不要,不但如此,落魄山还要争取跟披麻宗、春露圃、云上城、彩雀府在内的所有北俱芦洲东南一线的结盟山头适当压价,在保证不亏钱的前提下,少挣钱,甚至是不挣钱。

魏檗说道:"山上欠人情还人情,比起借神仙钱和还神仙钱,其实更麻烦,我觉得这笔账，落魄山最好自己消化掉，不要将商贸盟友牵扯进来。除非……披麻宗、春露圃这些山头自己主动开口，我们再记对方的人情。之所以如此说，是因为你这些年不在山头，不知道如今的落魄山还是有点余钱的。且不说各方面的收入，只说莲藕福地走了趟桐叶洲，在姜尚真手上，不亏反赚。韦文龙，你向朱敛报个账。"

韦文龙算了一下莲藕福地那笔账，姜尚真确实是生财有道，韦文龙如今对这位落魄山记名供奉，十分钦佩仰慕，觉得见了面，一定可以聊。

朱敛笑道："怪不得我，哪有一座山头，供奉非但不收钱，还拼了命送钱的？"

落魄山在祖师堂成员薪水支出这一块，实在是能够让很多宗字头仙家嫉恨得捶胸顿足，因为他们都喜欢贴补山头。

朱敛随即笑问道："魏兄，我们落魄山怕欠人情吗？落魄山缺少生意伙伴吗？我看未必吧。落魄山与人做买卖，可是奔着几百年上千年的交情去的，要我看啊，谁欠谁的人情，以后还两说呢。所以压价一事，就容我独断专行一次？不愿压价的，除披麻宗之外，若将来还是如此，只能交由山主亲自决定，其余的，比如春露圃，关起门来，咱们说句自家难听话，哪怕和双方关系愈行愈远又如何？"

米裕终于点头开口："北俱芦洲风气如何，我比较清楚，再说了，咱们也没让春露圃几家亏钱，不挣钱而已，这都不肯，呵呵。"

魏檗想了想，点头道："可行。"

然后朱敛又说了一个建议，便是心大如米裕都有些咋舌了。

朱敛提议将自家那条翻墨龙舟渡船立即借调给大骊边军全权使用，一开始就与大骊王朝明言，甚至是签订白纸黑字的条约，哪怕渡船某天毁弃在某地战场，落魄山就当没有过这条渡船，大骊边军无须赔付一枚雪花钱。韦文龙虽然对此心疼不已，仍是说道："可以！"

第三件事，是莲藕福地和那口铁锁井的合并，使福地、洞天相互牵连一事。

虽说那口水井并不是名副其实的小洞天，毕竟它再玄妙，依旧只是昔年骊珠洞天的"破碎山河"之一，而骊珠洞天也才跻身三十六小洞天之一，但也应提前谋划。

此事由魏檗提出，韦文龙负责补充细节和数字，大剑仙米裕则负责旁听。

三场金色大雨，使得莲藕福地灵气充沛，山河草木更是茂盛异常，以至于南苑四国人人诧异，山下百姓只是惊讶为何今年入夏雨水如此之多，山上修士和山泽精怪之流则是震惊"天降甘霖"得过分了。

一座刚刚跻身中等福地没几年的莲藕福地，先是姜尚真挣取的神仙钱，再加上三场金色大雨，突然就提升到了中等品秩的瓶颈，好像再多丢下一枚谷雨钱，就会提升为上等福地。一旦跻身上等福地，天地间就会有种种祥瑞生发，众多天材地宝孕育而生，不少修道福缘横空出世，到时候莲藕福地就会迎来一场超乎想象的巨大收益，让落魄山出现扭亏为盈的转折点。

这也是为何金精铜钱要比谷雨、小暑和雪花三种神仙钱更值钱的原因。不只是更稀有、铸造更难,而是金精铜钱本身就可以化为至精至纯的天地灵气,同时却又蕴藉神灵气息。

只是当魏檗说到邀请剑仙开辟山河、打通关隘一事时,米裕一下子神色尴尬起来,他在剑气长城被年轻剑修讥讽为"靠脸杀敌上五境",或是什么"玉璞剑仙第一人",都没有如此尴尬过。

福地洞天同存一事,需要剑仙开辟道路,同时还需要以剑气稳住天地,所以第五座天下的开辟与稳固,中土文庙一定要请白也出山,就是此理。这对一位上五境剑修的剑意深浅、剑术高低,以及灵气多寡,都是考验。

米裕虽然跻身玉璞境之前,在地仙修为时的仗剑杀敌与纳兰彩焕、齐狩都是一个路数的狠人,甚至算是前辈,所以才能让殷沉独独对他刮目相看,只可惜,被殷沉视为同道中人,米裕当年半点也高兴不起来。跻身了玉璞境之后,米裕在剑气长城一下子就显得泯然众矣了,甚至在上五境剑修当中垫底,他和那个叛徒剑仙列戟,曾是难兄难弟。

米裕不敢在这种涉及落魄山千秋大业的事情上乱说什么,只是心中可惜当初白也做客落魄山时朱敛没在山头。

米裕都不行,那么龙泉剑宗的圣人阮邛,哪怕可以信任,就更不成了。所以魏檗的想法是有没有可能邀请墨家游侠许弱帮忙。

米裕喝了一口愁酒,到了落魄山后,自己好像正事还是没能做成一件,于是小声道:"若是左剑仙在就好了。"

魏檗无奈道:"左先生如今身在桐叶洲,四面皆是强敌,不可能出现的。"

于是此事,暂时搁置。反正可以先行将莲藕福地提升为上等福地,福地与古井小洞天勾连,并不是什么当务之急。既然急不来,那就不着急。

朱敛喝了一口酒,吧唧吧唧嘴,好酒好酒,回头多跟魏山君要几十壶,然后由衷感叹道:"有长命道友在山上,真是咱们落魄山的福气。"

韦文龙更是眼睛发亮,使劲点头,笑道:"确实如此,长命道友到了落魄山之后,财运绝好。从处处捉襟见肘,一下子变得阔绰盈余得……让我都快要不会打算盘了!"

魏檗说道:"下次议事,可以喊上长命道友。"

朱敛突然说道:"确定信得过她?"

魏檗说道:"有山主密信,且长命道友生性谨慎,先走了一趟桐叶宗,向左先生要了一件信物。"

朱敛摇头笑道:"是我家公子担心我们不相信长命道友,才会如此一举多得。"

米裕觉得自己的小天地终于出现了,赶紧痛饮一杯酒,神采飞扬道:"必定如此,隐官大人历来算无遗策,在避暑行宫和春幡斋,那都是公认的,给隐官大人收拾人心的人物,哪个不是老狐狸精,最终一个比一个口服心服。隐官大人的算计对象,何止是一颗被斩落在海上的飞升境大妖头颅?!"

韦文龙低头喝着酒,米剑仙总算可以直抒胸臆了,真不容易。

朱敛举杯:"陪米剑仙走两个。一个就当是接风酒,一个就当为我家公子、为米剑仙的隐官大人。"

米裕立即倒满一杯酒,先走一个。然后再倒酒,就只有半杯了,毕竟今天议事,只有他话少,就只能多喝酒了。

朱敛已经举杯,立即转头埋怨道:"魏兄,酒呢?让米剑仙只喝半杯酒,像话吗?"

魏檗瞥了眼朱敛:好你个老厨子,算好了的?于是桌上又多出四壶仙家酒酿。

朱敛说道:"魏山君有脸收酒钱,我就有脸不给!"

韦文龙突然发现这个老厨子一到落魄山,风气就变得让他倍觉熟悉了,就像当年在春幡斋,只有自己和晏溟、纳兰彩焕在账房的时候,难免气氛沉闷,哪怕米裕在那边也只会坐在门槛上发呆。只有当年轻隐官出现时,才会不一样,其实隐官从没有刻意说什么,只说自然而然的话,只做水到渠成的事。不过韦文龙不想学隐官,因为学不来的。

朱敛缓缓道:"我先和长命道友碰碰头,闲聊几句,再看下次议事,要不要一起。"

第四件事,是魏檗将三幅画卷从袖中取出,交还给朱敛。至于此事内幕,魏檗不会跟韦文龙多说。

谁拥有这三幅画卷,就等于谁掌握了卢白象、魏羡和隋右边画卷三人的大道性命。这三幅画卷朱敛游历清风城之前,主动交给了魏檗,让魏山君帮忙盯着画卷异象,免得有人身死,迟迟未归。

陈平安愿意相信朱敛,朱敛就不会让自家公子的那份信任落空。

其实魏檗手上还有第四幅,相当于纯粹武夫朱敛的"本命物",同时又是"续命灯"。这幅画卷,则是陈平安远游前,更早就交给了魏檗的,存放在披云山的山君府,并且一开始就当着两人的面说了此事。

不是陈平安信不过朱敛,只不过规矩就是规矩,这是第一;第二则是不对朱敛如此,无法向其余三人交代。三人三幅画卷在朱敛之手,是因为朱敛身为落魄山大管家,与其他三人身份已经不同,那么朱敛那幅画卷,就必须留在山主陈平安手上。落魄山上,各有大道,亲疏有别,在所难免,只是不能太过分。比如陈平安当然对裴钱、暖树和小米粒三个小姑娘更偏心,对岑鸳机、元宝、元来当然会稍稍疏远,可是一切落魄山嫡传的山规,条条框框,一个个道理,都是死的,比如未来涉及机缘给予、天材地宝分配和长辈下山护道晚辈一事,一切都要按照山规行事,陈平安在落魄山上,是如此,陈平安不在山上,更要如此。

第五件事，才轮到清风城狐国搬迁至此，需要安置于何处。朱敛让大家畅所欲言。

米裕其实就是个旁听喝酒的，懒得动脑子，哪怕打起精神动脑子，好像也转不过朱老先生与魏大山君，思来想去，还是别逞强了。非我长项嘛。将来天下太平、世道不乱了，落魄山开启镜花水月一事，才是我米裕大施拳脚、建功立业的大好时节！独乐乐不如众乐乐，到时候再拉上山君魏檗、供奉周肥，还有隐官大人的学生崔东山！

只要不涉及落魄山与大骊宋氏的恩怨，魏檗从来都是直言不讳，给出了自己的看法，不是怕清风城那个什么玉璞境兵家修士许浑，而是与清风城做那意气之争没有意义，不然敲锣打鼓庆贺狐国落脚某处落魄山藩属山头，如灰蒙山或是黄湖山，有何不可？真怕许浑打上门来？可即便打得许大城主刚刚跻身上五境没几天便鼻青脸肿回家，又有什么意思？如今局势大乱至此，私底下如何谋划是一回事，台面上内讧则不合适，难不成学正阳山问剑风雷园？

朱敛搓手点头，深以为然，说魏山君高瞻远瞩，名士风采天青月白……

米裕有些小小失望，又不好多说什么，只能喝酒喝酒。

正阳山闭关百年才修出个玉璞境的老剑仙，就已经吓了他一大跳，如今又来了个杀力出奇的上五境城主大人？

米裕下意识掏出一把瓜子，然后就看到朱敛和魏檗一起望向他。米裕就要收回袖子，不承想朱敛笑骂一句山君附和一句，米裕这才分了瓜子给其余三人。如今就连韦文龙都不能例外了。其实韦文龙早先还真无此嗜好，只是每次小米粒跟着暖树去账房那边打扫庭除时，虽然不会擅自跨过门槛，就只在门外说一句"韦掌柜辛苦不辛苦，嗑瓜子不"，但到后来，次数一多，韦文龙便有些于心不忍了，不承想这一嗑就嗑出了瘾头。此后每逢夜深人静，瓜子就酒，别有滋味。

听着关于那座狐国的所有细节，境界不同的狐魅各有几头，品秩不同的仙家洞府各有几座，一直在掐指计算和心算的韦文龙停下袖中动作，突然说道："按照隐官大人的风格，关于此事，多半会先问过沛湘的意见。若是起了分歧，双方就先将道理讲清楚，利害关系掰扯明白，再做定夺。"

朱敛与魏檗相视一笑。两人其实都在等这句话呢。

韦文龙没有让人失望。若是一位管钱的财神爷，只知道盯着钱财之事，天大地大挣钱最大，在别处山头可能最合适不过，可是在落魄山上就不太够了。

朱敛笑眯眯问道："韦财神，那么关于狐国最挣钱的狐皮符箓一事，在你看来，又该如何处置？"

韦文龙有些为难，欲言又止。

朱敛笑道："你只管坦言心里话，对话好话、蠢话错话，都没有关系。怕就怕人心隔肚皮，日积月累，可就在人心岔路上分道扬镳了。"

韦文龙竟是额头上渗出了汗水。

米裕有些奇怪。

韦文龙深吸一口气："清风城许氏，为富不仁，当然不可取。可若是我们落魄山走向另外一个极端，便一定是最好的选择吗？所以在我看来，狐皮符箓的材质来源可以缩减，但是不该立即断绝，就只为了在狐国之主沛湘，以及所有狐国精魅那边博取一个仁义的名声，一旦如此，人心是会……得寸进尺的！是会喜好以大义来压我落魄山的！元婴境沛湘的立场，终究是狐国的立场，如果那样，迟早有一天，众议汹汹，沛湘极有可能会从一个极端的感恩戴德，逐渐变成另外一个极端的忘恩负义！心中怨怼之大，恨我落魄山，半点不输清风城！"

韦文龙说完这些之后，竟是有些疲惫神色，小声道："如朱先生所说，是我的心里话，真的是心里话，你们要是怪我掉钱眼里了……"

朱敛点点头。落魄山上，不怕人说真话，也不怕人有私心，何况韦文龙这番言语，其实既无私心也不错，相反，绝好。

如果一个流水钱财哗啦啦手中过的财神爷半点不知晓人心，那么朱敛就难免要担心未来有一天韦文龙会误入歧途了。到时候说不定韦文龙就会忘记一事，即那会儿他有何等风光，在一洲山上身处何等高位，其根本原因，是他身在何处、脚踩何地，与他韦文龙的才情虽然有关系，却绝对不只是他韦文龙有多厉害。说句大实话，让我朱敛管钱，兴许不如你韦文龙出彩，可其实差距不大的。

只不过落魄山最容得百花齐放，公子也由衷希望如此。是武道或是剑道的一棵参天大树，便力所能及，庇护一方人心阴凉；是尚未成长起来的花儿草儿，就无忧无虑，慢慢长大，天暖花开，一样是春。

魏檗更是欣慰。

米裕难得主动开口道："隐官大人不每天掉钱眼里？这是什么坏事吗？文龙啊，看来你修心不够啊。"

韦文龙抬起头，将信将疑。米裕白眼，学那隐官偶尔在避暑行宫的言语道："你是不是傻？"

之后米裕难得有如此认真神色："初衷为人好，同时我赚钱，又不冲突。狐国那些精魅，由于清风城一直以来刻意为之的氛围，几大族群势力相互敌视已久，纠纷不断，相互厮杀本是常有事，年年又有老狐皮毛褪去，咋的，文龙一个打算盘当账房先生的，你是要跑去当那道德圣人啊？既然不是，咱们何必良心有愧、行事扭捏？"

韦文龙毕竟是春幡斋出身，是避暑行宫的半个自家人，米裕不管自己讲得有无道理，都得为韦文龙说上几句公道话。要是因此被初次见面的老厨子朱敛记仇，他也认了。

朱敛举起一杯酒："文龙，你小觑我们山主的识人之明了。你陪我喝一杯，再自罚一杯。"一语双关，韦文龙看轻了自己，也看轻了落魄山。

魏檗刚要抬袖，韦文龙赶紧说道："魏山君，我酒壶剩余还多。"

朱敛笑骂道："好你个韦文龙，怎么当的落魄山财神爷！还要替一尊北岳大山君省酒水？是看不起魏山君的披云山，还是瞧不起北岳的夜游宴？！"

魏檗微笑道："劳烦将此事翻篇，行不行，成不成？"

米裕嗑着瓜子，小声道："我们自家人答应，可是北岳地界那么多眼巴巴等着下一场夜游宴的仙师和山水神灵也未必答应啊。"

魏檗抬起双手，轻轻揉着太阳穴。

朱敛再次拿起酒杯，而且还站起身，大笑道："我们落魄山，总有真正出现在世人视野中的那一天。在这之前，我们几个，先辛苦点，各展所长，相信不久的将来，等到家里那些年轻人一个个成长起来，落魄山一定不会……"说到这里，朱敛望向米裕。

米裕起身笑道："一定不会让隐官大人失望！"

韦文龙跟着起身举杯："落魄山一定财源滚滚来。"

魏檗最后起身，无奈道："争取一定不要再办什么坑人的夜游宴了。"

一起饮尽杯中酒，然后纷纷落座，唯独魏檗还站着，望向朱敛。

朱敛问道："聊完了啊，魏兄只管忙去，身为大岳山君，一定事务繁忙，我就不昧良心多留魏兄了。"

米裕还不解深意。韦文龙眼尖，发现朱敛已经将仿十二花神杯收入袖中了，所以韦文龙伸手握住酒杯，代替落魄山表个态。

学隐官大人为人处世很难，学隐官大人不要脸有什么难的。

米裕后知后觉，笑着伸手覆住酒杯："一人两壶酒，今夜已经尽兴，真不能再喝了，下次再说。"

魏檗叹了口气，干脆将手中酒杯放在桌上，身形消散，重返披云山。剩余三人，笑声爽朗。

隋右边先前去了赵骑龙巷压岁铺子，与代掌柜石柔大致说了些关于书简湖和真境宗的情况。至于她自己的修为，只说是金丹境瓶颈。

浮萍剑湖女子剑仙郦采的大弟子荣畅，则带着师妹隋景澄，一起做客落魄山。两人早就来过一次，所以熟门熟路。

从北往南的种秋和曹晴朗也与荣畅和隋景澄差不多前后脚返回落魄山。

走过一趟飞升台，跻身元婴境剑修的崔嵬去了老龙城战场。事先不忘找魏山君帮忙，用了个披云山储君之山的供奉身份。

崔嵬是剑气长城土生土长的剑修，却能够成为大骊国师安插在那边的谍子，本身的性情和资质，当然还有脑子，都不会差。

泓下走江成功，同样跻身了元婴境。从玉液江那处水窟养伤完毕，就原路折返。当然，她还必须拗着性子，按照大管家朱敛密信上的叮嘱，登门向各位江水正神、沿途山神一一道谢。

泓下对此倒不至于太过别扭，毕竟一条元婴境水蛟在别处仙家山头，说不定会被好好供奉起来当菩萨，可是在落魄山就算了。真要如此，她反而要受到惊吓，怀疑落魄山是不是打算要她去与哪个山上死敌拼个玉石俱焚了，比如水淹清风城狐国，或是撞烂正阳山祖山？

不过泓下还是受到了一个不大不小的惊吓。她第一次主动去往落魄山，沿着那条山道登山后，就发现了那个沛湘。

双方境界相当，但身为狐国之主的沛湘的仙家术法、神通手段，以及攻伐法宝数量，肯定要比泓下更多，可要论战力的话，估计一个半沛湘都未必能够赢过泓下。尤其是一旦近水厮杀，沛湘不但稳输，而且必死无疑。所以当沛湘真正遇到那个泓下后，比泓下遇到自己更震惊。

当时沛湘在台阶上散步，然后就看到了一大一小一起登山的泓下和小水怪。黑衣小姑娘还是那副自称学自裴钱、再被自己发扬光大一丢丢的走路架势，大摇大摆，"走路嚣张，妖魔心慌"。这不算什么，沛湘早已见怪不怪了，天大的奇怪是浑身水运浓郁的元婴境水蛟，竟然走在小姑娘身后，而且十分刻意，是故意走在那位"哑巴湖大水怪"身后一步。只是小姑娘个头矮，泓下身材修长，所以哪怕两人正在说着话，也不显得太过诡异。

小姑娘是全然不知，只顾自己登山，给第一次来家里做客的泓下姐姐好好带路，偶尔与泓下姐姐说一句哪儿的树木是好人山主在哪一年与裴钱和大白鹅一起栽种下来的，哪儿的花草又是春露圃谁谁谁送来的，暖树姐姐照顾得可好可好。还说暖树姐姐有一点不太好，经常拦着自己不许向魏山君讨要竹子，唉，她又不是不给瓜子，自己总不能在山上一棵树都没种下吧："对吧，泓下姐姐？你给评评理，你能说服暖树姐姐，到时候我就让裴钱记你一大功哩……"

沛湘甚至能够直观地感受到泓下的拘谨是一种走入别处小天地的敬畏。

朱敛双手负后，身形佝偻地站在半山腰的岔口处，笑眯眯迎客。

泓下施了个万福。

沛湘也来到朱敛身边。

朱敛对泓下点点头："泓下姑娘，你以后与沛湘多熟悉。你应该猜出来了，她就是狐国国主。我们先一起闲聊几句。"

到了朱敛门口，小米粒不用老厨子发话，就自己站在院门口当起了门神。

朱敛笑道："小米粒，一起聊事情。"

周米粒使劲皱着眉头不挪步，摇头道："你们聊啊，我又不懂个锤儿，我在这里站着就好了。"

朱敛一本正经喊了声"落魄山右护法"，周米粒立即精神一振："得令得令！"

到了院中，周米粒坐得端正，双臂环胸，使劲绷着脸，都不晃荡脚丫了。

沛湘本以为朱敛真只是"闲聊"，不料朱敛所聊之事，竟是一个比一个大。

朱敛先是将落魄山几个属意安置狐国的藩属山头，以及那座莲藕福地的近况，都大致说了一遍，是要沛湘自己选址的意思。然后朱敛让沛湘先好好考虑，他则与泓下聊起了关于黄湖山那座水府的建造事宜，落魄山可以拿出多少神仙钱帮她开府。

从头到尾，虽然小米粒都没有说话，但是神色认真地听着老厨子说话，再没有不懂装懂、迷糊就迷糊了。

和双方聊完之后，朱敛笑问道："右护法，有没有自己的想法要说？"

一直纹丝不动的周米粒伸手挠挠脸："可以没有吗？"

朱敛笑道："可以的。"

周米粒嘿嘿笑道："那就没有。"这会儿她脑子还嗡嗡嗡呢。

然后小姑娘突然有些为难，轻声问道："这么大的事儿，老厨子你都不喊暖树姐姐啊？暖树姐姐要是知道了，会不会伤心啊？"

朱敛微笑着解释道："暖树职责更重大，哪里需理会这些事。所以今天这边聊了什么，你都可以跟暖树说的，记得不要故意藏掖啊。"

周米粒拿起桌上的金扁担和行山杖："那我可巡山去了啊。余米还等着呢。"

朱敛挥挥手，之后又与沛湘和泓下聊了一些选址和开府的细节。沛湘选择将狐国安置在莲藕福地，泓下则不愿落魄山掏钱，说自己有些家底，只是建造府邸的山上工匠确实需要落魄山这边牵线搭桥。然后朱敛笑呵呵说了句："不要花费祖师堂一枚钱，泓下姑娘是要自立山头的意思？水府打算割据一方，做那山水大王，听调不听宣？"此话一出，顿时吓得泓下脸色惨白无色。

朱敛又笑道："不用紧张，玩笑话而已。泓下姑娘比那性情还需磨砺几分的孽障云子，可要好太多了。"泓下不敢言语半句。

朱敛挥挥手："该花钱的地方，落魄山不会省钱的。泓下，你来这边比较少，许多规矩都不懂，所以今儿就先记住一条好了：人情在规矩内，才是人情。规矩都不懂，就开始妄言人情，以后是不是落魄山不还你心中那份人情，便要怨怼了？没道理嘛，是不是这个理儿？"

泓下站起身，施了个万福，正色道："泓下受教领命。"

泓下离去后，沛湘幽怨道："颜放，你是不是敲山震虎给我看？"在清风城，沛湘喜欢偷偷喊他朱敛，到了落魄山，反而开始喜欢喊他颜放。

朱敛摇头道："不要多想。落魄山以诚待人，只讲道理。"

朱敛想了想，说道："我让一位玉璞境剑仙先陪你走一趟莲藕福地。亲眼看过福地之后，我们再做选址定论。"

沛湘苦笑不已，果然猜中了一半，她一直猜测那个"余米"是元婴境剑仙，不承想竟是一位当之无愧的大剑仙……所幸米裕不在这里，不然估计又要觉得被人骂了。

曹晴朗返回落魄山后，就当仁不让地代替了小米粒，当起了最新的看门人。

得知裴钱竟然不但没有返回落魄山，甚至从北俱芦洲去了皑皑洲之后，曹晴朗一时间不知如何是好。

今天曹晴朗出近门，去往落魄山租借给珠钗岛的藩属山头。他要与刘重润谈谈那条翻墨龙舟之事。不是朱敛亲自下山，更不是山君魏檗，而是曹晴朗。这就是学问了。

朱敛去谈事情，是落魄山与珠钗岛公事公办。虽说龙舟本就归属落魄山，与珠钗岛岛主，或者昔年垂帘听政的长公主，已经没有半枚铜钱的关系了，可是要想与女子讲好道理，就得先讲妥感情。所以曹晴朗去最合适。

曹晴朗如今是落魄山山主陈平安的唯一一位嫡传，是先生和学生、文脉相传的关系。

刘重润自然无比清楚一事，即陈平安对待自己的学生弟子，对曹晴朗和裴钱，那真是当儿子闺女一般看待的！曹晴朗在刘重润那边，便又是晚辈与长辈的关系了。那么刘重润即便原本会生气，也会少生气，甚至干脆不生气。等于是半个山主陈平安与她好好谈事嘛。哪怕先前只有半个道理，在她心中，估计也会变成一个了。

米裕陪着周米粒巡山完毕后，朱敛和他说了福地游历一事，米裕对云遮雾绕的莲藕福地颇感兴趣，也就乐得陪着沛湘走一趟了。

一些个以谪仙人身份游历福地的注意事项，朱敛都先说明白了，不过此次前往福地，朱敛还会喊上那位长命道友。

这会儿一起坐在台阶上，看着曹晴朗远去的身影，米裕朝坐在一旁的朱敛伸出大拇指："朱老哥最知美人心！"

朱敛埋怨道："米老弟骂人作甚！哪有江湖宗师如此夸奖一个初出茅庐的雏儿，损人不是？"

米裕大笑道："没有什么前辈晚辈，就只是同道中人，相互切磋，砥砺前行！"

米裕都这么说了，朱敛也没有太矫情，一样大笑道："吾道不孤！"

今天难得走出账房透口气的韦文龙，根本就不知道这两位在聊什么。韦文龙只是担心曹晴朗会不会在刘重润那边吃闭门羹。

小米粒蹲在老厨子和余米身后，使劲皱着眉头，听太不懂，先记下来，先问暖树姐姐，再问裴钱好了。

朱敛沉默片刻，神色肃穆，冷不丁说道："娉娉袅袅，停停当当。山水至此猛收束，原来盈盈一握。"

米裕才情不减当年，脱口而出道："娇娇嫩嫩，晃晃荡荡。横看成岭侧成峰，竟是难以掌控。"

对仗还挺工整。

朱敛转过头，米裕同样转头，同时击掌，一切尽在不言中。

两人背后的小米粒哀叹一声，幸好好人山主不在这儿，不然又要自惭形秽了。

韦文龙实在没耳朵听这些，起身走了。

小米粒咳嗽一声："你俩说啥嘞？我也会吟诗哦，也有'停停'二字哩，你们要不要听？"

小米粒和刘睐睐借了一首诗，说好显摆完就要还的，虽然一开始想要余着跟裴钱显摆的，但是这会儿觉得不能输给老厨子和余米，就打算拿出来杀一杀他们俩的威风。

朱敛顿时愕然，竟然忘记小米粒这个耳报神的存在了，所以立即死道友不死贫道，转头和小米粒笑道："我哪里会吟诗，这两句都是出自余米兄弟的手笔，我只是突然记起，有感而发，就拿来背一背。小米粒啊，记住了吗？是余米嗑瓜子嗑出的灵感，与我没啥关系。"

米裕一头雾水。朱敛已经头也不回快步离去。

小米粒竖起大拇指，对米裕夸赞道："好文采，以后我们可以斗诗了！"

米裕大概这会儿还不太清楚，落魄山右护法在暖树姐姐和裴钱那边，是从来藏不住话的，而裴钱的那箱账簿，是以"本"来计算的。而且小米粒经常犯迷糊忘事情，一些外人看来很大的事情，例如被人欺负惨了的事她反而记不住，偏偏一些可能谁都不上心的芝麻小事，例如今儿过路的白云有些胖乎乎，昨儿雷公打呼噜是轰隆隆的，比上次多了个隆……小姑娘记得比谁都牢，最喜欢拿来跟裴钱和暖树姐姐分享。

昔年在山上家中，裴钱从未有过半点不耐烦，大概也是小米粒能够一直如此重要的原因吧。

落魄山飞剑传信骑龙巷压岁铺子，长命道友很快就悄无声息地来到落魄山。

在长命道友、米裕和沛湘三位进入莲藕福地后，朱敛独自站在崖畔，略微疲惫。不是做事有何难，而是山主久久未归，终究让人觉得心里有负担。

朱敛收了个岑鸳机，暂时当记名弟子，还不算嫡传。岑鸳机如今是武道四境瓶颈，在落魄山以外，确实能算是一位武学天才了。

真境宗剑修隋右边尚未收取嫡传弟子，连记名弟子都没有。

卢白象被中岳一座储君之山招徕为供奉，等于有了座大靠山，在大骊礼部那边有了半个山水官身。他的嫡传弟子，还是只有元宝、元来姐弟两人，据说在那座储君之山，弟子元来作为武夫却遇到了一桩仙家机缘，只是卢白象并未在密信上细说此事。

至于南苑国开国皇帝魏羡，则是跟着刘洵美和曹峻，先从随军修士做起，凭着一场场实打实的沙场和山上厮杀，成了正儿八经的大骊边军武将。要知道大骊文武官员的"清流"身份，极其难得，何况魏羡还得了一块大骊刑部颁发的末等太平无事牌。太平无事牌当然是大渎督造官之一的刘洵美帮忙给魏羡运作来的。魏羡原本战功足够，但是大骊刑部依旧处在可发可不发的两可之间，然后就有了刘洵美的递话。既不会违反大骊山水律法，又能卖刘洵美一个人情，大骊刑部为何不发？

曹晴朗走了一趟鳌鱼背，带回来一个好消息，刘重润对落魄山的举措大加赞赏，她甚至愿意拿出那座水殿，让落魄山帮忙连同龙舟一并交予大骊边军处置。只不过曹晴朗早早得了最好与最坏两种结果的应对方案，按照朱老先生的对策，婉拒了刘重润的好意，并且还说服了刘岛主不必如此行事。

曹晴朗此次回山之后，自然而然当起了看门人，所以跟朱敛说过事情，就返回山脚了。

种夫子也会沿着山道走桩练拳，今天还故意在山顶、山脚两处各等了岑鸳机一次，对岑鸳机拳法的细微缺漏处予以指点。

岑鸳机对这位来自藕花福地的国师种夫子很敬重，仅次于半个师父的朱老先生。她觉得这样儒雅随和的老前辈，才是自己心目中真正的读书人。

种夫子返回住处，挑灯夜读圣贤书。此次游历，从宝瓶洲去往剑气长城，再从倒悬山去往南婆娑洲、中土神洲、皑皑洲、北俱芦洲，至重返宝瓶洲，等于走过了半座浩然天下。种秋收获颇丰，除了对浩然天下诸子百家的学问宗旨都有涉猎，书外的神仙与豪杰也算是见过不少了，有些投缘于性情脾气、见识学问，有些切磋于道理或是拳法，当然也有些险象环生的拳分胜负，甚至是拳问生死。

种秋何曾是腐儒？身为南苑国国师，本就从未是迂腐的读书之人。

岑鸳机今天再次在山脚停拳，犹豫了一下，还是主动走向借月色看书的曹晴朗。

岑鸳机在落魄山上是练拳最为勤勉的一个。她知道曹晴朗既是儒家子弟，也是一个修道之人。听说曹晴朗跟随种夫子远游极远，所以才会这么多年才返回落魄山。岑鸳机有些羡慕。她家离落魄山不远，就在龙州州城内，至今她还没真正远游过。

每次有人看门，从郑大风，到元来，再到小米粒，最后到曹晴朗，都会坐板凳或是竹椅，然后身边放上两三条闲余的，以备不时之需。当然还有瓜子。岑鸳机坐在一条竹椅上，沉默许久才开口道："曹晴朗，我如今才是武夫四境瓶颈，元宝先前寄信来山上，说她已经五境了。你去过很多地方，像我和元宝这个岁数，四境、五境武夫多不多？"

曹晴朗实话实说道："并不多见，尤其是女子。但是我这次跟随夫子出远门，确实一路上也见过不少武学天才，年纪轻轻就已经学武大成。"

曹晴朗很快就笑着补充了一句："但是我先生一直坚信，武学路上，会有高低先后之分，最不该害怕的，反而是'先学武成就低'这种情况。"

岑鸳机疑惑道："为何不怕？换成是我，都要揪心死了。"

曹晴朗说道："其实我也不太明白，但是先生当时说得格外认真，只解释说'一怕自己，学拳就死'。我不是纯粹武夫，所以没有多问。只觉得这句拳理，搁在书上是一样适用的，所以记得比较清楚。"

岑鸳机突然笑了起来，她又想忍住笑，一双漂亮眼眸便眯成了月牙儿，只是还是没能忍住，然后她捂住嘴，才微笑出声，好像听过了曹晴朗的一番话，又记起一件事，使得她心情好了许多。只可惜这件事，和曹晴朗最最说不得，与书呆子元来都说得，就是与曹晴朗不能说。

曹晴朗有些摸不着头脑，只是看到岑鸳机好像不再那么心情沉闷了，便也微微一笑，继续低头看书。

岑鸳机离去之前，问道："曹晴朗，能问一句，你先生是武道几境吗？"

曹晴朗微笑摇头："岑姑娘当然可以问，只是我身为先生的学生，不能说此事。"

岑鸳机看着曹晴朗的澄澈眼神，倒也不恼，反而笑着点头，抱拳离去。

曹晴朗没来由想起了家乡，想起了陋巷祖宅、学塾、繁华热闹的状元巷、整个南苑国京城，还有那位与先生一样是藕花福地"谪仙人"的外乡人陆抬陆先生。

自己先生，种夫子，当然都是曹晴朗的大恩人。其实陆先生也让曹晴朗很牵挂。后来远游剑气长城，从先生那边得知，那位陆先生其实是阴阳家执牛耳者世族陆氏子弟。与先生相逢于桂花岛渡船，然后相识于倒悬山，是能让先生"白给一枚谷雨钱"的天大交情。最后机缘巧合之下，双方一起乘坐另外一条跨洲渡船吞宝鲸，远游桐叶洲，不但并肩作战，而且生死与共，成了可以不谈钱的至交好友。

张山峰，徐远霞，陆抬，钟魁，刘景龙，这几位都是被自己先生视为同道与同辈的挚友，其中游侠徐远霞又可算半个长辈。

至于同乡人刘羡阳，又与他们略有不同，先生从不否认自己会将刘羡阳视为大哥，将泥瓶巷鼻涕虫当作弟弟，都是先生的亲人。

陆抬其实是自己先生离开藕花福地后，与种夫子一起照顾自己最多的人。没有他们的指点，可能日子还是会一天一天咬牙熬过去，但是一定会更难熬。只是那个风雅无双的陆先生跟随其中一块藕花福地去了青冥天下。曹晴朗不知道自己这辈子还有无机会，可与陆先生重逢。

当时陪着曹晴朗在斩龙崖凉亭中闲聊，先生喝着酒打趣说："回头来看，陆抬当年携带一身法宝，还有层出不穷的仙家手段，确实很有陆氏嫡系子弟的风采，唯独境界一事，也太低了些。好些个中土仙家豪阀出身的年轻俊彦，涨境界就跟喝白水似的，比如在北俱芦洲就遇到一个名叫怀潜的修道天才。所以将来遇到了陆抬，一定要拿此事好好笑话一番。怎么，就只因为恐高一事，便连修行境界的'升高'，也一并害怕了？"

先生其实很少背后说人，可是一旦跟他们这些学生或是弟子提起，往往都是在说朋友，所说故事，都是一些让先生会心而笑、绝不喝愁酒的往事。

最后曹晴朗只是发自肺腑地有感而发，说："若非知道陆先生是豪杰男儿，不然真要误以为陆先生是女子假扮，行走江湖的。"

不知为何，先生当时神色有些古怪，还伸手按住曹晴朗的脑袋，难得教训了一句："小小年纪就思量此事，以后回了落魄山，少跟朱敛还有郑大风厮混，以后给我发现了你敢偷看那些神仙书，先生就去披云山砍竹子，帮你小子打造一把戒尺……"

曹晴朗极少看不下去书，今夜是例外，他干脆合上书，开始闭目养神。

不知为何，曹晴朗总觉得先生快要返乡了。

米裕三位已经从莲藕福地返回，很顺利，沛湘选中了一块位于松籁国边境线上的风水宝地，山水僻静，又占据一条潜在龙脉，所以得到意外之喜的沛湘，承诺狐国会额外拿出八百枚谷雨钱，作为第一笔"安家费"。但是这些谷雨钱，落魄山在经手记账之后，必须投入莲藕福地，尤其是她选址处，最少要占据五成神仙钱所化灵气。

沛湘如今已经大致摸清楚了落魄山的家风习俗和买卖脉络，还真就是不能太矫揉造作太含蓄，真得"以诚待人"，有一说一不要脸。所以返回落魄山后，韦文龙就与沛湘在账房好好算了一笔账。

漫天要价坐地还钱，沛湘对此不陌生，反而心安。最后双方皆大欢喜，沛湘狐国所出之钱提升为一千枚谷雨钱，选址处灵气只能分去三成，不然会极大影响莲藕福地的山水气数变迁。提及此事，一直好好商量买卖事的韦文龙难得措辞严厉，说："一旦因为钱财之事导致福地动乱，再使得天下四国国势气运因此变幻不定，山主不会放过任何一人，你沛湘，我韦文龙，甚至是朱敛在内，都要被问责，谁都别想跑！"

沛湘其实已经得到了自己想要的结果，自然没有异议。事实上，她甚至做好了花销一千枚谷雨钱、只占两成灵气的打算。

之所以愿意多花这一千枚谷雨钱，除了"投诚"和"登门礼"双重意义之外，沛湘不傻，看得出来一座莲藕福地从中等福地晋升为上等福地轻而易举，亦是大势所趋。狐国扎根在此，受益匪浅，能够就此恩泽千百年。

长命道友私下造访了大管家朱敛。两人一番客套寒暄之后，当谈及狐国的真正价值所在时，先是一起沉默，然后异口同声道："文运。"

这天种秋找朱敛喝酒，老厨子做了几碟子佐酒菜。双方言语，都无须藏掖，既是家乡人,更是同道人。所以种夫子离去前,起身与朱敛作揖道谢,朱敛便坦然收了这份大礼,毕竟狐国是他凭借一己之力搬来落魄山的。莲藕福地以后的天下文运,多出个四五成或是七八成的,谁最乐意见到?当然是身为一国国师却心怀天下苍生的夫子种秋。

朱敛起身相送时,只说了一句:"总不能让种夫子后悔来了落魄山。"

种秋摇摇头:"虽死无悔,虽死无悔矣!"

朱敛一巴掌拍在种夫子后背,笑骂道:"说啥晦气话?!"

种秋大笑离去,老夫子心中好不快意。朱敛觉得这个种秋,是可以当个真圣贤的,就在这浩然天下。

米裕每次散心都喜欢最后坐在台阶顶部,安安静静地独自坐一会儿,烦心就少去不少。至于每天与小米粒坐在崖畔石桌旁嗑瓜子,那是奔着开心去的。或是路上遇见好像时时刻刻都在忙碌的小暖树,米裕也会很开心。

隐官大人曾经在避暑行宫信誓旦旦,说你米裕与我那落魄山是天生大道契合的,以后有机会要多去做客。然后年轻隐官就眯眼而笑,拇指食指轻轻搓动,示意避暑行宫的扛把子米大剑仙每次做客落魄山,莫要忘记诚意。

米裕这会儿笑道:"隐官大人啊隐官大人,当年之所以不愿我成为落魄山供奉,莫不是贪图那一次又一次的登门礼?"

朱敛缓缓走到米裕身边坐下,递过去一壶董家铺子出产的糯米酒酿,落魄山这边每年都会白收不少。米裕打开酒壶,抿了一口酒,滋味绵软,胜在余味,笑道:"难怪落魄山有此风气。"

从韦文龙的如鱼得水,到自己的入乡随俗,再到今夜亲眼看见、亲耳听见曹晴朗和岑鸳机的闲聊。

朱敛喝完一大口酒,抹了抹嘴,点头道:"一个山主,一种门风。"

哪怕不说落魄山,就说米裕也认识的那位北俱芦洲年轻剑仙、太徽剑宗宗主刘景龙,自家公子的至交好友。此人虽然传言被掌律祖师黄童拦下,以一个"太徽剑宗宗主不是死不得,只是暂时当真再死不得了"作为理由,同时剑仙黄童还以自己赶赴别洲战场为条件,不许他去宝瓶洲老龙城战场,但是刘景龙仍是没有留在祖师堂或是翩然峰修行,而是率领自家地仙剑修,一同仗剑离开宗门,先跟和太徽剑宗世代交好的几大宗门联手,再与众多志同道合的修士联袂去往山上山下一些作乱处,讲不通道理再出剑,一旦出剑,绝不心慈手软,绝不让北俱芦洲有任何内乱的苗头,防止那些流窜、隐匿妖族修士煽风点火,蔓延成灾。

有什么样的人,就有什么样的朋友,以此说自家山主陈平安,或是以此说刘景龙,都是可以的。

米裕恢复了几分花丛我无敌的风流本色，小声说道："那个隋景澄隋姑娘？"

隋景澄到了暖树和米粒那边，对她们两人是真好，真心当她们是自家闺女似的，不但变着法子送礼，件件还都是精心挑选过的，更愿意将大把光阴放在两个小姑娘身上，而且丝毫不别扭。隋景澄的出现，使得暖树和米粒这些天的笑声特别多。就连小米粒私底下都找余米和老厨子帮忙，帮隋姑娘在师兄荣畅那边找好了几十个明儿不宜下山的理由。一个黄花大闺女如此作为，还能因为什么？

朱敛嘿嘿笑着："何必明说。"

朱敛喝完了酒，缓缓道："大丈夫，论是非不论利害；真豪杰，论顺逆不论成败；圣贤论万世，不论一生！"

米裕点点头，又摇摇头。隐官大人不全是如此。

朱敛笑道："公子当然是唯一。"

然后有一天，剑仙左右来到了落魄山。

米裕在落魄山懒散惯了，偶尔谈正事才会心虚几分。唯独见到左右这位剑仙，这位隐官大人的师兄，米剑仙心虚得恨不得挖个地洞钻下去。他竟是直接躲去了山外，找好哥们刘羡阳喝酒去了。

最后就有了雾色峰祖师堂外广场上的那一幕。

文圣一脉弟子左右先为先生敬香，然后再端坐在门外的椅子上。

除了开门的陈暖树，帮忙搬椅子的周米粒，就只有朱敛在远处旁观。

曹晴朗刚刚陪着种秋去了趟州城，正在赶来的路上。

左右起身后，周米粒一路飞奔过去，帮着左先生将那张椅子搬回祖师堂内，左右说自己来，周米粒不答应！左右只好作罢。要是米裕或是沛湘在这里，估计都能把眼珠子瞪出来。

等到周米粒返回，陈暖树重新关门。左右笑道："你就是周米粒，我师弟所说的那个哑巴湖大水怪？"

周米粒忍不住张大嘴巴，赶紧将金扁担和行山杖交给暖树姐姐保管，然后捂住嘴巴，最后将手挡在嘴边，哈哈笑道："好人山主的师兄，你可是比桌子还要大的剑仙，都晓得我？"

左右笑问道："什么叫比桌子还要大？"

周米粒解释道："就是可以摆很多的大白碗，瓜子大，一般般大，碗口大，很大了，哦豁？！桌子大，那可就是最大的了！"

左右点点头："勉强可以这么说。"

周米粒开心得原地飞奔，又原地踏步车轱辘转，这是她跟裴钱学的，裴钱又是跟宝瓶姐姐学来的,这就是江湖上的武学传承了。

左右伸手揉了揉暖树的脑袋,轻声道:"小师弟在剑气长城也会经常提起你。他一直担心你被一个叫陈灵均的家伙欺负。如果有的话,我作为你们山主的师兄,可以提醒提醒陈灵均。"

周米粒赶紧说道:"陈灵均去北俱芦洲走江去啦,没有欺负暖树姐姐,桌儿剑仙可别骂他啊。"

陈暖树作揖说道:"左先生,陈灵均很好的,不会欺负谁。"

左右嗯了一声,开门见山问迎面抱拳走来的朱敛:"如今落魄山上,有无过不去的坎,有无我能帮忙的?"

朱敛收拳后,说道:"还真有一件事,需要左先生帮忙。"

左右小有意外:"哦?哪个不长眼的宝瓶洲仙人?"

饶是八面玲珑的朱敛,一时间都有些哑然。这么聊天的,头一遭。

朱敛便说了将莲藕福地与古井破碎洞天勾连成"洞天福地相衔接"的事情。

浩然天下,有此壮举的,只有两座。一座就是朱敛的家乡,昔年藕花福地曾与道祖的莲花洞天相连。

左右听过之后,说道:"小事。"

好不容易来到落魄山,结果就只是做这个,看样子左剑仙似乎还有些失望。

去往落魄山竹楼那边的路上,左右行走不快,仔细与朱敛请教了莲藕福地的天地形势,大致清楚后,说可以再问问长命道友的那些神道学问,向夫子种秋问一问家乡山河近况,朱敛若是不觉得麻烦的话,连那福地客人沛湘也一并询问清楚。至于最后如何出剑,就不用问谁了。朱敛一一答应下来,说最多两个时辰。

左右到了竹楼外,喊来了刚刚回山的曹晴朗,坐在崖畔,当面问了些学问事。

左右说道:"治学一事,要比你先生更用心。他就是太聪明,求学态度其实不如你。"

曹晴朗都不知道是该点头还是摇头,更不知道如何回答。

左右问道:"裴钱远游,还没回来?"

曹晴朗点头道:"最后一次传信回落魄山,是在皑皑洲雷公庙十境武夫沛阿香家中。"

左右微微皱眉:"裴钱是亲自传书寄信?小小年纪,一人在外,怎么如此不小心?别学你师父。"

曹晴朗摇头道:"是皑皑洲剑仙前辈谢松花帮的忙,裴钱其实行走江湖,相当谨慎。"

左右点点头,微笑道:"这就不错。"

左右看小师弟，咋看咋不顺眼。再看小师弟收取的弟子学生，则怎么看怎么顺眼。

左右说道："你是儒家子弟，又是修道之人，修心修力，师伯都不太喜欢插手。只是有件事，可以先记下，占理，却又遇到不讲理的山上神仙，对方仗着境界高欺负人，报上你先生的名字，如今未必管用，那就报上师伯的名字。"从今往后，文圣一脉的嫡传和再传，已经无须对浩然天下藏藏掖掖了。

曹晴朗点头道："记住了。"

左右突然说道："会不会喝酒？"

曹晴朗赧颜道："此次远游，喝过，但是不太爱喝。"

左右笑道："很好。别学你先生当那酒鬼。"得学师伯。

曹晴朗问道："我还有些学问上的疑难，师伯忙不忙？"

左右说道："天下事，忙不过治学。你只管问。"

最终左右在落魄山只待了短短两天。洞天福地相衔接后，左右收敛剑气，仗剑下山远游，倏忽千里外。

路过宝瓶洲中部的时候，左右听到一个心声，简明扼要地与他说了一个道理，让他皱眉不已。

"文圣一脉，已有再传弟子，那么师伯当中，能不能有个能打的，并且是天下皆知的？好让以后的老不死不敢随便欺负？"这就是崔瀺手托白玉京与左右说的那个道理。所以左右最终还是拨转剑尖，不再御剑南下老龙城，而是跨海远游，一剑直去南婆娑洲。

萧愻正要再次问拳肩挑日月的陈淳安，其实就等于问拳一洲。

天地间，剑光至。萧愻被一剑打落空中，倾斜一线，整个人瞬间撞入大海底部，剑光随之劈开大海，再将萧愻连同大海底下的山脉一并打穿。

萧愻问我一拳，从背后而来。左右还你一剑，光明且正大。

不接也要接。不在蛮荒天下了，你还未必能接下。

洞天福地相衔接后，朱敛肩头担子又一轻。好像千头万绪都已捋顺，就只欠公子还乡了。

只是朱敛心情刚刚转好，不承想就有一桩糟心事发生，果然人不能得意忘形。

一个隋姑娘刚走没几天，又有个隋姑娘来了。

朱敛发现书案上一幅画轴的异象，骂了句"败家娘们"，丢入一枚谷雨钱。所幸就她最不值钱，只需要一枚。

而且隋右边不是纯粹武夫，就有这点好，死了一次，从画卷走出后不伤大道根本。

隋右边走出画卷后，一身杀气极重。显然在老龙城战场，她没少杀妖，以至于身死道消。隋右边杀敌路数，并非朱敛、魏羡这些，而是更像卢白象。所以肯定不是她找死，而是真的战况惨烈，置身于必死之地。

朱敛依旧骂道："学谁不好，偏学你那恩师打架喜欢不要命！牛气哄哄的，了不起啊，一个藕花福地的读书人，真当自己是浩然天下的儒家圣人了？结果如何？下场好不好我一个外人都不稀罕说，你这个当嫡传弟子的，不知道？"

隋右边眼神瞬间冰冷，一身杀气更加暴涨。

朱敛瞪眼道："咋了，是我说错了，还是我说对了？！"

败家娘们还好意思吓唬我？在玉圭宗和真境宗这些年，你挣着几枚神仙钱？连那卢白象和魏羡都不如。这娘们杀孽虽重，杀心倒是不深，还算有点良心。不然朱敛真怕自己一个忍不住，就把她打回画卷！

一个金丹境瓶颈剑修，真以为有多了不起啊。外人看不出为何你去了一趟飞升台，无法破境跻身元婴境，老子可是一清二楚！别人不知道你隋右边为何要飞升，我朱敛当年在藕花福地，翻遍了历朝历代的稗官野史和江湖秘档，偏偏知道你这婆娘为何要执意仗剑飞升！替你那死鬼夫子，达成心愿罢了。

朱敛更知道，为何隋右边会对自家公子不太一样。是那道观道的观主"老天爷"故意之，篡改了隋右边的记忆，让陈平安与她恩师有了几分容貌上的相似。

隋右边其实早已知晓此事，偏偏因为一个放不下，拿起一个就舍不得，至今仍假装没有此事！

你隋右边在藕花福地，在世时哪怕已经一人一剑让天下群雄俯首，可你敢与天下说一句，喜欢自己的先生吗？！

对于画卷四人，连你在内，哪个没有被那位臭牛鼻子老道动过手脚？！老观主神通广大，不管手段还是阳谋，四人都还只能捏着鼻子认了。

魏羡对那小裴钱，视若己出的亲生女儿！

卢白象痴心弈棋一道，所以一到浩然天下，就立志成为那个与崔瀺一并下出彩云谱的白帝城城主！成为名副其实的魔道巨擘！

我朱敛，也可怜，也可怜。一直不知我之真假，天地生死一并与我鬼打墙！

隋右边不再与朱敛计较，只是说道："我要再走一趟老龙城。"

朱敛说道："你还剩几条命，可以任性妄为？当年在福地死了，还能来此画卷，如今再要死完，谁帮你收尸？"

隋右边怒道："你管得着我？！我们四人当中，就数你朱敛最喜欢庸人自扰！"

朱敛嬉皮笑脸道："我家公子，管得着你，他会心疼谷雨钱。我可警告你，正儿八经与人做买卖，我家公子好像还没亏过，别因为你而破例。"

不过隋右边这傻婆娘，难得说了句有见识的言语。

隋右边准备御剑远去，朱敛冷不丁说道："会心疼钱，更会遗憾的。"

隋右边冷哼一声，大步离去，却未御剑下山。落魄山上，有她的住处。

朱敛啧啧不已。

槐黄县城小镇。

今天骑龙巷压岁铺子打烊后，长命道友没有返回住处，而是从所剩不多的糕点中拈起一块，望向站在柜台后边算账的代掌柜石柔。

石柔抬起头，这些天都是这般，这位对外自称"灵椿"的长命道友，总是这么笑吟吟地望向自己。

双方其实早已知根知底，可这位尚未录入落魄山山水谱牒的长命姐姐，为何眼神变得如此之怪？在这之前，便是石柔私藏的那些胭脂水粉，长命姐姐都是瞧过了的。

长命姐姐连自己为何化名"灵椿"也与石柔说了。因为山上仙君家中，若有一树灵椿、几枝丹桂，是好事，比那"好人不长命"的市井俗语，灵椿总要好听些。只不过将来祖师堂还是要用"长命"这个名字，毕竟俗语不好听，可是天底下哪有比"好人长命"更美好之事？

石柔瞥了眼门外，无人路过。她这才终于忍不住以心声问道："长命姐姐，到底是怎么了？"

以心声交流，有一点好，石柔可以恢复女子嗓音。

身穿一袭雪白长袍却施展了障眼法的长命，在市井俗子和下五境修士眼中，其实就是一位姿色平平的女子，二十岁模样。

长命拈着那块糕点，伸手挡住嘴，吃完之后，以拇指擦了擦嘴角，以心声笑问道："石柔，你当年先被那位琉璃仙翁炼化为一位身披彩衣的枯骨女鬼，后来跟了山主，因祸得福，又身披这副仙人遗蜕多年，所以你是不是已经忘记许多当年的习惯了？我是说一些你打小就有的小习惯，很不起眼的那种，比如……"

比如你小时候一紧张就会咬手指头之类的；又比如不畏酷暑，唯独稍稍天寒便难耐；又比如会天生喜好击缶之古乐。这些，都是长命得了杨老头暗示后，去落魄山上翻检秘录档案而得，不难找，古蜀地界，香火凋零，与白玉京三掌教有些关系……而长命心中所想的这些特征，恰好是某一脉天生道种自行开窍极早却未真正修行道法的缘故。

只不过长命没有问出口，只是笑望向石柔。

石柔可怜兮兮道："比如什么啊？长命姐姐唉，求你莫要吓唬我了。"

真不是石柔刻意隐瞒什么，事实上，事到如今，她还有什么值得隐瞒的，再说有崔东山在，石柔又敢隐瞒什么？她真是习惯了如今骑龙巷的安稳日子，每逢夜中，脱掉遗蜕片刻,还能恢复成女子模样,毕竟女鬼也是女子啊,何况她又重新潜心修行,一点一滴积攒,稳步攀升境界,无忧无虑,反正谁都不会拿她的境界说事。石柔是真没有任何杂念了,这样一天相似一天的太平日子,让她分外心满意足。

要说被崔东山早就道破的那点隐秘道统,石柔是真不想多说什么,和长命姐姐聊这些作甚,反正崔东山知道了,不就等于半座落魄山都一清二楚了?难道不是?该不会连山主都不知道吧?崔东山那颗脑子里真不知道装了多少老皇历,当年自己因为那首家乡歌谣的缘故,竟然一下子就被他抓住了道统根脚,一口一个"六百年前的亡国遗种""道家旁支的死灰余烬",还说他通晓她那一脉"中兴之祖的独门秘法",还要将她"彻底抹去一点道种灵光"……

说实话,当时石柔是真吓得肝胆欲裂了。

至于如今,爱咋咋的,反正我就是个压岁铺子的代掌柜,每天帮着落魄山、帮着你崔东山的先生,挣点辛苦钱,每夜修行也还算勤勉,你还要我如何?!真惹恼了我,我就去找你先生告状!管你是崔东山还是什么大白鹅!

长命道友凝视着石柔,片刻之后,微笑道:"原来如此,这个崔东山,确实有点意思。偷偷做好事……不留名吗?如果他不是山主的嫡传学生,属于完全信得过之人,不然实在是让人担忧。"

长命笑眯眯道:"看来是我误会你了,什么石柔妹妹莫要介意的混账话,我就不说了。不过你可以介意,只是最好别让我发现你很介意,不然会让我为难。"

石柔嘴唇颤抖,既害怕又委屈,怯生生道:"长命姐姐,你不要吓我啊。"

好不容易有个知心朋友,怎么突然就变成这样了?

长命叹了口气:"我帮你写封信,先问问看那位崔仙师的意见,若是可行,就钓大鱼,若是不宜打草惊蛇,就暂时搁置……"说到这里,长命伸出一根手指,一粒金光突然抵住石柔眉心处,长命笑问道:"三掌教,你觉得呢?"

石柔当场昏厥过去,浑身七彩流转。

门外一颗脑袋先探出,张望一番后,白衣少年大步跨过门槛,轻轻拍掌,笑容灿烂道:"长命姐姐好心思、好手腕、好魄力!我家先生,遇人最淑了!"

长命皱眉道:"既然双方都早已心知肚明,敢问崔仙师,你为何由着陆掌教远观至今?"

崔东山趴在柜台上,伸长脖子看着躺在柜台后边的石柔,背对长命打了个响指,躺在地上的石柔竟高高蹦起,然后又重重摔在地上。崔东山笑道:"放心吧,陆掌教有一点好,大事上历来愿赌服输,至于鸡毛蒜皮的小事,他还真不屑出手算计,至多是闲来无事,偶尔瞅瞅骑龙巷的光景。他每次施展掌观山河的神通,跨越两座天下,所见不多,所耗却多,这本身就是对石柔的一种馈赠,只是石柔太蠢,浑然不觉罢了。"

崔东山双脚离地，转头微笑道："何况长命姐姐大概还不清楚，陆掌教一旦无聊了，我就很有聊了，我每高一个境界，就会在这位石柔姑娘身上添置一道前所未闻的秘密禁制，除了某个老王八蛋，除非陆沉来此近观石柔，否则一样察觉不到丝毫。简而言之，陆掌教所见之事，我都知道，甚至有些所见之事，是我故意想要让陆掌教知道的。兴许我这么说，听上去有些匪夷所思，但是长命姐姐，你一定一定要相信我家先生挑选学生的眼光！"

崔东山一个旋转身姿，飘落在地，面朝长命道友，笑嘻嘻道："天地良心！"

长命道友摇头道："陆掌教哪怕身陷算计，但是神人天心，一次算不到，数次之后，一样能够算到你的算计。"

崔东山使劲点头："然后呢？终究隔着一座天下，哪怕他真身来此，当年也被压制在了飞升境，加上只是掌观山河，就该以仙人境算，再来与我心算，能赢我？"

崔东山使劲摇头："真不能。"

长命这才轻轻点头，只是却言语道："我会将此事一五一十说给主人听。"

崔东山作揖道："先生有此臂助，学生肩头担子卸去一半矣。"

长命有些无可奈何。

长命突然问道："你算到了我今天会试探石柔？"

崔东山举起双手，雪白大袖委实太大，一下子铺覆在脸上，被他一口气吹开。他放下一手，使劲拍打胸脯："天地良心，碰运气的！"

长命默不作声。

崔东山指了指自己的脑袋，感慨道："也不算全靠运气吃饭，毕竟不是李槐嘛。有你这么一号身在落魄山，我岂会置之不理。你也别怪魏檗向我通风报信，除了魏山君，小镇上，你其实并未找出所有我安插在此的谍子，所以我是以有心算无心……"

说到这里，崔东山开始摇头晃脑，吊儿郎当道："什么长命姐姐莫要介意的混账话，我就不说了。不过你可以介意，只是最好别让我发现你很介意，不然会让我为难。"

长命哑然失笑，只是更多还是放心。

一个玉璞境修士，竟然能够完全隐匿身形在自己身侧，难怪敢说算计陆沉。

崔东山一个后仰蹦跳，落在柜台后，双脚并拢，刚好踩在石柔脸上，使劲摇晃了几下，嚷嚷道："醒醒，身为女鬼，大白天睡觉偷懒不挣钱，我也就忍了，大晚上的，还不赶紧出来吓唬人！"

长命伸出手指，揉了揉眉心。这个崔东山，难道在主人那边，也是如此无赖吗？

崔东山蹲下身，很快便传来了扇耳光的声响，然后应该就是石柔清醒过来吓得撞在柜子上的动静。

看来石柔对这个白衣少年，是真怕到了骨子里。

最后崔东山站在一个小板凳上，用袖子擦拭着柜台，石柔站在不远处，低眉顺眼，一言不发。

崔东山侧过身，大骂道："我先生是不是不愿见你，所以迟迟不归乡?! 人不人鬼不鬼男不男女不女的，换成是我，一样要倒胃口，能不见你就不见你……"

长命皱眉道："这种话，劝你还是别说了，我敢肯定，如果陈平安在这里，一定不会由着你如此言语！"

直呼陈平安名讳，是长命道友在落魄山破天荒头一遭。由此可见，她是生气了。

长命已经做好了和崔东山交恶的最坏打算，不料崔东山一下子止住话头，叹了口气，双膝微屈，趴在桌上，只露出一颗脑袋："只要先生能在这里，别说是让先生骂一顿，打一百顿都行啊。"

长命笑道："会回来的。"

崔东山双袖在柜台上乱挥，哀号不已。

崔东山蓦然停下动作，问道："左右离开山头了吗？"长命点点头。

崔东山走下小板凳，绕过柜台，大摇大摆道："这个师伯当得太不像话了，没打招呼就来，没打招呼就走，下次见面，我跳起来就是当头一拳！"

看着晃荡出铺子的崔东山，长命越发皱眉不已，脑子有病的修道之人，很正常，可是这么有病的，少有吧？

崔东山突然在门口探出脑袋："长命姐姐，你以后来当落魄山的掌律祖师吧？"

长命笑道："你说了不算。"

崔东山说道："你是不知道啊，先生最偏心我这个学生了。裴钱、晴朗几个，加一起都不如我。"

长命笑眯眯道："请滚。"

崔东山说道："那我可真滚了啊？"

长命伸出一只手掌。崔东山大笑离去，在骑龙巷侧着身子旋转不已，大袖飘荡，煞是好看，说滚就滚。

来到落魄山，崔东山因为没走大门，是爬上来的，所以吓了正在嗑瓜子的小米粒一大跳。看着崖边那颗脑袋，小姑娘愣了半天。

周米粒飞奔过去，蹲下身，往下边左右张望："大白鹅，裴钱呢？咋个没有一起回家？你们不是经常一起耍嘛……"

崔东山爬上悬崖，周米粒也站起身，递给大白鹅一捧瓜子，然后呵呵笑道："可不是我吹牛，方才见着你，我只是吓了一小跳。"

崔东山笑嘻嘻道："小米粒可以啊，长个儿了。"

周米粒踮着脚尖，哈哈笑。

崔东山揉了揉小米粒的脑袋，望向远方，突然蹦跳起来，扯开嗓子喊道："浩然天下，你给我听好了！今儿我吓了小米粒一小跳，先生回家后，一定要吓这天下一大跳！还要加上蛮荒天下和青冥天下！"

第二章
我是东山啊

崔东山说完了豪言壮语,轻轻点头,很好很识趣,既然无人反驳,就当你们三座天下答应了此事。

周米粒怀抱金扁担和行山杖,拿出了落魄山右护法金字招牌的轻快拍掌。

崔东山沿着六块铺在地上的青色石砖打了一套王八拳,虎虎生威,不是拳罡,而是袖子噼里啪啦相互打架。

崔东山双脚落地,面朝竹楼背对小米粒,突然拧腰转身,递出一拳,见小米粒仍在犯迷糊,只好出声提醒道:"吃我一拳!上天入地最无敌!"

小米粒赶紧原地打转好多圈,这才由衷称赞道:"好拳!"

崔东山抖了抖袖子,一脸遗憾道:"不承想学成了绝世拳法,还是打不倒右护法,罢了罢了,就当平分秋色,下次再战。"

小米粒挠挠脸,她都还没出拳,没尽兴哩。

崔东山大摇大摆地走到石桌旁,小米粒赶紧将两件看家法宝搁在桌上,使劲掏袖子,接连掏出好几把瓜子,堆在大白鹅身前,余了好多,余了好久,总算有了用武之地。

崔东山嗑起了瓜子,随口问道:"小米粒,有没有谁欺负你啊,哪怕你是哑巴湖大水怪,可受了瓜子大小的委屈,都一定要跟小师兄说啊,小师兄别的本事没有,骂街一流,擅长堵大门。"

周米粒双臂环起,双肩高些再高些,恨不得高过小脑袋,她嗤笑一声:"大白鹅你离家太久了吧,如今脑袋可不灵光,只有我欺负别人的份儿!"

所以说你们一个个不要总是喜欢远游嘛。出门在外，万一给人欺负了，我都照顾不到你们嘞。

崔东山勾着身子，嗑着瓜子，嘴巴却没闲着，说道："小米粒，以后山上人越来越多，每个人即便不远游，在山上事情也会越来越多，到时候可能就没那么多时间陪你聊天了，伤不伤心，生不生气？"

周米粒笑哈哈："大白鹅又说傻话，在哑巴湖当大水怪的时候，好多好多年，一年到头都没人跟我聊天，我咋个就不伤心？"

崔东山恍然大悟，又说道："可那些匆匆过客，不算你的朋友嘛，要是朋友都不搭理你了，感觉是不一样的。"

周米粒使劲皱起了两条疏淡微黄的小眉毛，认真想了半天，把心目中的好朋友一个个数过去，最后小姑娘试探性问道："一年能不能陪我说一句话？"

崔东山停下嗑瓜子，微笑道："必须能够。"

周米粒小声说道："两句不嫌多啊。"

崔东山笑问道："啥时候带我到红烛镇和玉液江玩去？"

周米粒眨了眨眼睛："咱们等好人山主回家再说吧。"

只要蹲在好人山主的竹箱里边，黑衣小姑娘的胆子就能有两个米粒大。只要晓得好人山主在回家的路上了，她就敢一个人下山，去红烛镇那边接他。

崔东山点点头："没有问题。"

气杀老夫气杀老夫了，等会儿再说，不能吓着小米粒。

既然老厨子已经返回落魄山，帮着梳理脉络，崔东山也就比较放心了，他能做的，其实就是闲来无事查漏补缺。除了石柔那边，让长命道友帮着小小收官一场；泓下、云子这两条小孽障，也要敲打提点一番；至于那个初来乍到的狐国之主沛湘，更是。老厨子对待美人，一贯多情，还是略显心慈手软菩萨心肠了，其实正好，好人老厨子来当，恶人就让他崔东山来做。

崔东山早就与先生坦言，一座山头，哪怕最终做成同样一件事，也得有多份人心，好教某些人看得真切、记得牢靠，才能真正记得住打念得了好。其中，相对比较重要的一件事，则是由他提议长命道友暂领落魄山掌律祖师一职。事实上，按照一般仙家山头的仪轨礼制，这已经属于崔东山行事僭越了，已经不算什么胆大包天，而是一人挑衅整座祖师堂。别说被秋后算账穿小鞋，都可以直接双脚砍断拉倒，丢出去喂骑龙巷左护法了。所以这趟落魄山之行，还真不是崔东山闲逛而已。

陈暖树一路小跑过来，腰间分门别类的一串串钥匙在轻轻聊天。

粉裙小姑娘陈暖树与崔东山施了个万福，安安静静坐在石桌旁。

陈暖树确实不会掺和什么大事，却知道落魄山上的所有小事。

崔东山与陈暖树说了些陈灵均在北俱芦洲那边的走江情况，倒也不算偷懒，而是遇到了个不小的意外。

陈灵均跟一个新认识的朋友，混得熟了，义字当头，两肋插刀，结果为了那个正儿八经斩过鸡头烧过黄纸的好兄弟，两人果真有福同享有难同当，被济渎最西边婴儿山雷神宅拘押了起来。济渎中部的龙宫洞天先后两封帮着陈灵均求情的书信都没能让雷神宅放人。雷神宅委实是被气得不轻，门派虽损失不大，可丢脸太大了。哪有人将那雷神宅山门口的金字匾额挖去一大半文字的?！你就算脑子有病也得有个分寸不是？你就算要偷走，干脆一起将匾额偷走，事后追回还能全须全尾，重新悬挂上就是了，那俩家伙倒好，只抠去"神宅"那两个金色大字……

逮住了那个罪魁祸首之后，对方理由竟然是"三个字全抠了，怕你们打死我，留下个字，就算行走江湖，做人留一线，日后好相见了"。

因此那两封出自龙宫洞天的密信，虽然给了雷神宅天大的面子，婴儿山那边却没有放人。不过山上大仙家行事，往往不至于太过生硬，雷神宅毕恭毕敬回了两封信，措辞委婉，只说那个南薰水殿的贵客、龙亭侯的好友，只需要稍稍给句道歉的言语，咱们雷神宅就可以放人，不但放人，还让人一路恭送离境。问题症结就在于那个靠山很硬的家伙，一直摆出"打我可以，半死都行，道歉休想，认错没有"的无赖架势。

陈暖树忧心忡忡，问道："陈灵均闹脾气做错事了？"

"倒是破天荒没犯错。这小子在北俱芦洲，别说低头做人，恨不得一直趴地上小心远游，谁都瞧不见他。"崔东山摆手笑道，"是那婴儿山雷神宅管教无方，有错在先。错不大，只是山下江湖的一桩小恩怨，错杀了一人，打伤了几个，打发了一笔神仙钱了事，然后就被陈灵均凑巧撞见了，只不过没能救下人，他身边那个'朋友'又一个没忍住，率先动手打了人，反正一场稀里糊涂的乱战。陈灵均那个新朋友被打得灰头土脸，行凶修士也跑了，陈灵均就更咽不下这口气了。至于婴儿山上的神仙嘛，比较要面子，何况也没觉得那个错就是错。加上陈灵均是外乡人，按照一般的山上规矩，就是错上加错了，又能如何？陈灵均也没傻到要硬闯山门，第一次道理讲不通，第二次吃了闭门羹，最后跟朋友一合计，就合计出那么个法子来。"

说到这里，崔东山大笑起来："不愧是落魄山混过的，做事情大快人心。"

陈暖树说道："有惊无险就好。"

崔东山点头道："寄信的两个朋友，身份都不简单，我们就放心好了。陈灵均在雷神宅好吃好喝，还有朋友在牢里陪着侃大山，快活着呢。泓下走江，不过是几个江水正神开路护道，好嘛，咱们陈灵均陈大爷走水，都有大渎公侯护驾了。"

毕竟寄信的那两位，如今北俱芦洲的宗字头都是要卖面子的。南薰水殿出身的沈霖，如今有了一个几千年后重见天日的神位——济渎灵源公。另外一位品秩稍低，是曾经的大渎水正、如今的济渎龙亭侯李源。官品是灵源公更高，只不过辖境水域，大致上属于一东一西，两人各管各的。

周米粒听得聚精会神，赞叹不已："陈灵均很可以啊，在外边吃香得很嘞，我就认不得这样的大渎朋友。"

只是不晓得陈灵均有没有在他们跟前稍稍提那么一嘴，说他在家乡有个好朋友，是哑巴湖的大水怪，行走江湖，可凶可凶。不过小米粒挠挠头，觉得陈灵均应该不太乐意讲这个，没讲也没有关系，万一陈灵均的新朋友不太乐意听，岂不是让陈灵均没面子。

崔东山笑眯眯道："对对对，小米粒只认得傻大个君倩、桌儿大剑仙这样的。"

周米粒嘿嘿笑道："还有余米、刘瞌睡和泓下姐姐哩。"

陈暖树忍住笑，说道："小米粒帮着左先生搬了张椅子到霁色峰祖师堂门外，左先生起身后打算自己搬回去，小米粒可凶了，大声说了句'我不答应'，让左先生好生为难。"

小米粒伸手挡嘴笑哈哈，坐在凳子上摇头晃脑荡脚丫："哪里可凶很大声，没有，都没有。暖树姐姐可别胡说。"

陈暖树觉得实在是太有趣了，就忍不住再夸小米粒："崔先生你是不知道，当时小米粒仰起头，无声胜有声，就像在与左先生说：这张椅子我来搬，这句话就撂这儿了，谁说话都不好使！"

小米粒使劲摆手："真没有这个意思，暖树姐姐瞎说的。"

崔东山蓦然一个身体后仰，满脸震惊道："小米粒可以啊，知不知道晓不晓得那桌儿大剑仙，遇到他先生之外的所有人，可都是很凶很凶的，连你的好人山主在他那边，都从来没得到个好脸色。只说在那哑巴湖大水怪声名远播的剑气长城，桌儿大剑仙有事没事就朝城头外递出一剑，砍瓜切菜似的，大妖死伤无数。就连剑气长城的本土剑仙都怕与他讲理，都要躲着他。小米粒你怎么回事，胆儿咋个比天大了？"

小米粒坐直身体，皱起眉头，想了半天，自顾自点头道："下次可以答应。"

暖树嗑瓜子嗑得慢，就将自己身边的瓜子轻轻推给大白鹅和小米粒一些。

崔东山与两个小姑娘聊着大天，同时一直分心想着些小事。

世间事，重视归重视，可只要脉络在我手中蔓延，那就都是小事。

关于大渎封正灵源公、龙亭侯一事，中土文庙那边尚未发话，好像就只是默认而已。

封正大渎，已是浩然天下三千年未有之事了。寻常一洲的世俗王朝皇帝君主，根本没资格插手此事，对他们而言痴人说梦，当然只有中土文庙才可以。但是瓜分龙宫洞天的三方势力，大源王朝崇玄署、浮萍剑湖和水龙宗，不约而同都极力促成了此事，纷纷出钱出力出人，连两座雄伟祠庙都建造起来了。废话，灵源公和龙亭侯，可都算他们的半个自家人。哪怕以往关系一般,可水运又做不得假,祠庙不但可以聚拢一洲水运入渎,更能够从大海之中汲取水运,尤其是后者,这等山上修士通天手段也难攫取的福缘造化,哪个不想借机分一杯羹,跟那两座公侯祠庙沾沾光?

北俱芦洲的那位书院山长周密对此非但没有排斥,反而手书两封寄往中土神洲,一封寄给文庙,一封寄给自己先生。大概想要说服文庙认可此事,让一位文庙副教主或是学宫大祭酒来此封正。其实封正大渎,哪怕是一位文庙陪祀圣贤都不太够。只不过信上具体写了什么内容,崔东山又不是文庙副教主或是大祭酒,看不到,当然也就不知道了。他只能依循周密的性情和一洲的形势,猜个大概。

事实上,将北俱芦洲和宝瓶洲两洲衔接也好,封正济渎和齐渎这两条大渎也罢,都是宝瓶洲逼着中土文庙去默认,不承认又能如何?

不过北俱芦洲的那位圣人周密,如今一定没少被人看笑话,就周密当山长前都需要得了先生"制怒"二字的脾气,一定很好玩。崔东山跟他其实还挺熟。

自家宝瓶洲的那条齐渎,是书简湖那位老人负责的封正仪式。鸡汤老和尚和商家范先生一旁观礼。

这还只是摆在台面上的,私底下则还有秘密返回宝瓶洲的李柳,以及和李柳隔水相望的阮秀。

杨家药铺那位青童天君,则让阮秀帮忙捎带一块匾额,让李柳捎带一副楹联,作为大渎祠庙的上梁礼。匾额是:齐渎公祠。楹联是:如沐春风,君子继往开来,当仁不让为天地立意;静心得意,圣贤经世济民,文以载道开万世太平。

匾额与楹联皆集字而成,好似是那位齐渎公亲笔手书。

大渎祠庙内,还悬挂了一块空白匾额,好像在等人题写文字,可能会写"天下迎春",可能会写"我心光明",可如今谁知道呢。

崔东山趴在桌上的瓜子壳堆里,有些百无聊赖,米剑仙怎么还不来叙旧啊,咱哥俩可是好友重逢啊,我很忙的,要珍惜光阴啊。玉璞境剑仙咋了,就可以瞧不起只比你高一境的没出息朋友吗?

一袭青衫的米裕走到崖畔,笑容似乎不是那么自然。米裕是真怕那个左大剑仙,准确说来,是敬畏皆有。至于眼前这个"不开口就很俊俏,一开口脑子有毛病"的白衣少年郎,则是让他心烦,是真烦。

当初在家乡城头上,老子醉卧云霞优哉游哉,谁也没去招惹不是?结果就是这家伙路过了,然后挖坑害的自己,使得左右第一次对本土剑修出剑,他米裕算是讨了半个头彩,毕竟左右没有真正对他出剑,瞧不起玉璞境的绣花枕头呗,还能如何?大剑仙岳青则"运气不错",挣着了后边的剩余半个。

所以米裕一发现崔东山上山后,就去山巅空荡荡的旧山神祠逛了个遍。不承想崔东山是真能聊,他总躲着不合适,太刻意了,何况以后落魄山开启镜花水月,挣那仙子姐妹们的神仙钱,米裕也挺想拉着这家伙一起的。再说了,不打不相识嘛,如今是一家人了。不过米裕觉得自己还是得悠着点,林君璧那么个聪明的人,光是下了几局棋,就给崔东山坑得那么惨,米裕他一个臭棋篓子,还是小心为妙。

陈暖树扯了扯周米粒的袖子,小米粒灵光乍现,告辞一声,陪着暖树姐姐打扫竹楼去了。书桌上但凡有一粒灰尘趴着,就算她和暖树姐姐一起偷懒。

崔东山伸手示意米大剑仙落座,笑嘻嘻道:"米大剑仙,久仰久仰。"

米裕无奈落座,与白衣少年崔东山面对面而坐,双方离得远些好。

崔东山一本正经道:"我是东山啊。"

米裕没好气道:"我们又不是不认识。"

泥菩萨还有三分火气,老子不算剑仙,好歹是剑修。天底下哪个剑修没点脾气。

"那咱哥俩就好好认识认识?"

崔东山以心声微笑道:"本命飞剑霞满天。跻身上五境之前,在下五境偷摸出城厮杀六场,中五境尤其是元婴境剑修时,出手最为狠辣,战功在同境剑修当中位居第二,最敢舍生忘死,只因为敌对妖族境界不会太高,哪怕置身绝境,兄长米祜都能救之,兄弟都活。跻身玉璞境后,米裕厮杀风格骤然大变,畏畏缩缩,沦为家乡笑谈。事实则是只因为米裕一旦身陷死地,只会害得兄长先死,哪怕米祜比弟弟晚死,也多半会速死于下场大战,或者学陶文、周澄之流剑仙,一生难受,生不如死。"

米裕双手在桌下攥拳,脸色铁青。

崔东山一手托腮,一手拨弄着瓜子,说道:"可不是我家先生跟我说的。"

米裕冷笑道:"隐官大人,绝对不会如此无聊!"

崔东山脑袋一晃,换了一只手支起腮帮子:"对嘛,我比较无聊,才会如此往别人心头伤口倒酒。"

米裕说道:"不待见我就直说!"

崔东山摇头道:"恰恰相反,不敢说米裕在我心中,算什么给人冤枉了的英雄豪杰,却敢说剑修米裕真真正正是个大活人。"

米裕很怠懒,但是在有些事上很较真。所以哪怕崔东山如此解释,米裕依旧火冒三丈。打又打不得,何况也未必真能打得过,骂又骂不得,那是肯定骂不过的。加上如今双方身份,与当年迥异,更让米裕越发憋屈。

崔东山笑了笑:"比较尴尬的一件事,是米祜资质太好,相较于弟弟,兄长练剑更早,境界更高,那么米裕到底何时才能真正施展手脚,出剑杀大妖呢?"

崔东山摇摇头:"没机会了。如今境界还低,毕竟玉璞境瓶颈哪里是那么好打破的,作为仅剩的香火,更死不得了,不然如何连同兄长那份一起挣个够本再死?憋屈是真憋屈,换成我是米剑仙,修心如我这般豁达的,说不定都要更憋屈啊。"

崔嵬在家乡剑气长城,曾与崔东山坦言一句:"凭什么我要死在这里?"崔东山很认可。

米裕此人,其实崔东山更认可,至于当年那场城头冲突,是米裕自己嘴欠,他崔东山不过是在小事上煽风点火,在大事上顺水推舟罢了。再说了,一个人,说几句气话又怎么了嘛,恩怨分明大丈夫。死在了战场上的岳青如此,活下来的米裕也一样如此。

米裕破天荒勃然大怒,死死盯住口无遮拦的崔东山,眼眶通红,沉声道:"崔东山,你给老子适可而止!"

崔东山举起双手:"好的好的,自家人说几句难听话,就受不了啦? 以后等到宝瓶洲世道太平了,换成外人拿此事笑话你米裕,顺便笑话整座落魄山收破烂,米大剑仙岂不是每天都要故伎重演,忙着偷溜出去,下山剁人,剁得脑袋堆积成山、剑刃起卷子?"

米裕一身凌厉剑气,瞬间搅碎崖外一大片过客白云。米裕还忘记了心声言语。

崔东山眯起眼,在嘴边竖起一根手指:"别吓着暖树和小米粒。不然我打你半死。"

米裕的剑气,崔东山只拦阻了一半,崖外白云碎就碎,竹楼方向则一缕剑气都无。

米裕深吸一口气,立即收敛剑气,竟是强压下满腔怒火,不过脸色依旧阴沉。他赶紧转过头,看到了二楼那边并排趴在栏杆上的两个小姑娘。米裕挤出一个笑脸,挥挥手,沙哑笑道:"闹着玩闹着玩,忙你们的去。"

"人心有大不平,便会有难解之大心结。你米裕只有这么个心结,我完全可以理解,如果只是一般朋友,我提也不提半个字,每次碰面,嘻嘻哈哈,你嗑瓜子我喝酒,多其乐融融。但是,"崔东山笑了起来,"但是啊,我从来不怕万一,就是能够每次打杀万一,比如,万一你米裕心结大过了落魄山,我就要事先打杀此事。一句顶美好的言语,只要被人在耳边唠叨了千百遍,就要变得俗不可耐、面目可憎。那么同理可得,一个意难平的天大心结,只要有人在旁多说几遍,也要难免稍宽几分。"

崔东山接连三句话。米裕其实听完第一句,就已经知道崔东山的本意了,所以已经没有那么多"意难平",还觉得第二句话挺有道理,结果第三句话又让米裕一阵火大,忍不住压低嗓音骂道:"滚你的王八蛋同理,老子没你想的那么小心眼!"

崔东山笑眯眯道:"当真? 你要当真我可就跟着当真了。"

米裕叹了口气:"我会注意这个万一。"

崔东山点头道:"孺子可教也。"

米裕斜眼看崔东山:"你一直这么擅长恶心人?"

问出这个问题后,米裕立即自问自答道:"不愧是隐官大人的学生,不学好的,只学了些不好的。"

崔东山纠正道:"不是一般学生,是我家先生的得意弟子!"

趁着爱记账的大师姐暂时不在家中,小师兄今儿得可劲儿找补回来。

米裕欲言又止。

崔东山用袖子抹过桌子,将那些瓜子壳都扫到崖外,好似未卜先知,说道:"不用刻意与我为友,客套寒暄都用不着。一家人、亲兄弟都有相互看不顺眼的,何况你我。你愿意相信你的隐官大人,我为我的先生排忧解难,大方向一致,就不用奢望更多了。强扭的瓜,蘸了蜂蜜糖水,吃到最后,还是苦的,先甜后苦最麻烦。"

米裕点点头:"是个好道理。"说不定可以照搬再化用,好与仙子女侠说一说。

崔东山斜靠石桌,眺望崖外,微笑道:"以后落魄山开启镜花水月的时候,米剑仙大可以与女子言说此理,我只会在一旁大声喝彩,拍手叫好,当是第一次听说这般至理名言。"

米裕叹了口气:"烦。"

崔东山淡然道:"火烧书页不停歇,怎一个烦字了得。"

米裕举起双手,哭丧着脸道:"崔东山,崔神仙,崔爷爷,我怕了你成不成?以后只要你到落魄山,我肯定躲你远远的,绝不烦你。"

崔东山抬起手,手腕不动手掌动,轻轻一晃,笑嘻嘻道:"米剑仙别这样,我目前只有蔡京神这么一个乖孙儿,再多也要心烦了。"

竹楼二楼那边,陈暖树松了口气,看样子两人是重归于好了。小米粒也终于舒展了紧紧皱起的小眉头,还好还好,余米没跟大白鹅打起来,万一打起来,到时候可难拉架啊。

小米粒双脚落地,轻声问道:"暖树姐姐,他们为什么要吵架啊?"

陈暖树揉了揉小米粒的脑袋,柔声道:"崔先生和余先生都是大人,都有大大小小的忧愁,说了比不说要好呀,不能总憋在心里的。"

小米粒使劲点头,然后眼睛一亮,咳嗽一声,问道:"暖树姐姐,我问你一个难猜极了的谜语啊,可不是好人山主教我的喽,是我自己想的!"

陈暖树有些好奇,点头道:"你问。"

小米粒捧腹大笑,哎哟喂不行了太好笑了,黑衣小姑娘得蹲在地上肚子才能不疼,看来那个谜语,先把她自己开心得不行。暖树蹲下身,等小米粒笑完了,再问到底是什么谜语。周米粒坐在地上,刚要说话,又要忍不住捧住肚子。

暖树无奈道:"那我先忙了啊。"

周米粒做了一个气沉丹田的姿势,这才赶紧说道:"啥东西憋着好,不憋着就不好?!"然后小姑娘在地上打起滚来。

暖树揉了揉头,她知道答案,却说得先想想。

前些年裴钱练拳的时候,难得可以休息两天,不用去二楼。周米粒唯一一次没有一大清早就去给裴钱当门神,裴钱觉得太奇怪了,就跑去看消极怠工的落魄山右护法,结果暖树开了门,她们俩就发现小米粒床铺上,被子被周米粒的脑袋和双手撑了起来,好像个小山头,被角则卷起,捂得严严实实。裴钱问右护法:"你在做个锤儿嘞?"周米粒闷声闷气地说:"你先开门。"裴钱一把掀开被子,结果把自己和暖树熏得不行,赶紧跑出屋子,只剩下早早捂住鼻子的小米粒,在床上笑得打滚。

崖畔石桌,两两沉默。崔东山突然说道:"如果你选择意气用事,一剑打烂玉液江水神庙,落魄山今天就没有余米了。"

米裕摇头道:"我又不是傻子。隐官大人一直提入乡随俗,我知道轻重利害。"

崔东山转过头,米裕说道:"好吧,我是个傻子。"

崔东山站起身,绕过半张石桌,轻轻拍了拍米裕的肩膀:"米裕,谢了。"

米裕问道:"谢我做什么?"

崔东山没有给出答案,白衣少年郎双手笼袖,整个人好似一团白云,望向崖外的悠游白云。

以前的白衣少年,也就是当年的年轻崔瀺,曾经跟随老秀才一起游历白纸福地。白纸福地被小说家占据后,不断扩建,可谓浩然天下最为奇怪的一座上等福地。白纸福地天地之大并无定数,每一位小说家修士都可以提笔写人写事,只要最终不被删减,就可以帮助福地不断壮大山河。

崔东山当时看了福地内的"几部大书",既有山上神仙事,也有江湖门派武林事,都不太认可,说那些山上仙家和江湖门派都有些缺漏,人心变化不大,好像上了山,或是入了江湖门派,岁月流逝,却一直没有真正活过来,一些个人心变幻,哪怕稍有转折,亦是太过生硬。那些个小老天爷角色的成长,心路还算丰富,但是他的所有身边人,好就是好,与人相处永远一团和气,聪慧就永远聪慧下去,迂腐就事事迂腐。这样的山上宗门,如此的江湖门派,人心根本经不起推敲,再大也只是个空架子,人多而已。出了白纸福地,风吹就倒。

"我不说白纸福地全部如何,只说大多数情况如何。天下道理说清楚,得讲比例之大小。

"那人身边的朋友,侠义之士,就不会犯错吗?山上神仙,就不会不小心杀错人吗?一个个倒是比浩然天下的道德圣人都要更加完人了。

"那人身边之人,相互间就只因为是朋友的朋友,就成了一辈子的朋友?与那人为敌之人,为何皆是大奸大恶之辈,少有活得精彩之人,为何不能在别处赢得他人敬重?山上神仙为何只会与林泉白云青松做伴?下山去时,市井百姓认不得兜里神仙钱,与掌柜伙计讨要一壶劣酒喝,便不是神仙了?

"难不成偌大一座誉满天下的白纸福地,就是为了那数百个小老天爷而存在的?!

好大道!"

当时那位小说家的开山老祖只是抚须而笑,倒是他身边几位年轻祖师和几个公认"妙笔生花、才情泉涌"的天才俊彦,被一个外人当面揭短,脸色都不太好看,只差没有来上那么一句"有本事你写啊"。

不然按照当时崔瀺的性情,还真我来就我来了,好教他们知道什么叫"凡夫俗子厚积薄发的妙手偶得,是我崔瀺的随便一语天然万古新"。

所幸当时老秀才赶紧打圆场,先骂了自家弟子一句:"纸上得来终觉浅,你懂个屁!小说这等巨著,洋洋洒洒动辄数万、数十万字,不是你平日里扯几句诗词那么简单的。"然后帮着那几位年轻俊彦好好吹嘘了一大通,再稍稍指点一二,都是些小毛病,瑕不掩瑜的。

文圣的亲口称赞和缝补瑕疵,当然敌得过一个年轻弟子的随口胡诌,那些小说家高人便没有再与崔瀺计较什么。一个文圣首徒的头衔之外,就只算个寂寂无名的小辈了,懂什么。

可崔瀺却未见好就收,当时尚未展露峥嵘的年轻人,还说了一番更加大逆不道狠狠打人脸面的言语:"我一直觉得语言本身,就始终是一座牢笼。世间文字,才是小说家的生死大敌。因为文字构建起来的语言边界,就是我们心中所思所想的无形边界。一天不超脱于此,一天难证大道。"

当时唯有小说家老祖师轻轻点头,望向年轻崔瀺的眼神颇为赞赏。老秀才笑得直咧嘴,咧得有半只簸箕大,倒还算厚道,没说什么话。老祖师斜眼一看,好嘛,便头也不点了。

再后来,崔瀺声名鹊起,没有辜负文圣首徒的身份。再后来,崔瀺名动天下,下出的彩云局,是"锦绣三事"之一。最后来,声名狼藉。这些浩然天下其实都知道,只是大多忘记了一件事。崔瀺昔年在文圣一脉内,经常代师授业。

崔东山一直怔怔地望向南方的宝瓶洲中部。那个人才一直是崔瀺,不管他后来还算不算文圣首徒,都会是那个"浩然天下锦绣三事"的绣虎崔瀺,是那个绝不愿意只为世道锦上添花的大骊国师。我不是。

崔东山嘿嘿而笑,喃喃低语:"我就只是崔东山了,天真无邪的少年东山啊。"

明天永远属于少年。

少年年年有,我始终在其一。

其实崔东山不是没有想过,想要不在其中,崔瀺当年没答应,还给了一个崔东山无法拒绝的道理。崔瀺就是这样,认真算计起来,永远将自己都算计在其中。

米裕没有自找麻烦,就只是枯坐一旁,绝不主动与崔东山言语。

崔东山轻轻呼出一口气,将一大片白云轻轻推远。仙人吹嘘,云聚云散。

然后他转头跟二楼那边的黑衣小姑娘喊道："小米粒,我先下山一趟,你先让老厨子做一大桌子好吃的。"

周米粒赶紧问道："得多好吃?!"

崔东山学小米粒双臂环胸,使劲皱起眉头。

周米粒挥挥手："恁大人,幼稚哩。去吧去吧,记得早去早回啊,要是来晚了,记得走山门那边,我在那儿等你。"

崔东山点点头,倒退而走,一个后仰,坠入悬崖,不见身影后,又蓦然拔高,整个人不停旋转画圆圈,如此这般仙人御风远游……

周米粒哀叹一声,大白鹅真是孩子气。

米裕凝神眯眼望去,好家伙,看样子是直奔玉液江水神庙去了?然后米裕重重叹气,愤懑不已,你倒是带上我啊。

崔东山确实去了玉液江,却不是去水神庙,而是施展障眼法隐藏身形,到了玉液江上空,一个倒栽葱笔直坠入江水中,然后一路凫水到了水神府门外。最后他弯曲手指,做轻轻敲门状,扯开嗓子喊道："水神娘娘,开门开门,我是东山啊。"

一旁两个水神府看门精怪面面相觑,且不说这家伙到底是何方神圣,又怎的悄无声息就越过了外面那道地仙难破的山水禁制,只说眼前水神府大门又没关闭,那么你这"东山"到底在敲个啥?

骑龙巷的草头铺子,目盲老道人最近几年脸上多有笑脸,说句不夸张的,他偶尔做梦都能笑醒。连在两个徒弟那边,贾晟都少了许多骂声。打是亲骂是爱,不打不骂不师父嘛。贾晟觉得真是时来运转,如今总算过上了神仙该有的神仙日子。

不过老人也暗暗告诫自己,再神仙日子,也要牢记一个寄人篱下的道理,有些自己这边很管用的规矩,得往后挪挪。比如偶尔心情不佳踹几脚赵登高那个出身不正的小孽畜没问题,可是以往那习以为常的下重手就免了。至于田酒儿这丫头片子,更是骂都骂不得了,毕竟那个年轻山主的开山大弟子每次来骑龙巷逛荡,都要喊一声酒儿姐姐的。

今儿天气不错,草头铺子的生意还是很一般,凑合吧,毕竟铺子这边除了那些最早留下的山上物件,其余都是牛角山包袱斋剩下的,要不然就是一个叫马笃宜的姑娘放在这边寄卖的。那个姑娘,老道我哪怕眼瞎,可是这辈子跋山涉水除魔卫道多少年了,一下子就晓得了她的鬼魅身份,假装眼瞎……罢了,是真瞎,假装不知罢了。

贾晟双手负后,笑眯眯去了隔壁的压岁铺子,可惜可惜,那位灵椿道友暂时不在。老道我身为龙门境的老神仙,运转无上神通,"天眼一开",那位灵椿道友的大致容貌身段,那还是瞧得出来的。

石柔站在柜台后边,瞥都懒得瞥一眼贾晟。这个人精儿似的老道,还会做什么,以前没去黄湖山结茅修行,没有瞎猫撞上死耗子破境的时候,就来自己这边闲着没事成天瞎扯有的没的,翻老皇历摆祖上阔过呗,等到天上掉下个龙门境,好嘛,就立即开始换花样了,连石大掌柜都不乐意喊了,再不说什么石大掌柜咱哥俩要相互照应了,一口一个"石老弟",再显摆他那龙门境的种种玄妙不可言,不可言不可言,你怎么就不晓得直接闭嘴呢?如果不是石柔看酒儿和登高是真可怜,她不愿让他们俩师兄妹难做人,贾晟敢登门,她早就要拍算盘骂人,再拿扫帚赶人了。

贾晟斜靠着铺子大门,手里边拎了把玉竹折扇,笑呵呵道:"石老弟,灵椿姑娘怎么今儿不在铺子啊?"

石柔置若罔闻。

贾晟一下子打开折扇,扇动清风,沉默片刻,一把扇子哗哗作响,突然恍然说道:"石老弟你瞧瞧,不小心闹了个笑话,老哥我久在山下江湖,只顾着降妖除魔,差点儿忘记自己如今,其实已经不知人间寒暑。"

石柔只是呵呵一笑。

贾晟神色释然,啪一声并拢折扇,也怪不得石老弟会如此不自在,毕竟双方都是落魄山的记名供奉,可是境界悬殊嘛。

贾晟缓缓而走,点评了几句各色糕点的香味,拈起其中一块,就知道石老弟要开口说话了。呵,石老弟如今就只能守着铺子掌柜这个身份喽。果不其然,石柔开口说了句:"我先记账,月底一起结账。"

贾晟笑道:"石老弟按照双倍价格算都是可以的嘛。毕竟糕点这玩意儿,卖了几十斤上百斤,也未必抵得过我那铺子卖出一件。"

石柔低头翻开账本:"用不着。"

贾晟心中微笑不已,石老弟脸皮也太薄了,与老哥我还见外啊。我就算成了龙门境的老神仙又如何,还不是你铺子隔壁的贾老哥?

贾晟在压岁铺子待了得有半个时辰,也没能等到那位灵椿姑娘,这才将折扇插在后领口处,双手负后,缓缓踱步回自己铺子。结果就"看到"一个白衣少年郎吊儿郎当坐在柜台上。贾晟没有任何凝滞动作,只见他一个伸手将扇子别在腰间,同时一个快步向前,弯腰打了个稽首,惊喜大呼"崔仙师"。

崔东山没搭理他,只是让看着铺子的酒儿先去隔壁铺子吃些糕点,账算在石掌柜头上,不用客气,不然他崔东山就去跟石掌柜急眼。

至于田酒儿的师兄赵登高,则去了龙泉剑宗找阮邛的大弟子董谷,两人投缘,赵登高经常找后者请教修行学问。一向不好说话的师父贾晟,在这件事上,倒是显得比徒弟还热情,好似真正修行的是他贾晟。私底下还一个劲儿劝说赵登高,说:"你小子莫要脸薄，得常去那边做客，那位董神仙可是位陆地神仙，你小子脑子再蠢，也能沾沾仙气回来，至于铺子这边的生意，你师妹一个人照顾就是了。"

田酒儿一离开铺子，崔东山就坐在柜台上，看着这个身材枯瘦却身穿一件极为宽大道袍的老人，啧啧道："好一位龙门境老神仙，九十斤重的身子骨，得有一小半的斤两是身上这件仙家法袍的功劳吧，贾老神仙这不是穿道袍，是穿着一大堆神仙钱啊。哟哟哟，这道袍大的，袖子都要垂地了，怎的，老神仙这是去骑龙巷扫地呢？"

贾晟额头上满是汗水，干笑道："崔仙师说笑了，说笑了。"

贾晟是真不傻，这些年在小镇铺子，或是去州城或是在山上，只要听了个小道消息，甭管是不是空穴来风，都能被他翻来覆去、掰碎了多想些。好事往小了想，坏处往天大了想，小心再小心，琢磨再琢磨，这就是他行走江湖不翻船的立身之本。

对于崔先生的风凉话，好得很，大夏天的清风拂面备感清凉哩。

贾晟本来没觉得有半点难堪，这点脸皮掉地上，老道我都不稀罕从地上捡起来，弯个腰不费劲啊！花点小钱，随便吃几块隔壁铺子的糕点就能找补回来。不承想灵椿姑娘早不出现晚不出现，这会儿站在了自家草头铺子的大门口，一侧肩头靠着门，双手笼袖笑眯眯。苦也苦也。

当贾晟就真的只是老道士贾晟而已，崔东山懒得多废话，他以手指轻敲柜台，开门见山道："如今落魄山的记名供奉有多紧俏，你清不清楚啊？"

贾晟当然清楚啊，当年落魄山祖师堂建成，魏大山君都来观礼了！再说了，年轻山主跟阮姑娘那点事儿，老道我真眼瞎又如何，又没被猪油蒙了心窍，一清二楚！

刚刚走了一趟玉液江水神府的崔东山，缓缓道："你可是收了个好徒弟的，敝帚自珍已经很不大气，很不落魄山供奉了。"

崔东山突然一巴掌拍在柜台上，吓得贾晟立即脖子一缩，低头更弯腰。

崔东山跳下柜台，绕着噤若寒蝉的贾晟转圈，骂骂咧咧："暴殄天物，私心太重，可就是为人不厚道了！当了龙门境老神仙，就活腻歪啦？老寿星吃砒霜？你要吃几斤，给老子一个准话！老子少你一两，都算老子跟你一样不大气！"

贾晟微微抬起头，心中惴惴不安，一张老脸委屈万分，颤声道："崔仙师，你老人家的意思，我是明白的，只是我心里有苦说不出啊，今儿碰到了崔仙师，便是舍了脸皮半点不要，也要斗胆与你老人家说一说咱们师徒仨那本难念的经了。"

说到心酸处，贾晟揉了揉眼角，只是没耽误嘴上言语："我家酒儿的体魄，确实契合天理，非是老道舍不得这点'天材地宝'啊，老道我身为记名供奉，哪里是个昧良心的人，对落魄山和山主大人，那是感恩戴德得只恨不在家里供设牌位、日日敬香才好。托了咱们山主的洪福，老道在黄湖山跻身了小小龙门境，理当为落魄山做点实在好事才对，老道我早年云游，杀妖降魔，还算心硬，只是道行微末，本事不济，教崔仙师看笑话了，徒弟酒儿的鲜血,老道如何不知好处,只是怕就怕此举,有伤人和,以后给山主知道了,反而怪罪。如若不然,老道早就让酒儿做此事了,哪怕她心中不肯,眼窝子浅了,不晓得对落魄山感恩,老道身为她的传道恩师,不但要她定时给出几斤符泉不说,还要好好教她一番为人处世的道理!老道不论如何心疼俩弟子,也舍得棍棒之下出孝子!"

贾晟当然是在胡说八道,纯属瞎扯。往自个儿头上戴高帽不说,还要往弟子田酒儿身上泼脏水。

龙门境老神仙贾晟,其实就一句真话,怕落魄山山主陈平安觉得此举有伤人和,让他贾晟卖好反而不讨好,岂不是一桩天大的亏本买卖。

贾晟眼瞎心不瞎,知道落魄山的底线就是讲点良心,当个人。其余要小聪明和抖机灵啥的,都不至于让他丢了这只落魄山记名供奉的神仙饭碗。

事实上,直到现在,精明如老道人,仍是搞不太清楚那位年轻山主,怎么就法眼一开,相中了他们师徒三人,能让风餐露宿惯了的他们有幸在落魄山端碗吃饭。

崔东山扯了扯贾晟的道袍袖子,又拿走了那把被老道人拿来附庸风雅的玉竹折扇,轻轻打开,一边绕圈行走,一边扇动清风。

崔仙师不说话,贾晟铆足劲说完了那番"肺腑之言",也真是没气魄和没脑子言语更多了。

崔东山说道:"从今天起,定时定量,让酒儿积攒符泉,以后有大用处。只是记得别伤了酒儿大道丝毫。"

贾晟小鸡啄米,抱拳道:"谨遵崔仙师法旨。既会帮着崔先生积攒符泉,也会惦念着酒儿,哪里舍得酒儿吃苦,到底是自家亲闺女似的。"

这个贾晟,修行含糊,说话是真不含糊。事实上,正是贾晟太精明,反而他一些个不聪明的选择才让落魄山看在眼里。

两个徒弟摊上他这么个师父,惨是真惨。贾晟动辄打骂,什么难听的话都能说出口,打起徒弟来,更是半点不输为了挣钱的杀妖除魔。但是有些事情,贾晟就做得很不山上仙师了。比如收了个精怪出身的弟子在身边,还要帮忙掩饰身份。又比如没有将田酒儿转手卖给符箓山头的谱牒仙师。

老道人的徒弟田酒儿天赋异禀,鲜血是天然适宜修士画符的符泉。

昔年贾晟挣钱也好,假装道门真人拐骗有钱人的钱袋子也罢,掌心画旁门雷符时,符泉都会派上用场。只不过凭真本事和做样子坑骗来那点金银钱财,比起高价卖掉田酒儿,两者天壤之别。

崔东山点头道:"那就这样。晚辈就不叨扰老神仙修行了。"

崔东山将那把折扇丢还给贾晟,贾晟赶紧双手接住,如获至宝一般。

崔东山走向门口那位长命道友,又突然转头:"一斤符泉,一枚小暑钱。当是我个人与酒儿姑娘买的,跟咱们落魄山不搭边。"

贾晟立即说道:"要不得这么多,两斤符泉,收崔仙师半枚小暑钱,已经是咱这草头铺子昧良心挣钱了。"

崔东山微笑道:"哦?怎么个昧良心?"

贾晟立即直腰,天可怜见,竟是有了几分仙风道骨的老神仙风采,说道:"所有神仙钱,都归酒儿所有,我这当师父的,为酒儿传道不多,已经愧疚难当,若是酒儿能够凭此神仙钱离了没用师父的搀扶,让她自己远行登高几步,就真是善莫大焉了,善莫大焉啊!"

崔东山伸手点了点贾晟:"以后落魄山新收的年轻人,都得先来这边跟你学说话!"

崔东山屈指一弹数次,每次都有一枚谷雨钱叮咚作响,最后数枚谷雨钱缓缓飘向贾晟:"赏你的,放心收下,当了咱们落魄山的记名供奉,结果整天穿件破烂瞎逛荡,不是给外人笑话我们落魄山太落魄吗?"

贾晟立即懂了。身上法袍可以换,以后外边少逛荡。

崔东山跟长命道友笑道:"灵椿姐姐,走走逛逛?"

长命微笑点头,她心中还真有几个小疑问,先前不适合问,如今崔东山自己找上门来,就不用太客气了。

两人沿着那条骑龙巷拾级而上,其间路过几间大屋子,如今都是长命道友的家业了。钱多没地方花,不然长命都想更换容貌身份,偷偷买下西边的几座山头当院子了。

崔东山走到了一处晒谷场边缘处,低头看着,笑道:"长命掌律,有问必答。"

长命道友没有将掌律祖师太当真,问道:"你身上穿着这件不常见的皮囊,是为了有朝一日,有机会吃掉泥瓶巷那个稚圭……王朱?"

崔东山嗯了一声。不过那是最坏的结果,如今则是最好的结果。

对付蛟龙之属,崔东山"天生"很擅长。如今在披云山林鹿书院当副山长的那条黄庭国老蛟,早早就已领教过。不过崔东山真正要压胜的,从一开始,就是骊珠洞天的世间最后一条真龙"骊珠"。

若是扶不起,不成材,那就让我崔东山亲自来。一个形势不对,崔东山发起狠来,不但连王朱,其余五个小东西,加上那条黄庭国老蛟,以及他那两个不成气候的子女,以及黄湖山泓下、红烛镇李锦……再加上古蜀地界的一些遗留机缘和余孽,全要吃下!

长命说道:"如今反而是负担了,跻身飞升境会很难。杨老先生绝对不会为了你特意开启一次飞升台的。"

崔东山摇摇头:"天下算计,忌讳圆满。"

长命点点头:"是我多虑了。"

崔东山双手抱住后脑勺,重新挪步,带着在他心目中已是落魄山掌律的长命道友一起散步。

长命想起草头铺子和符泉一事，笑道："不劳而获，确实不是好习惯。时日一久，就真是云淡风轻了。"

崔东山说道："不付出，就不会珍惜，付出越多越在意，跟好人坏人没什么关系。同样一壶酒，不管原因为何，涨价了还是降价了，喝出来的滋味，喝酒的快慢，都是不一样的。"

崔东山转头笑道："长命道友，说一说你与我家先生相逢的故事？你捡那些可以说的。"

长命娓娓道来。其实没什么不可以说的。

除了旧主人刑官，没有任何提及，还有隐官大人的缝衣过程也没说，其余的长命就都没有怎么隐瞒。比如缝衣人捻芯的存在，比如老聋儿的收取弟子，还有那些关押在牢狱的妖族，什么来历，又是如何与隐官相处和厮杀的。

崔东山身上那件遗蜕，从某种意义上讲，其实是缝衣人的头等心头好。至于某些修士的皮肤，跟境界高低没有关系，天生就适宜拿来当作符纸，缝衣人最擅长此道。清风城狐国用狐皮炼制而成的"符箓美人"，勉强与此沾边。

缝衣人拣选修士，杀人剥皮，储存符纸，或自己拿来画符，或高价卖给魔道修士。所以缝衣人与南海独骑郎、采花贼并列，一起被视为十大歪门邪道修士之一，人人得而诛之，并不是没有理由的。

崔东山听完之后，缓缓说道："大道有些相似的缝衣人和剑者；窃取天下水运的南海独骑郎；引发阴兵过境的过客；修行彩炼术、打造风流帐的艳尸；被百花福地重金悬赏尸体的采花贼；一辈子都注定命途多舛的瘟神；出身阴阳家一脉，却被阴阳家修士最痛恨的讨债鬼；帮人渡过人生难关，却要用对方三世命运作为代价的渡师……除了鸩仙暂时还没打过交道，我这辈子都见过，甚至连数量最为稀少的'十寇候补'卖镜人，而且是名声最大的那个，我都在婵娟洞天见过，还和他聊过几句。"

崔东山神色淡然，也和长命道友娓娓道来一些故人故事："我曾与南海独骑郎一起御风海上；我曾站在过客身旁的马背上；我曾醉卧风流帐，与艳尸谈论圣贤道理到天明；我曾赠送诗歌给采花贼；我曾听过一个年幼瘟神的伤心呜咽声；我曾与讨债鬼斤斤计较算过账；我曾问渡师若是渡客再无来生怎么办；我曾问卖镜人，如真能将荧荧明月炼化为开妆镜，我又能抬头看见谁。"

说到这里，崔东山蓦然笑起，眼神明亮几分，仰头说道："我还曾与阿良在竹海洞天，一起偷过青神山夫人的头发，阿良信誓旦旦跟我说，那可是天底下最适宜拿来炼化为'情丝'与'慧剑'的了。后来泄露了行踪，狗日的阿良二话不说撒腿就跑，却给我施展了定身术，独自面对那个杀气腾腾的青神山夫人。

"我还与师弟左右一起游历过婵娟洞天,之前先去了赵蛮障福地和青霞洞天,最后才绕远路去的婵娟洞天,只因为一根筋的左右,对此地最不感兴趣。所以左右连累我至今还没有去过百花福地。婵娟洞天,那可是山上即将成为神仙眷侣的修道之人最心心念念的地方了啊。我们师兄弟二人身边那位仙子,当时都快要急哭了,怎么就骗不了左右去那里呢?

"因为里边有座西京城,据说天下有情人,哪怕是害单相思之苦的人,若能来此烧香许愿,不但有希望终成眷属,还能够白头偕老。记得那位庙祝姑娘,是位很好看的女子,手持一把桃花纨扇,上边绘有明月,写有竹枝词。她名为沉禧。腰肢袅娜,体态婵媛。据说白也还只是诗仙不是剑仙的时候,携好友君倩一起游历婵娟洞天,盛情难却,亲笔题写扇面。事实上,是当时白也与朋友刘十六身上没带钱,进不去婵娟洞天,白也只好写诗卖文,换取过路钱。所以后世婵娟洞天大门口,才会崖刻'千万人心同一月',那可是我师弟君倩的手笔,如今哪个猜得到?最后离开婵娟洞天的时候,仙子悄悄问左右:'那个庙祝长得不是那么好看,对吧?'左右说:'挺好看的。'左右身后洞天门口那边,有个姑娘笑得美如弯弯月,左右身边有个姑娘便没那么开心了。等到左右又说:'好不好看跟我有什么关系?'两个姑娘就又心情颠倒了。

"仙子走后,我就笑骂师弟:'你莫不是个痴子,求你开个窍吧。'师弟笑答:'师兄,真当我傻?不晓得那喜欢师兄的仙子是在旁敲侧击,瞧见庙祝长得好看,担心师兄见异思迁,所以心里边不舒服了?这点粗浅的女儿心思,师弟还是懂的!'我当时伸出两根大拇指,当时师弟左右笑容很灿烂。"

长命发现与这个崔东山"闲聊",很有意思。

所幸不是敌人。

一个经历越多、攒下故事越多的人,心狠起来最心狠。

两人走过泥瓶巷,当他们走过旧学塾时,长命停步问道:"又如何?"

崔东山却没有停步,反而加快脚步,大袖却始终低垂:"说不得,没得说。"

长命跟上崔东山的脚步,换了一个轻松的话题:"先前造访玉液江水神府邸,做了什么?"

崔东山说道:"没做啥啊,只是拽着水神娘娘的那头青丝,随便转了几个大圈。"

长命打趣道:"能不能做个人?"

崔东山却说道:"很难的。相信我。"

长命道友喟叹一声:"很难不信崔先生。"

崔东山笑道:"朱荧王朝那对余孽主仆,还有青泥坡的云子,我就不去当恶人了,赶路不累,与人闲聊最心累。所以劳烦长命掌律帮忙当恶人,反正是你自己说的,不劳而获不是好习惯。不过注意一件事,那个化名石湫的姑娘,就别去画蛇添足了,整个落魄山都假装她不存在,就是让她最心安的相处之道。私底下,你还要多护着点她,反正分寸火候,长命道友自己掌握。不然先生怪罪下来,会与你讲理,至多也只是气不过骂你几句,轮到我,估计先生都不稀罕讲理了,会直接动手打人的。"

长命点头道:"好的。"

灰蒙山青泥坡的云子,暂时龙门境。真身为棋墩山黑蛇,却非真正意义上的山泽精怪,而是昔年两位对弈仙人中黑色棋子所化。他腹生金线,已有龙鳞雏形。相较于水蛟泓下,因为当年那场棋局,黑棋落子棋盘,杀心极重,因此使得后来的云子比寻常山泽蛇蟒,更加天性残虐、桀骜不驯。

崔东山最后带着长命去了趟龙须河畔的铺子。

刘羡阳站起身,双手叉腰大笑道:"东山老弟啊!"

崔东山大摇大摆道:"羡阳老哥啊!"

刘羡阳高高抬起手掌,崔东山跳起来就是一巴掌,却被刘羡阳握住手,然后以眼神询问一事:这位灵椿姐姐?嗯?

崔东山以眼神作答:此事不成,换个姑娘。

刘羡阳哀叹一声,与那长命抱拳道:"见过灵椿姑娘。"

长命道友微笑点头,觉得还是应该与此人客气且生疏些,于是抱拳还礼道:"见过刘先生。"

长命已经在心中打定主意,以后铺子这边,有事也要少来,没事绝对不来。于是她告辞离去,去灰蒙山青泥坡那边忙正事。

刘羡阳和崔东山坐在小竹椅上,刘羡阳小声提醒道:"老弟悠着点,你屁股底下那可是咱们大骊太后娘娘坐过的椅子,金贵着呢,坐趴下了,亲兄弟明算账,赔得起吗你?"

崔东山挑了挑眉头,瞧了瞧刘羡阳那张竹椅,笑而不语。

刘羡阳哈哈笑道:"老弟想啥呢,下流不风流了不是?那张椅子,早给我师父偷藏起来了。"

崔东山倒抽一口冷气。了不得!不愧是羡阳老哥!这话要是被那老古板阮邛听见了,真会动手往死里揍他刘羡阳吧?

崔东山陪着刘羡阳一起侃大山,反正就是跟陈灵均喝高了差不多的言语。

最后崔东山说道:"羡阳羡阳,好名字。心如花木,向阳而开。"

刘羡阳笑道:"你不说,还真没觉得,只记得姚老头早年说过,那阳羡土是一种烧造瓷器的好土,就是不太容易找着,当年陈平安跟着姚老头进山找土,吃了不少苦头的。"

崔东山却突然笑眯眯道:"白也、君倩是好友,都与你有缘。那么羡阳、赊月呢?"

羡阳、赊月,都是好名字啊。

刘羡阳哈哈笑道:"高攀了,是我高攀了啊。"

看架势,听语气,已经与那位年轻十人之一的赊月姑娘,八字有一撇了。

刘羡阳突然问道:"那位赊月姑娘,长得如何?"

崔东山却答非所问:"这位姑娘,十分奇怪,出身蛮荒天下,在桐叶洲却几乎不杀人,只找人。"

刘羡阳一拍膝盖道:"好姑娘,真是个痴心一片的好姑娘!她羡阳哥哥不就坐这儿了吗?找啥找!"赶紧转身递过去一把瓜子,道:"崔哥,嗑瓜子。"

崔东山拿了瓜子,又被刘羡阳抓走些:"好歹给羡阳老弟留点。"

崔东山嗑着瓜子,弯腰望向远方,随口问道:"信不信姻缘,怕不怕红线?"

刘羡阳也嗑着瓜子,笑道:"我只看姑娘好不好。"

崔东山笑道:"是不是少说了个字。"

刘羡阳点头道:"一个字当两个字说嘛,省点力气。"

只看姑娘好不好看。

崔东山一拍膝盖:"羡阳老哥,真不是我夸你,机智得可怕啊!"

刘羡阳一脸腼腆道:"换成可爱,可爱些。讨个好兆头,才能找个好媳妇。"

崔东山嗑完了瓜子,说回家吃饭去了。刘羡阳摆摆手,示意自己就不跟着去蹭吃蹭喝了。

崔东山起身,还没走几步,刘羡阳突然问道:"那赊月寻找之人,是不是剑修刘材?"

崔东山缓缓转头:"是也不是。很难说清楚。"

刘羡阳又问道:"离我多远?崔先生能不能让我远远看上刘材一眼?"

崔东山摇头道:"别掺和。"

刘羡阳再问道:"是我目前根本没办法掺和,还只是我掺和了代价会比较大?"

崔东山笑道:"两者皆有,前者居多,所以不用多想。"

刘羡阳哦了一声,不再言语。

崔东山没有御风返回落魄山,而是徒步行走,最后坐在了那座石拱桥上。桥下已经不再悬挂老剑条。

崔东山紧皱眉头,双手笼袖。那赊月寻找之人,正是刘材。

一个与先生已经远在天边却好像近在眼前的人,一个崔东山早年只是以防万一便比较心怀戒备的人。不是当时就觉得那个人有古怪,而是那个人的传道人太古怪。所以一有机会,崔东山就会不露痕迹地询问一些桐叶洲游历旧事。加上先生对那个偶然相逢于远游路上的好友,又算是比较愿意多聊几句的,所以自然而然崔东山就知道更多了。那么崔东山如今就大致清楚了,当年先生进入藕花福地之前,就已经与未来的刘材见面了。

不但见面了,而且近在眼前,近在咫尺!并且是双方皆真心的至交好友,那人甚至发自肺腑地希望先生能够成为大乱之世的中流砥柱。

崔东山哪怕只是想一想，哪怕身为局外人，又过去这么多年，哪怕他是半个崔瀺，都会感到背脊发凉，心惊悚然！

当年。

先生大致说："要余一点，不能事事求全占尽。"

那人大笑道："陈平安，你竟然在躲那个一。"

先让你躲个一，成为那个一。等你成为一，再来以一杀一。

先生陈平安，与那昔年陆抬、未来的刘材，其实两人就是面对面在说此事啊。

这就是真正的算计。

当年骊珠洞天的那串糖葫芦，你邹子还不够?! 有完没完?!

崔东山一巴掌打在石拱桥上，却骤然间收力，变成手心和袖子一起轻轻拂过桥面。

崔东山以心声言语道："李希圣，来还债！先生气运，大半在你，既然先生没有收下你那块桃符，你就该……"

其实崔东山是准备撒泼打滚耍无赖了。道理不能这么讲，只是不得不这么讲。

崔瀺知道此事，推衍更多，演化更远，可他偏要觉得杀就杀，让那刘材试试看好了。崔东山哪里愿意如此？很多事情，若是只在捉对厮杀，半点不难，问题在于那个邹子如此精心设局，牵扯只会更大，可不是什么书简湖问心局！

李希圣微笑现身，坐在崔东山身边，然后轻轻点头："我去与邹子论道，当然没有问题，却不会为了陈平安。不过你就这么看不起陈平安？当学生的都信不过先生，不太妥当吧。"

崔东山病恹恹道："我身在局中，当然不如你心稳。"

李希圣双手轻轻放在膝盖上，眺望远方："那你有没有觉得，陈平安其实已经猜到了刘材是谁？当然了，是将那作为万一去猜测的。"

崔东山摇头道："我先生脑子又没病。"

心存小小算计，打算与李希圣讨个言出法随的大大吉言。

昔年绣虎崔瀺不过是代师授业，曾经的白玉京道老大可是代师收徒。

李希圣却没有让崔东山得逞，只是笑道："有无此心，是否得一。那个一，是那么好躲的吗，又是那么好杀的？我师父都不觉得一定能成，所以我觉得你我在旁观道即可，真要有事了再说。"

李希圣一挥手，将那金色过山鲫与金色小螃蟹一并丢入水中，只是它们即将落水之时，却蓦然出现在了远处大渎之中。

李希圣微笑道："化蛟去。"

崔东山可怜兮兮望向水中。

李希圣淡然道:"风雪夜归人。"

崔东山置若罔闻,无动于衷。

等到李希圣身形消逝,去了大渎,崔东山面无表情站起身,御风重返落魄山。见到了那个在大门口等着的小米粒,崔东山袖子甩得飞起。

不管还要再等多少年,终究有个风雪夜归人。去他的什么邹子,什么一不一的,我是崔东山!老子是东山啊!

第三章
不能白忙一场

落魄山上无大事,如朱敛和沛湘所说的风和日丽,风吹山雨打水,只是赏心悦目事。

落魄山有此安稳,当然不是因为落魄山与世无争,而是一个个已经成长起来的大人、长辈,在远远近近的不同位置,为落魄山遮风挡雨。比如已经走过一趟老龙城战场的剑仙米裕,还有正在赶赴战场的元婴境剑修崔嵬。

落魄山头,连当年个子只比周米粒稍高些许的裴钱,当下都已经置身于金甲洲中部战场。裴钱心中追赶之人,是那个被她视为师父武道宿敌一般的十境武夫曹慈。裴钱既追拳法之高低,也追战场杀敌之多寡。哪怕目前始终追赶不及,与曹慈差距还是很大,可对裴钱来说,学了拳,总得做点什么。所以如今岌岌可危的半座金甲洲,都知道曹慈身边除了大名鼎鼎的天才武夫郁狷夫,犹有个叫裴钱的年轻女子武夫,且更加天赋异禀,尤其出拳更加霸道,最擅长以伤换死,在战场上更喜欢主动追寻妖族强敌,不幸与之对敌的妖族地仙修士,在其拳下无全尸。

作为大骊半个龙兴之地的北岳地界,虽然暂时尚未接触妖族大军,可是先前接连三场金色大雨,其实已经足够让所有修道之人心有余悸,其中泓下化蛟,原本是一桩天大的事,可在如今一洲形势之下,就没那么引人注目了,加上魏檗和崔东山这两个有"大骊官身"的,在各自那条线上为泓下遮掩,以至于留在北岳地界修行的谱牒仙师和山泽野修,至今都不清楚这条横空出世的走江水蛟,到底是不是龙泉剑宗秘密栽培的护山供奉。

沛湘的狐国搬迁至落魄山,因为选址莲藕福地,清风城许浑又必须凭借老龙城战功,偿还大骊的飞升台道缘,所以即便清风城那位许氏妇人有些猜测,一时间也无可奈何,只能战战兢兢,等候发落。城主许浑给外人的印象就是专注修行,不谙庶务,使得大权旁落妇人之手,但是沛湘和颜掌柜心知肚明,清风城幕后真正的主心骨和掌权人,一直是"每逢大事,一锤定音"的许浑。

又比如说要去风雪庙看看的老夫子种秋,隋右边都已经死过一次了,魏羡和卢白象先后都有了大骊边军和官场的身份。在大骊王朝,外人挣官身,除了战功,就只有更大的战功。连关翳然、刘洵美这样出身迟巷和篪儿街的豪阀子弟、将种子弟,都是死人堆里杀出来的,哪怕是督造官曹耕心、袁正定等上柱国姓氏子孙,也都是先有了科举功名,然后被家族丢到地方官场上摸爬滚打,在哪里作为首选官场,家族兴许可以运作一番,可在这之后能不能升官,是否平步青云,都得按照大骊事功规矩来。

崔东山下山之前,指点了一番曹晴朗的修行。曹晴朗破境不算慢也不算快,不算慢,是相比一般的宗字头祖师堂嫡传谱牒仙师而言,不算快,是相较于林守一之流。

这就很好了,登山修行,只要资质足够,其实不用太过吓人,天才多夭天,所以稳当第一,左右当年转去学剑,能够一鸣惊人,就是因为之前求学太稳当。

如今那个连小米粒都觉得憨憨可爱的岑姐姐每次回家,家族里边都开始催婚事了。尤其是岑鸳机她娘亲,好几次私底下与女儿说些体己话时,妇人都忍不住红了眼睛,委实是自家姑娘明明生得如此俊俏,自家家底也还算殷实,姑娘又不愁嫁,怎的就成了大姑娘,如今登门提亲的人可是越发少了,好些个她相中的读书种子,都只能一一成为别人家的女婿。

坐在山门口的板凳上,听着曹晴朗娓娓讲述自己的少年时光,崔东山唏嘘不已,先生这趟远游迟迟不归,到底还是错过了不少有趣的事情。

曹晴朗在藕花福地就治学勤勉,又有种夫子倾心栽培,陆抬辅佐,后来跟随种秋在浩然天下远游多年,学有所成,言谈得体,温文尔雅。曹晴朗心中唯一的遗憾,便是自己的及冠礼,先生不在。

崔东山离开前,既高兴又忧心,高兴的是曹晴朗这孩子,揪心的事比较有些难言之隐,得嘞,左右第二。

高兴的事,是曹晴朗言语难得不那么自家落魄山,毕竟此风不可长啊。不然以前先生略有几分心虚,至多坚持落魄山风气如此,功劳他这山主不敢全占,其他比如崔东山和朱敛、郑大风都一样是有大功的。如今先生远游多年,如果落魄山年轻一辈在崔东山眼皮子底下,待人接物越来越像先生,那他这个当学生的,真是跳进玉液、绣花和冲澹三江,凫水个遍都洗不清冤屈了。

"师弟啊,你觉得岑鸳机与元宝两位姑娘,哪个更好看?说说看,咱们也不是背后说人是非,小师兄我更不是喜欢嚼舌头生是非的人,咱俩就是师兄弟间的谈心闲聊,你要是不说,就是师弟心里有鬼,那师兄可就要光明正大地疑神疑鬼了。"

"岑姑娘姿容更佳,对待练拳一事,心无旁骛,有无旁人都一样,殊为不易;元宝姑娘则性情坚韧,认定之事,极其执着,她们都是好姑娘。不过师兄,事先说好,我只是说些心里话啊,你千万别多想。我觉得岑姑娘学拳,似乎勤勉有余,灵巧稍显不足,兴许心中需有个大志向,练拳会更佳,比如女子武夫又如何,比那修道更显劣势又如何,偏要递出拳后,要让所有男子宗师俯首认输。而元姑娘,机敏聪慧,卢先生若是适当教之以宽厚,多几分同理心,便更好了。师兄,都是我的浅显见识,你听过就算了。"

"就只是这样?"

"不然?"

"元宝姑娘喜欢谁,清不清楚?"

"这种事情,哪能知道。何况也不好去妄自揣度的。"

崔东山便不好多说了。

元宝是喜欢曹晴朗的,就像元来是喜欢岑鸳机的。

姐姐元宝一身江湖气,锋芒毕露,却偷偷爱慕一个不常见面的读书人,让女子喜欢得都不太敢太喜欢。

元宝许多看似桀骜不驯的行事,故作惊人语的稚嫩手段,为何?既然不好意思跟曹晴朗当面言语一句,那就只好让他辗转多听去几句。

弟弟元来喜欢翻阅圣贤书,更喜欢当个读书人,甚至连科举制艺的书籍都偷藏了几本,却喜欢痴心武学的岑鸳机,喜欢得落魄山仿佛有了两轮明月,一轮在山上,一轮在心上。

崔东山自认太聪明太无情,擅长处理很多"坏事"和解决意外,所以唯独这些美好不太敢去触碰,怕气力太大,一碰就碎,再难圆。毕竟人心不是水中月,月会常来水常在,人容易老心易变,人心再难是少年。没关系,余着吧,余给先生。

先生这次只要回家后,就不太容易出门难归了吧,落魄山就会有几百年几千年的大好岁月,嫡传再传,祖师堂的椅子会越来越多,落魄山和藩属山头会处处人来人往,再传弟子都会有再传,落魄山的那本山水谱牒会越来越厚,然后一本本堆积成箱,甚至连那么喜欢记住每个人每件事的先生都会照顾不来,一定会见到一些连先生某天出门都会有认不出、不知名字的年轻面孔。

早年一心修道只为"两拳事"的陈灵均,都会成为未来落魄山年轻人心目中术法通天的护山供奉之一,根本无法想象当年祖师陈灵均会只为了一份朋友义气和江湖人情,在披云山山脚大门口徘徊不去,最终还要吃闭门羹,灰溜溜回了落魄山后差点偷偷掉眼泪。

早年连落魄山都不敢来的水蛟泓下,会成为未来落魄山子弟眼中一位高不可攀的"黄衫女仙",觉得自家那位泓下老祖师真是水法通天。

甚至可能连暖树,都再难有机会每天忙碌那些小事了,可能连小米粒兜里的一把瓜子,都会成为落魄山修士心中比谷雨钱还值钱的存在。

将来肯定会有一天,每一个落魄山子弟,都会津津乐道自家开山祖师的拳法无敌和剑术第一,仰慕自家陈老山主的相交满天下,与哪位老祖是挚友,与某某宗门宗主是兄弟……等到以后的年轻人再去山下游历,或是行走江湖,多半就会喜欢与他们自己的好友道几句我家老祖师什么时候什么地方做过什么壮举……

那么落魄山如今年轻山主订立的规矩和道理,会越来越多,越来越大。

崔东山就是要保证这些未来事,成为板上钉钉的一条脉络,山绵延河蔓延,山河道路已有,后世落魄山子弟,只管行走路上,有谁能够别开生面更好。只是在这个过程当中,肯定会有种种错误、种种人心离散和众多大大小小的不美好。这些都需要有人传道有人护道,有人纠错有人改错,绝不是先生一人就能做成全部事的。所以崔瀺给崔东山的那个道理,说服崔东山不要意气用事的原因,与外人无关,只是一件崔瀺和崔东山的自己事。

你觉得自己是崔东山,不再是崔瀺,无妨,那我崔瀺已经让大骊王朝和宝瓶洲成为一个不小的"一",那你崔东山就让落魄山成为下个在人间极大的"一"。我们就与自己问道一场,且崔瀺比崔东山多活了百余年,那就再给你最少百年,来与我掰掰手腕,看到底谁的"一"更大,更坚不可摧。

崔东山每每想到这个,都想破口大骂,可每次只骂了个老王八蛋,就又骂不出口更多了。

米剑仙心烦个屁,能跟我东山比?!还想老子带你去玉液江水神府解闷,米剑仙你做梦去吧!老子眼馋死你。

毕竟亲疏有别,崔东山自认对米剑仙那还是很呵护的,毕竟米剑仙是以后镜花水月的扛把子。不过崔东山对某些新来的,并且不太看得起的,那就不太客气了,都捏着鼻子认你们是半个自家人了,太客气反而生分。例如狐国之主沛湘那件给朱敛添了铭文的方寸物,私底下已经成了崔东山的囊中物,崔东山很喜欢那句"真心几年",所以送了件早就不太喜欢的咫尺物给沛湘姐姐,既是一桩你情我愿的公道买卖,又是落魄山一份小小的回礼,得了件上五境修士都未必全有的咫尺物,让本已见惯了神仙钱的狐国之主好似做梦一般。

一天老厨子在灶房烧菜的时候,崔东山斜靠屋门,笑嘻嘻地拿出那件砚池方寸物,轻轻呵气,向朱敛显摆。朱敛瞥了眼,笑问一句:"真心几钱?"

崔东山笑眯眯说:"可多可多,得用一件咫尺物来换。当然不只是什么钱财事,沛湘姐姐位高权重,当然也要为狐国考虑,老厨子你可别伤心啊,不然就要让沛湘姐姐更多心了。"

朱敛笑着说:"已经很出乎意料了。"神色从容,而且十分真诚本心。

崔东山又问:"若是沛湘主动与你道歉,又该如何?"

朱敛说:"自有手段帮她宽心,不然还能如何?"

崔东山便越发佩服老厨子,真是个油盐不进的老厨子,都不是修心有成可以形容的了,而是修心老成。

在山门这边,崔东山顺便问了些那位陆先生在昔年藕花福地的琐碎小事,越细微越好。一来不会让心思缜密的曹晴朗起疑心,再者虽然一两件鸡毛蒜皮的小事,几句拉家常闲话,难见真正心性,可只要多了,反而比大事壮举更能彰显本心。何况陆抬在曹晴朗这边,本就比较真诚,所以崔东山距离那个"真正的陆抬"就可以越来越靠近。

邹子一旦觉得时机成熟,真正出手了,什么数座天下年轻十人之一的剑修刘材,什么两枚养剑葫、两把本命飞剑的先天克制,既是专门压胜先生的手段,同时更是障眼法。问剑不只在剑,是先生早就想明白了的事情,以后甚至会拿正阳山来练手,问此人心一剑。那么单凭一人便已凌驾于整个"说地陆氏"之上的"谈天邹",岂会不知?

到时候那个邹子,肯定会让昔年的陆抬极其难熬,再让其成为一个邹子心目中的剑仙刘材,最后让先生更加心境难熬。双方昔年所有诚挚心思、过往恩怨、大小美好,都会是邹子为陆抬打造的又一把本命飞剑,也是刘材真正最凌厉的一把剑。最最麻烦的地方,在于邹子心中的以一杀一,未必真是要逼着刘材杀先生,更可能是道心所指。山上所谓的身死道消,看似是一人一家事,实则很多时候会是相邻两家事,只需让人身心分家即可。

崔东山很少如此忌惮一个人。

一个敢拿石柔当道场去跟陆沉比拼心算,"陆沉你无聊""我来解闷"的家伙,如此忌惮之人,肯定比某个只会用几条红线搬动一洲剑运来砥砺大道的婆娘,要强上千万倍。

只是这种天大事,在师弟曹晴朗这边提也别提,曹晴朗终究年纪太轻,尚且缺少几场真正的磨砺。不过哪怕只是与曹晴朗"闲谈",崔东山心情还是好转几分,同一文脉之内,后继有人,眼瞅着就是个堪当大任的,这比落魄山上谁拳高一两境或是将来谁能跻身下一个山巅境,更值得崔东山期待。

身边这个好像一年年让小竹椅变得越来越小的小师弟,当年在家乡那个略显消瘦的青衫少年,如今已是面如冠玉的年轻儒士了。

文圣一脉嫡传,除了君倩,连同先生在内,其实女人缘都不差的,是相当不差才对。可到了曹晴朗这边,就连崔东山都不敢确定了,毕竟女人缘再好,也得开窍不是?不然学左右那个榆木疙瘩,哪怕月老殷勤登门,次次被他锤烂红线,或是拽着红线使劲往师兄弟那边跑,自个儿还挺得意,觉得自己什么都明白,一旁当先生的,做师兄弟的,能咋办?

崔东山和曹晴朗的那场闲聊，其实也就是与落魄山暂且道别。

一团白云御风远游时，忍不住回望了一眼清山秀水。

走了走了，多看几眼，真要忍不住回去多嗑瓜子了。自家山上有老厨子和掌律长命在，放得了心。山外还有那羡阳老哥，也是能放心的。

刘羡阳真正能让崔东山放心的，倒还真不是梦中练剑练出来的金丹境剑修境界，而是那句"能不能让我远远看上刘材一眼"。

看过之后又如何？刘羡阳当然是要去梦中杀人！刘羡阳完全不去问因果缘由的，更不问需要付出的代价大小，甚至连饱读圣贤书的儒生身份，刘羡阳都要先放一放！

有些鬼门关打转的生死大事，经历过一次，尝过一次大苦头了，是会让人学聪明的。

刘羡阳当年在家乡就已经为朋友做过一次，如今遇到同一个朋友的其他事情，却还是如此不聪明。

崔东山确定自家先生陈平安哪怕到如今，还是觉得刘羡阳是比他要聪明许多许多的人。可能这辈子都是如此认为了。所以崔东山当时才会好像跟骑龙巷左护法暂借一颗狗胆，冒着被先生责骂的风险，也要私自安排刘羡阳跟随醇儒陈氏走那趟剑气长城。

崔东山作为一个藏藏掖掖偷偷摸摸的小小"仙人"，当然也能做许多事情，但是可能永远没办法像刘羡阳这样理直气壮、天经地义。尤其是没办法像刘羡阳这样发乎本心，觉得我做事，陈平安说话管用吗？他听着就好了嘛。

"如果我的话在陈平安那边不管用，我就不是刘羡阳，陈平安也就不是陈平安了。"

饶是崔东山都不得不承认，这句刘羡阳没说出口的言语，很牛气哄哄啊。

那样的刘羡阳，是配得上天底下任何一位好姑娘的。

崔东山没有去往大骊陪都或是老龙城，而是去往一处不归魏檗管的大岳地界，真武山那边还有点事情要处理，跟杨老头有些关系，所以必须要慎重。

翻动老皇历，那些曾经高高在上的远古神灵，其实一样山头林立，若是铁板一块，就不会有后来人族登山一事了，可最大的共同点，还是天道无情。阮秀和李柳在这一世的改变极大，是杨老头有意为之。不然只说转世多次的李柳，为何次次兵解转世，大道本心依旧？

崔东山打了个哈欠，在两岳地界接壤处，从脸朝天背朝地的凫水姿势蓦然一个颠倒，往人间瞥了眼。

北岳地界城隍庙的大小夜游神，如今大概是对自家魏大山君"感恩戴德"的存在了。

披云山上，暂时无事的魏檗在一片小竹林内。仅剩的这几棵竹子，不但来自竹海洞天，准确说来，其实来自山神祠所在的青神山，珍稀异常。当年被阿良祸害了去，也就忍了。其实每次去落魄山竹楼那边，魏檗的心情都比较复杂，多看一眼心疼，一眼不看又忍不住。如今竹林光景寒酸，有些青黄不接。魏檗叹了口气，夜游宴可以硬着头皮再办，竹子必须要铁了心肠护好。

先前找到崔东山，询问他和竹海洞天有无香火情，能否再购买几棵品秩相当的祖宗竹亲近旁支，他披云山这边，可以砸锅卖铁高价买。崔东山当时脸色古怪，说："我是愿意硬着头皮、豁出半条性命去为山君开这个口的，怕就怕我被青神山夫人打了个半死不说，还要连累披云山直接成为青神山祠庙名单上的'头等贵客'。"

魏檗只好作罢。不过却将希望寄托在陈平安身上，反正和女子打交道也罢，或是和前辈往来也罢，落魄山年轻山主是真擅长。

按时来落魄山点卯的州城隍庙香火小人儿被周米粒私底下封赏了个暂时不入流的小官——骑龙巷右护法，也就是周米粒卸任的那个。并且和他坦言，说最后成不成，还是得看裴钱的意思，目前他只是暂领职务。小家伙高兴得差点儿没回家敲锣打鼓去。

大概是头戴官帽，腰杆就硬，香火小人儿当时回到州城隍阁，口气贼大，站在香炉边缘上边，双手叉腰，抬头朝那尊金身神像一口一个"以后说话给老子放尊重点"，"还不赶紧往炉子里多放点香灰"，"饿着了老子，就去落魄山告你一状，老子现在山上有人罩着，此处不留爷自有留爷处"……

那位在整个龙州大小城隍中位列第一的城隍爷，笑呵呵回了句："好大的官威啊。"

小家伙胆气稍减几分，学右护法周米粒双臂环胸，刚要说几句英雄豪气言语，就被城隍爷一巴掌打到了城隍阁外，他觉得面子挂不住，就干脆离家出走，去投靠落魄山半天。骑龙巷右护法遇到了落魄山右护法，只恨自己个头太小，没办法为周大人扛扁担拎竹杖。倒是陈暖树听到小家伙埋怨城隍爷的诸多不是，便在旁劝说一番，大致意思是说你和城隍老爷当年在馒头山患难与共那么多年，如今你家主人好不容易升为大官了，那你也算是城隍阁的半个脸面人物了，可不能经常与城隍爷怄气，免得让其他大小城隍庙、文武庙看笑话。最后暖树笑着说："咱们骑龙巷右护法当然不会不懂事，做事一直很周全的，还有礼数。"

小米粒就在旁使劲点头，动作轻柔地将手搁在香火小人的脑袋上，说："咱们当过和正在当骑龙巷右护法的，都鬼精鬼精机灵得很嘞。"

香火小人儿先是一愣，然后一琢磨，最后开怀不已，有了个台阶下的小家伙便一个蹦跳离开石桌，开开心心下山回家去了。

刘羡阳今夜独自行走在龙须河畔，一直走到了铁符江，对岸就是江水正神杨花的水神祠庙，刘羡阳这才转身。

在离开南婆娑洲之前，陈淳安跟他在石崖上道别。当时陈淳安和刘羡阳说了件事，然后让他自己选择。

刘羡阳当时抬起手腕，苦笑不已。没有什么犹豫，作揖行礼，恳请老先生帮忙斩断红线。

陈淳安笑着以双指捻断那根红线，提醒刘羡阳："回了家乡，多加小心。能捣鼓这个的幕后人肯定不简单。"

刘羡阳叹了口气，使劲揉着脸颊，那个剑修刘材的古怪存在，委实让人忧心，只是一想到那个赊月姑娘，便又有些得劲，他立即跑去水边蹲着"照了照镜子"，几个陈平安都比不过的俊小伙，赊月姑娘你真是好福气啊。

北俱芦洲。鱼凫书院的山长周密在等两封回信，暂时无法去宝瓶洲散心，就只好就近散心走了趟狮子峰。跟两位新老朋友，好友峰主和武夫李二，一起喝酒。

其实前不久周密就造访过狮子峰，当时还有个自称来自山崖书院的年轻儒士，跟周密相逢时，年轻人正在山上看书，一看就是个不会亏待自己的，一副碗筷一壶酒，几碟子佐酒菜。那个叫李槐的年轻人，将周密当成了狮子峰的修道之人，毫不怯场，很热情，硬拉着他一起喝酒，将桌上剩余半壶酒直接送给了自称姓周的"周大神仙"，说在家乡那边对付佐酒菜，甭管是盐水花生还是啥的，用筷子都是交情"没到门"，周神仙只要不介意，那就千万别讲究，还说他有个姐姐在山上修行，劳烦周神仙以后稍稍照顾几分。年轻人举起酒碗，说他先提一个。

周密笑问："你那儿子回宝瓶洲了？"

李二笑着点头，说："回了，不能总是远游在外，我儿子是读书人嘛。"

李二与媳妇到现在还是觉得自家最能拿得出手的，就是儿子李槐的读书人身份了。至于女儿李柳，在李二这边，当然打小就是极好极懂事的闺女，如今也是。

峰主笑容尴尬，倒不是李槐不懂事，而是太懂事，为了他姐的山上仙缘，真是什么肉麻话都说得出口。一来狮子峰上没这风气，再者老元婴虽然在山外也是酒桌上吃惯了奉承话的，倒不至于扛不住那些个马屁，只是李槐左一句"我姐手脚笨心不坏，得是多大福气，才能在这狮子峰修道啊"，右一个"要是我姐不小心好心办坏事，峰主老先生一看就是饱读诗书的老神仙，多担待些，打骂几句立规矩，那也是要得的"，让他只好笑呵呵，一个字都不敢多说。敢接话吗？哪里敢啊。

李柳这位狮子峰的开山老祖师，可不是李槐眼中什么金丹境地仙韦太真的"身边婢女"，而是能将一头渌水坑飞升境大妖当成她婢女随便使唤的人物。

和李二他们喝过了酒，周密独自一人来到那处视野开阔的观景凉亭，轻轻叹息。

"先生，天下可做可不做之事，我们先做了再说，先生要是觉得路远，学生就代劳，负责封正仪式。不过别忘了寄给学生那道青色材质的文庙敕令。"

由于与某头王座大妖同名同姓，这位自认脾气绝好的儒家圣人给文庙的书信一板一眼。只是给自家先生的书信末尾，差不多能算不敬了："若是先生连这都做不到，学生便要将先生传授的圣贤道理还给先生了，不仅如此，还要辞了山长一职，儒生周密要去会一会那个蛮荒天下的文海周密，反正两个最后只能剩下一个。"

婴儿山雷神宅那边，两个外乡大爷总算滚了。那个叫陈灵均的，到最后都没低头认错，还是"你们先认错改错，老子再道歉"的架势。雷神宅之所以放人，是因为龙亭侯李源寄来了第二封密信，信上就一句话：别给脸不要脸，老子的那位好兄弟再在你家多吃一顿牢饭，老子就让你们雷神宅变成一座水牢！

只不过陈灵均这会儿还被蒙在鼓里，只当是心中默默许愿、祈求老爷多多保佑平安，终于灵验了。

一世英名都毁在了雷神宅。不过总算不用每天战战兢兢吃那牢饭了，不然哪天稍微带点荤味了，陈灵均就觉得是一碗断头饭，然后转头看着一旁好友狼吞虎咽，就要悲从中来，只觉得自己连累了这位好兄弟。

如今可好，天高地阔了，婴儿山雷神宅的那帮老神仙，非但没有跟自己计较"神宅"两字的损失，反而一大帮子成群结队的，和和气气地将自己礼送下山了。

陈灵均将身上的神仙钱都偷偷留在了牢狱里边，只留下点保证他和好哥们吃喝不愁的金叶子和银锭，雷神宅做事情不讲究，他陈灵均还是个讲究人的。

下山后，陈灵均难免有些闷闷不乐。

那个年轻车夫说道："雷神宅的神仙老爷不认那个错，咱哥俩不也没认错，就当扯平了。"

陈灵均远远回望一眼婴儿山："都是当神仙的人了，认个错改个错，就有那么难吗？"

年轻车夫笑道："神仙面子大，还是老百姓面子大啊？老弟啊老弟，你真是个蠢货，这都想不明白。"

陈灵均哈哈一笑，压低嗓音道："去他的面子。"

年轻车夫说道："喝好酒去，管他的。记得挑贵的，省吃俭用，抠抠搜搜，就不是咱俩的风格。"

在一处海边城池，陈灵均寻了一处酒楼，要了一大桌子酒菜，与患难与共的好兄弟一起饮酒，一同大醉。哥俩得用酒气冲一冲晦气。

那个车夫出身的年轻人，名叫白忙，名字怪了些，一次陈灵均在酒肆喝高了，就说这个名字不太喜庆，拍胸脯跟好友保证，说等他们一起回了家乡，就让自家老爷帮他取个名字。陈灵均当时站在板凳上，跷起大拇指，说："我家老爷取名字，这个！"

好友虽然是个年纪轻轻的车把式，却是个实打实的三境武夫，是走惯了江湖的。

陈灵均交朋友，又从不看境界。何况在他家乡，境界这玩意儿，真别当真，最没劲。天大地大，投缘最大。

今天在酒楼与好哥们白忙喝酒，喊了一大桌子招牌菜，白忙说了句文绉绉的言语，说难得"今天无事"，最适合喝好酒。

啥叫好酒，贵的酒嘛。白忙这点最好，从不矫情，他身上那股子"兄弟每天跟你蹭吃蹭喝，是占便宜吗，不可能，是把你当失散多年的亲兄弟啊"的真情流露，陈灵均打心眼里最喜欢，李源那兄弟，唯一的美中不足就是身上少了这份豪杰气概。

今儿陈灵均又喝高了，只是难得没有拉着白忙一起吹牛皮，反而有些伤感，嗓门反而越来越小："以前我总喜欢听好话，听不得半句不好听的。后来遇到了老爷，他就跟我说，好话坏话都要听着的，都别太当真，何况十句好话，往往能被一句坏话打死。所以让我每听人一句好话，就先余着九成，到时候攒够了好话，就可以等那一句坏话登门做客了，半点不伤心。"

年轻车夫摇头道："灵均老弟啊，世上人，少有这么算账精明、晓得自补心路的，都喜欢只拣好听的听。不然就是富贵得闲了，吃饱了撑的只挑难看的看。"

陈灵均笑道："说我呢。"

年轻车夫笑道："也是说我自己。咱哥俩共勉。好歹是晓得道理的，做不做得到，喝完酒再说嘛。愣着干吗，怕我喝酒喝穷你啊，我先提一个，你跟着走一个！"陈灵均赶紧和白忙一起喝了碗酒。

陈灵均又忍不住叹了口气，今儿心情有点怪，他没来由地想起那个黄湖山的老哥了，说道："白忙，以后去我家做客，我要专门介绍个朋友给你认识，是位姓贾的老道长，言谈风趣，酒量还好，在家乡跟我最聊得到一块去。"

白忙笑道："假？真假的假？假的吧？"

陈灵均嘿嘿笑道："没学问了吧？不过作为江湖中人，斗大字不认识几个，倒也不丢人。不过你得提一个。"

白忙赶紧喝了一碗酒，继续倒满一碗。碗口不大，装酒不多，得靠碗数来补，反正好兄弟不是什么小气人。混江湖的，这就叫面儿！

两人一起醉醺醺走出酒楼，陈灵均掂量了一下钱袋子，苦兮兮道："白忙，咱们兄弟好像喝不了几顿这样的酒水了。"

白忙笑着点头："是啊，天底下没有不散的宴席。"

陈灵均打了个酒嗝，他还是背竹箱、手持行山杖的装束，本想顺着好兄弟的言语，骂白忙几句不会好好讲话，只是一想到自己就要真正走江，便当这句话说得教人伤感，也无法反驳了。毕竟走江一事，不但注定艰难，而且意外太多，白忙老哥只是三境武夫，一来未必跟得上他走江的速度，再者也不安稳，再来个雷神宅拦路怎么办。

白忙转头看了眼低头不语的陈灵均，笑了笑，一巴掌拍在陈灵均后脑勺上，打得后者一个踉跄。

陈灵均挠挠头："吗呢？"

白忙拍了拍肚子，笑道："酒能喝饱，舒服舒服。"

陈灵均犹豫了半天，说道："兄弟，咱们可能真的要分开了，我要做件事，拖延不得。要是能成，我回头找你耍，喝顿好酒，喝那最贵的仙家酒酿！"

陈灵均见白忙只是笑眯眯望向自己，愣了愣："咋的，关太久了，都能把老子当个娘们看？白忙，别这样啊，那我把金叶子都给你，银锭我留着？然后你去哪我可就不管了。"

白忙哈哈大笑："不用不用，跟着好兄弟吃喝不愁，是江湖人做江湖事……"

陈灵均已经摘下书箱，走到僻静处，打开竹箱拿出一包仅剩的金叶子，给了白忙，见好兄弟没动静，陈灵均埋怨道："赶紧的，做事不大气，怎么当我的好兄弟。"

白忙犹豫了一下，陈灵均直接轻轻抛给他。白忙接住后，陈灵均怀抱行山杖，抱拳道："白忙，就此别过，你要是愿意，就去水龙宗那边等我，我只要能回，就肯定去找你，再带你去宝瓶洲耍去。可不是我吹牛啊，我在那儿地头熟得一塌糊涂，走哪儿都是喝酒不花钱的主儿！到了那边，咱哥俩继续顿顿吃香的喝辣的……"

白忙笑道："那我去春露圃等你。"

陈灵均想了想，谁等谁还不知道呢，只不过不方便多说，就答应下来，约定在春露圃碰头。

陈灵均大步离去。白忙收了一袋子金叶子放入袖中，背靠巷壁，望向那个渐渐远去的身形。

确实，谁等谁还不知道呢。

原本等到事了，就又与那老道人贾晟一样，还了这副皮囊便是。只不过与贾晟略有不同，当时浑浑噩噩的贾晟全是他在打盹，他偶尔又不全是贾晟，他时不时还是要看几眼昔年的骊珠洞天的。

至于如今身上这副皮囊，自己是过客，等到当客人的哪天离去，主人便记不得有客登门了。客人不请自来，擅自登门，到时候当然得给一份礼。什么远游境体魄，什么地仙修为，当然不难，只不过凡夫俗子骤然富贵，唯有心境依旧低浅，长远来看，却未必真是什么好事。给些世俗金银，白得一副可以延寿几年的三境体魄，够这车夫好似梦游一场，回了家乡，再得个莫名其妙的小富即安，就差不多了。

簪花看雾两不误，雾里寻花真辛苦。难不成真要到头来拈花一笑？

白忙突然笑了起来，抬手掐一诀。剑诀即道诀。

飞剑之剑，道法之道。出剑即大道运转。

光阴长河好似逆流。变得白忙刚刚接过那袋子金叶子，陈灵均刚刚转身。

白忙微笑道："陈灵均，先前确实是为斩龙而来，到了骊珠洞天遗址，一举两得，省得麻烦，先斩那条真龙余孽，然后稍稍跑远几步路，再在济渎入海口，斩你陈灵均项上头颅，刚好作为对陆沉误我一场的小小回礼。"

那个陈灵均闻言转过身，朝白忙竖起大拇指，不愧是好兄弟，说话都一个德行！不喝酒，老子就是落魄山上混得最惨的，喝了酒，莫说是落魄山，整个北岳地界，都是天大地大老子最大。

然后陈灵均跳起来，一巴掌拍在年轻人脑袋上，笑骂道："没嗑瓜子是吧，看把你醉的。好兄弟的脑袋，是拿来斩的吗？斩你大爷的斩。你就是买不起一把剑，要是给你小子挎了把剑，还不得斩天去。"

白忙爽朗大笑，袖中再次掐诀。

他依旧站在原地，陈灵均却已经消失在街巷拐角处。

一颗脑袋突然探出，喊道："白忙，以后帮你改个名字啊，白忙一场，不够喜庆！"

白忙，或者贾晟，又或者说白帝城城主的传道恩师、昔年浩然天下的斩龙之人，笑着跟陈灵均挥手。

藩邸高楼处，宋睦今天离开武将、仙师扎堆的议事厅，亲自带着远道而来的贵客范先生一起登高远观战场。

皇叔宋长镜的一番话，让他真正从泥瓶巷宋集薪变成了大骊藩王宋睦："你耗费一生光阴去辛勤读书，未必一定能成文庙圣贤，你去登山修行道法，未必一定能成仙人，但你是大骊藩王，都不用去计较宋氏族谱上，你到底是宋和还是宋睦，你只要能够识人用人，你就会是手中权柄远比什么书院山长、山上仙人更大的宋集薪。一洲山河，半壁江山，都在你宋集薪手中，等你去运筹帷幄。书院圣贤说理？旁人听听而已。神人掌观山河？自己看看而已。至于一些个身边女子的心思，你需要刻意去理解吗？需要自怨自艾吗？你要让她主动来揣测身旁宋集薪心中所想。"

宋睦轻轻呼出一口气。

老龙城外。一座小小宝瓶洲，诸多出山修士施展出术法神通，哪怕是范先生这位追杀过阿良的老修士，都要暗暗心惊。

王朱在大海之中现出真龙之躯，肆意绞杀蛮荒天下的妖族大军不说，更凭空驾驭起一道海浪大潮头，撞向那道由王座大妖绯妃运转水法神通的一线潮。

绯妃出手，使得老龙城之外的整个南海水域好似分出两座，一高一低，王朱现出真身后，一颗骊珠大如海中明月，映彻方圆百里，瞬间拔高了临近老龙城的海面。两座仿佛只有一线之隔的大海高墙，北高南低，相差了一大截，毕竟绯妃那道水法搬海，本就是这头王座大妖的倾力而为，更有成百上千精通水法的妖族帮忙推波助澜。王朱由着崩塌半数的海面径直往自己身后涌去，水淹老龙城！她只是在前行道路上，凶狠碎墙再南去，径直去找绯妃。

老龙城战场上的宝瓶洲修士，当然不会任由海水倾轧老龙城山水大阵，天空悬停剑舟，万千飞剑齐出，北俱芦洲那拨远游至此的剑仙剑修，连同符家供奉楚阳在内的宝瓶洲本土剑修，催动各色剑光，一起碎水而去，更有修道之地的白霜王朝的得道真人，任由那幅已经失去文字的字帖彻底消散天地间，再将字帖上一方方印章，变成一具具身高数十丈的金身傀儡，各持法器，排列在老龙城外一线，一同向前狂奔，倾力劈水。

犹有代替宝瓶洲寺庙回礼大骊王朝的高僧，不惜拼了一根锡杖和袈裟两件本命物不要，以锡杖化龙，如一座青色山脉横亘在大浪和陆地之间，再以袈裟覆住半座老龙城，定要阻拦大水压城，不对老龙城造成神仙钱都难以补救的阵法损伤。

太徽剑宗掌律祖师黄童不退反进，独自站在岸边，祭出一把本命飞剑，也不管什么巨浪海水，只是顺势斩杀那些身体尚能自己做主的落水妖族修士，所有一切伪装，刚好借此机会被绯妃撕破，省得他再去找了，一剑递出，先化作八十一条剑光，四面八方皆有剑光如蛟龙游走，每一条璀璨剑光只要触及妖族体魄，就会瞬间炸裂成一大团零星剑光，再次轰然迸射开来。这就是昔年在剑气长城和宗主争求死时，当时黄童"让我来，你回去"的底气所在。只可惜还是被宗主韩槐子以一个"我是宗主"给压下了。

老龙城护城大阵暂时无恙。不过那位范先生在离去之前，还是笑着与藩王宋睦说了句"客套话"："我看不见这等损耗还好，瞧见了又没出手出力，就只能出钱了。"于是老龙城又得了一笔谷雨钱，用以维持地上老龙城和天上剑舟的灵气运转。

范先生与侍从离去后，宋睦只是将视线投向远方，看着海面上偶尔现出真身些许的一对大道死敌。

王朱，绯妃，都已现出真身。

北边浓郁水运，如汹汹江河一般，源源不断从中部大渎涌向大海之中的王朱身上。

绯妃同样借取了桐叶洲北部的一部分水运，但是声势不如王朱那么夸张。

龙蛇之争。只是品秩更高一等的真龙，尚且年幼，境界更低。所幸双方暂时都不敢擅自窃取的大海水运，更倾向和亲近于那条通体雪白、唯有眼眸金黄的真龙。

宋睦神色平静，但是扶住栏杆的一只手变成了五指如钩。

宋睦突然收回那只手，没有转头，只是轻轻抬手。那些大骊随军修士立即给两人放行，准许后者去往藩王身边。是两个老熟人，少城主符南华和云霞山蔡金简。

跟符南华不用客套，如今虽不常见，但是这么多年来，一个在老龙城内城的藩邸，一个家搬去外城，大眼瞪小眼的叙旧机会，总是不少的。所以宋睦转过身后，只是与符南华笑着点头，然后望向那位云霞山地仙，抱拳道："恭贺金简跻身元婴境。"

蔡金简有些尴尬，笑道："就是个笑话，符南华刚刚笑话过了，不差你一个。"

宋睦大笑过后，才说道："我又不是符少城主。"

蔡金简叹了口气，站在宋睦身边，远眺战场，头顶老龙城大阵那层光彩被剩余的登岸巨浪一个压顶，所幸冲击过后，只略微黯淡几分，很快就恢复了原本灵气。如今大骊宋氏，是真有钱啊。

蔡金简得了那桩飞升台机缘后，却因为师门云霞山的缘故，并不太需要去战场厮杀，财力物力一样可以换取战功。甚至得知蔡金简跻身元婴境后，云霞山掌律老祖师还专程找到了她，要她保证一件事，就是出城厮杀，绝不拦着，但是务必务必要护住大道根本。

宋睦继续看着远处战场。他的修士境界不值一提，反而成了好事，不用太真切地看到鲜血模糊的画面。

那条世间唯一的真龙，身躯庞大，长达三千丈，所以一旦被撕裂开伤口，也会更大，更触目惊心。

蔡金简瞥了眼其实也不算太过年轻面容的藩王，心中叹息，终于再不是泥瓶巷难掩一身贵气的少年了。

宝瓶洲中部仿白玉京处，十二把飞剑头一次齐齐祭出，消失在陪都和大渎上方，凭空出现在老龙城之外的大海中。

飞剑一一钉入绯妃真身，从头到尾，使得那条白骨裸露确实雪白、身躯更多却是金色鲜血遍布的真龙得以撤离战场，只是哪怕有十二把飞剑帮忙助阵，真龙依旧未能顺利真正脱离战场。

一个御剑悬停在战场外的长臂老者，从肩挑长棍的姿势，变成一棍砸到真龙头颅，打得真龙头颅撞入大海底部，鲜血瞬间弥漫海面。

这一幕，与老龙城可谓近在咫尺。宋睦双手在袖中攥拳，却始终面无表情。

数位北俱芦洲剑仙帮真龙压阵，大妖袁首眼见着打杀机会不大，便嘿然一笑，脚尖一点，离开了脚下所踩长剑，蓦然变出巨大真身，一脚踩死了十数个在岸边斩杀自家天下好儿郎的修士，再一棍打在老龙城山水大阵上，一棍就打得一座大阵光彩全无。由无数条细微磅礴灵气流转打造而成的护城大阵，竟是当场砰然碎裂，阳光映照下，如同一场绚烂大雨落在老龙城。

长棍不但打破了大阵，声势依旧巨大，迅猛砸向藩邸那栋高楼。

黄童和郦采几乎同时祭出飞剑斩向袁首头颅，却被袁首一手拍飞一剑，他还伸手攥住一剑再丢远。

所幸那一棍即将落在藩邸时，天空中出现了一条不太起眼的绵延细线，偏是这条不知被谁搬来的小小山脉，挡住了袁首剩余半棍之威势。

细线绷断，宝瓶洲中部有一条山脉随之崩碎。

袁首也不敢久留战场，又挨了剑仙好几剑后，重新踩踏在长剑之上，退出战场。心想：北俱芦洲这帮耍剑的崽子，真真可恶，等老子打碎了宝瓶洲一百座祖师堂，到了你们家乡，对你们自家的祖师堂，不以长棍碎之，换作好好跟你们山头问剑一场。

登龙台上，一个收了真身的白衣女子身躯蜷缩起来。一个黄衣童子战战兢兢站在台阶那边，不敢登台，更不敢靠近那个惨不忍睹的主人。

王朱一张脸颊贴地，盯着那个废物，从牙缝里挤出三个字："死远点。"

先前跟随王朱一起齐渎走水成功的黄衣童子，这条昔年泥瓶巷的四脚蛇，赶紧慌张着跑下台阶，蹲在登龙台脚下，双手抱头，瑟瑟发抖。方才一个对视之下，他发现主人好像差点儿就要进食他疗伤。

绯妃同样已经恢复人身，不过身上多出十二个窟窿，那不是寻常剑仙的飞剑，所以不可避免伤到了她的大道根本，尤其是从后脑勺穿透眉心那一剑最为狠辣，不过绯妃比王朱这条小龙的惨淡下场还是要好不少。

至于十二把白玉京飞剑，并没有全部返回崔瀺手中，被绯妃打碎一把、截留下其中一把，她打算送给自家公子作为礼物。

战场重归两军厮杀。

藩王宋睦一声令下，数十个大骊死士悄然动身，撒网一般去往三处被蛮荒天下打穿的大门。那里既是妖族大军撕开的大门，也是老龙城有意让出的道路。不然蛮荒天下真的会蚁附老龙城，就此蜂拥北去。宋睦和所有有资格参与议事之人，从来就没觉得老龙城守得住。只是老龙城守不住的时候，得是一座彻彻底底的废墟，得死上足够多的妖族大军，尤其是妖族修士，至于宝瓶洲自家修士，天底下打仗能不死人？！就像那些赶赴战场的死士，除了大骊边军的随军修士，更多的是那些刑部死牢里的囚犯修士。人人皆是一张"符箓"，每一个人的战死，威力都会等同于一位金丹境地仙的自尽。

蔡金简问道："就不担心有些死士畏死，临阵脱逃，或是干脆降了妖族？"

宋睦说道："有肯定有，而且还会有不少。只是不用担心。他们怕死，妖族也不敢收。"

大骊王朝军方出身的死士，会先降再死的，远远不止一人，先先后后，总计十二人。这会逼着妖族军帐不纳降。再者战场形势这么乱，谁有心情一一分辨身份。

很快，战场前方靠近簇拥而至的妖族那边，亮起了一大团光亮。

苻南华趴在栏杆上，转头看了眼眯眼关注战场走势的宋睦，宋睦一抬手，似乎有些想法，喊来一位文秘书郎，以心声言语，文秘书郎直接御风去往议事堂。

苻南华收回视线，有些羡慕。藩王的身份，枭雄之资质。

大骊两支精锐铁骑已经安静等待老龙城被攻破，宝瓶洲东南和西南也有两条战线，开始了一场场的厮杀。只是暂时还不如老龙城战线那么惨绝人寰，不过这种"不那么"，仅是相对于山上修士而言，大骊边军和藩属兵马的战死人数，每天都在急剧增加。

当然是驻扎在更前线的大骊铁骑先死，以及死得更多。不过也有一些大骊王朝觉得战力尚可的藩属边军，会在第一线协同作战。哪怕如此，这些一洲藩属国的实打实精锐，依旧不太会被大骊铁骑瞧得起。

由云林姜氏负责的一处辖境战场，一场大战落幕，夕阳下，大骊文武秘书郎负责安排军士打扫战场，大骊铁骑出身的较少，更多是藩属人氏，山上修士山下将士，都是如此。哪怕大战落幕后，不用去翻死人堆的藩属精锐也没觉得有什么不合理的，一场场厮杀下来，战力悬殊，比早年大骊铁骑南下碾压各国更加明显了。这时才知道一件事，原来当年一支支大骊南下的铁骑，根本就没有太多机会使出全部实力。

十几个包扎好伤口的大骊精锐，坐在一处小山坡上，看着不远处的战场。其实大半都是大骊藩属国边军出身，只有三人是正儿八经的大骊铁骑。不过几场仗打下来，相互间关系已稍稍融洽几分。所谓的融洽，就是可以多聊几句闲天。

一个大骊藩属出身的年轻士卒轻声道："校尉大人，按照那些个神仙老爷的说法，听说人死了，大多没了就没了，有些会变成游魂，能赶上头七。只有一小撮，才有机会变成鬼魅。"

那个被称为校尉的武将，面容清雅，若不是他身上的伤势，这会儿他被丢到藩属家乡，当个清谈名士都有人信。

只不过这个"校尉"也只是昔年藩属行伍的旧官职了。如今别说校尉，他都尉都当不上，只能在大骊边军捞到个副都尉，还是前不久凭战功提了一级才有的。今天这场仗之前，他本来还只是三名副都尉之一，现在没有什么之一不之一了，大概明天才会重新变成之一。

他轻声笑道："山河故乡如今还在，早死早回家，免得死晚了，家都没了。到时候，死都不知道该去哪里。原本运气好，还能多看几眼，倒成了运气不好。"

事实上，这位名叫程青的校尉大人，还真是名副其实的进士及第出身。

程青转头望向身边的那个都尉大人，打趣道："你们大骊在最北边，好走。"

都尉王冀，是大骊边军斥候出身，年纪和程青差不多，但是投军入伍时，程青却还是个少年，还在寒窗苦读圣贤书。

程青曾经问过一个早就很想知道答案的问题——为何大骊铁骑如此强悍。

当了不少年大骊边军都尉的王冀，其实就是长得老相，像是个四十几岁的人，他想了半天，才说了个不是答案的答案，说："我刚入边军，第一次敌军的刀子见了自家骨头，被老伍长背着去包扎伤口的时候，都没敢扯开嗓子大号几声。其实老伍长不会怪，当时就只会自己怪自己，觉得自己不是一条好汉，那也得假装好汉。至于后来，反正就习惯了。"

一个少年面容的大骊本土边军怒道："啥叫'你们大骊'？给大爷说清楚了！"

王冀老相是真老相，少年面容则真是少年，才十六岁，却是实打实的大骊边军骑卒。

少年腹诽不已，先前拽酸文，也就忍了你，据说这家伙是那啥投笔从啥的人，反正就是读过几本书认识几个字的，瞧见了天边晚霞，便说像是喜欢的女子脸红了，还说啥月色也是个势利眼，不然为何明月夜的月光在绫罗绸缎之上，要比在棉布麻衣之上更好看些？尽扯这些教旁人只能听个半懂的废话，你学问这么大，也没见你比老子多砍死几头妖族畜生啊，怎么不当礼部尚书去？

程青笑道："好好好，马伍长说的是。"

姓马的少年总说自己姓马，所以一投胎来到大骊，那就是大小奔着大骊铁骑去的！

少年见程青如此，不再计较，毕竟如今程青是半个副都尉，至于为何是半个，终究是外人嘛。

王冀也没有拦着少年的言语，只是伸手按住少年的脑袋，不让这小崽子继续扯淡，伤了和气。王冀笑道："一些个习惯说法，无所谓。何况大伙儿连生死都不讲究了，还有什么是需要讲究的。如今大家都是袍泽……"

听到这里，少年刚要说话，就被都尉大人微微加重力道按住了脑袋，他立即闭嘴。

大骊所有藩属国军伍出身的官兵，按照大骊律法，官品一律最少降三级。无官身可降的，那就只能老老实实当小卒。

程青打趣道："马伍长，那个瞧着与你年龄相仿的宋仙子，你这次瞧见没？这次帮你包扎伤口，宋仙子哭鼻子没有啊？"

少年涨红了脸，大骂道："你们读书人都是不正经的玩意，笑话一个小姑娘算什么英雄好汉！起来，咱俩过过手！"

程青摆摆手："不敢不敢，认输认输。"

所有人，不管是不是大骊本土人氏，都哄然大笑起来。

如今战场后方，药家修士、丹鼎派修士，就是所有大骊兵马心目中地位最高的两种山上神仙，道理再简单不过，一个能救命，一个能够让人活命机会更多。

女子不管境界高低，无论面容如何，他们都由衷喊一声"仙子"，男子则姓氏带"神仙"二字后缀。要知道大骊边军，对宝瓶洲山上神仙一向最是嗤之以鼻，在这场开了个头就不知道有无尾巴的大战之前，山上修道的，管你是谁，敢跟老子横，这把大骊制式战刀瞧见没，我砍不死你，我大骊铁骑总能换个人、换把刀，让你死了都不敢还手。

那个被程青说成是宋仙子的小姑娘，就是一位药家练气士，胆子不小，都敢跟着师门长辈来这边了，却喜欢偷偷哭鼻子。

少年不愿这些人多笑话他认识的那位宋仙子,立即换了一副嘴脸,问道:"都尉大人,听说你当年跟着咱们将军,一起去过京城兵部,咋样,衙门气派不气派?尚书大人是不是真跟传说中差不多,打个喷嚏比雷声响?"

不苟言笑的都尉王冀扯了扯嘴角,就当是笑了:"当年我是给将军当亲军护卫,才有机会去京城走了一圈,没有公文,兵部衙门进不去,偷溜进去找死不成?只能乖乖在外边等着将军,衙门口人来人往,我就壮起胆子,摸了摸石狮子的鬃毛,这不还没摸过瘾,将军就出来了,说谈完事情了,换个地儿。有个朋友在兵部下边的一个衙门当差,混得没啥出息,一样的大官帽子,身上一样的官补子,在衙门里边每天喝茶水,跟在沙场上每天喝马尿,怎么比?"

说到这里,都尉王冀说道:"其实将军朋友里边,在京城混得有出息的,也有两个,我都熟,以前还挨过不少打骂,都是将军当年所在老字营出去的,只不过将军比较要面子,没脸去挨白眼。将军每次在京城忙完事,只要不着急返回边关,都会走趟京畿,用将军的话说就是这些老朋友,当官都不如他大。"

那些老朋友,其实未必有多老,也不是混得不好,而是早早死了。

程青心中叹息。

言者无意,听者有心。

这般随口说出的拉家常,其实让程青这个读书人,觉得意思更大。

都尉王冀却不知程副都尉多想了,只是缓缓说道:"我就又跟着去了趟武库司直属衙门,结果将军那个朋友刚好有事,我只好陪着将军坐在旁厅,一下午喝了一肚子的茶水,茶叶没几片,水管够。将军挺乐和,说咱们兵部当官的,就是穷啊,是真穷,不比那礼部只会孙子跟老子装穷。将军一贯嗓门大,这话凑巧被外边当差的听了去,他们很快就送来了一小罐子茶叶,跟将军笑着说可劲儿撒茶叶,如今不一样了,户部以前那叫一个猴精抠搜,茶叶都要按两给,如今阔气了,总算晓得按斤算了。咱们将军就等这句话呢,立即起身抱拳,说'托福托福,亏得我以前跟过的刘老校尉,如今升官当了户部侍郎'。

"那当差的老人,便立即大笑起来,说那咱哥俩算半个自家人啊,相互问起边军履历,好嘛,真攀上了亲戚。原来户部刘侍郎当校尉的时候,咱们将军是斥候都尉,不承想刘侍郎刚刚投军那会儿,当差的老人就已经是伍长了。将军就要让老人坐着喝茶,他帮着看门去,老人笑着说'不能够,一码归一码,在边关罚酒好吃,如今在衙门当差,罚酒可就不好吃喽'。"

听到这里,少年问道:"都尉大人,你当时就没主动要求当门神去?"

王冀一愣,摇头道:"当时光顾着乐了,没想到这茬。"

少年啧啧道:"都尉大人啊,你当兵杀贼真不赖,我给都尉竖起两根大拇指都嫌少了,可都尉你真不是啥当官的料。换成我,早跑门口望风去了,好歹让老伍长和将军喝上一壶茶。"

王冀伸手一推少年脑袋,笑道:"将军说我不会当官,我认了,你一个小伍长好意思说都尉大人?"

王冀原本打算就此打住话头,只是不承想四周袍泽好像都挺爱听这些陈芝麻烂谷子,加上少年又追问不已,问京城到底如何,他便继续说道:"兵部衙门没进去,意迟巷和簾儿街,将军倒是专程带我一起跑了趟。"

那两条京城街巷,是出了名的将种如云。

少年眼中满是憧憬:"咋样,是不是戒备森严?让人走在路上,就不敢喘口大气儿,是不是放个屁都要先跟兵部报备?不然就要咔嚓一下,掉了脑袋?"

说到这里,年轻伍长自顾自笑了起来,这个玩笑,比较有水准了,值得回头跟手底下几个小崽子唠叨唠叨。岁数大咋了,还不是大爷我手底下的士卒?

王冀摇头道:"一开始紧张得两手冒汗,比上战场还怕,走着走着,也没啥两样,就是两边树木都上了岁数,大夏天走在那边,都走树荫里边,让人不热。"

王冀没好意思说,当时是自己一转头,瞧见将军两眼炯炯有神,毫不怯场,好一个龙骧虎步,他才跟着没那么紧张了。至于将军当时是不是强自镇定,以前没多想,就没问过,打算以后如果还有机会的话,一定要问一嘴。

少年斜眼看着程青,大笑道:"意迟巷,簾儿街,听听!你们能取出这样的好名字?"

程青点头道:"能取出一样好的名字来,只不过意迟巷和簾儿街,只有大骊能有。"这是一句肺腑之言。

年轻伍长大怒道:"看把你大爷能的,找削不是?!老子赤手空拳,让你一把刀,与你技击切磋一场?谁输谁孙子……"

王冀再次伸手按住少年的脑袋,不让他继续丢人现眼,笑骂道:"人家是在说好话,长点心吧。以后多读书。"

年轻人凑过脑袋,悄悄说道:"好话坏话还听不出啊,到底是咱们都尉一手带出来的,我就是看他们心烦,找个由头发发火。"

王冀只是重复了一句:"以后多读书。"

这个年轻伍长,在都尉王冀眼中,其实就是个孩子,何况十六岁,年纪大吗?

一个年轻人,只要能够活到太平世道,就可以多读书。让我们这些年纪大的、官稍大的,先死。

王冀没有跟年轻伍长说那个在衙门当差的老人,取茶具和递茶罐的那只手很稳,但是刻意掩藏的另外一只手颤颤巍巍,是在战场上被砍断了手筋。至于老人那只不会颤抖的手,则少了两根半手指头。

边军斥候，随军修士，大骊老卒。大骊王朝最重这些动辄就会先死、当了神仙都还不惜命，以及在战场上活得久的人。

文官老爷，神仙风采，名士风流。大骊王朝如今也认，但是只要遇到前者，就都给老子靠边站！

他们这些大骊铁骑和各国藩属兵马在组建、合拢之初，大大小小，冲突不断，不只是言语上的，双方还经常动手，王翼为此也没少出手护着自己的手下，好歹讨要一个过得去的公道。只求大骊边军那拨锐士悍卒的言语别太过分就足够了，不敢奢望更多。所幸大骊边军律例一直在那边搁着，藩属边军打不过，那些个言语无忌的大骊边军也不敢闹大，而且往往在演武场上打趴下对手，回去就要被拎回演武场，当场挨一顿没有半点水分的军棍。大骊边军看得见，藩属兵马一样看得见。或是按照某些大骊边军习俗，被刀背狠狠敲打裸露的背脊，更有甚者，违例重了，会被战马拖曳，整个后背都要血肉模糊。

奇怪的是，一起扎堆看热闹的时候，藩属将士往往沉默不语，大骊边军反而对自家人起哄最多，使劲吹哨子，大声说怪话。大骊边军有一怪，上了岁数的边军斥候标长，或是出身老字营的老伍长，官位不高，甚至说很低，却个个架子比天大，尤其是前者，哪怕是得了正统兵部官衔的大骊武将在路上瞧见了，往往都要先抱拳，而对方还不还礼只看心情。

王翼甚至亲眼见过一幕画面，一位从五品的年轻武将，从别处军营骑马来此议事，离开军帐后，在路上遇到一位老伍长，竟是立即翻身下马，向那老伍长抱拳致礼。武将年纪轻轻，据说还是篪儿街将种门庭出身，如今手握大骊边军五千精锐兵马，还是一个老字营！搁在宝瓶洲藩属国，此人权柄之重，兴许比本国什么大将军都要大了。

老伍长却只是伸出拳头，敲了敲武将鲜亮的甲胄，还使劲一拧年轻武将的脸颊，笑骂道："小王八蛋，功劳不多，当官不小，难怪当初要离开咱们斥候队伍。摊上个当大官的好爹就是能耐，想去哪儿就去哪儿，他娘的下辈子投胎，一定要找你，你当爹，我给你当儿子。"然后老伍长轻轻一巴掌甩过去："滚远点。不当只能送死的小卒子了，以后就好好当官，反正还是在马背上，更好。"

王翼突然视线扫过所有人，最后说道："各位，咱们其实恩怨多了去了，也大了去了，可不管如何，如今都是沙场袍泽，都是悬佩一把大骊制式战刀的人，漂亮话说不出口，我王翼也不晓得说，就一句，咱们大骊战刀，就是天底下最漂亮的媳妇，人手一个，别嫌少！"

副都尉程青和少年伍长，还有其余所有人，都有些笑意，只是有些笑出了声，有些没有而已。

小小宝瓶洲的一洲山河，各国铁骑的马蹄一起去听海潮声，不问世事的山上神仙重返山下,绿林好汉与江湖豪杰,一起投身沙场……

而更为广袤的桐叶洲版图上,有托月山百剑仙之一,身在一座厐大的偏远仙家山头,手心抵住剑柄,长剑钉入一具尸体的头颅。只觉得遗憾,太不尽兴,不费吹灰之力就宰了个金丹境。

这位剑修身后,是一座破碎不堪的祖师堂建筑,有来自同一军帐的年轻修士抬起一只手,色泽惨白的纤细手指上却有猩红的指甲,祖师堂内有五个傀儡正在辗转腾挪,好似在那个修士驾驭下,正在翩翩起舞。

有坐在巨大京城废墟中的大妖,身躯庞大,覆盖住小半座京城,身躯偶尔微微一动,就要碾碎无数老故事。

一道道金色光彩,破开天幕,跨过大门,落在桐叶洲版图上。其中一位巨大的远古神灵走过人间时,身后拖曳着七彩琉璃色的光阴。

甲子帐昭告桐叶一洲,所有桐叶洲本土妖族,只要能够就近找到一座军帐,按照境界高低,一律封正为不同品秩的山水神灵。重返故地后,打碎各地文庙,只留下武庙,城隍爷、山水正神自行筹建祠庙,收拢香火。

还有人说既然我们能过一座剑气长城,没理由过不了一座小小老龙城。

周密站在桐叶洲最北端一处渡口,望向身在宝瓶洲中部的崔瀺,微笑道:"虽说已经让绣虎失望,却不能让绣虎太失望。"

崔瀺转头望向远处,稍稍偏移视线,分别看向扶摇洲和金甲洲。

周密点头道:"再做谋划,来不及了。"

扶摇洲那边,先前有剑光万千,去往所有残存于世的众多书院学塾处。

已经让出大半山河的金甲洲,妖族大军依旧不断往北稳步推进。

在一处大局已定的战场上,一头飞升境大妖与曹慈一行狭路相逢。大妖下令让大军散开,自己手持一枚火红葫芦,鼓吹三昧真火。方圆数百里,皆是焦土。不过那一袭白衣依旧在出拳。

战场之中,犹有一个不知死活的年轻女子,已经在和大妖麾下一个极其稀罕的九境巅峰武夫捉对厮杀。

这场大战,几乎集结了金甲洲仅剩的精锐兵马,以及众多上五境和地仙的山上战力。

与妖族大军厮杀一月之久,原本双方胜负皆有可能,但金甲洲最终惨败收场,只因一个金甲洲本土老飞升境大修士的叛变。

大道尽头,命不久矣。老修士便要人间旧山河与他一人万古同悲。

在纯粹武夫厮杀之际,一个上五境妖族修士缩地山河,来到女子武夫身后。妖族修士手持一杆长矛,长矛两头皆有锋锐矛头,如长刀一般。

妖族修士就要一矛砍掉女子头颅，至于是否会误伤自家的九境武夫，自己得了一桩战功再说。

就在年轻女子武夫身体前倾、同时微斜脑袋之时，玉璞境妖族手中一端锋锐矛尖之上，突兀出现了一个矮小干瘦的老者，老者脚踩矛尖。

白发，紫衣，赤脚。老人紫色长袍背后，绘有黑白两色的阴阳八卦图案。腰间悬挂一枚酒葫芦，晶莹剔透，清晰可见里边的景象，星光点点，如同在酒壶中收拢了一整条天上银河。

骨瘦如柴的老人，刚刚从中土神洲赶来，他与金甲洲飞升境老修士曾经有些小恩怨，只是终究来晚了一步。

上五境妖族修士再次缩地山河，只是那个矮小老头竟是如影随形，还笑问道："你认不认得我？"

偷袭不成便撤退的玉璞境妖族，这次竟是直接舍了本命铁矛，瞬间转移山河到数百里之外，不承想那根长矛和老者一起跟着到了新地方。

老人笑道："不讲究啊。死去。"

一头玉璞境妖族，当场身躯连同金丹、元婴、阴神、阳神一同粉碎。糟老头子到底施展了什么术法神通，玉璞境妖族临终都不曾察觉丝毫。

那杆铁矛摔落在地，老人依旧"站在"远处，一拍脑袋，略显歉意道："忘记你听不懂我的家乡方言了，早知道换成浩然天下的大雅言了。"

老人瞥了眼其余两处战场，看样子都不用自己掺和。

桐叶洲北端渡口，周密伸出一只手掌，示意崔瀺应对。

看似处境不太妙的萧愻，如今身上所披"法袍"是周密故意剥离出来的桐叶、扶摇两洲的浩然气运，左右只管倾力出剑，反正半数会落在文圣身上。可左右要是不出全力，那就得试试看萧愻的倾力出剑了。除此之外，以彼之道还施彼身，绣虎你能让左右瞬间跨洲，那我周密比你手笔还要略大些许。

金甲洲战场上，老人蓦然大皱眉头。一个身形拔高至天幕，忧心忡忡地望向南边的扶摇洲。

这个老人，叫于玄，或者可以说为"符箓于玄"。

就像提及诗仙必是那位最得意，提及武神必是大端王朝的女子裴杯，提及狗日的必然是某人。亚圣一脉陈淳安，独占醇儒。龙虎山大天师，独占雷法。这个老人，则独占天下符箓。

好家伙，六头畜生，齐聚一洲？

白也怎么办？

第四章
白也去也

先是真龙王朱现出真身,主动离开登龙台,出海厮杀,与有大道冲突的王座大妖绯妃展开了一场足可谓移海的龙蛇之争,随后崔瀺的白玉京十二飞剑赶赴战场,替王朱解围,又有袁首一棍先敲真龙头颅,再一棍碎掉老龙城山水阵,砸向藩邸,最后墨家游侠许弱出鞘大半的一剑,挡住了巅峰大妖袁首剩余半棍。老龙城战场,妖族大军继续登岸攻城,宝瓶洲修士继续死人。

那些山巅厮杀过后,蛮荒天下瞬间就重新铺开了一座座长桥和神道碑,还将巨幅的绸缎彩带拉扯开来,大妖将从桐叶洲搬迁而来的一个个炼化为袖珍物的山岳丢掷入海后,施展神通,袖珍山岳蓦然耸立出海,山尖钉入邻近老龙城陆地的海床之中,倒悬海中,构建出一块块平整的海上战场,犹有广袤云海铺展在海面之上,如白云填在山谷间。

绯妃比起当下只能在登龙台躺着养伤的年幼真龙王朱要好上太多,得了甲子帐一道密令,等待片刻之后,她所站立的海面东西向一线之上,无数根巨大冰锥凭空出现,倾斜指向那座挡路许久的老龙城,冰锥依次排开,宛如数以万计的投石车。

有十数个好似酣眠的妖族修士被封禁在这些冰锥囚笼当中,瘟神居多,过客两名。

除此之外,还有一大拨妖族修士在那些拘押了瘟神、过客的冰锥之上,不惜本钱,拼命刻画符箓,免得惹恼了脾气暴躁的绯妃,将他们当场冻杀,一并丢入老龙城。蛮荒天下先后两个摇曳河共主,说实话还是那个仰止相对性情婉约几分,当然只是相对。这些王座大妖,脾气再好又能好到哪里去,喜欢以剑客自居、云游天下的刘叉,和不太露面的天下文海周先生,最是例外。

绯妃转头嫣然一笑，以心声轻柔称呼了一声"公子"。一位身穿黑袍、头发系以雪白绸带的御剑青年，匆匆忙忙赶到战场后方找到了绯妃。正是甲申帐剑修雨四。

雨四到底还是担心绯妃安危的，哪怕她是一头蛮荒天下的王座大妖。

雨四问道："你没事吧？"

绯妃摇摇头："那小家伙嫩得很，仗着那点真龙气运和些许浩然水运庇护，徒有几分身躯坚韧而已，根本不成气候，本命水法依旧不精。即便走渎成功，但连那飞升境都不是。本事不大，脾气不小。这场仗，不会给那小家伙太多机会。抢在仰止那老婆姨之前，赶紧吃掉她，我便是陪着公子去中土神洲海边散心，也无不可。"

唯独在公子雨四这边，绯妃是最愿意多多言语的。

枯骨王座大妖白莹在桐叶洲大战落幕后，就已经秘密赶赴金甲洲了。

桐叶洲君子钟魁，先前曾让白莹无法彻底施展手脚。钟魁和姜尚真都是最该死却没死的两个存在。

至于其余几个，已经得了周先生的密令。绯妃一来到老龙城战场就脱不开身，何况她也不愿意去凑那个天大的热闹。毕竟此次以整座扶摇洲作为狩猎场，准备围杀之人，是那个三剑斩杀王座大妖的白也。虽说如今形势颠倒，占尽天时地利人和，可白也终究还是白也。

雨四轻声感叹道："木屐已经率先得了周先生的赐姓赐名，周清高。"

绯妃笑着安慰道："他即便当了周先生的关门弟子，依旧比不得公子身份清贵。"

雨四摇摇头，跟绯妃总是这般难聊。

绯妃知晓自家公子比较关注战场走向，便善解人意地施展神人掌观山河，使得雨四能够清晰看到老龙城战场的厮杀动态。

老龙城那边，展开了最近一旬内的第一次修士出城反扑，声势浩大，练气士竟然多达三百多人，他们一股脑儿冲出三道大门中的一个，杀向海面。

雨四愣了愣："大骊很务实，这不像是藩王宋睦的性格，照理说他不会做这意气之争的。"

宝瓶洲修士只要出了老龙城那座山水大阵，尤其是离开陆地置身海上，就更失去了其余两座大阵的庇护。

绯妃笑着解释道："又是那浩然天下的古怪术法，这都是些纸片假人，反正没什么杀力，拿来唬人的。"

雨四点头道："那就是小说家修士的独门神通了，毕竟连各色人间山河都能用笔写出，刻画出几百个练气士，以假乱真，确实不稀奇。以前在甲申帐听流白提起过，就很好奇，想着有朝一日，能够亲身游历白纸福地。不过老龙城此举，也不全是拿来吓唬人，那宋睦果然比较持家有道，难怪崔瀺敢把他放在老龙城。"

就如雨四所想，那拨出城厮杀的白纸修士就是老龙城拿来骗取妖族修士的术法，以及引诱某些深藏不露妖族的攻伐法宝，哪怕消耗掉妖族地仙修士些许灵气，都是好事。马上就会有负责督战和巡视战场的大骊修士，将各个细节详细记录在册，战场上，老龙城不放过任何一点蝇头小利。

这类举措，大大小小，每天都有新鲜花样，双方都是如此。

周密从不亲自调度，也不对战场各大军帐指手画脚，崔瀺亦是如此，让藩王宋睦全权负责老龙城大小事宜。至于亲自投身战场，就更免了。一着不慎，就真会因万一而死的。

周密和崔瀺的出手寥寥，本身就是一种对各自阵营那拨顶尖战力的极大护道。

什么我们都在死战，凭什么唯独你们两位通天大人物死不得，敢说此话的，估计会死。

一个在剑气长城战场曾经抖搂出一幅江河水卷图的女子大妖，见老龙城战场又乌烟瘴气得不像话了，便冷笑一声，祭出一幅群山图，峰如剑簇。画卷一闪而逝，破开了老龙城护城大阵，虽然之后被多位剑仙以飞剑穿破小半，又被其余练气士以术法打烂一部分，但剩余半幅群山图依旧得以在老龙城上空展开。画卷朝下，群峰瞬间齐齐坠落，仿佛一把把巨大的飞剑砸向老龙城用以护驾藩邸的第二道阵法。

大骊有剑舟？数百峰如大飞剑，似一场滂沱大雨急骤捶打小圆荷。

宋睦在议事厅得知此事后，只是点了点头，依旧专心和大骊驻守武将和众多文武秘书郎商议战场布局细节。

我是一位大骊藩王，不是什么上五境修士，庇护老龙城，凭借藩邸大阵硬扛也好，按照某些私下盟约，有那仙人一旁出手相助也罢，都与我宋睦无关。

在白霜王朝化名曹溶的隐世真人叹息一声，在眼见女子大妖抖搂出画卷之时，他便几乎同时拿出了一件珍藏了大半辈子的压箱底之物。心疼，真是心疼。

那是一本山水花鸟册，四季山水各一张，花鸟四张。皆是他亲笔手绘，颇为得意。

画册之所以无比珍稀，关键不在绘画，而在一张钤印和一枚藏印。

青冥天下白玉京三位掌教，都曾落下印章，好像让这位并非宝瓶洲本土上五境的道门高真"包圆了"。

那位代师收徒的白玉京大掌教，钤印有"道经师"。二掌教，也就是曹溶的那位二师伯，真无敌的道老二，也破天荒拿出了一枚不轻易钤印的私章——"文有第一，武无第二"。白玉京三掌教陆沉，也就是真人的师父，钤印"石至如今"。大玄都观老观主孙怀中则钤印"桃花又开"。

这四张山水画，都是师父陆沉帮忙求来的。不然单凭曹溶一个陆沉嫡传的身份，又久不在青冥天下白玉京，哪来这么大的面子。大掌教还好说，兴许问了就会给，可是心高气傲的二师伯,以及那最跟白玉京不对付的孙老观主都休想。

剩余四张花鸟图,则是老真人曹溶自己请人钤印。中土神洲龙虎山大天师盖有一枚私人法印"雏凤"。符箓于玄钤印"一鸣惊人"。这两位,都是中土神洲跻身十人之列的山巅老神仙,德高望重,道法极高。

北俱芦洲火龙真人的印章则是老神仙盛情难却之下,因为手边并未藏印,便临时雕刻了一枚,篆刻"叽叽喳喳叫不停"。最后一张,印有一枚绣虎崔瀺的私人花押"白眼"。

真人曹溶一口气先后撕掉四张山水图,拈住一张就丢出一张,张贴在藩邸山水大阵之上,最终四季流转,宛如一座道场小天地,只是这座小天地委实不算小。尤其是那四枚最小不过拇指大、最大不过巴掌大的印章,蓦然变大,宝光流转,道法流溢。其中"道经师"三字气象温和;大玄都观老观主的那四个字则在其中一方天地开遍桃花,亦真亦假;曹溶师父的"石至如今"则有中流砥柱之气概;曹溶师伯道老二的八个金色文字,气势汹汹,锋锐无匹,也是唯一一枚主动攻伐大妖山峰飞剑的印章文字。

曹溶小心翼翼地将剩余半本山水花鸟册收入袖中,苦笑一声:"真没脸去见师尊了。"

老僧打趣道:"瞧着挺值钱。"

曹溶笑道:"出家人眼中还有什么钱不钱的?"

老僧答道:"有就是有,无就是无,先有后无还得再有个有,才是真无。"

曹溶称赞道:"好佛法。"

老僧无奈:"这……果然,贫僧就不适合与高人打机锋,总是输多赢少。"

在四季山水之一的画卷中,云开洞府,仿佛走出一位琼妃神女。大雪漫天,玉屑无数。

老僧说道:"这等隐秘至宝,大骊也未必记录在册的……"说到这里,老僧哑然,那绣虎算天算地算尽人心的,还真不好说。

老僧当然是没见到最后一幅花鸟卷的"白眼"花押,只是按照常理去揣测。

曹溶笑道:"如今我那半个大师兄,正在老龙城内与桂夫人叙旧,我这当师弟的,总不好折了大师兄的面子。"

老僧恍然:"范家桂花岛的老舟子,经常路过蛟龙沟的。"

曹溶点点头。

之所以是半个大师兄,是因为师尊从未承认过此人是嫡传。不过当年师尊泛海游历天地四方,老舟子负责撑船,与师尊一起远游,算是没有功劳也有苦劳,所以他们这些嫡传弟子都认老舟子是大师兄。

师兄老舟子的化名比较多,其中一个最为著名的是顾清崧。他在中土神洲曾经有个"故作轻松"的山上美誉,是出了名的硬脾气。不管与谁厮杀,不管境界是否悬殊,也不管对方什么天大的来头,顾清崧就从没怵过,也几乎没怎么赢过,但到最后次次还能不死,阿良、白帝城城主、火龙真人,顾清崧都招惹过。后来重新离开陆地,重返大海当起了撑船的老篙公,据说是真不能再招惹更多了,免得后世年轻人追赶不及。

有曹溶出手护阵,老龙城和藩邸都已经无忧。

宋睦在议事厅突然想起一事,沉声提醒道:"所有死在老龙城外的修士,哪怕是他们擅自离开既定战场,哪怕是他们不小心违例出手,但是战死就是战死,去提醒所有督战修士,这些练气士在大骊兵刑两部的录档,军功一律不许有任何折扣!"

一位文秘书郎说道:"此举有违国师订立的规矩。"

宋睦转头死死盯住他:"在老龙城,我说了算!你只管照做,国师想要问责藩邸,就来老龙城找宋睦!"

文秘书郎眼神熠熠,抱拳道:"领命!"

这位心情激荡的年轻文官,立即飞剑传信此事。

这位大骊上柱国姓氏出身的意迟巷子弟,第一次由衷认可了宋睦的藩王身份。

一位大隋山崖书院的年轻君子,守在一座老龙城大阵巨大窟窿之一的后方,这里总计分出了三条战线,足可见这道大门的巨大。君子除了帮助大骊随军修士一起排兵布阵,每次只要灵气积蓄足够,就会倾力出手一次。

这次年轻君子言出法随,只是轻轻默念了一句"青骑列阵三百万"。

所谓"青骑",其实就是柳条了。攒簇密集,很有气势。杀那些并非修士的送死妖族尚可,主要还是用来阻滞妖族大军推进的脚步。

观湖书院吊儿郎当的贤人周矩,前些年好不容易重返君子行列,结果虽然在老龙城战场上立功不小,却唯独在书院那边又丢了君子头衔,重新变成了贤人,起起落落何时休啊。

周矩在这之前已经出手数次,比那山崖书院的君子更夸张,这会儿他正蹲在山崖书院君子身边啃神仙钱,嘎嘣脆,被他啃出了佳肴滋味。

一个年纪不大、出身风雪庙兵家的随军修士,负责护卫山崖书院这位体魄孱弱的君子,简单来说,就是后者身陷死地,他得先顶上。没什么好奇怪的,在大骊边军战场上,这是随军修士常做的事。

这个随军修士虽然沙场厮杀极为稳重,其实天生性情却是极为跳脱,转头与脾气更相近的贤人周矩嬉笑道:"周大圣人,三百万,三万有没有?多了个百字?"

周矩一本正经道:"文字功夫,首要精妙,就是先以书页上的一股刀兵气震慑对手。不战而屈人之兵是也。你身为风雪庙首屈一指的绝对高手,这点道理都不懂,不成啊,不如以后去观湖书院跟我混几天。"

那位山崖书院君子只是言语一句,祭出柳条青骑大军赶赴战场后,便立即盘腿而坐,他脸色微白,笑道:"你们差不多就行了,别上瘾啊。"

观湖书院周矩和风雪庙兵家修士,得闲时最大的乐趣,就是调侃他这位君子,一口一个未来山长圣人。那位君子却心知肚明,大隋山崖书院,如今山长已经从茅小冬换成了国师崔瀺,以后谁来当下任山长,根本无法想象。谁敢去猜那头绣虎深不见底的心思。

周矩突然站起身,跟随军修士正色说道:"护住君子!"

周矩身形一闪而逝,只见大门附近,有个身穿宽大黑袍的妖族小娘皮,术法神通好生古怪,身躯瞬间化作千万只鸟雀,竟是将那些柳条青骑打杀殆尽。周矩要去会一会她!找机会拧掉对方脑袋再与她说一句卿本佳人。

另外一处战场上,形势更为险峻,哪怕有北俱芦洲剑仙压阵,依旧险象环生,蛮荒天下的畜生如蝗群一般涌入大门。

老龙城所有修士都不得不承认,这些妖族当真是不怕死。

妖族修士也与老龙城比拼了一番死士手段,双方礼尚往来。一开始使得老龙城战场第一线修士损失惨重,直到藩邸那边文秘书郎拼了命迅速翻检大量档案秘录,最终在一本比较新却并未记载出处的册子上,好不容易勘验出对方那拨妖族死士"梦魇"和"窃脸人"这两个身份,藩邸才立即找出了应对之策,飞剑传信所有剑修,告知寻觅这两种古怪修士的蛛丝马迹,才得以重新扭转战局。

一座小雷池凭空出现在战场上空,方圆数十里之内雷电牵引,电光如白蛇,五雷如彩蛇,悠忽不定,鞭打大地。一个两袖红黑两色的妖族修士,分别驾驭一条火龙和一条水蛟往大门这边冲杀而来。

这道大门之外的遥远海面上,还有首次露面的一头大妖,是一骑策马持枪的金甲神将,踏波疾驰,去往老龙城。虽然它不是什么境界巅峰的凶悍大妖,但是这一骑在昔年剑气长城战场上,其实极为瞩目,一身金甲极难摧破,以至于曾经被避暑行宫隐官一脉列为必杀之存在。在剑气长城,这一骑尚且如此,在老龙城又会如何?

有位道门符箓派真人,境界不高,金丹境瓶颈,却精通文字符一道,如今配合一位书院大君子的口含天宪。南海之上,一笔一画,生成文字。正是那圣贤文章。

有个跻身托月山百剑仙之一的女子妖族剑修,年轻容貌,额头和脸颊处依稀带有几分妖族真身特征,竟是比那一骑金甲神将突进更快。她并不御剑,每次跳跃,脚下都会自行出现一级白玉台阶,她身后宝光如一轮月晕,被老龙城那边飞剑或是术法一击即碎,变成一把破碎不堪的镜面,只是瞬间就又合拢。她在龙君把守的剑气长城修行数年,得到一份剑意燃花,飞剑名破镜,本命神通重圆,飞剑与体魄皆是如此,再难死,当然在这种战场上依旧会死,但是身为剑修,一味怯战还怎么当剑仙。再说了在剑气长城战场都厮杀数年了,她还真不觉得自己会死在这么个小地方。将来去了中土文庙大门外,递剑再死,倒也马马虎虎能够接受!

一位隐藏实力的老龙城地仙修士暴起杀敌一大片。积攒了足够战功,他就能够凭此离开战场,返回一洲腹地师门继续当那老祖师,结果刚要得偿所愿,身后尸体堆里就站起一人,明明是面孔熟悉的宝瓶洲修士,却伸出一爪掏走了地仙修士的心脏,傀儡连那颗金丹一并放入嘴中使劲大嚼,然后颓然倒地,犹有满嘴鲜血。

一位邻近此处战场的元婴境老剑修,在宝瓶洲是当之无愧的剑仙前辈了,寻觅不见那鬼祟妖族的真身踪迹,只得退而求其次,祭出本命飞剑高枝,以一大圈恢宏剑光将尸体堆悉数笼罩,然后剑光轰然下坠,将那些尸体炸碎大半,少有全尸。

不承想仍是那傀儡,骤然远掠,老剑修飞剑直去。更不料那个先前胸膛被剖开的修士尸体朝相反方向瞬间远遁逃离,与此同时,最早现身的傀儡身躯一软,就要跌入海中。

电光石火之间,老剑修显然有些措手不及,下意识就略微收敛了剑意,只顺势将那傀儡砍成两截,然后立即收回了飞剑,转去先斩杀那具没了心脏的尸体。那妖族真身定然在后者身上,剑光大作,气势如虹。

郦采无语。你这花里胡哨的闹啥闹呢。哪怕这位来自外乡的女剑仙确实早已经筋疲力尽,仍是竭力祭出飞剑,一剑彻底击碎那个刚刚被拦腰斩断的傀儡,将真正隐匿于这副人族修士皮囊中的妖族地仙魂魄一并搅了个粉碎。

瞥了眼老家伙一眼,郦采懒得说话,得回一趟老龙城喝几壶好酒提提神才行了,老娘先美美大睡一觉,再战。

至于那名剑修瞧着很大一把年纪了,但看元婴气象,算是新人,一颗品秩寻常的金丹倒是打磨不少年了,怎的战场厮杀经验跟雏儿似的?好像是个来自正阳山的"老剑仙"?

老娘的亲娘唉。只说眼光深浅和出剑之果决,别说我那猴精儿徒弟陈李,恐怕连高幼清那丫头片子都要远远不如了。

只是那个正阳山老剑修,已经朝大名鼎鼎的北俱芦洲女剑仙遥遥抱拳致谢。不愧是浮萍剑湖的郦宗主!两洲修士都是已经晓得了这位女子大剑仙的。

好剑仙!剑术真真精绝,一把本命飞剑更是例无虚发,次次必有大斩获!若是郦宗主将来能够去正阳山祖师堂做客,他定要执山上半个弟子礼,向郦宗主好好请教一番剑道学问。

郦采差点儿没翻个白眼回礼老剑修,她好不容易忍住了,也不好多说什么,伸手不打笑脸人嘛。你这种眼神要是搁在剑气长城,给旁人瞧见了,别说是隐官大人,就是自家那位小隐官都要笑得满地打滚了。

剑气长城古怪多多，其中有个不那么起眼的小古怪，就是年轻隐官在战场上，每次收拾那些搬山之属的妖族好像都格外起劲。

郦采曾经私底下有过询问，和那袁首是有天大恩怨不成？只因为境界不够，所以只好暂时把火气撒在袁首的徒子徒孙头上？

当时陈平安给了一个郦采只当是笑话的理由，他说："我和宁姚第一次豁出性命联手对敌，都还是没能讨到什么便宜。"

郦采只是纳闷，那袁首有对陈平安和宁姚出手过吗？或者是与哪头搬山之属的飞升境大妖在战场上狭路相逢，只是没能打得惊天动地？就像年轻隐官与斐然切磋一番，就很快擦肩而过了？

郦采御剑返回老龙城内城，喝酒去。其实当下的御剑之姿，已经摇摇晃晃，女子好像已经醉酒。

去他的仙人境，这下子是真没戏了，连仅剩的一线机会都被老娘自己祸祸没了，能怨谁，怨酒吧。

暂时依旧不在老龙城战场的登龙台，王朱已经恢复几分，能够起身而坐，她身上那件法袍，远古龙袍样式，与后世帝王龙袍出入不小。是老龙城上方那座半仙兵云海，和一副走渎遗蜕炼制融合而成，一件当之无愧的仙兵。

台阶底部那个坐着发呆的黄衣童子突然站起身，板着脸说道："马苦玄，请止步！"

除了肩头蹲着一只猫的马苦玄，还有贴身婢女数典，以及马苦玄在前些年收取的一位嫡传弟子，也是马苦玄给取的名字，忘祖。

黄衣童子对此最是心中不快，忘祖？那么与我家主人化名之一的"王朱"，岂不是有些谐音了？

马苦玄笑问道："小爬虫，当年在泥瓶巷就只会满地跑，好不容易能够说话了，多多珍惜，别一心求死。"

黄衣童子说道："打蛇看主人。"

马苦玄看着这条昔年骊珠洞天额头虬角的四脚蛇。后者后退一步，后脚跟磕在了台阶上。

坐在台阶顶部的王朱一挥袖子，将连看门都不会的废物拍飞，俯瞰着杏花巷的马苦玄："来这里做什么？"

马苦玄刚要抬步前行登上登龙台，王朱眯起眼："先想好了。"

马苦玄倒不是怕王朱，她只是飞升境的体魄，又不是飞升境的修为，他马苦玄虽然一直被当作擅长厮杀的人物，其实保命功夫才是最拿手的。

马苦玄只是不愿惹王朱生气，她当下心情本已不佳，没理由为了他心情更坏。所以马苦玄就那么抬头看着王朱，说道："我争取帮你找回一点场子，只能说争取。"

王朱满脸冷笑。一个年轻候补十人之一，口气倒是比中土神洲十人之一更大。

马苦玄微笑道："又没说宰掉那绯妃，我这个人最不会做梦了。"

中土神洲十人之一的老剑修周神芝是被一头王座大妖活活打死的。

当然，这与周神芝在山水窟接连大战极有关系，但是飞升境之间的厮杀，胜了对手与杀掉对手，差别太大，实在太大。

绯妃同样是蛮荒天下十四王座之一，马苦玄又不傻，要去战场送死，他找机会远远招呼就可以了。

如今的战场，某些被绣虎和周密上心的存在，多半一出手一现身就会死。眼前这个泥瓶巷王朱，不就挨了袁首倾力一棍？

马苦玄其实如今在老龙城这边饱受非议，有些人觉得他既然身为数座天下的年轻候补十人之一，又能够敕令神灵攻伐天幕，那就应该在老龙城战场第一线厮杀，立下与身份相符的战功；也有人觉得马苦玄作为宝瓶洲年轻修士第一人，实在太过孤僻，也太藏拙了些，应当学一学风雪庙剑仙魏晋，敢次次问剑强者。

马苦玄除非亲耳听到，一般也不计较。有次在老龙城藩邸外城，凑巧真听到见到了，他也只是当面撂下一句："候补十人之一的头衔，又不值钱，送你了，然后你去送死吧。"

王朱始终没有再言语，只是转头望向北边。

整个南岳地界周边，搬山猿、撑山狗，符箓一派的黄巾力士、银甲力士，还有墨家机关师打造的傀儡，还在不知疲倦地打造出层层战线，只要大骊王朝还有钱，又有北俱芦洲作为依托，所以人力物力其实都不是问题。

坚壁清野？不需要。老龙城失守之时，不会给妖族留下任何物件，只会是一座彻彻底底的废墟。此后哪怕任由妖族大军一路推进到南岳山脚，一样如此。

马苦玄就只是安静地看着那个冷冷清清的女子。很好，当年在骊珠洞天，她就是最不一样的，如今所幸还能依旧如此。

她在泥瓶巷，他在杏花巷，不常相见，最多是每天清晨时分，在那铁锁井旁，看她假装吃力地汲水挑水，就觉得真是可爱极了。有些时候她会睡懒觉，就会晚些出门挑水，那他就多蹲一会儿，总能见到的。

马苦玄突然以心声问道："那个隐官第十一，是不是你的真正结契人？"

王朱似乎一下子心情大好，笑眯眯道："以前没打死你，以后说不定哦。"

桐叶洲。

桐叶宗关押了一大拨年轻修士，无一例外，都是桐叶宗最为拔尖的天才修士。不那么出类拔萃的年轻人都死了，而且是死在了自家祖师堂老祖师、供奉和客卿手上。

不然在甲子帐那边没办法交代。

说是关押囚禁，当然是真，仙家酷刑都不缺，只不过其中六个资质最好的，被关在了桐叶宗梧桐洞天破碎遗址内。

李完用、秦睡虎、杜俨、于心、傅海主，还有一个莫名其妙就成了桐叶宗祖师堂嫡传的外乡人王师子。王师子是金丹境瓶颈剑修，并且很快就会在此破境。

这几个年轻人，就是当时极力坚持要留下左右的桐叶宗"孽徒"。就连那个当年差点儿因为左右剑心崩溃的李完用，也是同样的选择。

至于桐叶宗宗主、仙人境剑修傅灵清，早已战死。

若非如此，大概如今的桐叶宗祖师堂香火已经半点不剩，彻底断绝，就换个都不知道能够流传几年的好名声。

桐叶宗新任掌律老祖师打开山水禁制，来到那处占地不过方圆十数里的破碎遗址，相较于当年那座完整的小洞天，破落户得令人发指了。

老人没有继续往前走，那六个年轻人，有些人继续潜心练剑，有些人则抬头望向他，视线中有仇恨，有悲苦，有不解。老人没有解释半句，反而还有几分故意为之的神色不善，好像此次前来，只是防止这些宗门叛徒有任何不轨谋划。老人只是扫了几眼，很快就转身离去了。

一座宗门彻底分裂，一方是惜命的老不死，一方是不惜一死的年轻人，相互对峙不说，以至于到了自相残杀的地步，也算浩然天下和蛮荒天下都看在眼里的一个不小笑话了。只是桐叶宗自中兴之祖杜懋身死道消开始，就一直没少被看笑话，习惯就好。

老人倒是与许多桐叶宗老修士不太一样，他其实是不那么怕死的，境界瓶颈难破，皮囊腐朽不堪，魂魄如风中残烛。既然连死都不怕，那就总得做点什么更不怕的事情，比如为桐叶宗留下点真正当得起"传承"二字的香火。身后那些年轻人就是。

但是要他们能活，就必须先划清界限。若是以后蛮荒天下胜了，赢得了整座浩然天下，那么他们这些孩子，终究还是有机会重新出山、将功补过的，退一万步说，也能在桐叶宗潜心修行，得个安稳的山中久居。蛮荒天下那些妖族，推崇强者，只要你们境界高了，天大地大，说不定真要比在浩然天下修行更自在。可若是蛮荒天下输了，退回剑气长城以南的那座蛮夷之地，他们到时候一样有的选择。

他这个桐叶宗祖师堂如今年纪最大的一个将死之人，能为那些挂像祖师做的事情就只有这么多了。

这些愿为宗门荣辱慷慨赴死的年轻人，最最死不得啊。

桐叶洲南部玉圭宗，才当了没多少年一洲仙家执牛耳者的玉圭宗掌律老祖已经战死，连那昔年的可爱刘小姑娘、后来的华茂姐姐，都战死了。哪怕以后祖师堂还在，又有几个人会骂自己？如此一来，不会寂寞吗？老子姜尚真，一定会寂寞得要死啊。

一道身影突兀现身，硬扛了一个守株待兔的飞升境大妖一记道法，狠狠撞入宗门最后一道山水大阵当中，一个起身掠向九弈峰。趁着暂时没人住，正好拿来练练手。

姜尚真吐出一口血水，给老子起剑待客！

九弈峰山崩地裂，最终出现无数枚棋子，九座剑阵九把飞剑。

荀老儿，再往上吃了更多香灰的老祖师们，别怪我败家，老的死了个七七八八，自家那些年轻人真扛不住了！

宝瓶洲。

风雪庙剑仙魏晋，与北俱芦洲北地剑修第一人白裳、清凉宗宗主贺小凉，一起赶往西岳地界。至于贺小凉那半个大师兄的老舟子，早已告辞一声，独自去了老龙城。

在大骊王朝授意安排之下，他们这拨顶尖战力负责帮助宝瓶洲镇守西岳地界，据守该处对敌对方大妖即可。

这三位，关系微妙，魏晋与贺小凉，贺小凉与白裳。

尤其是魏晋，原本已不喝酒数年，如今又偷偷喝上了风雪庙酿造的酒水，好像重新变成了那个骑驴挎酒壶的江湖人。

至于贺小凉的清凉宗，因为一个徐铉，与徐铉师父白裳的那桩恩怨更是两洲尽知，白裳曾经放出话来，贺小凉休想要跻身飞升境。这就使得魏晋与白裳，原本八竿子打不着的两位剑仙，关系也跟着微妙了几分。

魏晋都要忍不住骂那头绣虎：你到底是怎么想的，你就非要把我们三人凑一堆？

重逢后，贺小凉一直对魏晋礼数周到，并不刻意疏远，可越是如此，魏晋便更要喝酒。原本心情很一般的白裳，发现此事后，反而难得有些笑意，心情不错。

中岳地界，山君晋青，如今除了现出一尊巍峨金身法相，为国师护阵白玉京之外，真身则经常去和阮邛打交道，两人是老友了。

朱荧王朝曾经是宝瓶洲剑修最多之地，阮邛作为一洲魁首铸剑师，与本就是山君出身的晋青当然不陌生。

身为大骊王朝首席供奉的阮邛，多年之前就早已将看家本领的铸剑术，向大骊铸剑修士倾囊相授了，只是这会儿还需要他亲自铸剑，是为那些地仙剑修铸造相对称手的佩剑，只是不用太过追求品秩，此外还需要分出小半精力，去往一座座剑炉，为其他铸剑师查补铸剑的缺漏。那些相当于不记名弟子的铸剑师，则为所有中五境剑修打造长剑。至于还是下五境的剑修坯子，根本没资格赶赴战场，不但如此，大骊还严令这些剑修不许离开各自师门，他们无一例外，都被长辈直接禁足了。本就舍不得他们去送死，更有大骊律令在，何乐而不为。

宝瓶洲的剑修坯子，哪个不是昔年北俱芦洲调侃的那句"草窝里的金疙瘩"？当真比不得北俱芦洲那般"出手阔气"。

不过如今宝瓶洲的山上修士，对北俱芦洲是真服气了。事实上，北俱芦洲修士，尤其是剑修，对这个原本印象中只比皑皑洲稍好的小小宝瓶洲，也改观极多。敢死是真敢死，能打是真能打，以前是真没发现这个南边的小邻居，如此……像我北俱芦洲！整座浩然天下最像的，没有之一！

书简湖真境宗宗主韦滢、首席供奉刘老成、供奉刘志茂，一座宗门足足三位上五境，联袂去往海边云林姜氏。

除此之外，道家天君谢实带着一大拨剑修之外的北俱芦洲练气士，也已身在云林姜氏。其中就有在剑修如云的家乡大洲都能被公认为"玉璞境战力相当于仙人境"的袁灵殿。袁灵殿是火龙真人高徒，指玄峰一脉的开峰祖师。

还有个明明是仙家门派，却有个无敌神拳帮江湖称号的老帮主。老帮主则遇到了旧友刘老成。刘老成曾是书简湖唯一一位玉璞境野修，如今则变成了真境宗谱牒仙师。世事难料，不过如此。

见到好友刘老成之后，老帮主依旧江湖气概，两人一起喝了几次酒。最后一次喝酒，刘老成实在忍不住说道："荀老前辈就这么走了？"

老帮主高冕灌了一大口酒："那一尺枪，本事不大，胆子不小，又运道不济，还能咋样？"

高冕沉默许久，抬起酒壶，向南边倒酒，喃喃道："老弟，你这桐叶洲一尺枪，在老子这玉面小郎君面前，从来不硬气，不承想死得却这般硬气，早知道当年就多给你几个笑脸，多说几句好话了。"

大骊京城。

比商家更早入局的中土墨家，主脉旁支都已先后押注宝瓶洲墨家修士，依旧在为大骊王朝打造一座座山岳渡船和一艘艘剑舟。

大骊王朝生财有道，范先生更是如此。

昔年最好好先生的大骊户部尚书，被笑称为谁都敢捏上一捏的软柿子尚书，如今成了大骊庙堂上脾气最差的一个，兵部尚书都敢骂，看架势，对被其视为仇寇一般的工部尚书别说骂，都敢打。每次与品秩相同的工部尚书见面议事，户部尚书一见面就先骂他个狗血淋头，谈完事情，再骂一通，不过工部尚书往往早已起身快步离去。

大骊京城原本只是在同一条街上的六部衙门，早已临时开辟出一大块地盘，将所有衙门聚拢在一起，相互串联起来，各部官员只要公务在身，走门串户，毫无阻拦。

昔年同为大渎督造官的柳清风、关翳然，又能经常碰头了。作为关老爷子的嫡玄孙，关翳然只是在户部补缺，没升官不说，按照大骊庙堂规矩，连明升暗降都不算，所以为关氏打抱不平的文武一大堆。

不过只是藩属国文官出身的柳清风,已经升迁为工部右侍郎。大骊关氏出身、更是随军修士双重出身的关翳然,不但只是在户部补缺,好像关老尚书一走,关翳然就刻意撇清了自己与吏部衙门的所有关系。这些年逢年过节,关翳然从不主动登门拜访那些担任吏部要职的叔伯辈,甚至对爷爷辈的,他都架子极大,依旧不去问候。据说有个早已离开吏部二十多年的昔年老侍郎,卸任前都辗转别部担任三年尚书了,且一直将关翳然当亲孙子看待,在京城家中闲散多年,关翳然这个没良心的小兔崽子还是不去拜访。老人去年正月初二那天,在自家大门口等了许久,最后还是没能等到喜欢嘻嘻哈哈没个正行的关翳然,老人气得用拐杖狠狠敲着地板,大骂关翳然不是个东西,小王八蛋不是个有良心的东西啊。老人转身之时,心中却埋怨关老尚书心太狠,实在心太狠,哪有这么欺负自家孩子的。

意迟巷,一个卸任官身多年的老人,这些年就是忙着含饴弄孙,反正家里几个晚辈还算有点出息,都不丢人,走在意迟巷和篦儿街,不用低头缩脖子。

老人今天拉着孙子一起在花园散步,刚刚开始跟家塾夫子学认字的孩子,突然稚声稚气地跟老人说道:"爷爷,咱们有那么多山上神仙,蛮荒天下的畜生也有那么多大妖,双方就不能只是在天上神仙打架吗?等到天上打完了,地上再开打。到时候打起来,我力气太小,帮忙就算了啊,户部不是缺银子吗,我就把压岁钱都捐出去,我爹不是经常挨户部官老爷的骂嘛,给了钱,总不好意思再骂我爹了吧?二十两银子呢!"

这里边的学问太大太多,老人只能拣一些孩子听得懂的说,打仗不是过家家啊,咱们不光是山上的神仙不能怕死,山下的更不能怕,谁都不能怕死啊,不然就会是第二个桐叶洲。到时候咱爷俩就要搬家喽。可能是真的搬家,带上些家当,带上些圣贤书,却也可能是脑袋搬家。

只是最后这句话,与一个孩子说什么。别说孩子会被吓到,自己何尝不是每每想到那个最坏的结果,便会吓到自己?得喝几口老酒压压惊。

如今大骊准许官员辞官,家产拿出一半充公,剩余一半,若是足够支付乘坐跨洲渡船,只管北渡北俱芦洲避难,大骊绝不阻拦。钱不够,还可以借。户部官吏以及随军修士,会一同亲自登门清查所有账本,胆敢瞒报漏报,只要超过真实家产一成,对不住,家产一律充公,无论老幼,举族流徙。如今大骊正是用钱用人之际,缺钱也缺人。

暂时未被战火殃及的宝瓶洲各处,江湖和民间,私自引发十人以上械斗者,不问双方缘由,斩立决。修道之人作乱一方,斩立决。

没有修士和妖族参与的山下动乱处,处置不力者,当地官府衙门连坐获罪,再将藩属国的刑部尚书直接枷送到最近的五岳或是储君之山。有修士和妖族参与其中的所有厮杀,按照不同宗门、仙府品秩,所有仙家山头,分作三等,从低到高,分别管辖方圆三百里、千里和三千里辖境，不管见到还是未曾见到动乱，一旦无法将作祟者当场追捕或是斩立决，同样连坐获罪。怕那无妄之灾？那就散开山上所有谱牒仙师，去日日夜夜盯着整个师门周边的动静！已经不用去战场厮杀了，难不成连自家山头家门口附近的一地安稳，都照顾不住？这样的山上神仙，不当也罢。

无论境界高低，一洲所有山泽野修，都可以向五岳、储君山神以及各藩属礼部领取一块大骊刑部刻印的巡视牌。得此玉牌，按照境界高低，可在各自辖境内行走无忌，同样也可以为谱牒仙师查漏补缺，他们一有斩获，就可以领取神仙钱，只要在秘档上积攒了足够份额，就能够换取大骊军功，到时候是捞个藩属国的礼部官职，还是凭此退往北俱芦洲，皆是自由。

山泽野修，不愿赶赴战场者，大骊铁骑和各地藩属一律不许强求。

但是各地山水神灵，胆敢擅离职守，藩属君主到整个礼部，一律按律问责。

山上谱牒仙师私自运作，擅自剔除谱牒名字，一经大骊和藩属查实，整座山头祖师堂连坐，掌律祖师斩立决，其余修士全部流徙南岳地界。

小朝会刚刚结束，大骊皇帝宋和在御书房赶紧闭目养神，马上还要接见一拨拨的六部大臣，各有要事，需要他最后定夺，然后向大骊朝野颁布旨意。

宋和想起了既是先生又是国师的崔瀺的一番言语：今日种种大骊崔瀺之不近人情，刻薄藩属，以后陛下稍稍变动，施政松弛几分，便是未来大骊宋氏之民心民意所向。总不能让陛下失去了至少半洲山河，还得不到各国史书上的几句好话。书里书外，全是美誉，只管放心。

大骊藩属彩衣国胭脂郡附近。

昔年阴气森森的雨夜鬼宅，如今的山水灵秀之地、仙家府邸。

她伸手扯住他的袖子，轻轻摇头，只是说不出口那份私心，说不出那些她自知不对的道理。可她就是不愿意他去老龙城啊。

他安慰道："夫君这点道行，够看吗？给大妖塞牙缝都不够，就是去打杂的，尽量帮点小忙，讨个心安。哪里舍得去了不回，留你一个人，会回来的，一定。"

她这才点点头，只是轻轻握住他的手，反正不点头也拦不住夫君的。

一个有幸位于宝瓶洲中部腹地的藩属小国，一个闭门谢客多年的老夫子今天竟然难得出门晒太阳了。只不过一向儒雅的老人，今儿竟然骂骂咧咧，说："暴虐无道，苛政至斯！亡我故国山河者，距离败亡不远矣。"

一伙市井泼皮无赖年轻人路过，为首的向一个上过几年学塾的狗头军师问道："蒋老夫子在说个啥？难得出门露面一趟，怎么跟那宝贝儿子被人揍了似的？"读过书的年轻人轻声说："老夫子是骂大骊蛮子管太多，喜欢动不动就杀人。"问话的年轻人疑惑道："那到底骂得有没有道理？"读过书却绝不能算是读书人的那个年轻人，好像也不是特别确定,只说:"有的吧,咱们蒋夫子学问很大的。"想到这里,年轻人看了眼蒋老夫子转身的背影。

蒋老夫子学问很大,就是他那个儿子真不是个东西,喜欢赌钱,欠了钱就装死,有次赌铺真急眼了,就痛打了他一顿,绑了起来,还是读过书的年轻人去帮着求的情,还了赌债。因为蒋夫子的学生之一,刚好是他的学塾先生。他读书是读不出来,但是那个学塾先生,还是让他很敬重的。当年学塾先生没少骂没少打他,少年时他还颇为愤懑,嫌先生管得多,只是年纪稍大,便越发觉得对不住那位先生了,所以顺带着对夫子的先生,一并敬重了几分。可蒋老夫子的儿子,真不是个东西,好心帮了忙,后来却赖上了他。

为首泼皮最后自顾自点头说:"也对,现在咱们走在路上,平日里请喝酒的时候,称兄道弟的那帮官皮狗,现在看咱们就跟防贼似的,确实憋屈。"

金甲洲。

于玄位于一洲天幕高处,如今他这附近,本该是某位文庙陪祀圣贤的坐镇位置。

至于脚下山河上那个本土飞升境老修士完颜老景,都身为飞升境了,却要如市井老人一样,垂垂老矣,眼睁睁看着光阴流水一点一滴地流逝,老死老死,比市井老儿更加不如。

完颜老景作为金甲洲修士第一人,久负盛名,只是在出关之前,已经闭关五百年之久。几乎每隔百年,就有开山老祖即将破开瓶颈、与天地共鸣的小道消息流传一洲,只是次数多了,也就没人太在意了。继北俱芦洲火龙真人、南婆娑洲陈淳安、皑皑洲刘氏财神三人之后,金甲洲飞升境完颜老景,曾是浩然天下飞升境修士当中最有希望身在中土神洲便可以被视为中土十人之一的山巅修士。

至于他为何不是在原本胜负难料的家乡战场去找蛮荒天下的飞升境大妖,来个轰轰烈烈的同归于尽,或是一鼓作气打烂妖族大军,偏偏要肆意打杀家乡上五境修士,天晓得。是因为大道断绝,神魂皮囊都已经腐朽不堪,只能等死,以至于道心崩溃,心魔作祟,引来了某些化外天魔窃据心湖?是因为对中土文庙的天大束缚早已怀恨在心,怨怼已久?还是一些早已不知过去多少年的种种旧怨?反正注定已经成为一桩永远无解、不知真相的悬案。

于玄都不稀罕去刨根问底,完颜老景本来就是个性情执拗的老东西,他们双方结怨,可不算小。

如果不是碍于文庙那些烦人至极的古板规矩,于玄早就跨洲造访金甲洲了。不是喜欢闭关吗?那就干脆别出来了。

于玄低头回望一眼金甲洲中部偏北,唏嘘不已,好个贾生好手段。读书人心眼坏起来,真真可怕至极。

桐叶洲的镜花水月,让老人脚下金甲洲中北部几个宗字头仙家门外,清楚可见。好一个桐叶洲的众生百态。

于玄降落人间,根本不敢以阴神远游,在这大半山河都已归蛮荒天下的金甲洲,找死吗?

他于玄会些符箓一道的雕虫小技,是那中土十人之一,又如何?那贾生连白也都要杀!

占据浩然天下半壁江山的中土神洲,有誉满天下的中土十人。人间最得意、诗仙白也,独一份。其余九人大致分成三档。未必当真就准确,只是相对流传最广。

龙虎山大天师,天下兵家修士之砥柱,符箓于玄。

白帝城郑居中,女子武神裴杯,开宗立派的一头大妖。

墨家巨子,被誉为能够一人攻城的特殊存在。相传只要没有其余九人之一坐镇,任何一座宗字头仙家,都能够在转瞬之间就被其摧毁殆尽。

老剑仙周神芝。

怀荫。

这个榜单,自然是刻意绕过了中土文庙。

此外还有浩然十人。只是好事之徒吵翻了天,烦人不已,就连于玄都觉得太过无聊。

至圣先师,礼圣,亚圣,白也,东海观道观老观主,龙虎山大天师。这几位,是让符箓于玄这些真正位于山巅的大修士相对比较认可的。

此外就起起伏伏、来来往往了,十人加候补之类的,众说纷纭,各有各的私心和喜好使然。比如亚圣一脉的剑客阿良,剑意鼎盛,剑道高绝,出剑最为气壮山河。又比如文圣一脉二弟子左右,剑术冠绝天下。

于玄发现那头飞升境大妖已经跑了,而那两位年轻武夫都没什么问题,他反而有些揪心。咋的,真要白跑一趟,灰溜溜返回中土神洲?打杀或是重伤个十四王座之外的飞升境大妖,良心上才稍稍过得去啊。至于扶摇洲,于玄是真不乐意去蹚浑水。水太深了。我于玄又个儿矮啊。

于玄举棋不定,便打算先与两个年轻武夫闲聊几句,宽宽心。不承想曹慈一脸微笑,抱拳道谢之后,就告辞离去了,瞧着还挺气定神闲?倒是那个皮肤微黑模样挺俊俏的小姑娘,礼数更周到些,抱拳致谢不说,也没立即离开。

于玄忍不住望向南方。扶摇洲终究已经不再是浩然天下,成了蛮荒天下的山河版图。你白也,兴许不介意是不是身在浩然天下,但是对方那六头畜生,可是脚踩自家山河。

宝瓶洲那座二十四节气大阵，看似虚无缥缈无甚大用处，可其中最玄妙之处，寻常人看不出，你白也岂会不知？

一成天运。此消彼长。

宝瓶洲修士全无胜算之厮杀，凭空多出一成胜算。重不重要？旗鼓相当，五五之分，变成六成胜算？关不关键？九成胜算，变成十成胜算？与之对敌的妖族修士，要不要心颤胆寒？

白也落剑扶摇洲，此举无异于选择独自一人静候一场围杀。

不过围杀白也的大妖数量以及境界，估计就算是白也都会意外。只不过对于白也这个家伙而言，意外就只是意外，并不妨碍他出剑就是了。

怀家老儿是个顶喜欢占便宜又要博取名声的，所以去了有陈淳安坐镇的南婆娑洲。

周神芝这个臭脾气老汉，离开中土神洲赶赴扶摇洲，如何？英雄不英雄？很豪杰！就在扶摇洲沿海山水窟，杀妖痛不痛快，很痛快！那么然后呢？没了。中土十人之一，说没就没了。白白让那怀老算盘从垫底的第十变成了第九。

周神芝在世之时，是怎么说的，只要老子在世一天，就要一直坐稳第九把交椅的位置，就算给老子第八都不要，就是要那怀算盘一辈子垫底，在他头上拉屎撒尿。

六头大妖啊。万一有第七头呢？屁的万一，肯定有！

桐叶洲北部渡口，周密默默掐指心算。

扶摇洲。好名字。正好适合白也。刘叉会是第七个。

刘叉也确实在赶赴扶摇洲的路上了，并且没有刻意隐藏剑气，就在南婆娑洲山巅修士的视野之中，直接化作一道剑光远游。

周密先前给了这位蛮荒天下的大髯游侠两个选择：配合龙君，在剑气长城杀个晚辈；或是在扶摇洲，送白也最后一程。

剑客送行剑客。总比白也惨死在术法神通之下，要更加死得其所一些。

喜欢当出头鸟，那就打杀之。周神芝只是第一个。失心疯的飞升境完颜老景，则完全是另外一个极端。

确实就像先前托月山大祖所言，在倒悬山遗址处，昭告天下，你们浩然天下，不得自由久矣。谁让山巅修道人不自由？当然是儒家规矩，最可恨处是境界越高，束缚越重。飞升境离开本洲，都要与坐镇天幕的文庙陪祀圣贤打招呼，得了许可才能跨洲远游，不说蛮荒天下，就算在那道家一家独大的青冥天下，会有这般规矩？偏偏是百家争鸣的浩然天下，用种种规矩约束仙人境和飞升境。

刘叉选择第二个。

在蛮荒天下没怎么出力，那是敬重陈清都和那些剑修。总不能到了浩然天下，问过陈淳安一剑后,还是不出几剑。白也,本就是与阿良一样,刘叉最想要问剑之人。未能独自问剑又如何。刘叉倒是想要如何,可终究不能如何。

周密最后说了两句话,第一句话是"劳烦刘先生记得家乡何处",第二句话则是"托月山有请刘叉出剑"。

在这之外,周密其实也顺便算计了陈淳安和整个南婆娑洲。

周神芝身死道消,扶摇洲和桐叶洲落入蛮荒天下之手。唯独距离倒悬山和剑气长城最近的南婆娑洲,依旧大战寥寥,不痛不痒。一旦白也死在了扶摇洲,那么醇儒陈淳安……

南婆娑洲如今既有怀家老祖率人驰援,更有剑气长城十大巅峰剑仙之一的陆芝在旁压阵。陈淳安好清闲,好一个稳坐钓鱼台的浩然醇儒。

周密停止心算,轻轻抖了抖袖子,对崔瀺笑道:"只等左右出剑击退萧愻,以学生身份打杀先生半条命,再去扶摇洲了。"

崔瀺默不作声。是左右会做的事情,左右不做,老秀才也会逼着左右去低头,去出剑。

崔瀺视线在周密更南方。

很快,那边就会矗立起一棵参天大树,一座雄镇楼。

老秀才给了一件东西,刘十六帮忙捎去桐叶洲。观道观,桐叶洲,梧桐树。

你算计你的,我算计我的。

我崔瀺不在意你算计之人事,别说是一个白也之生死,连老秀才和左右会生死又如何,一样不在乎。更何谈出身亚圣一脉的陈淳安。哪个是需要我崔瀺去不放心的。但是我崔瀺之小小算计,礼尚往来,倒要看你贾生敢不敢不在乎,能不能不在乎。

一洲三条战线都在死人,大骊国师始终神色从容,除了驾驭白玉京和飞剑斩杀大妖,就只是与那些儒家子弟讲述诸子百家的宗旨精妙处。

除了心算之外,分心与那些儒生问答,有个意气风发的观湖书院儒生不知怎的,说到了心系天下无国界一事。

崔瀺淡然道:"去他的无国界。"

全场寂静。

说这句话的,不是崔东山,是国师崔瀺。

扶摇洲,白也仗剑离开一处远离战火的偏隅学塾,旁听了一位老夫子用浓重乡音为稚子传道授业解惑。

白也环顾四周,笑容淡然。不知家乡那树李花,是否白也。

原来阿爹阿娘走后,便是远游。

读书人白也,无愧此生,无愧浩然。那么,白也就此去也。

第五章
饮者留其名

金甲洲战场遗址,白发紫衣腰系酒壶的矮瘦老人,赤脚踩在一杆斜插在大地中的铁枪枪尖上。于玄环顾四周,四面八方,都是一洲山下精锐将士和山上练气士的尸骸,还有多处堆积如山的尸体,本该是妖族畜生为了那头枯骨王座大妖筑造的大小京观,好让白莹凭借这些沦为傀儡的白骨鬼物,一鼓作气向北推进,拿下再无决战之力的金甲洲剩余版图。

白莹委实是十四王座大妖里边最该死的一个,不然实在后患无穷。在金甲洲就已是如此肆虐,一旦给这头畜生到了中土神洲,那还了得?

可惜晚来了一步,没能阻拦丧心病狂的完颜老景,也没能趁机会会一会白莹。其实于玄早先跨洲来此的目的,是要与完颜老景暂且搁置恩怨,帮着金甲洲多撑些时日。

于玄自认符箓一道的那几十、上百手雕虫小技,确实是相对比较先天压胜白莹的枯骨大军,毕竟于玄什么都不多,就是符箓数量还可以,以量取胜嘛。再加上瞅着那白莹又不是个太擅长捉对厮杀的,于玄觉得既然保命无碍,来此凑凑热闹,只要不学那周神芝,问题不大。

只是这会儿于玄踩在枪尖上,四周阴风阵阵,大袖因之鼓荡,老人揪着胡须,更揪心。

白莹已经不知所终,当是去扶摇洲围杀白也了,求个近水楼台先得月?

只是不晓得这头好像不太擅长捉对厮杀的王座大妖心情如何,是不是和我于玄一般揪心。毕竟要杀白也,不付出点代价怎么行。

于玄瞧着那个缓缓走来、再稍远停步的小姑娘,笑道:"叫裴钱是吧?名声大了去了,与曹慈都是好样的,年轻人吓死咱们这些老不死啊,很好很好。"

裴钱先前一直在左右张望,停步后抱拳,然后问道:"于老神仙,我能收拾一下战场吗?如果可以,至多一炷香工夫。半炷香也成。"

弹指之间就能打杀一头玉璞境妖族修士,老前辈又是这般装束,裴钱一眼就认出了他中土神洲符篆于玄的身份。

早年一起远游归乡,师父曾提过于玄,很仰慕的,能让师父都仰慕的老神仙,今儿又愿意独自赶来金甲洲战场,裴钱觉得自己错过了周老剑仙,却没有错过于老神仙,这场架没白打。裴钱当年还问师父,自己额头上那张黄纸符篆,比起于老儿最最用心画出的符篆,哪个更值钱些,差不离吧?师父当时嗯了一声,笑眯眯眼,多给裴钱盛了一碗鱼汤。其实那会儿黑炭丫头早已经吃饱喝足,肚儿圆滚滚,当她苦着脸接过碗时,都不晓得到底是说错了还是说对了。

裴钱没来由想起这些小时候的事情,觉得挺对不住于老神仙的,倒不是比拼符篆谁更值钱一事,而是当时自己不知天高地厚,随随便便喊了声于老儿,所以裴钱终于有幸得见真人,格外恭敬有礼。何况这位老前辈,心境气象,正大光明,如天挂银河,群星璀璨。裴钱先前只是瞥了两次,也未多看,大致确定那般景象的人心倾向之后,裴钱不敢再多看,也不可多看。

于玄点头道:"是怕白莹隐匿其中?没有的事,早跑了,这会儿没畜生敢来送死,放心吧。莫说是一炷香,一个时辰都没问题。只不过小姑娘留这儿做什么,你一个纯粹武夫,境界是高,可终究无法妥当处置这些尸体,还是让我来吧。"

裴钱有些难为情,不过还是坦诚说道:"于老神仙,晚辈是想从那些妖族修士身上扒拉些物件,好换些神仙钱。"

于玄愣了半天,如此年轻的纯粹武夫,感觉只差曹慈一点半点的天之骄子,敢情是厚着脸皮在问自己她能否捡钱呢。

差那曹慈一点半点,很差吗?其实很吓唬老前辈了,何况还是个比曹慈都要年轻不少的小姑娘。于玄差点儿厚着脸皮问一句:"小姑娘有无师承,若是没有,赶巧赶巧,老夫略通拳法,不如拜我为师。"至于自己到底会不会拳法,先拐骗了个徒弟再说。只不过于玄很清楚,这般年轻天才,定然师承不低。

于玄大笑道:"只管放心捡钱,老夫帮你盯着片刻。"

片刻之后,再做个决定,反正白也不是那么好杀的。

裴钱得了老神仙的法旨,重重抱拳,灿烂而笑,从袖中捏出一枚古朴印章,然后一个轻轻跺脚,将早早看中的几件宝光最盛的山上物件从一些妖族地仙修士尸体上同时震起，一招手，就收入了咫尺物当中。裴钱一掠而去，所到之处，脚尖一踩地面，方圆数里之地，只有妖族身上物件会拔地而起，然后被她以一道道拳意精准牵引，如客登门，纷纷进入咫尺物这座府邸。

裴钱早早向在溪姐姐借了一件印章咫尺物，后来又向朱枚姐姐借了一件方寸物，只是先前几场厮杀，收获不大。毕竟战场厮杀次次惨烈，活命才是首要，裴钱一直不敢分心，今天是唯一的例外。当下战场遗址，却可谓遍地天材地宝、仙家器物，不过裴钱依旧打算一炷香就走，不可耽误于老神仙太多光阴。

于玄看似踩在枪尖上往南远眺扶摇洲，实则一直在关注背后裴钱的捡破烂。看看她到底有无信守承诺，只挑妖族尸体上的山上重宝收入囊中，若是一个不小心捡错了，那就别怪老夫也一个不小心了。

不怕莽夫，十境武夫又如何，哪怕十一境又如何，天大地大，大道万千，各走各的，唯独要怕善欲人见、恶恐人知的，好像小心翼翼当了多年好人，就为了攒着当一次坏人大捞一把的。于玄见过不少，有些看得破，有些看不穿，例如金甲洲这个完颜老景就没能瞧出来。

那个小姑娘看了自己心湖两眼，于玄何尝没有看她心境一眼，好丫头，亏得心中有那一盏灯火在照明道路，而且看趋势还是往更亮处去的，小姑娘也确实真心信任那盏光亮，不然学了拳还不得打穿天幕去？

很好。小姑娘挑东西眼光不错，做事还很本分且小心。既然如此，机缘再多也是该你拿的，只要看得见拿得动搬得走，都由着小姑娘发财了。于玄当然瞧不上这些品秩太一般的，他至多是收拾战场尸体，免得成为未来战事的后患，哪有心思挣钱，何况他此生修行，就没有一天为神仙钱和本命物愁过，都是凭本事让它们不请自来的。

惜哉惜哉，挺好看一姑娘，当那纯粹武夫有啥好，不如入我山门，学我道法符箓，杀人都不用出拳脚的，要知道在中土神洲，一向有那"杀人仙气，符箓于玄"的说法，小姑娘听没听说过，心动不心动？可以心动啊。

可惜小姑娘只是眼神熠熠，好一个见钱眼开，不晓得真正的神仙钱就在她眼前杵着没动啊。

刚好一炷香。裴钱返回先前驻足抱拳处，再次抱拳，向于老神仙道谢告辞。

于玄点点头。小姑娘比曹慈那臭小子顺眼多了。

老人也心意已决，去看看，就只是去扶摇洲瞅几眼，丢几张符箓，打不过就跑。

一身血迹的裴钱深吸一口气，御风远游撤离战场之前，看着那些注定无法掩埋、掩埋了也无意义的尸体，咬了咬嘴唇，在心中默念一句："诸位走好。"

裴钱双膝微屈，拔地而起，大地震颤，涟漪阵阵，震碎众多妖族地仙修士的真身尸体。

于玄听见了裴钱心声后,微微一笑,轻轻一踩枪尖,赤足落地,那杆长枪却一个翻转,好似仙人御风,追上了裴钱,不快不慢,与裴钱如两骑并驾齐驱。裴钱犹豫了一下,还是握住了那杆篆刻金色符箓的长枪,长枪是被于老神仙打杀的玉璞境妖族的本命攻伐物。裴钱转头大声喊道:"于老神仙名不虚传,难怪我师父会说一句符箓于无双,杀人仙气玄,符箓一道至于玄手上,好似聚拢江河入大海,气象万千,更教那中土神洲,天下道法独高一峰。"

裴钱小有心虚,师父可没这么说过,不晓得自己的这番言语会不会拍马屁过了。若是师父在就好了,分寸火候肯定会更好。

裴钱不敢往人间多看,人间伤心事,原来不只有师父不在自己身边江湖中。没关系,她暂时收了个不记名的弟子,是个不爱说话也说不得太多话的"小哑巴"。

远离战场千里之外,裴钱在一处大山之巅找到了那个孩子,孩子还是习惯蹲在地上,曹慈和在溪姐姐并肩而立,皆是白衣,好似画卷中走出的一双神仙眷侣。

裴钱飘然落地后,喊了声"阿瞒",那个什么都不愿意说的小哑巴只是抬头看了看她,就又低下了头。

裴钱看了眼曹慈,有些无奈,直到先前见过了曹慈与一头飞升境大妖的对峙,曹慈虽落了下风,却谈不上如何处境窘迫,裴钱才知道一个真相,原来曹慈以往在战场上的厮杀,依旧没有全力出拳,杀妖,救人,出拳,力道,轨迹,收拳,再出拳,拳拳恰到好处而已。曹慈好像拳拳未卜先知,故而根本不用递拳争先。

裴钱御风离去后,于玄变揪须为抚须,小姑娘难怪如此懂礼数,原来是有个好师父悉心教诲啊,不晓得多大岁数了,竟有如此稳重见识。

于玄抬起双手,大袖鼓荡不已,符箓多如漫天雪花,纷纷扬扬,落在战场遗址上。他收敛笑意,一闪而逝,一路南下,跨洲远游,喃喃道:"死去就死去。"

于玄孑然一身,唯有符箓相伴。

浩然救白也者,符箓于玄是也。

扶摇洲。

白也一人仗剑,一袭青衫扶摇飞升去往天幕。脚下一洲山河已经成为一座阵法大天地,从天幕到陆地,悉数被蛮荒天下的天时气运笼罩,再以一洲沿海作为边界,成为一座拘押、压胜、围杀白也一人的巨大牢笼。

白也无所谓,只需要让战场远离人间。神仙打架俗子遭殃,白也见不惯多矣,自己此生剑术收官一战,好似诗歌压篇之作,岂可如此。至于其他,你们随意,开心就好。

白也仗剑悬停,环顾四方,心不茫然。唯一遗憾的,是白也不愿亏欠任何人,只是这把与自己相伴多年的佩剑,多半是无法归还那位大玄都观孙道长了。

这把仙剑，名为太白。第一次与孙道长和仙剑太白相逢，正是孙道长第一次远游浩然天下来散心。孙道长一开始是赠剑，白也不愿收，孙道长就改赠为借，理由是这把仙剑的名字，与自家道观桃花颜色稍稍相冲，难讨个大吉利，仙剑太白，与你白也那才是绝配。贫道就当嫁女儿了，远嫁浩然嘛，顺便认了个女婿，不亏不亏，由此可见，贫道行事，确实只分大赚小赚……

能让白也哪怕自觉亏欠，却又不是太在意的，唯有三人，道门剑仙一脉老祖观主孙怀中、一同访仙的挚友君倩、夫子文圣。

托月山大祖。文海周密，剑客刘叉。白莹，仰止，绯妃。袁首，曜甲，黄鸾，荷花庵主。牛刀，切韵，龙君，五嶽。蛮荒天下曾经有十四王座。如今则是曾经事了。

在剑气长城战场收官阶段，炼去半轮月的荷花庵主已经被董三更登天斩杀，不但如此，董三更还将大妖与明月一并斩落。

炼化了无数座仙家洞府、亭台楼阁的大妖黄鸾，听说也被阿良配合剑仙姚冲道，杀掉了大半，以至于跌境不休，只得更换皮囊，沦为元婴境，生不如死。

至于先前就在扶摇洲，第一头陨落在浩然天下的王座大妖，化名曜甲，用老秀才的话说就是喜欢有钱就摆阔，最见不得这种货色了。

曜甲是一个在扶摇洲打杀无数山水神灵的存在，用以弥补它在剑气长城的大道折损，白也前后递出三剑，最终将其斩杀在倒悬山遗址处。第一剑，用以送客离开扶摇洲，免得伤及无辜；第二剑，与曜甲算是同游大海，用以还礼蛮荒天下；第三剑，白也最为倾力，算是近些祭奠那些剑气长城壮烈而死的剑修。其实白也本该再递出一到两剑，才能真正斩杀曜甲。只是当时有人出手了，一举压制了托月山大祖的改天换地大神通。不然白也不介意就此仗剑远游，刚好见一见剩余半座还属于浩然天下的剑气长城。

白也此刻悬停在一洲上空的云海中央。脚下云海是枯骨大妖白莹的本命手段，皆是冤魂厉鬼的汹汹怨恨之气，更有无数白骨头颅、手臂想要往白也这边涌来，却被白也不用出剑的一身浩然气给驱散了。

白莹不再高坐在枯骨王座之上，而是起身而立，他身边还站着一个昔年龙君阵师面容的强大剑侍。

一副漂浮空中的远古神灵尸骸之上，大妖五嶽站在尸骸头顶，伸手握住一杆贯穿头颅的长枪，雷鸣大震，有五彩雷电萦绕长枪和大妖五嶽的整条手臂，雷声响彻一洲上空，使得五嶽宛如一尊雷部至高神灵重现人间。

有一个三头六臂的巨人坐在金色书籍铺成的蒲团上，他胸口处那道剑痕，过了剑气长城，依旧只抹去一半，故意残余一半。他要等到自己亲手摧破了第五座天下的飞升城，才会彻底抹平剑痕。

头戴帝王冠冕的大妖仰止，身穿墨色龙袍，人首蛇身，庞大身躯四周悬浮飘荡着一个个怀抱琵琶的飞天,刚好被一同瞬间跨洲而来的老友袁首拿来抓入嘴中嚼如佐酒黄豆,用以疗伤。袁首在那老龙城战场打出两棍,挨了不少记北俱芦洲的剑修飞剑,谈不到如何伤及大道根本,但终究受伤不轻。大妖真身坚韧异常,一旦受伤,对上寻常并非剑修的飞升境敌手,倒也无惧,可是如今面对的是白也。袁首素来与仰止不客气,仰止更不介意这点损耗,双方都要恢复到巅峰战力。

袁首依旧御剑悬停,肩挑长棍,手系一串由众多山岳炼化而成的珠子,如今手珠多了不少珠粒,都是桐叶洲一些个大山岳。

胜算不胜算的,其实谈不上,稳赢的局面。自家阵营的刘叉也好,从天外天重返剑气长城的阿良也罢,和白也更换位置,都是一样的下场。让仰止和袁首,或者说所有大妖唯一在意的事情,是他们六个,死不死一个,以及死哪个,至关重要。白也此生最后一剑,必然会拉上一个陪葬,哪怕杀不掉谁,沦落至黄鸾那般下场,不也等于死了。

一头身披金甲的魁梧大妖,相貌与人无异,却身高百丈,身上披挂的那副远古金甲,既是牢笼,勉强也算庇护,金甲趋于破碎边缘,一条条浓稠似水的金光如溪涧流水倾泻出石涧。他化名牛刀,名字取的可谓粗鄙至极。他与其余王座大妖盯着浩然天下,各取所需不太一样,他真正的寻仇对象,还在青冥天下,甚至不在白玉京,而是一个喜欢待在莲花洞天观道的"年轻人老家伙"!

唯一一个始终不喜欢真身现世的大妖,是面容俊美异常的切韵,腰系养剑葫。所以显得格外渺小,与读书人白也,身形大致等同。

白莹,五嶽,仰止,袁首,牛刀,切韵,来自不同战场不同位置,最终瞬间一起置身于扶摇洲。

围杀白也的六头大妖,竟然俱是当之无愧的王座大妖。

荷花庵主,黄鸾,曜甲,三头大妖都已经成为老皇历。只是如今又多出个王座位置颇高的萧瑟,再又补了两头不那么服众的飞升境。最后边那两头新王座大妖,先前的王座大妖其实都没放在眼里,凑数而已。比如,前无古人、说不定还要后无来者的这场围剿,周密就根本没有让他们露面。

白也微笑道:"新的十四王座,来扶摇洲的,不到半数,看不起我白也?"

切韵拈住鬓角一缕发丝,笑眯眯道:"这可是至圣先师才能说的话。"

白也摇头道:"有些话,至圣先师也未必能说。"言下之意,自然是有些言语,天地间当真只有我白也可以说。

六头大妖都没说话,大概是无话可说。

白也伸手轻轻握住剑柄,疑惑道:"都愣着做什么,只管来杀白也。不敢杀人?那我可要杀妖了。"

一剑出鞘。仙剑太白,剑光太白。天地间骤然唯有光明。

扶摇洲天幕第一道属于蛮荒天下的山河禁制，就此彻底崩碎，一场滂沱大雨，琉璃七彩，皆是白也所化剑气，剑阵砸向云海与六头大妖。

桐叶洲北部渡口，蛮荒天下文海一脉的先生学生总计四人，一起散步。

周密心情不错，难得与三名嫡传弟子说起了些陈年旧事。

"浩然天下的失意人贾生，在离开中土神洲之后，要想成为蛮荒天下的文海周密，当然会经过剑气长城。

"当时那个自我标榜要为人族万世开太平的读书人，对家乡犹不死心，就找到了陈清都，那位反正成天无事可做的老大剑仙。"

说到这里，周密会心一笑："算是假传圣旨吧，当时自称已经得到了中土文庙一位副教主和学宫祭酒的默契，只要剑气长城的数万剑修愿意助阵，跟随浩然天下练气士一起杀向蛮荒天下托月山，为浩然天下开疆拓土，开创万年未有之壮举，那么剑修的万年刑徒身份，就此即可成为真正的老皇历，文庙愿意拿出一块极大福地，交由剑修做主，从此双方井水不犯河水。"

一个满身书卷气的年轻瞎子说道："于情于理于大势，文庙都该如此付出。不对，是都会如此付出。"

昔年甲申帐木屐，如今周密的关门弟子周清高心想，先生说世道变迁，许多好话会变成坏话，正如给自己赐名"清高"二字，本意何等之好，如今世道呢？那自己身为文海周密之关门弟子，就先争取将此二字重新变成一个人心中的好话。

周密微笑道："我当然需要跟陈清都保证，剑修在大战落幕之时，能够活下半数，最少！不然连同贾生在内的读书人，最容易后悔再反悔。"

周清高好奇问道："那位老大剑仙是怎么说的？"

"陈清都喜欢双手负后，在城头上散步，我就陪着一起走了几里路，陈清都笑着说：'这种事情，跟我关系不大，你只要能够说服中土文庙和除我之外的几个剑仙，我这边就没有什么问题。'

"我是剑气长城历史上的上任刑官，当过百余年。当然是用了化名。陈清都也帮着我遮掩了真实身份。猜不到吧？"

周密笑了笑，不知为何，当时陈清都虽然出奇地好说话，可好像从一开始，就不觉得他能成事。

剑仙绶臣笑道："真是怎么猜都猜不到。"

流白突然问道："先生，为何白也愿意一人仗剑，独守扶摇洲？"

先生只是大笑，却不与这名嫡传弟子解释什么。

周清高只得帮着先生向师姐耐心解释道："师姐是觉得白也白死？"

周清高自顾自摇头，缓缓道："是也不是。对也不对。周神芝在中土神洲的时候，是几乎所有山上练气士，尤其是本土剑修心目中的老神仙，中土神洲十人之一，哪怕排名不高，仅仅第九，依旧被由衷视为剑不可敌。

"结果给咱们一座王座大妖活活打杀之后，中土神洲很多人，便要开始为十人垫底的'老算盘子'怀荫打抱不平了，甚至不少人还觉得周神芝是个名不副实的老废物，剑仙个什么，说不定去了蛮夷之地的剑气长城，周神芝都未必能够刻字扬名。周神芝一死，又有完颜老景叛变，换成是你，已是飞升境了，要不要去蹚浑水？

"白也不是比周神芝剑术更高吗？不是三剑斩那位王座，为周神芝报仇吗？那么白也一死，又会如何？可问题在于，白也不去扶摇洲，谁能去，谁敢去？扶摇洲也好，桐叶洲也罢，是决定天下归属的决胜之地吗？"

流白其实并不愚钝，不然当初在甲申帐也不会成为木篱在谋划一事上的左膀右臂。她点头道："最终还是要看中土神洲的战况。只要浩然天下守得住，就是立于不败之地，我们就会很麻烦，相当麻烦。许多积攒下来的先手优势，就会逐渐变成大大小小的隐患，一一浮出水面。"

绶臣突然说道："白也应该见好就收的，返回中土神洲就是了。开辟出一座崭新天下，已经大功德在身；剑斩王座，已经足够问心无愧。该换其他人登场了。"

周清高摇头道："如果白也都是如此想，是这般人，那么浩然天下真就好打了。"

流白很佩服这个先生刚刚赐名的关门弟子，当然如今已是她的小师弟了。

当年在甲申帐，其实流白就已经足够佩服军帐领袖木篱的运筹帷幄。如今成为同门，流白更是自愧不如。

在先生这边，周清高从不胆怯半点，好像从不怕说错话做错事。和师兄绶臣说话，更是半点不落下风，又绝非刻意在言语上师弟定要赢过师兄。

周密笑道："你们几个还是想得浅了。不要觉得一座剑气长城阻滞我们多年，便觉得自家天下不太强。嗯，你这么觉得没什么问题，至于先生我的家乡，这座浩然天下的山下和半腰，人人如此觉得就更好了，太好了。偶然几个，如绣虎，如白也，才胆敢众人皆醉我独醒。更多人，反而最怕此事。给那些山下痴子的汹汹议论，一烦再烦还要烦个没尽头，那么山上神仙的脾气，可是从来不小的。"

剑气长城太难打下来，又是坏事，其实又是好事。打下剑气长城后，再来打桐叶洲和扶摇洲，易如反掌，战场心气非但不会下坠，反而随之一涨，还有南婆娑洲迟早要攻破，还要打烂金甲洲，以及眼前这座宝瓶洲。

"如果不是周神芝求死，也必须死，加上那家伙又一根筋死战不退，不然会小小有碍扶摇洲形势走向，我其实都准备好了送他一个暴得大名的机会，也就没有后来的白也三剑杀王座了。白也只会连出剑的机会都没有，因为周神芝在更早之前就已一剑重创了王座大妖。由此可见,剑气长城的剑仙啊,剑修啊,全是蝼蚁一般的纸糊货色,瞧瞧咱们中土神洲才第九的周神芝,不是总计才十四王座吗,我们周老剑仙在山水窟一剑就摆平了一个。所以这场仗,其实好打得很。那些妖族畜生,倾尽真正意义上的半座天下之力,又如何,根本就不值一提。

"所以只是侥幸拿下了两洲之地。

"更所以,只是中土文庙太谨慎,儒家圣人们太小题大做了,又太不圣贤无担当了。教人可笑太失望,太悲愤欲绝了。"

流白听得目瞪口呆。

周密轻轻摇头,望向中土神洲那边,笑道:"浩然天下还是没有变啊,总是会直教人要把眼泪笑干。

"强者不问是非,不分对错,同时必须毫无牵挂,只要强者足够强大,把最高处位置坐得稳当,言语、出手,哪怕沉默,一切都是道理,甚至整个天下都会帮他讲道理。"

周密微笑道:"白也会白死的,到时候浩然天下,只会亲眼看到一个真相,人间最得意的白也,是被蛮荒天下刘叉一剑斩杀,仅此而已。先前不是人人不怕半点吗,现在就要他们把一颗胆子直接吓破。"

从山上到山下,论厮杀惨烈习以为常,论说死就死,论不得不死,已经享受太平万年的浩然天下,也配与蛮荒天下比?论大举调动整座天下之力,你们散沙一片又一片的浩然天下,各人在各家玩你的泥巴去吧。

周密放声大笑,然后正了正衣襟,抖了抖袖子,竟是主动打开一洲天运禁制,与天地作揖,朗声道:"至圣先师,家乡让那书生贾生绝望太多年,如今也要容得我文海周密来恶心恶心你们了。"

宝瓶洲一处云海之上。

许弱问道:"这贾生?"

崔瀺说道:"装模作样,隐藏后手。"

周密转头望向宝瓶洲:"天地知我者,唯有绣虎也。"

周清高只问了一个至关重要的问题:"文庙?"

周密笑道:"为何如此重要吗?我这家乡,又不是什么讲道理的地方。"

他周密比较讲道理,所以早就替文庙说过话了,早早道破为何中土文庙如此画地为牢、束手束脚。

当年贾生太平十二策!哪一条策略,不是在为文庙避免今日事?!哪一个不是事到如今大局糜烂的根本原因?一个连君子贤人都不能当庙堂国师、幕后君主的浩然天下,连皇帝君王都无法人人皆是儒家子弟的浩然天下,该有今日之苦。是你们文庙自找的麻烦。真到了需要人死战场的时候,圣人君子贤人,你们拿什么来讲道理?拎着几本圣贤书,去跟那些将死之人,说那书上的圣贤道理吗?

当年浩然天下不听,将我苦心孤诣写出的太平十二策束之高阁。那么现在就多听听多想想,好好思量思量。

可怜只有一个崔瀺。可惜了一头绣虎,不但自己会死,还要在史书上遗臭万年,哪怕……哪怕浩然天下赢得了这场战争,还是如此,注定如此。

你文庙给了世道太多道路可走,给了人间太多自由,却只会让人觉得人人不自由,远远不够。

很好!要那纯粹无约束的自由,托月山给你们。要那强者为尊便是唯一道理,蛮荒天下一直最讲这个,可不是我周密的嘴上言语。

周密稍稍加快脚步,三名学生就识趣地让先生独自散步海边。

绶臣停下脚步,望向北边宝瓶洲最南端的战场,绯妃已经将那些瘟神和两名过客送到了老龙城,看起来效果不错。

周清高则和流白转身缓行,周清高沉默片刻,突然说道:"师姐,你知不知道自己喜欢那位隐官?"

流白瞠目结舌,然后笑骂道:"什么?!木屐你是不是疯了?!"

周清高跟着停步,笑道:"谁疯了?谁都没有疯。"

流白脸色雪白,咬牙切齿道:"不可能!师弟你不要胡说八道。"

周清高继续挪步行走:"与其担心未来心魔是那隐官大人,还不如敞开心扉,承认了自己喜欢一事。第一,陈平安肯定会死在剑气长城,哪怕退一万步说,陈平安不死,师姐其实心知肚明,这辈子注定无法向他亲手报仇了。那么心魔就会一直在修心路上等着流白。你越是自欺欺人,心魔越是有机可乘。第二,不但要喜欢,还要变得真心最喜欢,然后流白只需心存一念,以后一定会亲自问剑飞升城,好让那个害死陈平安的罪魁祸首,让那宁姚知道一件事,陈平安喜欢宁姚,真心不如喜欢流白。"

流白满头汗水,始终没有挪步跟上师弟周清高。

绶臣与周密心声笑道:"先生收了个好弟子。"

周密微笑道:"师兄不如师弟很正常,只是别来得太早。"

"周清高与你们这些师兄师姐,还不太一样。他是真心实意仰慕那剑气长城,心神往之那年轻隐官。所以他内心对浩然天下的否定,比你们都要更重。与此同时,他就有更大的机会,成为蛮荒天下的陈平安,先像了,才能超过。至于那个斐然,终究早早有了自己的道路可走,化名陈隐,更多是登岸桐叶洲后,闲来无事太无聊,何况斐然根本不需要成为别人。

"今天先生心情大好,就与你提前说几句话。我心中有些年轻人,很看好。除了你和周清高、斐然,还有雨四、浔滩、豆蔻等等。差不多十几个吧,不到二十个年轻人,我很期待你们的大道成就。相信先生,不会低的。

"我去找一下赊月,带她去看看那棵梧桐树和那座镇妖楼。绶臣,老龙城战场这边你和师弟帮忙多盯着。"

绶臣领命。

先生周密,周全缜密,为人处世。

师弟清高,水清山高,处世为人。

老秀才踉踉跄跄坐在南婆娑洲天幕处,与一位出自礼圣一脉的陪祀圣贤相隔不远。

一个暂时不想开口说话,一个就等着开口,反正身边老秀才肯定会开口,拦都拦不住。

"你们这些圣贤自古皆寂寞啊,辛苦辛苦。"

果不其然,老秀才使劲咳嗽几声,也就是合道天下三洲,吐不出几口真正的鲜血来,那就当是润嗓子了,先说了别人真辛苦,再来与那圣人吐苦水:"我也不容易啊,文庙功劳簿就算了,不差这一笔两笔的,可你得先自个儿额外记我一功,以后文庙吵架,你得站我这边说几句公道话。"

那位文庙陪祀圣贤点头道:"有一说一,就事论事。我该说的,一个字都不少了文圣;不该说的,文圣就算在这边撒泼打滚,还是没用。"

老秀才盘腿而坐,捶胸委屈道:"做事不如你家先生大气多矣,难怪'圣'字前边没能捞个前缀。你看看我,你学学我……"

那位圣人直截了当道:"没少看,学不来。"

文庙礼圣一脉,与香火凋零的文圣一脉,其实一向最为亲近。不然礼记学宫大祭酒就不会那么希望文圣一脉并非嫡传却记名的茅小冬能够留在自家学宫潜心治学。当年剑气长城的那位督战官、礼记学宫出身的君子王宰,也就不会主动为当时还不是隐官的陈平安,说上几句暗藏好意的恶话,最后还主动向陈平安讨要了一枚篆文为"日以煜乎昼,月以煜乎夜"的印章,甚至很不见外,要求陈平安最好署名。

老秀才叹了口气,真是个无趣至极的,如果不是懒得跑远了,早换个更识趣风趣的闲聊去了。

中土文庙总计七十二陪祀圣贤,其中这些负责坐镇九洲天幕的,年复一年地"枯守坐蜡",需要日夜巡视一洲山河那些最为明亮的人间灯火,压制所有飞升境大修士的举动,不许他们擅自离开一洲山河,还要督查仙人境的行踪和滥施神通,以免殃及人间苍生。比如当年桐叶洲和扶摇洲都有三位;宝瓶洲因为地方最小,只有两位;至于南婆娑洲,由于最为靠近倒悬山和剑气长城,所以多达四位。

其中扶摇洲曾经有一个，脾气和老秀才比较投缘，是个相对比较爱说话的，私底下与老秀才笑言，说遥遥见那人间祈福许愿的灯火，一盏盏冉冉高升，离着自己越来越近，真觉得人间美景至此，已算极致。正因为圣贤此语，老秀才才有了那个"坐蜡"的谐趣评价。能把坏话当真正好话讲，本就是老秀才独门一绝。至于能把好话说得阴阳怪气处处不对劲……放屁，我老秀才可是有功名的读书人！会说谁半句坏话?!

老秀才问道："有无酒？人间美酒总是喝不尽，你随便找户富贵人家借两壶，咱哥俩走一个。记得可别挑那山上仙府的神仙酒酿啊，我就不是那种瞎讲究的人。"

圣人摇头。

老秀才以拳击掌："那我等会儿找陈淳安喝酒去，都不用我借。唉，你看看这事情整的，好像一下子就变得礼圣一脉读书人不如亚圣一脉大气了。怪我怪我，难辞其咎，也就是这里没酒，不然我肯定要先自罚三杯。"

圣人说道："文圣说是就是吧。"

老秀才立即哈哈笑道："立身正，心中浩然气就足，难怪能在陈淳安头顶当圣人。其他那些个陪祀圣贤，可都不如你威风啊。唯一美中不足，就是某些小事上抠搜了点。"

圣人说道："如果我没有记错，当年某人差点儿将记名弟子套麻袋丢在礼记学宫，而且做这事前，还劝勉弟子，说万一哪天真当了礼圣一脉的陪祀圣贤，以后一定要去南婆娑洲坐镇天幕，一定要帮着先生出一口恶气。"

老秀才使劲摆手否认道："不可能不可能，茅小冬最是尊师重道，绝对不会出卖自己先生的。"

也不知是否认，还是承认。

圣人说道："茅小冬在大祭酒那边喝高了，是当一件自家先生的风采依旧事来说的。"

老秀才抚须点头，赞叹道："说得通说得通。得劲得劲。"

圣人突然眺望一洲山河之外的远处，问道："文圣，能打赢吗？能少死人吗？"

老秀才想了想，答道："既然做不得更多，你往好处多想就是了。"

文庙还有些圣贤以消磨大道修为作为代价，在光阴长河之中寻觅破碎秘境，然后搁置在浩然天下版图上，或者静待有缘人，或是应运而生，最终都会成为浩然天下最新的一座洞天或是福地。文庙自己历来是不会占据的，曾经有位副教主笑言一句：去与天下争利益，还要圣贤道理做什么。

万年以来，最大的一笔收获，当然就是第五座天下的水落石出，发现踪迹与稳固道路之两大功劳，要归功于与老秀才争吵最多、昔年三四之争当中最让老秀才难堪的某位陪祀圣人，等到老秀才领着白也一起露面后，对方才放下心，溘然长逝，与老秀才不过是相逢一笑。

剩下的陪祀圣贤，有些是全部，有些是一半，就那么古古怪怪的，那么毅然决然的，去了不归就不归的远处他乡，与礼圣做伴百年千年万年。所以历来最心疼最小弟子的老秀才，唯独在这件远游事上，从不为如今的关门弟子多说一句。

只是当年在第五座天下，遇到了关门弟子历经千辛万苦才找到的媳妇，那个顶好顶好的小姑娘宁姚，老秀才当时才蓦然一股脑儿伤心起来，差点儿就要当着好友白也的面，当着一个晚辈的面，老泪纵横起来。委实这等苦处，说不得也。更不是自家关门弟子独自如此不容易。

圣人难得主动言语，还有些笑意，和老秀才说了一桩故人旧事，其实相较于他们这些存在而言，岁月相隔不远，只是这会儿想起，却又好像是件遥远事："我那好友，昔年路过此地，重返桐叶洲之前，骂了文圣不少难听话。"

老秀才挠挠头，然后双手抱胸，嗤笑道："给他随便骂几句，又少不了几两肉，我要是较真半点，就算我不文圣，白读了几万斤圣贤书！"

圣人又笑道："故友最后一句，是说'文庙的冷猪头肉，就是好吃，反正那老秀才是吃不着的，这家伙哪天厚着脸皮去了文庙，可以从他那边偷摸几块吃去'。"

老秀才一巴掌拍在膝盖上："吃就吃，谁怕谁？读书人偷吃冷猪头肉，能叫偷吗?!"

昔年，老秀才难得板起脸来，狠心教训一位从来无须先生担心学问事的小弟子，老秀才和一个少年说以后的长远事："小齐！今儿先生可是和你破天荒发大火了啊，你听好了，先生嗓门大些，不许哭鼻子……好吧好吧，说道理确实不在嗓门大……冷猪头肉，是那么容易吃的吗，是那么好吃的吗?! 能吃是最好，吃不上就不吃！独独不可为了吃冷猪头肉而当圣贤！当个君子，当个书院山长，怎就不好了，怎就志向不高远了？"

"吃冷猪头肉"这个说法，并非老秀才首创，却是被老秀才真正发扬光大，使得许多圣贤偶尔自嘲几句，都愿意主动提及此语。

圣人是那么好当的吗？老秀才曾经说过儒家道统，君子容易死，圣人难死。老秀才的话却只说了一半，圣人难死，便好受吗？

为何坐镇天幕的儒家圣人，堂堂儒家陪祀文庙的圣人，已算人间学问个个通天的读书人了，连那君子贤人都能施展儒家神通，他们却不能？例如扶摇洲和桐叶洲的那些七十二书院山长、君子贤人，那些已经再无机会翻动一页圣贤书的读书人，他们生前尚且能够杀敌再死。那么为何面对蛮荒天下的大举入侵，儒家坐镇天幕的陪祀圣贤，却只能将一身气运融入一洲天地？这就是那些可怜圣贤能做到的一件最力所能及之事。完颜老景那老贼知道吗？当然知道。在乎吗？半点不在乎。

那些或腹诽或痛骂中土文庙毫无建树、全不作为的，知道三洲书院君子贤人、山长与儒士什么下场吗？知道。在乎吗？则未必。这就是既要人去当英雄，又讲个成王败寇。

就像身边圣人所说的那位"故友",就是当年桐叶洲那个放杜懋去往老龙城的陪祀圣贤,老秀才骂也骂了,若不是亚圣当时露面拦着,打都要打了。可又如何?那人在中土文庙没了冷猪头肉可吃,却凭借先前坐镇天幕年复一年很多年,依旧潜心砥砺自家学问,硬是给他重新吃上了文庙香火,还偏要重返桐叶洲,求死不说,那家伙还非要赶个早。而那家伙的真身,跟随礼圣守护浩然天下,与那些远古神灵余孽厮杀之中,早已破碎消散。老秀才对此要不要竖个大拇指?也得要。

青冥天下,打造出一座白玉京,压制化外天魔。莲花天下,西方佛国,压制无数最为冥顽不灵的冤魂厉鬼凶煞。浩然天下,看似是负责针对蛮荒天下的妖族,其实远远不止于此。

作为浩然天下最重要的一块地方的剑气长城,数万剑修,万年以来,据守一地,牵制蛮荒天下的妖族。剑气长城屹立万年,文庙是不是就万年高枕无忧了?只是袖手旁观看好戏了?为何文庙第二神位的礼圣,几乎从不在文庙露面?哪怕对三四之争,都未出声?哪怕理由千百个,最大的一个,还是当年外患太大,远忧其实从来半点不远。

所有坐镇九洲天幕的陪祀圣贤,真身都在天外!跟随礼圣抗衡那些远古神灵余孽!只余下阴神留在家乡,半死不活的,还要去坐镇一洲天幕,当个可怜兮兮的狗屁老天爷!

不然如今打穿天幕做客浩然天下的一尊尊远古神灵,万年以来都在发呆,乖乖给咱们浩然天下当门神吗?!

老秀才说道:"就像你刚才说的,有一说一,就事论事,你那朋友,靠道德文章实实在在神益世道,做得还是相当不错,这种话,不是当着你面才说,跟我弟子也还是这般说的。"

圣人点头道:"文圣此理,最合我心。"

事实上除了圣贤道理,老秀才最让这位天幕圣人记忆深刻的一番话,很老秀才,不太文圣。

与我不对付的,就是烂了肚肠的坏人?与我有大道之争的,便是无一可取处的仇寇?与我文脉不同的读书人,就是旁门左道瞎读书?我算老几?!

当时老秀才身在文庙,扯开嗓门言语,看似是在说自己,其实又是在说所有人。

老秀才转头,一脸诚挚问道:"既然如此钦佩我的学问,仰慕我的为人,咋个不当我弟子?"

圣人淡然道:"我年纪比文圣虚长几百岁,何况我们礼圣一脉的学问好不好,相信文圣心中有数。"

老秀才搓手道:"你啊你,还是脸皮薄了,我与你家礼圣老爷关系绝好,你改换门庭,肯定无事。说不得还要夸你一句眼光好。就算礼圣不夸你,到时候我也要在礼圣那边夸你几句，真是收了个没有半点门户之见的好学生啊。"

这位圣人没搭话。老秀才是出了名的喜欢顺竿子往上爬，没竿子都要自己砍竹子劈柴做一根的。哪怕他是面对礼圣，甚至是至圣先师。也哪怕是面对乡野村夫，甚至是学塾稚童。

老秀才轻轻咳嗽几声。两洲山河人迹罕至的僻静处，那些尚未被彻底剥离掉浩然气运的人间，便立即有异象发生，或是云卷云舒，或是水涨水落。

至于南婆娑洲，有老秀才身边这位圣人坐镇山河气运，些许涟漪才起涟漪便无。

老秀才笑道："受累了。我这客人算不得好客人。"

圣人摇头道："反正我也无酒款待文圣。"

老秀才问道："不会是赶人吧？"

圣人点头笑道："文圣说是就是吧。"

老秀才感慨道："只能坐着等死，滋味不好受吧？"

圣人摇头道："比文圣总要好些，不用吃疼遭罪。"

圣贤只留阴神坐镇天幕，负责稳固山河气运，既是文庙的无奈之举，更是人间有幸的适宜之事，因为自古寂寞的圣贤们既然没有真身，便更为纯粹，契合天道。

老秀才站起身，骂骂咧咧走了。一个踉跄，赶紧消失。反正如今浩然天下的练气士，一个个慷慨激昂、义愤填膺，没少骂这些圣人是只会送人头的大好人，不差他老秀才这几句。

圣人叹息一声，萧瑟出剑，与左右针锋相对，老秀才何止是需要喝几口酒水，换成一般的飞升境大修士，早就气吞山河用以弥补大道根本了。

圣人低头望去，作为集天下牌坊大成者的醇儒陈氏书院那边又在吵了。

如今中土神洲各大王朝官学书院，甚至连七十二书院的儒生中都有不少人，一个个仗义执言，好似哪怕丢了儒生身份，也要大骂圣贤不作为，一个个糊涂得好像没碰到半本兵书，竟然眼睁睁看着，任由桐叶、扶摇两洲和大半个金甲洲沦陷。中土神洲需要如此构建战线吗？我泱泱中土，连那桐叶洲和扶摇洲两个小地方都守不住？只要文庙圣贤齐出，中土十人在旁辅佐，十人不够，再加上候补十人，再有浩浩荡荡的玉璞境、仙人境助阵，那些个蛮荒天下的畜生，什么十四王座不王座的，悉数轻易打烂，弹指间灰飞烟灭。

有个身穿红棉袄的年轻女子，在一处儒生集会上安安静静，旁听许久，不管他们说得对不对，先听了再说。只是听多了那些言之凿凿的言语，她也想要问几个问题。于是找到了一个书院儒生，问道："你去请飞升境、仙人境们出山吗？"

"自有至圣先师、礼圣、亚圣出马。"

"如果他们还是不乐意出山呢？毕竟打仗会死人的。桐叶洲的飞升境都死了。惜命怕死，山上修士，我想也是和我们一样的。毕竟上山修行，本就是奔着证道长生去的。"

"我都不需说至圣先师，只说礼圣的规矩，岂敢不听？谁敢不从！"

"偏敢不听呢？打死几个立威？然后剩下的，就只好不情不愿跟着去了战场？最后如你所说，就一个个慷慨赴死，都死在远方异乡？现在不都在流传托月山大祖的那句话吗，说我们浩然天下的大修士很不自由？会不会到时候就真的自由了，比如干脆就转投了蛮荒天下？到时候既要跟蛮荒天下打仗，又要拦着自己人不叛变，会不会很吃力？关键还有人心，越是高位处的人与事，登高看远，同理，越是登高看远之人的行事，山下就越会瞧得见，瞧在眼里，那么整个中土神洲的人心？"

"人心？大乱之世，这点人心算得什么？！行大事者不拘小节！只要一场大胜仗打下来，山上山下人心自会颠倒。"

"当然要在意啊，因为蛮荒天下从托月山大祖，到文海周密，再到整个甲子帐，其实就一直在算计人心啊。比如周密不是又说了，将来登岸中土神洲，蛮荒天下只拆文庙和书院，其余一切不动吗？王朝依旧，仙家依旧，一切依旧，我们文庙挪窝多出来的权柄，托月山不会独占，愿意与中土仙人境、飞升境一起签订契约，打算和所有中土神洲的大宗门平分一洲，前提是这些仙家山头的上五境老祖师两不相帮，只管作壁上观，至于上五境之下的谱牒仙师，哪怕去了各洲战场打杀妖族，也不会被蛮荒天下秋后算账。你看看，这不都是人心吗？"

"你扯这些乱七八糟的做什么？虚头巴脑的，也敢妄言山上人心？你还讲不讲读书人的浩然正气了？听说你是山崖书院子弟，真是小地方的人，见识短浅。心中更无多少仁义道德。"

"我不是在与你就事论事吗？"

"去去去，休要聒噪，一个女子，懂什么。"

这位在此书院求学的中土儒士去了别处，与同道中人继续高声言语，意气风发，指点江山。

换成是绣虎崔瀺，估计就要将这些人全部拘押起来，用几条跨洲渡船直接送往金甲洲北方战场。管你们是真心想死，还是沽名钓誉，死了再说。

从中土神洲独自远游醇儒陈氏的李宝瓶，忍不住叹了口气，摘下酒葫芦，偷偷喝了口酒。

与人说话真累。不管我说得对不对，你们好歹听听我到底说了些什么啊。又不是我有几个说对处，你们便一定是说错了。

老秀才去往人间大地，无意间瞥见了那一袭红衣，他心情蓦然大好，打算先与陈淳安聊几句,再去与小宝瓶见面。

在一处临水石崖上,那个从一人肩挑日月变成一洲日月悬天的醇儒头也没转:"刘叉去了扶摇洲,萧愻还在路上拦阻左右。"

老秀才哀叹道:"扎俩羊角辫的小姑娘长得挺可爱,做起事来真是太不可爱了。"

陈淳安笑问道:"你当真半点不记恨萧愻的所作所为?"

老秀才说道:"总要由得他人是个活人吧。至于其他事,该咋的咋的。做错先担了错,才能来谈改错。"

陈淳安说道:"左右最为难。"

老秀才点头道:"书上书外不一样,读书人都为难。"

陈淳安咦了一声,破天荒打趣道:"老秀才这是要开骂了?要骂别只骂文圣一脉,其余几条文脉的读书人,记得一并带上。"

老秀才说道:"最前边的那几页老皇历,是我从老头子那边辛苦借书翻来的,你想不想听?别说是你,连你先生都未必有我清楚。你又是个喜欢只读圣贤书不闻窗外事的,不喜欢打听那些陈芝麻烂谷子,咱们那位亚圣又拘谨,看他那架势,恨不得每翻一页书就要先上一炷香,他自己是不累,可我看在眼里是真累。"

陈淳安一抬手,手中多出一壶酒,递给老秀才。老秀才晃了晃不同寻常的酒壶,里边的酒水更是大为神异。老秀才皱了皱眉头,丢还给陈淳安:"此地山水气数,你自个儿留着,我不缺这一点半点的。"

老秀才说道:"我这会儿气力不济,你稍稍分心帮忙遮掩几分。出了纰漏,泄露天机,全怪你啊。"

陈淳安立即帮着隔绝天地。只要是说正事,老秀才从不含糊。

老秀才望向石崖外的那条大水,将一些老皇历与陈淳安娓娓道来。

万年之前,人族登山再登顶更登天,一举打碎天庭,或者打杀,或者驱逐了那些高高在上的存在,那些将人族视为香火源头、肆意操控所有人族生死的存在,就此成为过眼云烟。事实上,真当那一刻来到之时,几乎所有人族自己都觉得不敢相信,他们当真赢了。整个天地,从此好像就要由人族来负责开万世太平了。

比人族更早存在的妖族,有过也有功,其实与人族依旧积怨极深,最终仍是分到了四分之一的天地,也就是后世的蛮荒天下,山河疆域,广袤无垠,但是物产最为贫瘠,相对灵气稀薄。在那之后,立下不世之功的剑修,在一场惊天动地的天大内乱之后,被流徙到了如今的剑气长城一带,铸造高城,三位老祖先后现身,最终合力帮忙将剑气长城打造成一座大阵,能够无视蛮荒天下的天时,割据一方,屹立不倒。

陈淳安问道:"那些远古剑修,当年不惜与所有阵营决裂,事出何因?我只知道当时如果不是剑修内部先行分裂,如今天下到底如何光景,还真不好说。"

老秀才唏嘘道:"还能如何,剑修是天地间杀力最大、斩杀天上神灵最多的剑修啊。其中一拨剑修,性情桀骜,那座三教老祖都觉得谁都不去染指的天庭遗址,应当就此封禁起来,那拨剑修却觉得,当然要由他们占据,所有逃窜远方的神灵余孽,他们承诺一定会一一斩杀,就不用他人忧心了。由陈清都、龙君和观照领衔的另外一拨剑修,则觉得不该如此,可以换一块更大的人间地盘,选择休养生息。结果就是那么个结果,又狠狠打了一架,打得差点儿又天翻地覆。"

"虽然陈清都这拨剑修没有出手,但是兵家开山老祖,早早就与出剑剑修站在了同一阵营,差一点儿,真就是只差一点儿,就要赢了。"

陈淳安又问道:"当时人族惨胜,放心剩余剑修?不怕万一?陈清都他们这些剑修,虽然当时没有出剑,但是那么多仇恨的种子,迟早会变成一大片剑气冲霄的参天大树。如果陈清都、观照等人哪天反悔,或是剑修再与其他人族起了冲突,一定会真正出剑的。"

"所以啊,"老秀才无奈道,"所以沦为了刑徒。可不可怜?当然可怜至极!可是你要知道,在当年,剩余剑修连那刑徒都未必当得!你看后世剑修在剑气长城,咱们文庙有过半点约束吗?当时一位失去眷侣的兵家二祖直接放言,这些个桀骜不驯的家伙,与神灵性情最近,迟早是个天大麻烦,先前那拨剑修不是不服管吗,觉得功劳大,就要占据天庭遗址,很好,不是神灵,他们却要当新的神灵,剩下这些,改变主意,陆陆续续加入战场出剑的,可不在少数,既然如此,不如双方干脆痛快些,大不了双方再打个几百年,看看哪一方先被杀绝,倒也轻松了,以后千年万年,才能够真正世道太平!"

陈淳安心中有些了然。

老秀才轻轻挥袖:"看好了。有些是老头子亲口说的,有些则是我自己想象出来的画面,不过两两相加,离真相肯定不会太远。"

陈淳安举目望去,如今这条大河之畔,出现了一个个远古昔年的身影。

在河畔,一个个身形,好像相隔不远,又好像有天地之遥。

一位老夫子临水而立,逝者如斯夫,似有所悟。

一位神色木讷的僧人站在老夫子对岸,望向此岸。

一位少年道士坐在水边,正在掬水洗脸,有一头青牛卧在一旁。然后少年道士抬起头来,好像在对万年之后的老秀才和陈淳安微微一笑。

一位双手挂刀、披挂甲胄的魁梧男子,皱眉不语,却杀气腾腾,望向距离他最近的一个背剑青年。

这场河畔议事。剑修唯有一人在场,名叫陈清都。

此外,还有参与议事的妖族两位老祖,其中一位正是如今的托月山主人、蛮荒天下的大祖。另外一位,就是后来名义上被镇压在雄镇楼的白泽。

白泽身边站着一位中年面容的青衫男子，正是礼圣。

在更远处，犹有数个苍茫古意无穷尽的伟岸身影，只是相对模糊，哪怕是陈淳安，竟也看不真切面容。

最远处，也是距离所有人最远的地方，有一个高大身形，好像正在挽起一头青丝。

老秀才说道："陈清都当时开口第一句，真是硬气得好像用脊梁骨撑起了天地。就一句！陈清都说：打就打啊。"

仿佛天底下最大的一条光阴长河之畔，那个背剑青年果真如此开口。

老秀才又指了指背剑青年附近，那个双手拄刀的魁梧大汉，大汉一手握刀，一手揉了揉下巴："很好。"

更远处，白泽想要开口，却被礼圣轻轻扯住袖子，摇头示意不要着急。

最远处的那个高大身形，身形模糊却嗓音清冷且更加清晰："我帮陈清都。"

对岸僧人摇摇头。

少年道士则叹息一声："大道真正大敌，都看不见吗？"

哪怕只是远观一幅万年之前的光阴画卷，哪怕明明知道最终结果，陈淳安依旧难免心情沉重。

老秀才嘿嘿一笑："接下来就该轮到咱们老头子出马了，大气大气，何等大气，你以为我那些肺腑之言，真是溜须拍马啊？不能够！"

陈淳安只见那位老夫子，也就是浩然天下的至圣先师，摆摆手，然后走到背剑青年身边，轻轻按住剑柄，同时抬头笑道："剑修我来管，我来立誓，不管剑修以后如何选择，对谁出剑，我儒家一脉，来承担一切因果和责任。"

对岸僧人双手合十，河边道士轻轻点头。

然后老夫子收回视线，与背剑青年笑道："陈清都，相信我，将来我总会给剑修一个交代的。不敢说有多好，但是保证不算坏。陈清都，你要是信不过我，那就更不麻烦了，你接下来只管快意出剑，我来为天下剑修护剑一程，反正早已习惯了此事。"

陈淳安蓦然正色，这位醇儒神色越发肃穆沉重，向万年之前的至圣先师作揖行礼，遥遥一拜。拜我陈淳安心中的真正圣贤。

最远处的高大身形，淡然道："打起来最好，要是打不起来，以后我去你们那块地盘。"

老秀才收起光阴画卷。崖外大水，再无身影。这就是事实和真相。

不然谁能将当年那些最擅长厮杀的剑修定义为刑徒？！因为是剑修之外的所有人！不光是人族，连妖族两位老祖亦在内。何况也不是剑修完全占理的事情。

剑修的剑鞘管不住剑，修道之人的道心管不住道术，以后不管过去几个千年万年，人族都只会是一座烂泥塘！

以前神灵高高在天,将大地之上的所有人族视若牵线傀儡,以后人族难道就高枕无忧了? 然后开始自相残杀?

当时代替妖族议事的两位领袖,其实对于流徙剑修一事也有巨大分歧,一个认可,一个不认可。但是既然划分到了一块蛮荒天下,他们也就没有多说什么。只是那位认可将剑修变成刑徒的蛮荒天下共主,却绝对没有想到刑徒的驻扎之地,会位于蛮荒天下和浩然天下之间。毕竟相较于剑修这个人族自家人,妖族与人族的恩怨,更加复杂。

为何那么多远古神灵余孽,消停了一万年,突然就一股脑儿冒出来了,而且都奔着我们浩然天下而来? 不是去打白玉京,不是去蛮荒天下托月山踩几脚? 因为浩然天下收下了所有剑修,最早的两位读书人挑起了担子,要为天下剑修保存香火! 不然浩然天下和蛮荒天下,大不了两座天地相互隔绝,哪里需要多此一举,拥有一座剑气长城在那边死人万年吗? 还要使得浩然天下和剑气长城相互仇视?

不管如何,既然儒家胆敢讲此道理,那就要为此付出代价,承受万年的天外攻伐!

所有坐镇天幕的陪祀圣贤,自行剥离大道,真身去往天外,跟随礼圣厮杀,只余下阴神在浩然家乡。事到如今,哪个不是半人半鬼的存在? 不是那桐叶洲君子钟魁的下场? 早就是了啊。

能逃过一劫的远古余孽,除了曾经身至高位的那拨,或者彻底金身消散,或者被迫转世为人,其余的,数目虽不算太多,可是哪个好惹?

陈清都为何愿意仗剑去往托月山,是为还人情;为何愿意死守城头一万年,是要为剑修从至圣先师那里,凭剑赢得一个堂堂正正的"交代"! 不然他陈清都,在你们眼中,是不是就是个废物,天大的废物?

当年河畔议事,敢出剑却终究未曾出剑,敢死却终究不曾死,所有剩余剑修终究还是不出剑,人间不曾为此再大毁一次。到最后,剑气长城都给人砍成了两截,还是一剑不出,老大剑仙连那十几岁的下五境剑修都不如?

老秀才坐在石崖上,瞥了眼天幕,然后轻声道:"我曾经问过老头子,为何圣人如此做事,做出了如此大的牺牲,偏要不说,只字不提。文庙还要好像故意藏掖一般。只有那些圣贤候补的正人君子,才可以知晓些许内幕,好让他们自己早早做出选择,要不要当那人不人鬼不鬼的存在。我当时是真着急啊,就问老头子,咱们好好与人间说一说自家辛苦、当家不易嘛,苦口婆心讲一讲道理嘛。听不听得进去,记不记得住,咱们好歹试试看嘛。最不济,都能让白眼狼自己心里有数自己是个白眼狼。

"你知道老头子是怎么回答我的? 老头子伸出三根手指头,不是三句话,就只有三个字:凭什么?"

陈淳安疑惑道:"至圣先师的这三个字,作何解?"

是至圣先师在责备、苛求所有圣贤人,还是合道天下万年……难免小有失望? 或是有其他什么深意？

老秀才大为遗憾道："你知道我一贯是擅长察言观色的,只是当时老头子面无表情,半点蛛丝马迹都没有,我就猜不出那个答案了。"

陈淳安说道："圣贤愿意尽量多给人间一些自由,这其实是贾生最痛恨的地方。他要重新分开天地,最为拔尖的修道之人在天,此外全部在地。相较以往的浩然天下,强者得到最大自由,弱者毫无自由。而贾生眼中的强者,其实已经与心性无关了。"

老秀才踮起脚尖,拍了拍陈淳安的肩膀："你不容易啊,被人戳脊梁骨,都快要赶上我当年的风采了,可以可以。我是难兄你是难弟,哥俩好,难怪能聊一块去。"

与桐叶洲、扶摇洲和金甲洲三洲有千丝万缕关系的中土神洲修士、各大王朝世族豪阀、众多仙家山头,一个个都死死盯住了南婆娑洲的战场走势,归根结底,就是看着陈淳安一人而已。讲点道理的,憋在肚子里,更多的已经开始指指点点,还有些就干脆公开言语了。

老秀才轻声道："死死死,怎么还不来南婆娑洲死,怎么还不去金甲洲死,早先读书人怎么不死在剑气长城,如今怎么不死在桐叶洲,怎么不死在扶摇洲。以后中土神洲十人怎么不死,浩然天下十人怎么不死,儒家文庙副教主学宫祭酒怎么不死,圣人怎么不死。再加上你这个陈淳安,怎么不死在南婆娑洲外边。"

老秀才无奈道："已经死了很多圣贤了啊。"

老秀才越说越火大："你们好歹给陈淳安一个死得其所的机会啊。一个个狗日的,比阿良更狗日的一百倍！

"到时候南婆娑洲山河覆灭,哦,闭嘴了,甚至更不闭嘴了,更要说话了,先骂陈淳安是个废物,不肯早死,苟且偷生,死了还有几分豪杰气概,再骂陈淳安是天下文脉千秋大业的罪人,该死该死,死得好,不然更要愧对亚圣一脉,愧对中土文庙。"

陈淳安对此似乎早有预料,并无什么失望不失望的,只是笑道："我们亚圣一脉,文庙陪祀圣贤最多。"

浩然天下儒家道统,数条文脉,确实亚圣一脉最为香火鼎盛。

老秀才嗯了一声："所以你们死得多,担子挑起更重,所以我不与你们计较一些事。"

老秀才有一点好,好的就认,不管是好的道理,还是好人好事好人心,都认。对错是非分开算。天底下最受不得半点委屈的,就是"只拣好的看、只挑好的听、只选有利可图的学"的那些读书人。

浩然天下的贾生也好,蛮荒天下的周密也罢,有一点真没说错,儒家文庙确实管得太少,给惯的。

如今亚圣一脉很多儒生比较高风亮节,有错就骂,哪怕是自家文脉的中流砥柱、肩挑日月的醇儒陈淳安,一样敢骂,舍得骂。

陈淳安倒是全然不介意,反而替很多人由衷开解几分,笑道:"能这么想的,敢公然这么说的,其实很不错了,到底是心向着浩然天下的,以后读书一多,眼界一开,到底会不一样,我倒是一直觉得这些年的年轻人,读书越来越多了,见识广了,一代代更好了。对此,我是深信不疑的。你回头看看完颜老景,除了修为高些,其他地方,能比什么?再说中土那位纳兰先生,他所在宗门,只因为他的出身,加上妖族修士居多,处境也是相当尴尬,不比我好到哪里去,不一样忍着。所以说啊,你所谓的老要癫狂少沉稳,不全对。"

"同样一个道理,也分人和地方以及时机,你这道理讲得混账了。"老秀才气笑道,"如果不是一大拨君子贤人辛苦拦着,好好解释缘由,差点儿就只因为死了个恰到好处的妖族棋子,就要闹到山上与山外修士相互大杀一场了。"

陈淳安突然说道:"天底下还是老秀才太少。不然确实会好许多。"

只有老秀才请辟动白也,开辟第五座天下;请得动白泽"两不相帮",甚至还能让白泽主动拿出一幅祖宗搜山图,交给南婆娑洲。

陈淳安难得为老秀才说句好话,不承想老秀才反而不领情了,跺脚道:"老头子说得好!凭什么?!凭什么周神芝要去扶摇洲山水窟?凭什么符箓于玄要涉险离开中土神洲?凭什么白帝城郑居中要去宝瓶洲收徒弟,'顺便'路过一趟渌水坑?凭什么怀老算盘捏着鼻子也要带人赶来南婆娑洲亏老本?!凭什么亚圣独子要在托月山下趴着?凭什么我弟子左右要出剑往自己先生身上砍,也要去救一救白也?!凭什么陆芝二话不说就去追赶刘叉?凭什么斩龙的到了骊珠洞天不斩龙?!凭什么火龙真人要在大海之上守护长桥?凭什么观道观臭牛鼻子舍得拿出一枚本命铁环?凭什么鸡汤老和尚要主动入局?凭什么白也仗剑远游,还终于自己觉得已经得意一回了?"

老秀才叹了口气:"老百姓当然可以问心无愧。山上事天上事,从来不知。绝不能苛求他们半点。"

只是老秀才又问:"那么眼界足够的修道之人呢?明明都瞧在眼里却视而不见的呢?"

陈淳安答道:"这就是我们儒家给的自由。我们自己愿意这么做,就好好受着,别有半点怨言。"

蛮荒天下的妖族,就像一个饿极了的人,蛮横闯入一个家境富裕的别家门户,是奔着吃饱活命去的,跑慢了,还会被身后的大妖当场打杀,战场上怕死,家乡一族都要皆死。

中土文庙,儒家圣人,会这么做吗?敢吗?愿意吗?舍得吗?合适吗?唯独宝瓶洲最舍得,最敢与蛮荒天下比拼心狠,比拼手段的缜密,比拼对人心的事功算计。将某些圣贤道理,暂且都只搁在书上。

托月山大祖那句话，浩然天下多少山巅修士听见了，又有多少其实已经真正听进去了？反正绝对不止一个叛变金甲洲的完颜老景。

老秀才跺脚大怒道："我偏要有怨言，百姓我舍不得骂半句，可某些个比怀老儿更会打算盘的山巅大修士，尤其儒家道统内部的某些王八蛋读书人，脑子进水！来一个算一个，我吐他一脸口水！"

"不得不承认一件事，修道之人，已是异类。有好有坏吧。"陈淳安沉默许久，又说道，"人之本性，人性本恶。"

老秀才听了这句话，竟是半点高兴都没有，反而说道："心性两分，人心向善。如今的年轻人，大不一样，未来终究是大有希望的。"

陈淳安最后笑道："如今文圣一脉，弟子学生个个好大的声势，反观我亚圣一脉，因我而讨骂，你是不是偷着乐？"

老秀才拍了拍陈淳安的袖子："我就不是这种人。以圣贤之心度秀才之腹，要不得啊。"

老秀才一个没忍住，笑出声了，瞧瞧，偷着乐？没有的事嘛。

身形一闪而逝，老秀才去找小宝瓶了。

陈淳安刚要询问，老秀才那个沙哑嗓音响彻陈淳安心湖："等等看。"

看似空无一人的中土文庙，涟漪微起。文庙广场之上，已经碎裂不堪。与之相对的蛟龙沟附近，一位灰衣老者脚下已经出现了一个巨大漩涡。

在中土神洲穗山之巅，身材魁梧的金甲神人抱拳道："拜见至圣先师。"

一位儒衫老夫子笑道："穗山此地，天下最高，与你暂借一块地盘。叨扰了。记得将所有生灵都送到储君山头那边，等会儿动静可能会比较大。"

金甲神人依旧抱拳，沉声道："蓬荜生辉。"

老夫子无奈道："跟那秀才学的？"

金甲神人笑了笑，不再打搅至圣先师与他人的问道一座天下，直接去往穗山山脚。

老夫子盘腿而坐，从袖中拿出一本书，以心声与天外礼圣言语道："不像你，太久没有打架了，对不住。"

当老人拿出这本书时，站在穗山山脚的金甲神人双肩一沉，不但如此，整座穗山都已经瞬间下沉数丈。

浩然天下天外，一位中年面容的青衫儒士，法天象地，双手虚握，仅凭一己之力、一己之礼，便将整座浩然天下护在手心。

一位位远游至此的文庙陪祀圣贤，正在与一尊尊远古神灵余孽对峙厮杀。万年以来，天外形势从未如此凶险。

一位与礼圣法相一般巍峨的神灵，只是身在极远处，才显得小如芥子，再次劈出一剑。身旁犹有随侍万年的一尊巨大神灵,随手攥住身边一颗星星,以雷电将其瞬间炼化为雷池,狠狠砸向一位文庙副教主的金身法相。

当坐镇浩然天下的老夫子翻开第一页书时,整座山岳再次山根震动,轰然下坠更多。

唯我浩然有白也,何况还是读书人。

穗山之巅,老夫子瞥了眼中土神洲一处人间,李树花开矣。

最后老夫子眺望远方。你们真以为老夫不会打架?!

第六章
一洲涸泽而渔

李宝瓶牵马走过一座座牌坊，去往河边。

醇儒陈氏被誉为天下集牌坊之大成者，韶光书院和繁露书院，都在儒家七十二书院之列，更是浩然天下最为相邻的两座书院。其中繁露书院几乎可谓醇儒陈氏的家学，夫子先生大半都姓陈。

李宝瓶身穿红衣，腰系小酒壶，悬佩狭刀祥符，如今在这两座书院，她名气不小，归功于她的那种"认死理"，以及她与人辩论时那种超乎寻常的耐心，惹人厌不至于，惹人烦则真不算少，所以韶光、繁露两座书院都认识了这位来自山崖书院的年轻女子。虽说如今宝瓶洲大隋高氏的山崖书院名气不小，可更多还是归功于新任山长，即叛出文脉、欺师灭祖的崔瀺，而不在山崖书院出了多少读书种子，不在年轻一辈的君子贤人提出了什么名动中土的大好学问，所以如今儒家对于山崖书院重返七十二之列不是没有异议。

绣虎崔瀺当大骊国师，能够整合一洲之力抗衡妖族大军，没什么话可说，唯独对于他担任书院山长，还是有着不小的非议。

李宝瓶先前一人游历中土神洲，逛过了大端、邵元几大王朝，他们都在紧急备战，各自抽调山巅修士和精锐兵马，去往中土神洲的几条主要沿海战线，诸子百家练气士，各展神通，一艘艘山岳渡船拔地而起，遮天蔽日，过境之时，能够在白昼时让一座城池蓦然晦暗。相传各家老祖都纷纷现世，只不过文庙这边，至圣先师、礼圣、亚圣、文庙教主，还有其余儒家道统几条文脉的开山圣人，还是没有露面。最终只有一位文庙副教主和三位大祭酒在数洲之地奔走忙碌，经常能够从山水邸报上看到他们出现在何方，与谁说了什么言语。

其实李宝瓶也不算独自一人游历山河，那个名叫许白的年轻练气士，还是喜欢远远跟着她，只不过如今这位被誉为"许仙"的年轻候补十人之一，被李希圣两次缩地山河分别带出千里、万里之后，学聪明了，除了偶尔和李宝瓶一起乘坐渡船外，绝不露面，甚至都不会靠近李宝瓶。登船后，他也绝不找李宝瓶，就只是喜欢傻愣愣地站在船头那边痴等着，能够远远看一眼心仪的红衣姑娘就好。

先前乘坐跨洲渡船来南婆娑洲，李宝瓶有一次实在忍不住，找到他，询问道："许白你是不是给人牵了红线？要不然你喜欢我什么？到底要怎样你才能不喜欢我？"

许白当时满脸涨红，接连回答了三个问题，说："绝对没有被牵红线。什么都喜欢。除非我喜欢别的姑娘。"

天底下的修道之人，确实是有洪福齐天的天之骄子，桐叶洲的女冠黄庭、宝瓶洲的贺小凉，都是如此。如今又有年轻十人当中，青冥天下那个从留人境一步登天的年轻人，以及一人独占两枚道祖葫芦的剑修刘材。候补十人当中，则以中土神洲许白和宝瓶洲马苦玄在福缘一事上最为得天独厚，都是天上掉下来的大道机缘。

年轻十人和候补十人，又大都经历过或多或少的大道磨砺，哪怕年纪最小的竹海洞天少女纯青，虽然登榜时才十六岁，但作为青神山夫人的唯一嫡传，都已经有过数场争斗。唯独许白，和马苦玄不太一样，至今从无出手记录。大概只有两次与他人的"冲突"，结果运气太好以至于运气又不那么好，许白直接遇到了李宝瓶的大哥，亏得他是个全无胜负心的，初出茅庐头回走江湖就连败两场，心境依旧对此毫无挂碍，只求着别再遇上那位儒衫男子就好。

如今许白就身在繁露书院，年轻人心中唯一的疑惑，是李宝瓶所谓的小师叔，到底是何方神圣。为何李宝瓶那天最后会信誓旦旦地说，以后等她见到了小师叔，就会让许仙变成许不仙。那会儿的李宝瓶好像一下子变成了小姑娘，可爱极了。许白觉得就算被她那小师叔揍一顿，也值了。

许白对于那个莫名其妙就丢在自己脑袋上的"许仙"绰号，其实一直惴惴不安，更不敢当真。毕竟白仙之诗与剑，苏仙之词，于仙之符，郑仙之棋，那都是名副其实的仙气缥缈，天下无双，许白完全不明白自己怎就有了个"仙"字后缀。

李宝瓶牵马走在河边，刚要拿起那枚养剑葫喝酒，就赶紧放下。

李宝瓶眨了眨眼睛，先生的先生来了。

老秀才依旧施展了障眼法，轻声笑道："小宝瓶，莫声张莫声张，我在这边名声甚大，给人发现了行踪，容易脱不开身。"

遥想当年，盛情难却，来醇儒陈氏传道授业，连累多少姑娘家家丢了簪花手绢，连累多少夫子先生为了个座位吵红了脖子。

李宝瓶也就免了作揖行礼，只是第一次以心声喊了一声"师祖"。

老秀才笑得合不拢嘴，很喜欢小宝瓶这一点，不像那茅小冬，规矩比先生还多。

老秀才随口笑问道："小宝瓶，最近在看什么书啊？"

李宝瓶答道："在看一本佛经，开篇就是大慧菩萨问佛祖一百零八问。"

换成其他儒家文脉，估计老夫子听了就要立即头疼，老秀才却会心而笑，随口一问便有意外之喜，抚须点头道："小宝瓶挑了一本好书啊，好经书，好佛法，佛祖还是觉得问得太少，反问更多，问得天地都几乎给说尽了。佛祖用意之一，是要去除相对法，这其实与我们儒家推崇的中庸之道，有异曲同工之妙。咱们读书人当中，与此最为遥相呼应的，大概就是你小师叔打过交道的那位书简湖先贤了，我早年专门布置了一门课业给你先生，还有你几位师伯，专门来答《天问》。后来在剑气长城，你左师伯就故意以此为难过你小师叔。"

李宝瓶轻轻点头，这些年里，佛家因明学，名家雄辩术，她都涉猎过，自家文脉的老祖师，也就是身边这位文圣老先生，也曾在《正名篇》里详细提及制名以指实，李宝瓶当然潜心钻研更多，简而言之，都是"吵架"的法宝，多多益善。只是李宝瓶看书越多，疑惑越多，反而自己都吵不赢自己，所以她看似越来越沉默，其实是因为在心中自言自语、自问自答太多。

"圣贤书读到自然可通禅。"老秀才感慨道，"这种话，以前你先生不好与你们说，你们当时年纪太小，读书未厚，很容易分心。打个比方，'洒扫庭除要内外整洁，关锁门户必亲自检点'，这么个说法，孩子听了只当是烦累，到了老人这边，就觉得是至理，觉得香火绵延，耕读传家，绝大学问，就在这日常间。同样一个人，同样一个理，年幼时与年长时听了，就是截然不同的感受。读书一厚，就可以参互成文，含而见文，望文生义。"

老秀才言语之时，从袖子里边拿出一枚玉手镯，摊放在手心，笑问道："可曾看出了什么？"

李宝瓶似有所悟，点点头："与那山下印章当中，以方章最为珍贵，是一样的道理，有无不定，一定万法。"

人间羊脂美玉，雕琢成一枚玉镯，之所以昂贵珍稀，恰恰需要舍掉许多，最终得了个留白滋味给人瞧。至于印章当中，椭圆章随形章，价值都要远远低于方章。缘由都在于"不舍"。

只不过在这当中，又涉及一个由玉镯、方章材质本身牵扯到的"神仙种"，只是小宝瓶想法跳跃，直奔更远方去了，免去了老秀才许多担忧。

老秀才突然转过头，笑眯眯问道："许白，你觉得呢？"

身后远处，一个年轻人赶紧现身，先作揖致歉，直腰起身再作揖，毕恭毕敬答道：

"晚辈不知道。"

许白出身中土神洲一个偏远小国，祖籍召陵，祖辈父辈都是看守那座许愿桥的凡夫俗子，许白虽然年幼便苦读圣贤书，其实依然难免不谙庶务，此次壮起胆子独自出门远游，一路上就没少闹笑话。

老秀才看着青衫文巾的许白，心想幸好这小子暂时还不是文脉儒生，还是个老实本分的，不然敢挖我文圣一脉的墙脚，老秀才我非要跳起来吐你一脸唾沫。天大地大道理最大，年纪辈分什么的先靠边站。老秀才心情大好，好小子，不愧是许仙，痴情种啊，我文圣一脉的嫡传和再传，果然个个不缺好姻缘，就只是自家功夫都放在了治学一事上，礼圣一脉亚圣一脉怎么比，至于伏老儿一脉就更拉倒吧，与我文圣一脉拜师学艺虚心求教还差不多。

李宝瓶叹了口气，没有法子，看来只好喊大哥来助阵了。要是大哥办得到，直接将这许白丢回家乡好了。

老秀才赶紧虚抬手掌，下按了两下，示意小宝瓶别着急祭出撒手锏，有师祖在还怕什么。

老秀才与那许白招招手，许白战战兢兢走到老秀才身边，再次作揖行礼道："小生许白，拜见文圣老爷。"

老秀才笑着点头，问道："许白，听没听过一个治学严谨享誉天下的老夫子，名叫茅小冬？"

许白点头道："年幼时蒙学，学塾先生在远游之前为我列过一份书单，列出了十六部书，要我反复阅读，其中有一部书，就是山崖书院茅山长的训诂著作，小生用心读过，收获颇丰。"

说到这里，许白有些难为情，毕竟自己的学塾先生，只说声望，比起一位书院山长，两人天壤之别。说到底，出身小地方的年轻人还是心地质朴，穷富之别、山上山下之分，都还是有的。所以在许白看来，为自己开蒙授业的夫子，不管自己如何敬重钦佩，终究学问是不如一位书院圣人大的。

老秀才有些乐和，也不与年轻人道破玄机，只是和小宝瓶心声言语道："如果没有猜错，这位许白的学塾夫子，就是那位召陵许君，当之无愧的大经学家。不过先生学生两位虽然都姓许，却没什么家谱香火就是了。"

李宝瓶心中了然。那位被民间冠以"字圣"头衔的许君，虽不是文庙陪祀圣贤，但却是小师叔当年就很佩服的一位老夫子。

老秀才笑道："你那位学塾夫子，眼光独到啊，挑选出十六部经典，让你潜心钻研，其中就有茅小冬的那部《崔子集解》，看得见崔瀺的学问根本，也看得见茅小冬的注解，那就等于将法术势都一并看见了。"

很难想象,作为一位专门著书注解师兄学问的师弟,当年在山崖书院,茅小冬与崔东山,师兄弟两人会那么针锋相对。

老秀才问道:"先前小宝瓶聊到了那部经书,听说你读书很杂很多,可曾看过?"

许白点头道:"看过,只是看得多,想得少。记得住,想不通。"

老秀才随意说道:"决定成佛,譬如以尘扬于顺风,有何艰险?"

许白脱口而出道:"一旦修道,若一叶浮萍归大海,无其犹豫。"

老秀才点点头:"回了中土神洲,你可以走一趟礼记学宫,与茅小冬问一问《崔子集解》疑惑,年轻人好不容易远游一趟,不能光顾着赏景啊。"

许白脸色微红,赶紧使劲点头。

老秀才再以心声单单与许白说道:"我家小宝瓶,只要不眼瞎,都会喜欢的,不喜欢才怪了。只是如今世道不太平,年轻人越要修齐治平,儿女情长很美好,只是不争朝夕嘛,既然你如今还没有什么文脉,更不着急,去了礼记学宫,喜欢什么就学什么,觉得哪位先生夫子学问大,就与他们学最拿手的看家本领,不用拘泥门户,以后有机会,再遇见了学塾夫子,再来决定真正成为谁的嫡传。"

许白犹豫了一下,问道:"文圣先生,我那蒙学先生,难道是传说中的许君?"

早年学塾蒙学之时,先生就喜欢以说文解字来传道授业,远游之前,为许白推荐之书,又偏好训诂一道。可如果不是今天文圣如此言语,许白还是绝对不会将一位乡野学塾老先生往许君那边靠拢。

老秀才有些无奈,现在的年轻人,怎么就这么难糊弄了?一个个猴精猴精的,到底是不如自家关门弟子来得性情淳朴啊。

只不过既然许白自己猜出来了,老秀才也不好胡诌,而且事关重大,哪怕是一些个大煞风景的言语,也要直接说破了,不然按照老秀才原先的打算,是找人暗中帮着为许白护道一程,去往中土某座学宫寻求庇护。许白虽然天资好,可是如今世道险恶,不同寻常,波谲云诡,许白终究缺少历练,不管是不是自己文脉的年轻人,既然遇到了,还是要尽量多护着几分的。

尤其是那位许君,因为学问与儒家圣人本命字的那层关系,如今已经沦为蛮荒天下王座大妖的众矢之的,老先生自保不难,可要是因为不记名弟子许白而横生意外,终究不美,大不妥!

所以老秀才点头道:"确实是那位'说文解字天下第一'的许君,所以你如今更要小心,蛮荒天下的王座大妖,甚至说不定是那托月山大祖亲自出手,以后迟早都要找你先生的麻烦。我先前让你去往礼记学宫,不只是让你求学去的。如今蛮荒天下的妖族谋划,阳谋阴谋一股脑儿冲过来,半点不客气,保不齐就有单独针对许白、再针对许君的一桩阴谋。听了这些,可以担心,可以多思量几分,但是不用太过害怕。我,还有你那位不管什么缘由未曾与你坦诚身份的先生许君,再加上陈淳安,我们这些老家伙毕竟都还在呢。"

许白作揖致谢。

许白一直以来就不愿以什么年轻候补十人的身份,拜访各大书院的儒家圣贤,更多还是希望以儒家弟子的身份,向圣贤们虚心问道,请教学问。前者太虚,不踏实,许白直到今天还是不敢相信,可对于自己的读书人身份,许白倒是不觉得有什么不敢当的。这辈子最大的希望,就是先有个科举功名,再当个能够造福一方的官吏,至于学成了微末道法,以后遇到诸多天灾,就不用去文武庙、龙王祠祈雨祛暑了,也不用恳求仙人下山治理洪涝了,亦非坏事。

老秀才抚须笑道:"你和茅小冬肯定投缘,到了礼记学宫,脸皮厚些,只管说自己与老秀才如何把臂言欢,如何相见恨晚忘年交。难为情?求学一事,只要心诚,其余有什么难为情的,结结实实学到了茅小冬的一身学问,便是最好的道歉。老秀才我当年第一次去文庙游历,怎么进的大门?开口就说我得了至圣先师的真传,谁敢阻拦?脚下生风进门之后,赶紧给老头子敬香拜挂像,至圣先师不也笑哈哈?"

许白越发拘谨,到底是读书人,斯文惯了。如果不是身边有个传闻来自骊珠洞天的李宝瓶,许白都要以为遇到了个假的文圣老爷。

许白告辞离去,老秀才微笑点头。

许白没有挪步,李宝瓶以眼神提醒他不要得寸进尺。许白犹豫了半天,鼓起勇气抬头与她对视,轻声道:"李宝瓶,如果让你觉得烦了,我向你诚心道歉。"

李宝瓶还是不说话,一双秋水长眸透露出来的意思很明显,那你倒是改啊。

许白灿烂一笑,跟李宝瓶抱拳告辞。李宝瓶叹了口气,只得抱拳还礼。

许白离去后,老秀才打趣道:"小宝瓶,其实不用太烦心,被许仙这样的年轻人喜欢,可不容易。"

李宝瓶摇摇头:"我知道许白是个不错的读书人,只是有些事情,可谈不上什么明知不可为而为之。"

老秀才笑道:"小宝瓶,你继续逛,我跟一位老前辈聊几句。"

李宝瓶作揖拜别师祖,许多言语都在眼睛里。老秀才当然都看到了收下了,并将白玉镯递给小宝瓶。李宝瓶没有客气,收下玉镯戴在手腕上,继续牵马游历。

老秀才抚须而笑,自己是个有晚福的人啊。

李宝瓶,文圣一脉再传弟子当中最"得意",已有女夫子气象。至于以后的某些麻烦,老秀才只觉得"我有嫡传,护道再传"。

林守一,凭机缘,更凭本事,最凭本心,凑齐了三卷《云上琅琅书》,修行道法,渐次登高,却不耽误他还是儒家子弟。

李槐，算不得许多练气士眼中的读书种子，但是文圣一脉，对于读书种子的理解，本就一直门槛不高。读了圣贤书，得了几个道理，从此践行不懈怠，这要还不是读书种子，什么才是？

董水井，成了赊刀人，君子爱财取之有道，这样的弟子，哪个先生不喜欢。

于禄和谢谢，也都很好。一个眼界越发开阔，一个气量越发增长，对卢氏王朝的万千遗民，也算有了个交代。人间多有大大小小的死结，看似被光阴拧得越来越死，实则不然。例如那些红烛镇船家贱籍百姓，又例如多灾多难的卢氏刑徒，其实都是可以解开的，世道两旁多枯木，一旦他年逢春，说不得便是老树开花的人间美好。

石春嘉那个小姑娘，更是早已嫁为人妇，她那小娃儿再过几年就该是少年郎了。

赵鸾，术道皆学有所成，去了第五座天下。虽说还是不太能放下那枚春字印的心结，但是年轻人嘛，越是在一两件事上拧巴，肯与自己较劲，将来出息越大。当然，前提是读书够多，且不当两脚书柜。

一位老者凭空浮现在老秀才身旁，微笑道："好一个'圣贤书读到自然可通禅'。"

一句话说三教，又以儒家学问最先。

老秀才笑道："一般般好。这般好话，许君想要，我有一箩筐，只管拿去。"

来者正是许白的授业恩师召陵许君。

许君没有言语。

熟悉老秀才作风的，大多会临时学一门闭口禅。

老秀才正色道："在这里隐姓埋名这么多年，确实难为人。"

六头畜生在围杀一人，符箓于玄要救白也。萧愻在拦截左右，陆芝在追赶刘叉。天下大乱，不过如此。

真正大乱更在三洲的山下人间。

许君点头道："如果不是蛮荒天下攻破剑气长城之后，那些飞升境大妖行事太谨慎，不然我可以'先下一城'。有你偷来的那幅搜山图，把握更大，不敢说打杀十四王座，让其忌惮几分，还是可以的。可惜来这边出手的，不是刘叉就是萧愻，那个贾生应该早早猜到我在这边。"

所谓的"先下一城"，自然就是许君手持搜山图上记载的文字真名，运转本命神通，为浩然天下"说文解字"，斩落一颗大妖头颅。以此斩杀飞升境，许君付出的代价不会小，哪怕手握一幅祖宗搜山图，许君再豁出去大道性命不要，毁去两页搜山图，依然只能口含天宪，打杀王座之外的两头飞升境。

但是既然早早身在此地，许君就没打算重返中土神洲的家乡召陵，这也是为何许君先前离乡远游，没有收取蒙童许白为嫡传弟子的原因。

可这里边有个至关重要的前提，就是敌我双方都需要身在浩然天下，毕竟召陵许君终究不是白泽。所以许君就只能拗着性子,耐心等待某位飞升境大妖踏足南婆娑洲,有陈淳安坐镇一洲山河,帮忙出手镇压大妖,许君的大道损耗也会更小。南婆娑洲看似无仗可打,如今中土神洲的书院和山上,从文庙到陈淳安,都已经被骂了个狗血淋头,但是稳稳守住南婆娑洲本身,就意味着蛮荒天下不得不极大拉伸出两条漫长战线。

至于去桐叶洲或是扶摇洲,这位没有陪祀文庙的字圣许君,恐怕不等他开口道破大妖真名,就会被文海周密甚至是托月山大祖针对。至圣先师就算出手相救,依然只会得不偿失。

至圣先师其实与蛟龙沟附近的灰衣老者,才是最先交手的两位,中土文庙前广场上的废墟,与蛟龙沟的海中漩涡,就是明证。那是真正意义上两座天下的大道之争。

而一个肆意摔罐子砸瓶子的人,永远要比护住每一只瓶瓶罐罐的人要轻松几分。

至于许君那个偷搜山图的说法,老秀才就当没听见。

双方脚下这座南婆娑洲,肩挑日月的醇儒陈淳安在明,九座雄镇楼之一的镇剑楼也算。中土十人垫底的老算盘怀荫,剑气长城女子大剑仙陆芝在内,都是明明白白搁在桌面上的一洲战力。那些往返于中土神洲和南婆娑洲的跨洲渡船,已经运输物资十余年了。许君与搜山图则在暗。而且南婆娑洲绝对不止一个字圣许君等待出手,还有那位单独前来此洲的墨家巨子,一人负责一条战线。

蛮荒天下不攻南婆娑洲,浩然天下却要死守南婆娑洲,看似高下立判,实则不然。

许君问道:"礼圣在天外,这个我很清楚,亚圣何在?"

老秀才以心声言语道:"抄后路。"

许君摇摇头:"单凭亚圣一人,还是难以成事。"

老秀才说道:"谁说只有他一个。"

许君恍然道:"难怪要与人借字,再与文庙要了个书院山长,绣虎好手段、好魄力,好一个山水颠倒。"

一座托月山,剩余半座剑气长城,何况两者之间,还有那十万大山,就凭某人的算计,老瞎子说不定愿意改变那个两不相帮的初衷。比如老瞎子你要不要搬了那座托月山到家中,这只是可能性之一。崔瀺对于人心人性之算计,实在擅长。

崔瀺的想法,好像永远异想天开,又似乎次次触手可及。百年之前,如果崔瀺说自己要以一国之力,在浩然天下打造出第二座剑气长城,谁不觉得是在痴人说梦?谁会当真?可是事到如今,崔瀺已是美梦成真。而崔瀺最让人觉得无法亲近的地方,不单单是这头绣虎太聪明,而是他的一切所思所想所梦,从不与外人言说半句。

崔瀺有锦绣三事,和白帝城城主下出彩云局,只是其一。

崔瀺某次术算之争,曾经胜术家开山老祖一筹,只是不知为何,那位在诸子百家当中地位只属末流却心比天高的术家祖师爷,哪怕在大道根本一途输给了一个外人,却十分快意,自称一句"吾得十矣,天下足矣",至今还是一桩莫大悬案。就连术家内部,都不知到底何谓"十"。

还有崔瀺在叛出文圣一脉之前,是一口气舍了唾手可得的学宫大祭酒、文庙副教主的,不然按部就班,百年后他连文庙教主都是可以争一争的,可惜崔瀺最终选择了一条落魄至极的道路去走,当了一条丧家之犬,孑然一身云游四方,再去宝瓶洲当了一位滑天下之大稽的大骊国师。只不过这桩天大的秘事,因为涉及中土文庙高层内幕,流传不广,只在山巅。只可惜都是过眼云烟了。

不过终究是会有些人,由衷觉得浩然天下若是少了个绣虎,便会少了好些滋味。

老秀才突然问道:"天地间最要干净最洁癖的是什么?"

许君摇头道:"不知。是那昔年首徒问他先生?"

老秀才自问自答道:"是道德。"

许君点头道:"深以为然。"

老秀才又说道:"瑕不掩瑜,又如何。"

许君笑道:"理是这个理。"

老秀才一跺脚,说道:"走了走了。"

许君作揖。老秀才只得作揖回礼。

这些个老前辈老圣贤,总是和自己这般客套,还是吃了没有秀才功名的亏啊。

老秀才跟陈淳安心声一句,捎自己跨洲去往中土神洲,再与穗山那大个儿言语一句,帮忙拽一把。

在穗山山门口,老秀才一个踉跄,向前摔倒在地,摔了个狗吃屎。

金甲神人端坐在台阶上,笑道:"哟,大礼,以往欠我穗山的一屁股债,就当你一起补全了。"

起身使劲抖袖,老秀才大步走到山脚,站在穗山山神一旁,站着的与坐着的,差不多高。

老秀才抬头望向穗山之巅,神色肃穆。

魁梧山神笑道:"怎么,又要有求于人了?"

老秀才搓手再搓脸,道:"求人如吞三尺剑,难啊。何况求人这种事情,一向非我所长,难上加难。"

山神有些幸灾乐祸,若是至圣先师求了有用,确实就不是至圣先师了。

老秀才转头问道:"先前见到老头子,有没有说一句'蓬荜生辉'?"

山神摇头道:"不是你,我一字未说。"

老秀才一脸怀疑神色,见大个子一身正气不输陪祀圣贤,只得惋惜道:"不开窍,咱哥俩白唠了那么多嗑。搁我是你,早就在山巅摆好几案、搁好茶水了,再问老头子需不需要我去砍了那厮脑袋,胸脯拍得震天响,老头子你发句话,上刀山下火海,小神我义字当头,仁在双肩,在所不辞,砍不死对方,我就自个儿提头来见……"

山神黑着脸道:"你真当至圣先师听不见你的胡说八道?"

以前只有两人,随便老秀才瞎扯有的没的,可这会儿至圣先师就在山巅落座,他作为穗山之主,还真不敢陪着老秀才一起脑子进水。

至圣先师可不太喜欢与人开玩笑。礼圣在规矩之内,倒是偶尔开玩笑也无妨。亚圣则是出了名的慎独。其实除了老秀才,绝大多数的道统文脉开山祖师都很正经。

老秀才跳起来就是一巴掌:"狗胆!竟敢小觑咱们至圣先师的无上道法!老头子提笔撰文和搁笔动手,哪个不是无敌手,文武双全,文有第一,武无第二,那道老二也是个别别扭扭的,想要夸老头子又不好意思,就在曹溶那本山水花鸟卷上,藏藏掖掖,拐弯抹角……也就是曹溶当时没求我盖章,不然我买一送一,先盖印一方'有请落座',再在道老二印章旁钤印一枚'你不够格'……老头子此次出手,王霸兼具一身,圣贤豪杰皆是一人,大手笔,大气魄,大意思!"

穗山大神置若罔闻,看来老秀才今天求情之事不算小。不然以往言语,哪怕脸皮挂地,好歹在脚尖上,想要脸就能挑回脸上,今儿算是彻底不要脸了。夸人自夸两不耽误,功劳苦劳都先提一嘴。

果然,老秀才又一个踉跄,直接被拽到了山巅,看来至圣先师也听不下去了。

山巅那位老夫子说道:"秀才,你还是三教争辩的时候比较讨喜。"

老秀才作揖起身后,苦着脸道:"文庙也没给我更多展现吵架本事的机会啊。"

言下之意,不是我老秀才不愿为儒家出点气力,是文庙没让我这读书人尽显风采,至圣先师你不能强人所难,既要我受天大委屈,又不发小小牢骚。

老夫子笑问道:"为白也而来?"

老秀才瞥了眼扶摇洲那个方向,叹了口气:"不用我求了。"

这位坐在穗山之巅翻书的至圣先师,依旧在与蛟龙沟的那位灰衣老者遥遥对峙。

老秀才松了口气,稳当是真稳当,老头子不愧是老头子。

浩然天下金甲洲和宝瓶洲的天时、山河,依旧不受托月山大祖神通倾轧半点。天外那边,礼圣也暂时还好。只是那些原本远游极远的远古神灵余孽,依旧不断聚拢而来。历史上,礼圣曾经率领文庙教主、副教主,连同道老二在内的一拨白玉京仙人,龙虎山大天师、大玄都观孙怀中,以及西方佛国的一拨佛子,一同远游一趟。可惜收效不大。还有位文庙副教主因此陨落天外,如果不是后来有了那场三四之争,其实在外人眼中,文圣一脉的首徒崔瀺原本是有希望补缺的。只可惜老秀才却知道,崔瀺从来志不在此。

万年之前,万千术法从天上落下。或是某些远古神灵的给予,或是人族登高打落

第六章 一洲涸泽而渔

神灵。

术法万千落人间,其中杀力最大者,被剑修得到,毋庸置疑。对于人族而言,剑修功劳最大,功德在身最多。故而如今人间大道,最为青睐天下剑修,剑修却又被相对破碎的天道隐隐压胜,以至于飞升境瓶颈最难破。

但是要论神通术法得到之多,以及自悟得道证道之多,用心专一的剑修当然没办法比,其中三教祖师虽然道路各异,但是在万年之前,就都已经登高极高,以至于三人真正的"打架"本领,足以翻天覆地。

因为愿意问,至圣先师又相对在他这边比较愿说,所以老秀才知道一件事,即至圣先师在内的儒释道三教祖师,在各自证道天地那一刻起,就再没有真正倾力出手过。

那场河畔议事,曾经剑术很高、脾气绝好的陈清都直接撂下一句"打就打啊"了,之所以最后还是没有打起来,三教祖师的态度还是最大的关键。

其实当时道祖一句话就已道破玄机,大道之敌已在我。在人族,在本心,在众生自己,根本不在道法不在神通。

白玉京压胜之物,是修道之人道心显化的化外天魔;西方佛国镇压之物,是冤魂厉鬼所不解之执念;浩然天下教化众生,人心向善,任由诸子百家崛起,为的就是帮助儒家,一起为世道人心查漏补缺。

归其根本,在一个我。

万年以来,人族真正的生死大敌,一直是我们自己。哪怕再过万年,恐怕还是如此。

输了,就是不可阻挡的末法时代;赢了,世道就可以一直往上走,真正将人心拔高到天。

"众人是圣人。"

"众生有佛性。"

"每个一,得清净,所有人得清净。"

今生今世之人心向善,前世来世之因果业障,道法人心之高远幽微。

我到底是谁,我从何处来,我去往何处。大体上都已经有了答案。

至于扶摇洲。白莹、五嶽、仰止、袁首、牛刀、切韵,六头王座大妖而已,怕什么,再加上一个准备倾力出剑的刘叉又如何?如今扶摇洲是蛮荒天下版图又如何?无非是等于大半个没有仙剑太白的白也,加上一位同样没有手持仙剑的龙虎山大天师,加上身在半个南婆娑洲的陈淳安,加上符箓于玄,加上一位火龙真人,再加上一位略少些算计的白帝城郑怀仙,最后再加个喜欢深藏不露的皑皑洲刘氏财神爷。就这么点人罢了。

老夫子笑道:"站着说话不腰疼?"

老秀才赶紧落座一旁:"天地良心!"

白泽突然现身此地,与至圣先师提醒道:"你们文庙真正需要留心的,是那位蛮荒天下的文海,他已经先后吃掉了荷花庵主和曜甲。此人所谋甚大。一旦此人在蛮荒天下就已经吃饱了,再重返故乡耀武扬威,就更麻烦了。"

至圣先师微笑点头。

白泽对那贾生,可不会有什么好观感。这个文海周密,其实对于两座天下都没什么牵挂了,或者说他从跨过剑气长城那一刻起,就已经选择走一条已经万年无人走过的老路,似乎要当那高高在上的神灵,俯瞰人间。

老秀才皱眉不语,最后感叹道:"铁了心要以一人谋万世,唯有一人即是天下苍生。人性打杀殆尽,真是比神灵还神灵了。不对,还不如那些远古神灵。"

老秀才左看右看,向至圣先师和白泽先生小声问道:"咱们能答应?"

白泽无可奈何,此刻点头不像话,摇头不答应,他白泽能摇这个头吗?那幅搜山图都给出去了的,总不能再将自己一并给出去。

白泽只好转移话题道:"扶摇洲在涸泽而渔。"

有那王座大妖在疯狂汲取一洲天地灵气,只等白也耗尽灵气。

老秀才卷起袖子。

白泽说道:"装模作样给谁看。"

老秀才怒道:"你瞧瞧你瞧瞧,令人痛心疾首啊,同样是我最敬服的两位白兄,看看人家白也诗篇无敌又剑仙,先随手一剑劈开黄河洞天,再随便一剑斩杀蠢蠢欲动的中土飞升境大妖,又不辞辛苦仗剑开辟第五座天下,再三剑砍死王座大妖曜甲,如今更是一人单挑六王座……"

老夫子淡然道:"这些我都知道。"

老秀才立即缩脖子笑道:"好嘞。"

袁首脚踩一把远古遗物长剑,手中长棍飞旋不定,浑厚罡气形成大圆,不断扩散出去,将那些从天降临的七色琉璃色大雨一一击碎。

身披金甲、化名牛刀的王座大妖岿然不动,任由充满凌厉剑气的急骤雨点敲打甲胄,只恨剑气太轻太少,根本打不破身上牢笼,所以稍后白也的第一次倾力出剑,他来接剑。

切韵轻拍腰间养剑葫,以剑气对撞剑气,以手指抵住脸颊,眯起眼望向那幅美景,喃喃低语,风雨飘摇,打散风流。

坐在金色蒲团上的魁梧巨人轻轻呵气,吹散风雨剑气,倾斜别处。

人首蛟身的仰止稍稍运转本命神通,将那场雨水聚拢在身边,最终凝聚为一颗颗七彩琉璃,只不过很快就经不住剑气冲击,砰然碎裂,又瞬间重新聚拢,几次聚散之后,几位怀抱琵琶的傀儡侍女得了法旨，将那些夹杂剑气的雨珠一一收入弦槽，大多琵琶依旧扛不住细密剑气的侵袭，连琵琶带傀儡一同化作齑粉，但是依旧有琵琶光彩流转，有一条条纤细剑气沿着梧桐板、覆手各处的细微纹路，最终在琵琶弦上显化出一丝丝精粹剑意，仰止伸手一抓，将一把琵琶拈在指尖，凝神望去，心意微动，琵琶弦动，可惜——砰然断折。

仰止与最为相邻的袁首摇摇头，示意白也的剑气，没有什么蛛丝马迹可以拿来推衍演化，还得再找其他机会。

仰止，或者说所有参与此次围杀的王座大妖，都需要弄清楚一件事：白也的十四境到底与浩然天下合了什么道？

白莹在之前的战场上，不管是在剑气长城还是坐镇金甲洲，始终以一副白骨高居王座示人，今天却撤去了枯骨王座，而且白骨生肉，成了个中年面容的男子。他身披一件黯淡无光的法袍，却是枯骨王座显化。

白莹一旁那位由仙酿浇灌头颅生成骨肉的老剑侍身高丈余，是昔年龙君的真实容貌，只不过失去了龙君灵智，被白莹取名为龙涧，当下剑侍手持长剑烛照，则是剑修观照的残余魂魄之一，白莹辛苦寻觅而得，再耗费无数天材地宝，最终炼化为一把仙兵，托月山其实早已知晓此事，却故作不知。

脚踩一颗龙君头颅，炼化一缕观照魂魄，此次在金甲洲，白莹又先符箓于玄一步，与飞升境完颜老景私底下达成交易，将腐朽不堪的完颜老景炼化为类似英灵傀儡的存在，不人不鬼不神不仙。大妖白莹，好像就没什么不敢做的。

完颜老景捞到手的唯一好处，就是能够借此避开那道即将临头的天劫，彻底泯灭了身为人族巅峰修士的大道性命，以此苟活下去，哪怕时时刻刻生不如死，他完颜老景也要活。万一将来大道真在蛮荒天下，完颜老景未必没有重见天日的崛起机会，当坐镇一方的山水神灵亦无不可。

白莹的心思不在这场大雨，这只是白也随手一记拔剑出鞘而已。他是此次围杀白也的真正关键手之一，之所以是之一，是白莹暂时还不清楚周先生是否也面授机宜给了其他大妖。

龙君面容的剑侍龙涧，朝头顶大雨挥出一剑，如开一线天，剑光一线两侧的剑气大雨好似涌入一条凭空出现的纤细光阴长河，然后被大道冲刷而过，就此消散无踪迹。

白莹依旧在运转本命神通，以云海暂时收拢一洲灵气。

白莹需要汲取一洲大阵内的所有天地灵气，哪怕无法全部攫取，也要以污秽煞气混淆灵气。白莹脚下这座白骨累累、煞气冲天的广袤云海，就是要白也每递出一剑，人身小天地积蓄的灵气就消耗一分。

一般来说，跻身飞升境的山巅修士，与人捉对厮杀，哪怕生死相向，手段尽出，还是极少出现灵气不支的情况。当年在王座大妖隐匿各处的蛮荒天下,阿良就是如此,哪怕被几头大妖联袂追杀,可是稍有小天地围困迹象,他都会毫不犹豫一剑碎之,出剑绝不含糊,这才是尤为关键的逃命手段,御剑远游,转瞬千百里。阿良根本不怕术法轰砸,硬扛几道神通术法都无碍,唯独就怕一个不小心被困其中,再被耗尽灵气。

只要修道之人的人身小天地始终与大天地相通,就等于人身与天地有了福地洞天相衔接的大气象,对于山巅修士而言,只要有了一股源头活水,那就极难被杀。

一般飞升境之间的搏杀,往往是各展神通,天时地利都是变数,胜负其实是平常事,双方到底是否能算实力悬殊,其实就只有一个说法,看能否击杀对方。所以不管是蛮荒天下的王座大妖,还是中土十人或是浩然十人,能否高居王座或是登评十人之列,就要看能否真正打杀过一个飞升境大修士,或者最少也要打得另外一个飞升境毫无还手之力。例如火龙真人曾经堵住渌水坑大门数月之久,老真人一巴掌就能拍飞仙人境。至于符箓于玄,在金甲洲战场遗址,不见施展术法,就轻易打杀一头玉璞境妖族修士,其实在真正的山巅修士眼中,并不值一提。

如果不是浩然天下实在规矩太多,这样的"不值一提"会茫茫多。所以蛮荒天下的飞升境,往往一个比一个会审时度势,主动选择依附更强者,或者干脆彻底远离那些王座大妖的隐居之地。比如老瞎子身边那条看门狗,曾经好歹也是一个以厮杀凶狠著称于世的飞升境。下场如何?去了趟剑气长城,好心好意添补家用,为老瞎子刨几件法宝都要被嫌弃碍眼,被一脚踢飞后,干脆趴地不起,都不敢喘一口大气。

跻身飞升境,地位清高超然物外,日月每从肩上过,山河常在掌中看,更被练气士誉为已经证道大长生,与天地同不朽……当然是山上的夸张说法,要想与天地不朽,飞升境根本没资格有此说,完颜老景不一样只能坐以待毙。

越到山巅,道路越少,以至于最后登顶的修道之人,唯有一条路可走,就是再破一境,需要那十四境人人各异的某种天地合道,但是关于此事,一来十四境修士的数量,数座天下拥有的加一起还是屈指可数,再者当真跻身此境,谁都会讳莫如深,涉及大道根本,不会开口,不然就等于交出去半条身家性命。

老秀才合道浩然天下三洲。下场如何?文海周密精准切割出三洲山水气运,炼化为一件法袍让萧愻披在身上。

白也轻轻握住仙剑太白,横剑身前,屈指一弹。长剑颤鸣,一道雪亮剑光如一条秋泓,清澈且深,剑气与水汽,一同做龙潭泓洄状,飞走不定,日月同在秋泓间,白光绕雷,夜月观水,剑气如水雾烟云之气,景象溟蒙阴晴不定。

峨眉月,鄜州月,渌水月,仙人垂足团团月,水晶帘上玲珑月,苍茫云海天山月,白也昔年携友访仙,曾见人间无数月。到最后好像白也自己才是仙人。

一轮轮明月悬空,好似凭空多出六盏灯火,大小不一,高低不定,刚好位于六头王座大妖头顶上空。

明月与月光瞬间聚拢一线。剑光直下。

袁首微皱眉头,这等剑术,花哨得可怕了,不愧是十四境。修士心中意象,近乎大道真相。幸亏白也不是剑修。

袁首蓦然高达百丈,一棍打向那道剑光,四周天地灵气激荡不已,不知是月光还是剑光,碎如万千飞剑细密飞,御剑悬空的袁首脚下的云海更是被轰然撞开一个巨大窟窿。

金甲神人依旧纹丝不动,硬生生挨了一剑,任由那道剑光贯穿头颅,一身金甲震颤不已,破碎更多。

仰止以蛟身巨尾扫开剑光,真身被划出一道巨大伤痕,瞬间血肉模糊,只是仰止却浑然不觉,触目惊心的伤势,竟是以肉眼可见的速度缝合痊愈。

袁首脚踩那把历史悠久的长剑群真,以长棍指向高处的白也,大笑道:"白也,就只会这些花里胡哨的伎俩吗?远远不如先前三剑斩曜甲的风采,还是说三剑过后,已经受了伤?!何必试探我们六位的道行深浅,反正是个死,还不如学那董三更,干脆利落些,争取与我换命。"

反正白也肯定会尝试与其中一位换命,袁首当然不是不介意白也落剑在身,而是白也一旦全力出剑,三剑也好,五剑也罢,到底想要斩杀哪位,天晓得,反正猜也猜不着。袁首凶性一起,倒是有几分真心,想要看看白也在穷途末路之前,会如何取舍。

是惜命,故意拖延,等待符箓于玄的救援?或是念头更大,已经寄希望于那位至圣先师,能够从两座天下的大道之争中抽手,救他白也一救?如此倒好了,托月山大祖一定会让宝瓶洲老龙城战场,或是金甲洲残存的北部地界,瞬间山河破碎万里。

白也都懒得与袁首言语半句。手指随意抹过剑身,有数以万计的金色文字转瞬之间在方寸之地一一浮现,密集攒簇。

白也笑道:"去。"

一道剑光一闪而逝,如剑修祭出一把本命飞剑,率先与袁首递出相当于飞升境剑修的"平常"一剑。其余五头王座大妖,也要各自接下一剑。谁都别闲着,遇到我白也之前,诸多谋划也就罢了,这会儿还要各打算盘,累也不累。

"来得好,爷爷我以棍碎飞剑!"袁首放声大笑,改为双手持棍,侧身一棍打在那道画弧而至的剑光之上。一棍之浩荡威势,确实相当不俗,长剑群真之下,方圆百里已无一片云。

浑身金光流溢的大妖牛刀,先前哪怕面对白也,也敢摆出引颈就戮的架势,此刻却微微皱眉,白也这么快就寻见了自己的那点大道瑕疵?他不再任由剑光破甲,而是现出一尊巨大法相,再伸手攥住那道剑光,握拳之后,金光从指缝间倾泻,如条条瀑布挂空。

与此同时，牛刀运转一门本命神通，在人身小天地内搬山倒海，竟是直接更换了搁放本命物的十数座洞府，体内汹涌灵气如洪水改道，最终更换湖泽"驻扎"。

面容俊美的大妖切韵面带笑意，双指掐剑诀，轻轻一指："也去。"

先前以剑气对剑气，当下以剑光对剑光。在十数里外，两道剑光如飞剑对撞在一起。

白莹那边，依旧是剑侍负责领剑。亏得龙涧手中长剑是一件实打实的仙兵，又因为是观照魂魄炼化而成，别有玄妙，白莹不需要自己亲自出马。打架一事，白莹一直很不显山露水，在强者为尊的蛮荒天下，也一直被视为十四王座实力垫底的存在。白莹甚至几乎没有与飞升境妖族捉对厮杀的记录，更多还是驾驭一支支白骨大军，浩浩荡荡碾压过境，偶有难缠的对手，至多就是让龙涧出剑。何况白莹的枯骨法场，麾下强者不在少数。

其实不在道场、落在人间的荷花庵主，远离摇曳河水域的仰止，遇上其他王座的大妖黄莺，都会被视为"战力不济"。

袁首又一棍打落第二道剑光，一时间衣袂飘摇，两只罡风鼓荡的袖子，猎猎作响，袁首身形微晃，眯眼道："白也，有本事再来十七八道剑光，爷爷要看看是你剑光更多……呔！还真来……"

如你所愿。话多剑多。一道道剑光直去斩袁首，格外照顾这头王座大妖。

袁首蓦然大笑不已，从棍碎剑光，到砸偏剑光，再到棍挑剑光，险象环生，每一道剑光的划破长空，都会割裂天地，如同裁纸刀轻松割破一张雪白宣纸。

袁首双手持棍，凶性毕露，一双眼眸通红，瞳孔中各有一粒金光闪烁不定，虽然以棍碎剑，他仍是死死盯住单手持剑的白也，视野所及，是方圆千里之地中数个白也的仗剑身姿，其中一位身形相对清晰的"白也"，甚至依稀可见出剑轨迹，这便是袁首的本命神通之一，洞察天机，未卜先知。

妖族是出了名的真身坚韧，袁首被无数条稀碎剑气搅得脸庞稀烂，只是顷刻间便能恢复面容，至于身上法袍，也是这般光景。身为岁月悠悠的王座大妖，不穿件仙兵品秩的法袍，哪里好意思横行天下。

在剑气长城战场上，王座大妖出手次数不多，倾力出手的更是屈指可数，更多还是遵守甲子帐命令，负责督战妖族大军的攻城。灰衣老者则有意让他们将心思放在浩然天下。

刘叉出剑，只为阿良。

除非托月山大祖亲自出手压制，不然就阿良那种最不怕身陷围殴的厮杀风格，不知道要被他毁去几座军帐。

曜甲在战事后期，对那位白玉京五城十二楼之一的城主出手，是贪功，刻意针对那位强弩之末的道家圣人，只是惹恼了后者，不惜身死道消，也要有请陆芝落剑，陆芝不负所托，差点儿一剑就要彻底斩开曜甲那座精心铸造的金精王座。曜甲在扶摇洲疯狂打碎山水祠庙，大肆搜刮金身碎片，用以弥补大道根本，就源于此。

仰止以心声与白莹说道："白也还不倾力出剑？"

白莹笑答道："我们不也藏藏掖掖，只招架不还手。"

仰止问道："这一洲灵气，你要半炷香工夫才能全部收入囊中？需不需要我帮忙？万一那白也舍了脸皮不要，会很麻烦。"

白莹点头道："乐意至极。"

事实上，若是白也真与自己争抢灵气，确实会很麻烦。不过有麻烦的是白也，而不是他们六位王座。

这场围猎，白莹牵头涸泽而渔，是用一个最笨的法子对付一位十四境。

如果白也一边仗剑对敌，一边打开座座洞府大门，大量吸纳天地灵气，到底如何才会麻烦，周密当时没有解释，只是让他在白也争夺灵气的时候，尽量竭力阻拦便是，免得给白也看破真相。

不管如何，身陷此局，对白也而言，都是天大的麻烦，要么太沉得住心性，等待灵气耗尽再力竭战死，要么沉不住，早惹麻烦早些死。

目前看来，白也要么太过心高气傲，要么已经察觉到一丝不对劲，但都无碍大局。

仰止头戴帝王冠冕、身穿墨色龙袍，低头俯瞰一幅悬空千万里的山河图，山河图唯有黑白两色，与人间真实山水大不一样。

仰止绕开那些五岳、山脉，她视线所及的所有江河湖泽顿时沸腾起来，天地灵气随之被牵引撞入水中，凝为水运。

先有白莹驾驭的云海吸纳天地灵气，同时以煞气搅乱一洲天地气象，又有仰止掌控江河，鲸吞灵气，显然是要联手将扶摇一洲硬生生变成一座练气士最为厌恶的末法之地。

趁着白也剑光照顾袁首，切韵闲来无事，见了仰止的举动，他双指并拢，轻轻抵住腰间那枚养剑葫，笑道："反正闲着也是闲着，我也帮点小忙。"

从今往后，山上的仙家酒酿，要论酒水蕴含灵气最多，独此一家。如今化名酒靥的切韵，觉得自己都要舍不得喝了。

到了剑气长城，化名青花，亲眼见剑气长城的一位位剑仙如青花瓷碎。

到了浩然天下，化名酒靥，喜好收藏各种仙家酒酿之外，就是擅长剥皮女子修士，拿来缝补自己的面容。倒悬山附近的雨龙宗、桐叶洲的玉芝岗、祖山是那箜篌山的冤句派……

远游浩然,不虚此行。

当下唯一一个没闲着的,大概就只有双手持棍的御剑老者袁首了。

剑光实在太多,一道接连一道,委实是不敢闲着。所谓的轻描淡写寻常一剑,那也是飞升境剑修的一记本命飞剑。

有剑光被袁首一棍扫落,坠向云海之下的某座山岳,山崩地裂,被夷为平地。有剑光被一棍砸向大江河之中,掀起百丈巨浪不说,当场造就出一座巨湖,江河倾斜涌入其中,使得下游河水水面骤然下降丈余。

袁首怒骂道:"有完没完?!"

一半是自己被额外针对,憋屈至极,既不敢与白也近身,又无法脱困抽身,给其他王座白白看笑话,好似在看一场猴戏。另一半是袁首真真切切心疼身上那件法袍的折损,再这么打下去,就不是伤品相么简单,而是要掉一层品秩了。法袍以蛮荒天下各地总计十二条龙脉山根炼化而成,可白也祭出的剑光太多,无一例外都是转瞬即至,哪怕袁首长棍能够击碎或是打退剑光,破碎剑气依旧太过繁密,使得原本一件能够自行缝合的法袍变得越来越稀烂,大小窟窿无数。

切韵一边以养剑葫汲取天地灵气,一边笑眯眯道:"袁老祖好棍法,经此一战,定要威名远播数座天下。打烂白也剑光十七道,可比棍碎一洲祖师堂更值得称道了。十八道剑光了!"

袁首双手持棍,手心血肉模糊,先一棍挑飞剑光,再一棍横扫,将剑光拦腰打断,剑光一分为二,这就是白也一剑的可怕之处,只要不够稀碎,任意一道剑光就能一直对袁首纠缠不休,躲是躲不掉的。袁首怒吼一声,原本的老者面容变成了几分猿猴相,他御剑缩地山河,转移数百里,将那两道剑光一一击碎。

先前袁首便是"偷懒",出棍稍稍疲弱几分,以至于积攒了三道剑光同时近身,结果脖颈处直接被撕裂出一大条血槽,差点儿就要脑袋搬家。虽说即便被剑光砍去头颅,依旧算不得什么大事,都谈不上伤及多少大道根本,毕竟要论真身坚韧,袁首在十四王座当中都要稳居前列,所以大不了就是搬山一趟,将头颅重新搬回,哪怕砍掉了,再被剑光搅烂,袁首依旧能够立即生出一颗头颅来,可如此一来,伤势就实打实了,绝不是吃掉仰止几十粒琵琶女能够弥补的。

袁首棍碎剑光,没什么花哨手段,都是枯燥乏味的路数,无非直来直往,所以显现不出白也那十八道剑光。可是一旦有练气士在旁观战,恐怕就要当场道心崩碎了。

白也剑光每次迸溅流散开来,与袁首出棍之罡气,都各自蕴含一份道意,修道之人欲想以观战砥砺道心,无异于和两者为敌。

切韵极为善解人意,在袁首开口怒骂之前,就早早帮着袁首骂了自己一句,笑骂道:"死娘娘腔给爷爷闭嘴。"

袁首吐出一口血水，难怪切韵能教出个和年轻隐官、剑仙绶臣齐名的师弟斐然。斐然身为托月山百剑仙之首，据说是切韵代师收徒。

大妖牛刀沉闷开口道："谁先来？别拖了吧，意义何在？"

其实从六头王座大妖齐齐现身，到白也拔剑出鞘击碎琉璃屏障，到十八道剑光斩向袁首，都不够凡夫俗子在酒桌上喝几口小酒的。

盘腿坐在金色蒲团上的魁梧巨人、大妖五嶽三头六臂，起身后六臂同时持有一件神兵利器，笑道："见识过了白先生的诗篇化剑气，我就以止境武夫的神到，外加一个飞升境，向白先生领教仙剑太白的锋芒无匹。"

练气士，飞升境；纯粹武夫，十境神到。

五嶽起身后，不但手持兵器，那张原本由无数本金色书籍堆积而成的蒲团，瞬间变成了十一张金色符箓，分别依附在他双腿脚踝、三头眉心处和六臂之上。

白莹双指拈住一颗莹莹生辉的白骨珠子，用以精准衡量一洲天地灵气的剩余，他跟魁梧巨人五嶽笑道："还是要多加小心。白也所持，终究是一把来自大玄都观的仙剑。其实五嶽你不用如此，再过半炷香出手不迟。"

五嶽摇摇头，没有听从白莹的建议，他身形变作俗子高度，六臂分别持有双刀，一把直刀，一把斩马刀样式，长短双剑，再加一锤一斧。

昔年浩然天下最失意的儒生，待客如今浩然天下最得意的读书人，礼数不可谓不重，不但一口气调动了六大王座围困白也，还为扶摇洲接连布置了里外三层禁制。

最外边，是一洲山河的气数流转，将整个扶摇洲笼罩其中，彻底隔绝了扶摇洲与浩然天下灵气相通的可能性，这就类似于一座桐叶洲昔年的三垣四象大阵、宝瓶洲如今的二十四节气大阵。这使得这处原本就足够人数悬殊的战场，天时地利始终在蛮荒天下的王座大妖这边。偌大一洲版图，就只是七位之战场。

先前被白也出鞘一剑碎去的天幕琉璃屏障，是周密截取了一部分光阴长河，作为第二座小天地。

在这两者之间，又有一座法天象地的山水大阵，是扶摇洲大地上的各国五岳、数百条江河所化，就位于云海之下，好像一幅白描山河画卷。周密将"山水法相"齐齐拖曳到了扶摇洲上空，山岳星罗棋布，江河水网纵横，刚好以此将扶摇洲"天地"隔开，一分为二，仿佛昔年礼圣最大功德之一的绝地通天再现人间。

围杀十四境白也，周密确实不惜代价。

白也见五嶽起身，只是轻轻摇头，不置可否。

顷刻之间，白也身边两侧，轰然落地六头王座，渐次排开，左右各三。只不过每头王座大妖手中都持长剑。

你们以三座天地困我白也，白也何尝不以心中天地困敌。昔年意气风发，与挚友一同云游访仙,视野所及,气壮山河,何物何事何人不曾是我眼中天地。

五嶽一个微微弯腰,一个重重踏地,没有施展缩地山河的神通,而是直直冲去,每一次踩踏虚空,都有天地起涟漪,方圆百里之内的天地灵气随之激荡一空。

持剑五嶽的头颅被一刀斩落,破碎消散之后,再在别处凝聚现身,六头白也心相显化的王座大妖围杀五嶽。

五嶽被阻滞,暂时无法与白也真身厮杀,他三头六臂,身形风驰电掣,捉摸不定,将那些法相一击即碎,反杀六相。

五嶽也想看看这些白也心相到底能够支撑多久,以及确定白也是否需要消耗灵气。

切韵哑然失笑,拇指轻轻摩挲养剑葫,真真剑仙白也。仰慕仰慕,由衷神往。

切韵这枚养剑葫,底部印文极长:愿得神仙钱三百万交尽美人名士更结尽人间剑仙同饮千斤醇酒。

白也若死在今天,那么人间以后万年,恐怕就再无神似白也之人了吧。

至于五嶽,其实并不奇怪。

妖族在武道一途,先天优势极大。但是入门虽容易,登高也更快,却唯独登顶比人族更难。毕竟,天底下没有便宜占尽的好事。

相对人族,妖族修行武学无形中的大道压胜较少。与此同时,利弊皆有,因缺少砥砺,蛮荒天下十境武夫的数量反而不如浩然天下。

其实如今武道,就是早年的半条成神之路。

神灵对人族设置了众多禁制,人心起伏,思绪纷杂,魂魄飘摇不定,还只是其一。

先天体魄孱弱,因为一开始就注定绕不开那条光阴长河,光阴长河在无形中的持续冲刷肉身,使得人族寿命短暂,更是一种莫大限制。

远古天庭神灵众多,脚底下的人族蝼蚁,无论是形容相貌,还是先天体魄,虽然被设置得相对最近神灵,可依旧太过弱小,以至于让一部分习惯了香火供给的神灵越发不满。哪怕故意任由那些蝼蚁扎堆聚拢,人族数量首次以百万计群居,神灵随之落在人间,转瞬之间,大地粉碎,山河覆灭,悉数死绝。这与神灵之间的相互厮杀,或是绞杀那些个头稍大的妖族,根本无法相提并论。

所以比术法神通更早来到人间大地的,就是神灵主动给予人族用以坚韧体魄的武道,最早金身境就是瓶颈,就是断头路的尽头所在。

只是人族英才辈出,兵家初祖成为人间第一个打破金身境的存在,此后一路势如破竹,登高不停,身后尾随者众多,被神灵察觉后,将所有破开金身境瓶颈的人族,几乎斩杀了个一干二净,然后唯独此人在一位至高神灵的庇护下,得以逃过其他神灵的巡察,亲自命名了止境三层的气盛、归真、神到。只是最终不知为何,武道成就,止步于此,从此即为武道止境。

在这期间,有些神灵将此人视为半个同道,有些神灵则是冷眼旁观,觊觎人间香火更多。人族武道一高,香火更加精纯,分量更重。

兵家有此人间大道功德在身,使得后世兵家修士,与身具武运的武学宗师类似,相对其他练气士,最为无视人间阴德得失、因果报应,归根结底,还是兵家修士先天最为远离光阴长河,至于纯粹武夫与兵家修士,更是大有渊源。

人族既然注定避不开光阴长河,那就只能转去"饮水"。

这本是人族当年最无奈的一个选择。只是时日一久,反而于天地间应运而生,多出了与神灵迥异的练气士。再加上一位至高神灵对人族的青睐,从天上移到人间传授剑术,加之人族不断登高,使得越来越多的术法神通被打落人间,光阴长河反而成为神灵崩落、天庭分裂的最大意外之一。

袁首以心声询问白莹:"那点观照魂魄,可曾看出些端倪?"

白莹笑道:"追本溯源,小有希望。怕就怕白也故意为之。"

袁首有些烦躁:"不爽利不爽利。白也就是个儒生,又不是剑修,真身到底远远不如我们,扎堆杀去,还怕他不露出十四境的合道马脚?五岳与你相熟,你跟他打声招呼,他出手打他的,我找机会抽白也一棍子,脑浆四溅,看他还能如何。"

白莹忍住笑,说道:"说了半炷香,急什么,白也都不着急,我们就更没必要着急了吧。"

先天性子暴躁的袁首刚要继续言语,就叹了口气。

这白也是真不知死活,任由白莹和仰止窃取灵气不去拦,也不去抢,偏要与自己不对付。

这次是十八道剑光悬停在了袁首四周,方圆千里之地,剑气森森,剑尖皆指御剑老者。

剑光之中,有那金色文字。白也诗无敌,诗篇作飞剑。

十八道剑光,剑意声势要远胜先前,大如山峰横卧天地间。

袁首见此异象,非但没有半点畏惧,反而只觉酣畅淋漓,竟是扯了身上法袍,收入袖里乾坤,再披挂上一副最古老的神人承露甲之一山鬼。

这白也真当爷爷是个软柿子了?!

袁首一身关节如雷炸响,他收了长剑群真,不再御剑,单手持棍,重重一戳脚边虚空,现出依旧未是巅峰圆满的千丈真身。

袁首身上的山鬼,加上赊月在剑气长城所披彩衣,以及陈平安暂借给魏羡的西岳,这几副宝甲,都曾被远古高位神灵披挂在身,光照万里,故而远古时代,每当神灵巡狩出游,亮如彗星拖曳天幕。

后世兵家所铸甘露甲,其实皆是仿制,不是炼师工艺不精,事实上后世甘露甲,只说精密程度,已经不输神灵炼造手艺,尤其是品秩更高的兵家金乌甲和经纬甲,都已经超过远古时代,唯一的欠缺,极为致命,还是材质环节的先天劣势,即需要炼化神灵金身!

远古时代,天庭诸多刑法极为酷烈,斩龙台只是其一,司职刑法的神灵,针对那些获罪神灵的手段,更是惊世骇俗。

后世的山水神灵,城隍爷和文武庙英灵,先得封正,再塑金身,其实相较于远古神灵,早已大打折扣,而且需要人间香火浸染,一旦失去香火,金身就会摇摇欲坠。反观远古那个高高在上存在的神灵,人间大地上的袅袅香火,很重要,能够让神灵更加淬炼金身,却不是必需之物,没有香火,一样长久不朽,直到与先天命理契合的大劫将至,过得去,提升神位,过不去,一身金色血液融入光阴长河。尸骸化作星辰。万古寂静。

白也瞥了眼白描画卷的虚假山河,再看了眼大妖仰止。

先前明月化作一线,问剑六王座,有剑光直下斩泓蛟之道意,故而蛟龙之属的仰止,本心最为惊惧,其余王座大妖,其实都算拦剑随意。

白也看了看喝饱了灵气的浩荡江河,笑了笑,水法一道,我不精通,只是破过水法,剑斩洞天。

白也心意所至,一条条江河竟是直接纷纷离开河床,最终化作一条条先悬空再笔直一线的江河大剑,人间起剑,乱剑斩去高处,针对那头天地间最精通水法大道之一的仰止。

仰止冷哼一声,那些江河长剑临近她百里,就当场碎作一场场滂沱大雨,重返人间。

这白也还不真正出剑?!

白也转去看了眼那个白莹,听闻这头大妖擅长驾驭白骨大军。

白也心中默念五字真言:道,天,地,将,法。

君只见书上白也边塞诗,君不见轻骑佩刀逐白云。白也"略懂兵法皮毛",举世皆知。

白也喃喃道:"哪怕过去这么多年,还是觉得不如'天地道法将'更顺口。"

枯骨大妖白莹微微一笑,终于祭出一件本命物,身后矗立起一杆大纛,白骨大军浩浩荡荡杀向那些策马疾驰的英灵大军。

然后一瞬间,不管是出手还是未曾出手的王座大妖,都察觉到一丝细微征兆。

白也一剑斩开金甲神人牛刀的宝甲,将其连甲胄带身躯一斩为二。

白也身后切韵的处境,如出一辙,挨了一剑,只是相对金甲神人,切韵看似只是从眉心处一直向下,出现一道纤细剑痕,切韵好像硬生生挨了一剑,依旧不舍得分开这副皮囊。事实上则是白也终于真正递剑,切韵自认避无可避,直接自己扯开了身躯,才躲过那太白一剑。

这还是分心两剑。若是白也专心倾力一剑?

切韵哪怕一剑过后,都没有着急合拢身躯,那把仙剑的剑气余韵太过惊人,切韵若是直接将身躯合二为一,就要与那些剑气绞杀在一起了,得不偿失。

切韵心中叹息一声,这浩然天下好像还有一把仙剑,在中土神洲龙虎山天师府。

传闻远古火神与拥有众多避暑行宫的水神一样辖境无垠,火神众多神座之一位于荧惑。更传闻荧惑有侍者,精通铸造,以荧惑为熔炉,撷取火精作为炭屑,以光阴长河走火,以手中攥着的一颗颗星星为圆锤,破碎就丢弃,再换一颗,最终为数位远古天庭至高神灵铸造出几把长剑。

好像世间风流,都被浩然天下占尽了。

切韵叹息复叹息。不该如此的。

万年之前,河畔议事过后,其实还有两场秘密议事,一场是三教祖师的论道,一场是妖族内部的争执,大祖与白泽,就此分道扬镳。

此后万年,蛮荒天下,群雄割据,纷争不断。

浩然天下的本土修士当中,十四境修士,除了礼圣、亚圣,以及合道浩然三洲的文圣,还有白也。如今又有剑修阿良。

白泽也好,观道观老道士也罢,还有那个鸡汤和尚,其实都是浩然天下的外人。

青冥天下白玉京五城十二楼,其中轮流掌控白玉京的三位掌教,都是公认的十四境。

蛮荒天下的十四境大修士,难道就只有一个外乡人老瞎子?

然后一座天下辛苦等待万年,就只是多出一个叛逃剑气长城的萧愻?

甲申帐剑修雨四,为何会被绯妃尊称一声公子,那么老爷又是谁?

师兄切韵,师弟斐然,切韵是代师收徒,使得师门当中多出了一位小师弟斐然。那么两位的师父又是谁?是否依旧在世?

白泽交给老秀才的那幅搜山图,其实并没有罗列出全部的同辈妖族。对此,老秀才没有任何怨言,真当见礼圣也只是喊一声"小夫子"的白泽脾气太好?白泽在参加那场河畔议事之前,登天途中,战功之大,还要胜过托月山大祖一筹。剑修决裂,白泽一样亲手打杀剑修无数。

当白也真正出剑之后,就不再是读书人了。一斩再斩,毫不风流。

先斩金甲神人,破大妖牛刀身上金甲,省得继续苦等。

再斩切韵,迫使切韵主动将皮囊一分为二,只能避其锋芒。

斩仰止断蛟尾。斩落白莹身前剑侍头颅。斩断袁首手中长棍。斩五嶽双臂。

六头王座大妖,各自祭出术法手段,或是施展本命神通,几乎同时恢复了真身,都好似未曾被一剑斩过。

那就再斩。

人间依旧不见白也到底如何出剑,只见天地间有剑光。

六头王座大妖哪怕是那白莹,也不再含糊,纷纷现出真身与法相,阴神远游,本命物更是齐出,光彩夺目,遮天蔽日。

一位紫衣白发赤脚的老人在辛苦打穿三座天地后,愣了愣,小声问道:"怎么说?"

一袭青衫读书人,手持太白,再次唯我白也人间最得意。

符箓于玄只听那读书人笑道:"等我剑斩刘叉。"

第七章
白也真剑仙

十四境的一斩再斩，已经让符箓于玄大开眼界，尤其是白也剑斩六头王座，竟是从无一剑落空，更让于玄佩服不已。

剑气浩然，蔚为壮观。

有些事，还真就是只有白也做得成，而且还让人觉得犹有余力。

将六头王座大妖砍瓜切菜一般，真不是仰止、白莹之流不巅峰，至少于玄就不敢说稳赢稳杀其中任何一头王座畜生。所以理由只有一个，实在是白也仗剑太无理。

只是当于玄听闻刘叉也要赶来扶摇洲，与自己事先推测无差，便苦笑不已。

果然不但还有第七头王座，更是刘叉无疑。

一个能与阿良称兄道弟又相互问剑的王座大妖，确实最适合当撒手锏。

浩然天下每一位已在山巅、只差登天的大修士，他们收到手上的山水邸报，往往每一封都极具分量，与寻常宗字头仙师闲暇时拿来打发光阴的邸报截然不同。

于玄很快就收拾心绪，以心声跟白也提醒道："此地灵气有古怪，不过既然我来了，你可以放心汲取方圆百里之内的天地灵气，更远，千万别碰，沾染丝毫，后患无穷。"

于玄来时，以看家本领符箓一道，强行破开三层天地禁制，好不容易才来到白也所在的战场。

不愧是中土神洲独占天下符箓之人，接连破门而入不说，于玄又以数以万计的珍稀符箓施展了一门"支山腰"的玄妙神通。

从金甲洲中北部一路南下远游，然后跨海至扶摇洲天幕，也没有让于玄如何耗费光阴,倒是开门一事,就耗费了于玄足足三刻钟,由此可见蛮荒天下围杀白也之坚决。

须知世间开山之法,符箓于玄自称第二,没谁敢称第一。

浩然天下的本土道教,分为符箓、丹鼎两大脉。符箓这支道家大脉,加上青冥天下白玉京之外的一座道门,总计又有三山法坛之说,符箓于玄占据其一。

于玄能够从龙虎山天师府手中硬生生抢走"符箓"二字,这等壮举,几乎不亚于北俱芦洲从皑皑洲手中夺走那个"北"字。

相传就没有于玄打不开的方寸物、咫尺物,没有于玄破不开的护山大阵、圣人天地,甚至还有那"别家袖里乾坤,我之修道之地"的说法,专门喜欢去飞升境老友的袖子里打盹,比如火龙真人,以及早年一起同游浩然天下的玄都观孙怀中。每逢跨洲,便要来句"捎一程"。火龙真人当年堵住渌水坑大门,委实是拿那座已经被肥婆娘炼化了的上古水神避暑行宫没辙,曾以符剑传信于玄,要那老道儿赶紧来帮忙开门,事后分赃好商量,于玄当时以一条符箓云水长龙回信渌水坑,密信自称闭生死关,每天都是命悬一线啊,哪里脱得开身。

那条符龙在渌水坑大门外刚好灵气耗竭,现出真身,是一根画满符箓的青竹杖,火龙真人手持青竹杖离开渌水坑后,掐指一算,总觉得不对劲,时间对不上,何况飞升境巅峰的生死关,凶险万分,哪有闲工夫收信回信,火龙真人便改了主意,没有直接返回北俱芦洲,等到火龙真人重返中土神洲,才得知那老道儿在竹海洞天参加青神山宴。

此次于玄单枪匹马游历扶摇洲,不但以符箓撑开三重天地禁制,还临时打造了三道大门,于玄当然是为了能够保证自己的来去自由,再找机会看看能否顺便带走白也。

只是不承想人刚到战场,所有符箓便同时支离破碎,三道大门瞬间倒塌毁弃,于玄叫苦不迭,苦也苦也,归不得也。

白也笑道:"不像符箓于玄的一贯作风。好意心领,灵气一事,并不是问题。"

中土神洲的符箓于玄,是出了名的不愿与人打生打死,只要出手,皆是切磋道法,因为于玄都会先保证自己立于不败之地,然后无非就是借他山之石可以攻玉,研习符箓一道学问。遇上道法高低相近的,于玄几乎从不使用太过霸道的攻伐术法,不分生死,就不会伤和气,道法不济的,死了的,还怎么与于玄伤和气。

于玄一样不知白也十四境的合道之玄,只好点头。

独占天下符箓的矮小老人于玄,此刻悬空位置,距离白也刚好百里之遥,他双手掐诀,双手附近如有日月星斗转移有序,流萤拖曳,自成天象。

若是太过靠近白也,难免会耽误白也出剑。白也以一敌六,一剑挑六王座,这般山巅厮杀,毫厘之差就是天壤之别,于玄总不能辛苦跨洲赶来此地,就是连累白也分心的。可如果距离太远,于玄也不觉得自己是什么术法通天的老神仙,能够帮忙一二。

白发紫衣的于玄脚下浮现出一幅黑白两色的太极八卦图,他身形静止,脚下太极八卦图却缓缓流转，偶有一星半点的火光亮起，吱吱作响，化作一缕缕不易察觉的青烟。显而易见，是文海周密心机深沉的隐秘手段。周密在一洲山河灵气当中动了手脚，刚好碰到符箓于玄这幅太极八卦图，才被抓到了些许马脚。

天地阴阳，古今万物，生死始终，太极八卦图尽显而道化之。当然要比天地灵气更加大道无瑕。

此图一出，可就不是什么于玄所谓的雕虫小技了，而是比那"支山腰"神通更压箱底的本事。既不耽误白也手持太白，仗剑斩妖，也能让白也稍退几步，就可以放心汲取天地灵气。

白也出剑之时，犹有心力与于玄言语："现在走还来得及。"

白也一手持仙剑太白，一手持剑鞘在身后。

于玄瞥了眼那把剑鞘，又抬头瞧了眼天幕，摇头说道："算了算了，来都来了，我会见机行事，不抖搂几手，实在不甘心。你别分心管我就是。符箓于玄的自保本事，尚可。"

其实于玄方才原本就能走，只是老人稍稍犹豫，三座符箓大门破碎极快，错过了侧身过门远遁万里的唯一机会。当然，前提是白也递剑护送一程，不然六头王座大妖，绝不会让符箓于玄说来就来说走就走的。白也如果不出剑护送，恐怕就要让出了名精打细算的符箓于玄一亏再亏，甚至连跌境都有可能。

于玄抚须眯眼，继续观察战场，打算用心找一找六头王座畜生的大道根本所在。

见白也出剑不停，次次只是提剑落剑，便有一道剑光映彻千万里，饶是于玄，都心神摇曳几分，好个一剑破万法。

惜哉白也非剑修，没有本命飞剑。只不过于玄转念一想，天道忌满，如此读书人白也，已经足够风流千古了。

只见白也一剑递出，斩退现出万丈真身的袁首，老猿手中长棍被璀璨至极的剑光劈砍在上，火光四溅，如火部神将锤炼剑坯一般，星火散落，焚烧山河白描图无数。

袁首庞然身躯倒滑出去数百里，他怒喝一声，一脚踩在虚空处，如有雷响，跺脚处涟漪四溅，竟是光阴长河都激起了些许水花。袁首遥遥劈砸出一棍，势大力沉，以至于长棍都弯曲出一条弧线。

白也又一剑，将长棍劈砍出来的罡风肆意搅碎，以至于天地间出现了条条龙卷。

袁首轻轻松手，再攥紧长棍，长棍与剑光相击，嗡嗡作响，光是长棍的那份震颤余韵和颤鸣涟漪，就足够让世间法宝近身即碎。

袁首低头一看，手心白骨累累，虽然一个眨眼工夫便白骨生肉，可到底烦心不已。袁首在蛮荒天下，以擅长搏杀名动天下，万年以来的无数场厮杀，哪有这么憋屈的。袁首至今还未能真正靠近白也。

大妖仰止驾驭本命物之一的龙宫水府，转瞬间御风万里，所过之地，水运滔滔，显化出无数虚无缥缈的水仙水精，宛如浩浩荡荡的护驾之精怪。

仰止凭借此物，一时间身形最为靠近白也，她再祭出一件本命物，蓦然从天而降，压顶白也。

于玄皱了皱眉头，仰头望去，这老婆姨家底不薄啊，不愧是蛮荒天下的巅峰王座，好东西真是不缺。

仰止祭出之物是后世被白玉京率先废止数千年的玉刚卯样式，四面皆有印文，呈现出赤青白黄四种炫目光彩，其中为首一面铭刻有"正月刚卯既央"，此外分别为"刀剑之利不得行""逐精鬼敕夔龙掌水运""一物之微大道所在"。

既是一枚远古遗物刚卯，又是一颗被仰止炼化补全的六满法印，天款为"碧落"，法印底部地款为"黄泉"。

此印一出，天威浩荡。

白玉法印旋转而落，有仙人破境天劫临头之声势。尤其是白玉法印其中一面"刀剑之利不得行"，更是先天压胜剑修与剑。印文熠熠生辉，古篆灵光一闪，化作天时消散四方，使得白也一剑未能劈开法印不说，浩然剑气反而被法印吸纳几分，令法印下坠越发声势浩大。

白也没有与山岳压顶的法印太过纠缠，由着它急急而落，相隔不过三千丈之际，白也只是朝仰止递出第二剑，一剑削在人首蛟身的仰止帝王冠冕之上。一顶旒冕，下垂十二条以五彩丝线串联的玉藻旒，前边珠玉帘，被白也一剑悉数砍断。仰止后退之际伸手拖住坠落的彩珠彩绳，心念一转，这件本命物便重新恢复如初。只是为了弥补白也一剑带来的折损，为了缝补冠冕损伤，密密麻麻攀附在身上龙袍缝隙间的飞天——皆姿容俊美，难分雌雄，个个蕴含精粹水运——数以百计，顿时化作灰烬。

大妖仰止坐镇曳落河水域数千年之久，在此期间，精心炼化有三百位坐部伎，坐部伎均姿容素雅，仪态万方。立部伎，仰止则总计炼化一千八百位。立部伎服饰壮丽，色彩绚烂，婀娜多姿，珊珊佩玉纤腰肢，贯珠咳唾破阵乐。此外犹有一万六千个曳落河水官侍女，皆是龙袍和帝王冠冕的缝补郎和纺织娘。

仰止不愿与本命物法印相距太远，哪怕大如山岳的法印与芥子大小的仗剑白也只差数百丈，他也不觉得真能镇杀白也。

仰止只好收起法印，搁置在本命窍穴中温养。白也先前一剑，在六满法印上劈出了一道裂痕，只是此印能够先天炼化剑气，不但可以弥补法印裂痕，仰止还能够借机推衍一番白也的合道所在。

白也笑道："精怪之属，擅动天机，小心沉魂北酆都。"

于玄闻言抚须而笑，白也此语妙不可言。

仰止脸色微变，伸手抵住太阳穴，然后伸手攥住那枚法印，手腕微颤，好不容易才将本命物稳住。

仰止摊手一看，法印篆刻"刀剑之利不得行"那一面已经破碎不堪，竟是直接被白也残余剑气伤及了这枚远古刚卯的根本，这意味着从今往后，她失去了一门本命神通，再无法凭借这枚古老法印来压胜克制浩然天下的剑仙本命飞剑，所幸其余五面尚且完整。

仰止面无表情，心中却大恨不已，更有几分后悔，自己确实不该向白也"问剑"的，不管是什么路数，都不该如此托大。

于玄似有所悟。

白也每次出剑，似乎故意不去一味追求几剑就斩杀王座。这就很有嚼头了。

难不成是想要一剑斩得六王座不王座？要使得其中多头王座从巅峰沦为寻常飞升境大妖？

于玄环顾四周，各处天隅，其实都有于玄悄然祭出的一枚枚符箓在支撑天地，既能以此精准勘验天时运转，又能稍稍抵御天渐垂地渐高的天地大势，他当然不会只是在这边看白也出剑之风采。内外三座天地禁制，其实一直都在逐渐合拢，步步紧逼，如渔网收起。除了天地灵气越来越稀少淡薄，有利于王座大妖的那份天时也会越来越凝聚，按照于玄心算，三张重叠大网一旦最终缩为千里之地，说不得到时候连光阴长河都要显现出来，长久以往，白也就真是死路一条了。这位人间最得意，仗剑走在一条不归路啊。

不等白也心声询问，于玄便会心笑道："只管出剑，我不碍事。"

白也轻轻点头，持剑之手轻轻抖腕，一条剑光雪亮如秋泓，骤然出现。

以白也一袭青衫为圆心，天地间凭空出现了一个巨大镜面，皆是一线剑光凝聚而成。亦是仿佛绝地通天，一剑遥遥还礼文海周密。

不过这条剑光本该将白也身后的于玄拦腰斩断，但是剑光路过那幅太极图之时，竟是被不断弯曲折叠起来，最终剑光完全绕过了符箓于玄。于玄单凭这一手，其实就足够惊世骇俗了。

于玄毕竟是脚踩大阵，哪怕站着不动，便让白也一剑落空。

于玄抚须而笑，白也这一剑很巅峰，大写意大风流。不小心避开此剑，凑巧凑巧。只要此次能够活着离开扶摇洲，这等秘事，无须多说，去某座臭不要脸在祖师堂悬挂白也画像的剑修宗门喝三两杯茶，小聊几句就是了。与白也分明是那八竿子打不着的关系，也好意思悬挂白也挂像，想要成为祖师堂谱牒仙师，务必让剑修御剑绕山、一鼓作气背诵白也诗篇三百首，敢信？

至于六头个个庞然大物的王座，真身法相皆斩，悉数一分为二。

那三头不幸被剑光水面切割的大妖真身,又再次恢复原样,各自伤了几分元气,但因为都以本命物阻挡,剑光依旧难以撼动大道根本。

袁首将一颗倾斜滑落的头颅,以手拎起,搬回脖颈处。仰止一条蛟尾坠地数百丈后,再次自行升空与上半身缝合。三头六臂的大妖牛刀双腿膝盖处被齐齐砍断,舍了不要。

至于其余三位大妖的巍峨法相,恢复更快。

切韵站在自身法相肩头,法相金光碎落四方,切韵心念微动,金身就已重塑。

六大王座当中,切韵是最意态懒散的一个。这会儿他还有闲情逸致打量起那个不速之客符箓于玄。尤其是于玄腰间的那枚本命酒葫芦,更是让切韵眼馋不已。

于玄啧啧称奇,这些王座大妖是真能打,又能扛,个个蛮横得不像话。那可都是一个个硬扛白也一剑斩真身、劈法相。换成浩然天下的飞升境,绝不敢如此硬碰硬,体魄坚韧一事,人族修士委实无法媲美蛮荒天下的畜生们。换成一般蛮荒天下的飞升境大妖,不管是真身还是法相,挨上这么一剑,就该乖乖养伤去了。哪里还能像袁首、仰止这样越战越勇。

只是于玄又难免心中唏嘘,剑气长城屹立万年,几乎每百年就有一场厮杀,又遭受了多少攻伐?

只那个陈清都脾气确实犟得没道理了,传闻昔年道祖骑牛过关,陈清都都没正眼瞧,一巴掌将某头王座大妖打回古井底部,陈清都也一样视而不见。后来道老二好不容易离开白玉京走了趟浩然天下,捉放一头飞升境,据说陈清都差点儿就要破例仗剑离开城头,道老二这才留下一座天地间最大的山字印倒悬山。

能让道老二憋着火不砍人的,前有陈清都,后有老秀才。真相如何,已成悬案。说不得后世翻烂了老皇历,都再找不出答案。

一样地,就像很多符箓于玄的昔年所作所为,一样是如今浩然天下的众多未解谜题。

哪个站在山巅的大修士,在修行登高路上,身后没有一连串的山水故事、登山痕迹留给人间。例如至今流霞洲还有一座小国山岳,被于玄以一枚符箓托起悬空数丈高,已长达六百年之久,符箓至今依旧光彩流转,没有任何灵气涣散、符胆破碎的迹象。据说是当时那一地山君行事乖张,不小心惹恼了云游至辖境的于玄,才被于玄小惩大诫。

于玄当年祭出那枚符箓之后,就返回了中土神洲,只是放出话去,那山君一天不来山门跟自己磕头认错,山岳就一天别想落地扎根。事实上,那个小国山君其实早就找过于玄一次,但是于玄故意离山,小山君在山门苦等数年无果,只能无功而返。

一国山君哪怕相比山神、土地约束较少,但别说跨洲远游,就连离开一国边境,都已经极难极难,更别说跨洲需涉水千万里。听说那个山君历经千辛万苦,或借或求,动用了无数山水香火情，才好不容易走到了符箓于玄山门外，结果得知仙师远游他乡，根本不知何时返回，仙人嬉戏人间也好，道心难测也罢，符箓于玄总之就是故意不见山君。那山君苦熬了数年，给于玄所在山头当了好几年门神，才磕头离去，从头到尾，始终没有含恨一头撞在山门牌坊上，都算那位山君心宽了。

也有与道教符箓一派不对付、便与于玄不对付的山上修士，对此颇有非议，觉得于玄太不近人情，倚仗境界肆意欺辱一个小国山君。你符箓于玄既然开山本事天下第一，为何不干脆去穗山试试看？与一个别洲小国山君抖搂手段，算什么本事？

至于为何山岳被一枚符箓撑起悬空六百年，明明已经山根斩断，山君神祠金身却依旧稳固，辖境山水灵气仍不减丝毫，看大热闹的从不在意这些小琐碎。至于六百年来，那名战战兢兢的山君，一改往年跋扈作风，勤勤恳恳稳固辖境山水气运，一日不敢懈怠，就显得更加无趣了。

世事多如牛毛，兴许不会当真杀人，可一一打杀的，却是那些少年心性。

白也和于玄一般好似未卜先知，笑道："如此打算是真，王座难杀也是真。我需要凭借出剑，找出替死之法的破解之法。"

仙剑太白，锋芒无匹，可是不落在真正实处，白也出剑再多，都无意义。

至少有一头王座大妖，是某种意义上的不死之身，例如来浩然天下之前，其实就已经得了托月山大祖或是文海周密的许可，得以偷偷合道蛮荒天下一方天地，或是某件尚未被祭出的法袍或是宝甲，与蛮荒天下山河万里相牵连。不管是哪种可能，都使得白也就算原本能够一剑斩杀某个王座，却依旧只能是在蛮荒天下某处剑碎山河而已，故而袁首看似求死，所谓换命，都是故意为之。这才是最麻烦的地方。

山上的术法之争，本就已经足够诡谲难测，山巅之争，自然更会教人匪夷所思。

于玄揪心不已。

这些王座畜生都这么难杀了，竟然还有玄之又玄比我于玄还玄的替死之法？！又是该死贾生的恶心手段？

于玄斜眼一张脸皮都由女子缝补而成的切韵，笑问道："单挑？"

切韵赶紧笑眯眯摆手："符箓于玄，杀人仙气。不敢单挑，只敢收尸。"

于玄当真有些后悔来此了。

早知道白也如此出剑惊人，来这里瞎凑什么热闹。帮也帮不上忙，走也难走了。何苦来哉。难得意气用事一次，结果竟是这种半点不英雄气概的尴尬处境。

于玄忍不住问道："如何是好？"

白也微笑道："出剑而已。"

随着一洲禁制越来越重，天地随之越来越小。白也依旧浑然不觉。

下一刻，于玄长叹一声："以前总觉得白也高居中土十人榜首，没有问题，但符箓于玄和白也的差距，总不至于太过悬殊才对。不承想今日一见，才知大谬矣。"

故意撇开儒家文庙三圣的浩然天下中土十人，具体名次，山上兴许各有各的看法，哪怕是白帝城城主，和女子武神裴杯，名次高高低低，起起伏伏，每次都会争议不断，不知被山水邸报挣了多少神仙钱，但是符箓于玄跻身前五，至少第六，几乎没有任何异议。

至于争论更多的浩然十人，就彻底没个定数了。比如剑修山头宗门，往往喜欢将阿良和左右名列其中，尤其是北俱芦洲，恨不得浩然十人，除了至圣先师、礼圣和亚圣三人，至多加上个自家的火龙真人，其余六人，全是剑仙。白也，不是剑修，但是手持太白，就算自家人，名次第四，不能再低了。龙虎山大天师也加上，毕竟也用剑，算他半个自家人。此外亚圣一脉阿良，文圣一脉左右，一个山上出手从无败绩，一个剑术冠绝天下，都当之无愧。至于中土周神芝，也勉强算上，凑个数吧，好歹是正儿八经的剑修……老剑仙周神芝曾经为此老脸大红，差点儿就要御剑跨洲，去北俱芦洲骂街砍人。据说那份流传极广、销量无数的山水邸报，怀家老祖是出了不少钱的。

不是符箓于玄妄自菲薄，实在是白也出剑太风流、太奇绝。

比如此时此刻，白也以心相将天地一分为六。

一叶扁舟，朝辞白帝彩云间。袁首心生疑惑，环顾四周，不知为何自己就站在了悬崖上。白也仗剑，白衣如雪，站在那一叶扁舟上，一剑斩袁首。

西当太白有鸟道，可以横绝峨眉巅。白也仗剑走出山巅月，剑斩切韵。

大瀑飞流直下三千尺，化作一剑，剑光直下斩五嶽。

众鸟飞尽，孤云独闲，有亭翼然，青衫剑客，出剑斩水中大妖仰止。

长风万里，秋雁远去，凭栏高处，剑光直追金甲神人。

一处沙场遗址，铁衣碎尽，白骨累累，白也剑斩白莹。

此外才是符箓于玄所在之处，依旧是原先天地山河，于玄和白也依旧相距百余里。

说来奇怪，今日相逢，竟然是于玄和白也的第一次近距离打照面。在这之前，双方只是先后两次遥遥看过一眼，连半句言语都不曾有。

白也赢得最得意的说法后没多久就封山封剑了，闭门谢客太多年，在一座孤悬海外的岛屿与书和海做伴。

历史上有些不信邪的大修士，想过要去一探究竟，想知道一个明明不是剑修的读书人，怎么就能驾驭一把桀骜不驯的仙剑。只不过下场都不太好。找不到那处禁制是运气最好的；找到了的往往也见不到白也，只见剑光，然后灰溜溜回乡闭关养伤。

于玄笑问道："仙剑太白，真有剑灵可以化人？"

白也点头道："可以。但是太白，不愿露面。"

于玄大笑道："解我心中一桩大疑惑！"

对于四把名动数座天下的仙剑，一直有传闻其中皆蕴藏一位剑灵，能够以剑道凝聚出人之姿态,常伴主人左右。剑灵本身战力就相当于一位飞升境剑修,故而拥有一把仙剑,就等于拥有一位大道与共的飞升境剑侍。只是四位剑灵的人身姿态,就连于玄都不曾亲眼见过,老友火龙真人,作为龙虎山的外姓大天师,只跟于玄说自己见过剑灵两次,却姿容不定,一次是腰悬天师印的小道童,一次是背剑鞘的女子剑侍模样。

于玄对此半信半疑,毕竟火龙真人骗起人来,真是让人无语,一贯是谁最亲近就骗谁。就像前些年火龙真人在天师府碰了一鼻子灰,随后游历中土,身边带了个年轻道士、嫡传弟子张山峰。师徒二人也不登山,火龙真人只让于玄下山待客,说是自己弟子胆子小。那孩子也不知道该说是心大,还是人傻,得知他名叫于玄后,还一脸诚挚神色,只差没说出口前辈运气不佳了,竟然不幸与符箓于玄同名,因此山上修行一定没少被人笑话。

太白在内的三把仙剑,久负盛名。每一把仙剑的现世,都会惊天动地。例如白也剑斩洞天,黄河之水天上来。又比如道老二一人仗剑,问剑整座大玄都观,亲手斩杀了一位青冥天下的天纵奇才。又例如这一代的龙虎山大天师,作为历史上继承大天师之位的最年轻的道士,弱冠之龄仗剑下山,游历人间百年,涉足浩然六洲之地,接连剑斩十一头上五境妖魔,斩得人间万鬼避退龙虎山天师。这才有了那个脍炙人口的说法——"凡有人间妖魔作祟处,便有龙虎山天师"。

唯有第四把,万年以来始终不见真容。据说九座雄镇楼之一的南婆娑洲镇剑楼,就是为了镇压此剑而建造,用以压胜这尊剑灵。也有人说是那三千年前横空出世的斩龙之人,当时手持长剑,斩龙之后,就随手一丢,沉剑入海。

浩然天下山巅偶有传闻,其实还有第五把仙剑存世,只是就更加不知所终了。

大玄都观借给白也的这把仙剑太白,其实本名玄都,只是别称太白。落在白也手上,后者名气才压过了前者。

龙虎山天师府大天师的印剑信物之一的仙剑名为万法。

白玉京那位被誉为真无敌的二掌教,所持仙剑名为道藏。

白也转头笑问道:"真不走?最后的机会了。前辈一旦阴神溃散消失,再加上那枚本命葫芦遗留此地,于老神仙你恐怕连飞升境都要留不住了。"

白也六座心相天地困不住那六头大妖太久。

于玄揪心不已,自己帮不上什么大忙,帮倒忙肯定不至于,何况自己留在此地,白也就能多出一线生机。

事实上,他确实是以阴神远游扶摇洲,真身隐匿别处,不过连同酒葫芦在内的全副家当,都一起带来了。

白也提起手中剑鞘,说道:"劳烦于老神仙,帮忙将此物归还大玄都观。听闻符箓于玄此生遗憾之一,就是不好去青冥天下远游,白也小有功德在身,全无用处,于玄大可以凭此飞升往返两座天下。至于白也手中太白剑,当真是无法物归原主了。再劳烦帮我与孙道长说一声对不住。"

只要于玄收了太白剑鞘,白也就会倾力一剑,齐斩六王座,不管如何,都要为于玄开辟出一条道路。相信以于玄的符箓手段,哪怕有王座大妖竭力阻拦,依旧不难离开。

不承想于玄摇头道:"只以阴神远游,只舍得半条命来此,已经不够大气。临阵退缩,溜之大吉,岂不是连仙气都丢光了。"

于玄道心一定,就再无含糊,大笑道:"要归还剑鞘,自个儿还去! 我于玄先会一会白莹,这厮说不得就是那替死之法的关键所在,你随后出剑,还是老规矩,我不会碍事。"

一位有望合道天地的飞升境巅峰,舍得阴神和一件最根本的本命物不要,这要是还不大气,就是滑天下之大稽了。

符箓于玄,大有仙气。

白发紫衣的赤脚老人于玄,脚踩那幅太极八卦图,身形一闪而逝,趁着白也心相山河被白莹撞碎天幕之际,由一道缝隙进入门内。老人现出一尊法相,双袖鼓荡,符箓飘散而出,连绵不绝,多如漫天飞雪,先将白莹和开道剑侍一并击退回那座战场遗址,再以半数符箓稳住白也的心相天地,转为自家符阵天地,剩余半数符箓,五花八门,千奇百怪。

大地之上,铁骑攒簇,冲锋开阵,天空之上,天女散花。除此之外,还有数百尊金甲傀儡,踏地前冲,声势如雷。一栋栋琼楼玉宇,一处处亭台楼阁,皆有符箓所化的白衣仙师,连同不同术法、攻伐法宝一同如雨落人间。

浩然天下的山上悬案之一是符箓于玄到底炼制了几万张符箓? 十数万? 数十万? 百万?!

与此同时,王座大妖白莹不管如何缩地山河,始终位于八卦阵死门中。任你身处扶摇洲三座大阵天时中,先有白也心相天地,又有符箓天地,再有太极八卦图,一一打消!

白莹心情凝重,好死不死是符箓于玄,换成其他中土十人之一,都不至于如此棘手。

白莹不愿泄露根脚,只得学符箓于玄,以量取胜,各展神通,以多对多。

于玄符箓多,白莹就重新将身上法袍显化为枯骨王座,驾驭一支支阴灵大军,和密密麻麻的符箓傀儡在各处战场捉对厮杀。

其实双方所处的整座天地,天上地上皆是战场。

虽然于玄只是牵扯住白莹一头王座,但仍然让白也感到轻松许多。

一来白莹极有可能就是贾生设置的关键后手,再者白也此生,不论剑仙得意还是诗仙失意,从不倚仗他人。故而此次厮杀,是白也第一次与人并肩作战。

除了白莹,其余五头王座大妖都已经脱困,同时现出万丈法相,最后的灵气疯狂聚拢在五处。

天地间,一洲沛然灵气,就此已经干涸殆尽。要么先前被六头王座用来驾驭本命物,要么被白莹云海、仰止龙袍与切韵养剑葫鲸吞。

五座剑阵随之落地,再次将仰止在内的五头王座死死拘押其中。

白也诗无敌。唯有心中诗篇翻尽时,才是白也心神灵气耗竭时。在这之前,诗无敌,剑更无敌。

白也真剑仙也,愧杀多少剑修。

青冥天下。

白玉京五城十二楼,天下甲观。

有仙人散发骑鲸归城来,或是身骑黄鹤横空去,有高台老仙忘形骸,楼外道纹水波细细生,有城内古仙人,顶上紫云攒出五岳冠,更有青冥天下最适宜修道的良材美玉,冥冥之中,恍恍惚惚,阴神夜游白玉京,去往五城十二楼,仙人或赐青章玉牒,或抚顶授予长生法。

如今是道老二坐镇白玉京。三掌教陆沉负责去天外天,对付那些杀之不尽的化外天魔,只不过陆沉经常偷偷溜回白玉京就是了。

道老二也懒得多说什么,师尊都没说什么,他这个当师兄的,说了又没用。其实只有大师兄在的时候,师弟陆沉才稍稍规矩几分。而且那种难得的规矩,并非陆沉出乎本心觉得规矩有多好,而只是敬重大师兄。

陆沉今天又从天外天重返白玉京最高处,双指间拘禁有一头芥子大小的化外天魔。陆沉瞥了眼师兄背后那把无鞘仙剑,笑道:"难不成是要背剑远游浩然天下?白玉京怎么办?师尊可是很久都没来这边坐一坐了,总不能因为你破例。将来大师兄返回白玉京,还差不多。"

道老二身材高大,中年面容,没理睬陆沉的没事找事,只是皱眉问道:"白也早年也曾一心向道,你为何不出手?"

道老二背后长剑微微颤鸣,似乎在与那把隔了一座天下的仙剑太白遥相呼应。

陆沉趴在栏杆上,笑道:"不愿白玉京多出个无趣仙人,不愿故乡少去一位最得意。师弟这个答案,师兄满不满意?"

道老二不再言语。

陆沉沉默片刻,突然笑骂道:"这个孙道长,真是不成体统,回头我去大玄都观大门口骂他去。"

先前大玄都观孙道长破天荒出现在白玉京外,也不看最高处,只是望向白玉京其中一座高城,然后撂下一句"哟,原来白玉京也是有真仙人的"就走了。

浩然天下中土神洲。

龙虎山天师府,一位面如冠玉的年轻道人,站在一座摘星台上,袖中掐指心算。

身穿一袭天师府最显眼的独有道袍,黄紫之气萦绕道袍,名动天下的羽衣卿相、黄紫贵人。一位背剑小道童凭空出现在摘星台,年轻道士转身打了个稽首,小道童竟是一手负后,面朝那位龙虎山当代大天师,只以单手掐剑诀作为还礼。

第五座天下,飞升城。

宁姚伸手抵住眉心。

宝瓶洲。

金色拱桥上,高大女子横剑在膝,坐在桥栏上,她轻轻挽起青丝。

侍者剑灵?当然不是。剑灵本就是她炼化之物,准确说来,剑灵从来是她,她却从来不是什么剑灵。

她不愿人知晓此事,那么就算是当初最先退出战场的杨老头,都猜测不出真相,齐静春君子之风,不愿在此事上过多推衍,因此一样不知。只有那个昔年还年幼的刘十六,先前被她拽入此地后,才猜出一些端倪,却依然算不得什么真相,刘十六才会有那个"剑侍已死"的疑惑。

她当初去往剑气长城,陈清都对她的身份一清二楚,只是事关重大,又不知道这位前辈到底是怎么想的,故而要装傻些许,配合她一起蒙骗陈平安。哪怕她丢了句"死远点",陈清都也只能捏着鼻子,当真就走远了点。

若她只是和四把仙剑无异的剑灵之一,是当不起陈清都那个"前辈"称呼的。

万年之前,天庭五位至高神灵之一的持剑者,即是杀力高出天外者。征伐天地四方,获罪神灵与大地妖族的尸骸,在她剑下堆积成山。就连藕花福地在内的众多福地洞天,都是被她一剑剑随意斩破的天地碎片。

后来火神驱使荧惑使者,联手水神,一同汇聚天地精华,铸造四剑,皆是仿制这尊神灵之剑。

再后来,就是天上剑术落在人间,分出四脉后,或隐或现,绵延开来,除了剑气长城陈清都这一脉,还有龙虎山天师府一脉,大玄都观道家剑仙一脉,莲花佛国那边犹有一脉。

其中被陈清都带去剑气长城的那把破损仙剑,实在不宜再倾力出剑,故而万年以来,其实一直在静待主人的出现。最终苦等万年,终于被陈清都转赠宁姚,或者说剑灵主动相中了宁姚。这也是宁姚为何能够在剑气长城,在剑道一途,如此一骑绝尘的根源所在。所以当初宁姚游历骊珠洞天,不计代价都要开眉心天眼,祭出此剑。她当时才会睁眼一看,要看一看当初由她亲自传给人间陈清都的此脉剑术,万年之后由谁继承了。

昔年河畔议事，老秀才取出的那幅光阴长河图卷，她正是独自站在最远处的那个存在。至于她为何愿意最早传授剑术给人族，又为何愿意与人族站在同一阵营，天晓得。反正在她眼中，昔年众多神灵一样是蝼蚁。所以三千年前，那场造就出一座骊珠洞天的斩龙一役，在她眼中，依旧像是过家家一般可笑。

因为她不是剑灵。

天上天下。她是剑主。

道老二身穿法袍，背仙剑，头戴鱼尾冠。

一旁趴在栏杆上的师弟陆沉则头顶莲花冠，肩膀上停着一只黄雀。

昔年白玉京大掌教、道祖首徒，头戴如意冠，悬佩一枚桃符。之所以能够代师收徒，当然是因为道法最近道祖。

道老二此刻背后仙剑颤鸣不止，霞光流溢出鞘，一个个大道显化的金色云篆一一现世，只是金色文字出鞘后，就立即被道老二一身近乎凝为实质的磅礴道法拘束，那些道藏秘录、宝诰青词内容，只能在咫尺之地一一生灭不定，恰如任你溪涧游鱼无数，生死却永远在水中，离不开河床天地，偶有游鱼跳跃出水，不过是得见天地些许真容一瞬间，终究要落回水中。

陆沉打趣道："师兄杀气这么重，小心惹来大玄都观开启剑阵，来一次问剑白玉京，咱们那位孙道长，可是忍耐师兄很久了。亏得我替师兄找了个小师弟，不然凑齐五百灵官一事，在第五座天下那边，估计要拖延好些年，长则三百年，短则百年，终究不美。"

道老二对此不置可否，白玉京与大玄都观的数千年恩怨，老生常谈，无甚趣味，至于五百灵官归位仙班一事，迟早而已。到时候下个两百年，他统率五百灵官，攻伐天外，那些化外天魔就要真正意义上元气大伤，五百灵官也会更加名副其实。

对待那些好像永远无法赶尽杀绝的化外天魔，白玉京三脉其实早有分歧，道老二这一脉，很简单，主杀。

除了去往天外镇杀天魔，使得一些天魔巨擘不至于滋养壮大，道老二将来还要亲自仗剑横行天下，统率五百灵官耗费五百年光阴，专门斩杀练气士的心魔，要使得那些不计其数的化外天魔沦为无源之水无本之木，最终迫使化外天魔不得不合而为三，到时候再由他和两位师兄弟各自压胜一位，从此天下太平。此举，要比浩然天下的某人斩尽真龙更加堪称壮举。

至于那个道号山青的小师弟，道老二对其印象一般，不好不坏，凑合。

唯一一件让道老二高看一眼的，就是山青在崭新天下敢主动做事，肯做些道祖关门弟子都当不了护身符的事情。

如今山青在那边，已经使得一家独大的白玉京势力，越发沦为第五座天下的一处道门孤山水，大致形成了白玉京以一敌众，与其余所有宗门对峙的格局，恰恰如此，道老二才觉得不错。

被誉为真无敌的白玉京二掌教，只是冷笑道："我想要一剑砍掉王座牛刀的头颅，也不是一天两天了。"

当年师尊故意留他一命，以一粒道种紫金莲显化的金甲拘他，迫使他凭借修行积攒一点灵光，自行卸甲，到时候天高地阔，在蛮荒天下说不得就是一方雄主，从此演道万年，几近不朽，不承想他如此不知珍惜福缘，手段下作，要假借白也出剑破开道甲，简直暴殄天物，这般鲁钝之辈，哪来的胆子要做客白玉京。

道老二不管脾气如何，在某种意义上，确实要比两位师兄弟更加符合世俗意义上的尊师重道。

"浩然天下的事情，劝师兄还是别掺和了。"陆沉懒洋洋地说道，"兵家初祖当年何等不可匹敌，还不是落得个尸骸被一分为五，不一样死在了他眼中的蝼蚁手中？"

除了尸骸沦为争抢之物，兵家老祖兵解后，将魂魄悉数融入天下武运，为后世纯粹武夫铺出了一条登天道路。这也是为何几座天下，从不刻意牵引武运去留的原因。那位兵家初祖，有登天之功，又有分裂人族之过，却功过不相抵，功德依旧是大功德，所犯过错依旧要受罚万年。

至于当初分走尸骸的五位练气士，搁在当年古战场，其实境界都不高，有人率先取其头颅，其余四位各有所得，是谓老皇历某一页上的"共斩"。

一位小道童从白玉京五城之一的青翠城御风升空，远远悬停云海上，朝高处打了个稽首，他不敢造次，擅自登高。

青翠城作为白玉京五城之一，位于最北面，按照大玄都观孙道长的说法，那啥青翠城的名字，是来自一个"玉皇李子真清脆"的说法，类似道祖种植一颗葫芦藤、化作七枚养剑葫。青翠城道人当然不会承认此事，遂视为无稽之谈。

不过青翠城在白玉京道统内部，确实有玉皇城的别称。青翠城下辖青冥天下七十二地，其中十大洞天有一、三十六小洞天有二、七十二福地有三、王朝有六，至于山上山下道门宫观，更是无数。每一甲子，逢腊月二十五，青翠城城主都会祭出一副銮驾，巡视天下王朝清流道官之功过得失、考核山川地祇鬼神，銮驾所过之地，皆在考评勘验范围，甚至可以不局限于一城辖境。所以青翠城是白玉京五城十二楼当中，位置不高却掌权极大的一处仙府。

而此城之所以如此地位超然，源于白玉京大掌教在此修道岁月极久，而且往往在此传道天下，无论是不是白玉京三脉道士，亦无论是人间道官，还是山泽精怪、鬼魅阴灵，届时都可以入城来此问道，所以青翠城又被视为白玉京最与天下结善缘之地。

陆沉笑着招招手，喊了句"云生快来，客气作甚"，小道童这才来到白玉京最高处，在廊道落脚后，再次与两位掌教打了个稽首，一点都不敢逾越规矩。在白玉京修道，其实规矩不多。大掌教管着白玉京，或者说整座青冥天下的时候，真正做到了无为而治，便是大玄都观和岁除宫这样的道门重地，都心服口服。哪怕是昔年道祖小弟子陆沉执掌白玉京，也算顺其自然，无非天下争吵多些，乱象多些，厮杀多些，天下八处敲天鼓，几乎年年擂鼓不停歇，白玉京和陆沉也不太管。唯独道老二执掌白玉京的时候，规矩就会比较重。

道老二瞥了眼小道童头顶上的道冠，冷冷一笑。

在倒悬山小道童戴的是鱼尾冠，估计是紫气楼姜氏老祖的授意，算是让小家伙与他这一道脉卖了个乖。如今重返白玉京，姜云生就换成了青翠城道冠制式，戴一顶如意冠。

如果不是看在师兄的面子上，或是小道童当下换成头戴师弟陆沉一脉的莲花冠，那么道老二就不是这么好说话了。

白玉京和整座青冥天下都清楚一件事，道老二冷眼旁观的不说话，本身就是一种最大的好说话。

"云生，什么时候当上青翠城城主啊？师叔可是连贺礼都备好了的。当师侄的，可不能让师叔眼巴巴苦等太久啊，容易眼睛发涩。"

陆沉将脸贴在栏杆上，转头笑嘻嘻道："我与你师祖和师尊关系都好，授予城主仪式，就算他们不来，师叔来办，也是名正言顺的。何况师叔是出了名的规矩最少，原本能够折腾好几天的科仪仪轨，都不用一炷香工夫。"

小道童还是闭口不言，只是又规规矩矩打了个稽首，当是与师叔陆沉致谢，顺便与一旁的二掌教师叔赔罪。

当初年少无知，背着家族擅自转入白玉京大掌教一脉，其实是犯了天大忌讳的，关键是当时大掌教在天外天镇压化外天魔，都不知情，纯粹是当时的小师叔拉着他偷偷去了青翠城敬香拜挂像，家族为此不惜将他直接"流徙"到了浩然天下，并且还是那座倒悬山，还要他一定要常年头顶鱼尾冠，不然就要将他驱逐出家族祖师堂，或者让他干脆留在浩然天下算了。

小道童名为姜云生，在倒悬山与抱剑汉子张禄做了多年邻居和门神。有望成为青翠城城主的姜云生，在倒悬山常年背靠那根拴牛桩，喜欢坐在蒲团上看些才子佳人和江湖演义小说。他是倒悬山道门高真当中，最为平易近人的一个，许多稚童都喜欢去那边嬉戏打闹，让小道童施展道法，帮忙腾云驾雾。

姜云生的家族祖师是白玉京五城十二楼之一的紫气楼楼主，飞升境。

紫气楼，烟霞高捧，紫气萦绕，且有剑气郁郁冲斗牛，被誉为"日月浮生紫气堆，家在仙人手掌中"。加上此楼位于白玉京最东方，位列仙班之高真，本已最在云霄上，遂常常先迎日月光。身在此楼修行的女冠仙女，大多原本姓姜，或者被赐姓姜，往往芙蓉冠子水精簪，且有春官美誉。

白玉京姜氏，与桐叶洲姜氏，双方处境，有异曲同工之妙。

青翠城与神霄城相邻，城主皆是白玉京大掌教一脉，后者正是坐镇剑气长城天幕的道家圣人。

坐镇倒悬山主峰的大天君则是道老二的嫡传弟子，负责为师尊看守那枚倒悬于浩然天下的世间最大山字印。

姜云生出生在紫气楼，此楼是当之无愧的道老二一脉。姜云生年幼时，在三掌教陆沉的撺掇下，身在紫气楼姜氏嫡传之地，却转投了大掌教一脉。按照家族谱牒，姜云生与紫气楼自家老祖差了好几辈，可是按照青冥天下的道脉辈分，却因此与老祖在白玉京平辈。故而只要不在紫气楼，姜云生偶遇老祖，互打稽首致礼，师兄师弟相称，回了紫气楼，则另算。

北俱芦洲天君谢实、宝瓶洲神诰宗宗主天君祁真、桐叶洲太平山老天君和山主宋茅，分别属于陆沉一脉、道老二一脉和大掌教一脉。其中神诰宗道统又相对复杂，虽然道士女冠人人头戴鱼尾冠，但其实与其余两脉又都有渊源，与隔了一座天下的白玉京五城十二楼多少都能攀上些远亲。

当然在北俱芦洲开宗立派的贺小凉，在宝瓶洲化名曹溶的白霜王朝山上隐居道人，都属于陆沉这一脉的嫡传。

这些白玉京三脉出身的道门，与浩然天下本土的龙虎山天师府、符箓于玄作为定海神针的一山五宗，分庭抗礼。

浩然天下，三教百家，大道各异，人心自然未必只是善恶之分那么简单。

道老二问道："当年在骊珠洞天，为何要独独选中陈平安，想让他作为你的关门弟子？"

听说如今师弟的嫡传之一、清凉宗宗主贺小凉，与陈平安还有些乱七八糟的牵扯。

事实上，看身旁这惫懒师弟当年好不容易认真一次的架势，只要陈平安愿意讨价还价，陆沉再将他拔高一个辈分，都是可以商量的。

陆沉笑道："陈平安在蛟龙沟附近早就一语道破玄机了嘛，我是看中了那个有望成为我弟子、舍弃原先道路的陈平安，而不是陈平安本人真让我陆沉如何青眼相加。不然一个陈平安自己想要如何又能如何？看似给他很多选择，其实就是没得选择。人生路上，不都如此？不单是陈平安身陷如此困局。"

陆沉又说道："一样的道理。那个不讲道理的远古存在，之所以选择陈平安，不是陈平安自己的意愿，一个懵懂少年，当年又能知道些什么，事实上还是齐静春想要如何。

只不过一生二,二生三,三生万物,逐渐变得很可观。最终从齐静春的一点希望,变成了陈平安自己的全部人生。只是不知道齐静春最后远游莲花小洞天,问道师尊,到底问了什么道,我曾经问过师尊,师尊却没有细说。"

遥想当年,那个第一次脚踩福禄街和桃叶巷青石板路的泥瓶巷草鞋少年,那个站在学塾外掏出信封前都要下意识擦拭手掌的窑工学徒,那个时候,少年一定想不到自己的未来,会是如今的人生,会一步一步走过那么多的山山水水,亲眼见识到那么多的波澜壮阔和生离死别。

道老二问道:"崔瀺好像更换了撒手锏对付蛮荒天下。不然凭借乱世,崔瀺正好可免去诸多束缚。"

陆沉笑道:"他不敢,一旦祭出,可比什么欺师灭祖,要更加大逆不道。而且事出仓促,时不我待嘛。天底下哪有什么事情,是能够好好商量的。"

陆沉叹了口气:"崔瀺早年赢了术家开山鼻祖一筹,让后者自认得了个'十',当下几座天下的绝大多数山巅修士,根本不晓得其中的学问所在。大学问啊。若是那个人人畏惧的末法时代有朝一日果真来临,注定谁都无法阻挡的话,那么即便世间没了术家修士,没了所有的修道之人,人人都在山下了,那时唯独术家遗留下来的学问宗旨,依旧可以凭此得道最多。说不得让崔瀺心中大忧的那件事,比如……人族为此消失,彻底沦为新的天庭神灵旧部,都是大有可能的。崔瀺好像一直相信那天的到来,所以哪怕宝瓶洲据守形势险峻,崔瀺依旧不敢与墨家真正联手。

"所以那位难免大失所望的墨家巨子,脸上挂不住,觉得被绣虎坑了一把,转去南婆娑洲帮陈淳安。只不过墨家到底是墨家,游侠有古风,还是不惜将全副身家都押注在了宝瓶洲。何况墨家这笔买卖,确实有赚。墨家,商家,确实要比农家和药家之流魄力更大。"

道老二想起一事:"那个陆氏子弟,你打算怎么处置?"

浩然天下桐叶洲的藕花福地,被老观主以白描和重彩兼具的神通一分为四,其中三份藕花福地都跟随老观主一起飞升到了青冥天下。其中陆抬坐拥福地之一,并且成功"飞升"离开福地,开始在青冥天下崭露头角,与那在留人境一步登天的年轻女冠关系极为不错,不是道侣胜似道侣。

陆沉无奈道:"怎么,你想要收取关门弟子?不怕让那邹子得偿所愿?"

这个再次擅自更改名字为"陆抬"的徒子徒孙,天生罕见的阴阳鱼体质,当之无愧的神仙种,陆沉却不太愿意去见。后世对于神仙种这个说法,往往一知半解,不知先神后仙才是真正道种。其实不是修行资质不错,就可以被称为神仙种的,至多是修道坯子罢了。

姜云生在一旁目瞪口呆,当年在倒悬山,他可是一巴掌将陆抬打出了上香楼的。

陆抬如今与臭牛鼻子渊源很深，如果再成为二掌教师叔的嫡传，将来再坐镇五城十二楼之一，就陆抬随自家老祖的那种小心眼，还不得跟自己死磕百年千年？一座白玉京，自己的那位掌教师尊已经久未露面，两位师叔轮流掌管百年，使得整座青冥天下的打打杀杀都多了，如果不是第五座天下的开辟，姜云生都要觉得原本相对清静的家乡变成了倒悬山所在的浩然天下。

　　如今那座倒悬山，已经重新变作一枚可以被人悬佩腰间，甚至可以炼化为本命物的山字印。据说被二掌教托人赐给了小师叔山青。

　　姜云生对那个从未见面的小师叔其实比较好奇，只是最近的九十年，双方是注定无法见面了。

　　道老二说道："从不在意这些。算天算地，由他算去，我走我道。"

　　陆沉摇摇头："邹子的想法很……奇特，他是一开始就将如今世道视为末法时代去推衍演化的，术家是只能坐等末法时代的到来，邹子却是早早就开始布局谋划了，甚至将三教祖师都忽略不计了，此不见，并非一叶障目的不见，而是……视而不见。所以说，在浩然天下，一人力压整个陆氏，确实正常。"

　　在骊珠洞天，陆沉与那邹子其实没打过照面，一个摆摊，一个还是摆摊，各算各命。双方看似井水不犯河水，实则与邹子嫡传、陆沉子孙的两把"本命飞剑"命名一般无二，针尖对麦芒。

　　两个师兄弟闲聊，只是可怜了青翠城的小道童姜云生，两位掌教师叔，一口一个末法时代，听得他惊心动魄，道心都要不稳了。

　　陆沉突然笑眯眯道："云生，你家那位老祖，当年拳开云海，砸向骊珠洞天，很威风啊，可惜你当时远在倒悬山，又道行不济，没能亲眼见到此景。没关系，我这儿有幅珍藏多年的光阴长河画卷，送你了，回头拿去紫气楼，好好裱起来，你家老祖定然开心，扶持你担任青翠城城主一事，便不再偷偷摸摸，只会光明正大……"

　　姜云生眼观鼻鼻观心，置若罔闻。

　　道老二皱眉道："行了，别帮着小崽子拐弯抹角求情了，我对姜云生和青翠城都没什么想法，对城主位置有想法的，各凭本事去争就是了。给姜云生收入囊中，我无所谓。青翠城一向被视为大师兄的地盘，谁来看门，我都没意见，唯一有意见的事情，就是谁看门看得稀烂，到时候留给师兄一个烂摊子。"

　　陆沉摇摇头："师兄啊师兄，你我在这高处，随便抖个袖子，皱个眉头，打个哈欠，下边的仙人们就要细细揣摩好半天心思。争？姜云生怎么争，今天好不容易壮起胆子来和两位师叔叙旧，结果二掌教从头到尾就没正眼看他一眼，你觉得这五城十二楼会如何看待姜云生？说到底师兄你随随便便的一个无所谓，恰恰就是姜云生拼了性命都还是身不由己的大道。师兄当然可以不在乎，觉得是大道自然，万法归一就是了……"

道老二最受不得陆沉这番作态,既不像师尊那般自然而然,也不如师兄那么直白,便有些不耐烦,直截了当道:"你到底是想要让山青接管青翠城,还是让姜云生接手?"

姜云生哀叹一声,得嘞,三掌教在那边扯犊子,连累自己完犊子呗。真不知道三掌教师叔是要帮自己,还是害自己。若是二掌教师叔不在,小道爷我早开骂了。

其实对于青翠城的归属,姜云生是真心不在意,今天硬着头皮前来,是难得发现了陆师叔的身影。青翠城归了那位最新的小师叔更好,省得自己被赶鸭子上架,因为一旦继任青翠城城主,就会很忙,纷争极多。姜云生在倒悬山待久了,还是习惯了每天优哉游哉过日子,有事修行,无事翻书。何况就凭他姜云生的境界和声望,根本没资格脱颖而出,掌管一座被天下誉为小白玉京的青翠城。

陆沉笑呵呵摸了摸姜云生的脑袋:"回吧。"

姜云生赶紧打了个稽首,告辞离去,御风返回青翠城。

道老二以心声言语道:"你就这么将一头化外天魔,随手搁置在姜云生的道心中?"

陆沉微笑道:"无聊嘛。"

道老二提醒道:"你该返回天外天了。"

陆沉只是装傻怠工,沉默许久,突然说道:"师兄,你有没有想过哪天有人向你问剑。"

道老二说道:"不是常有的事情?"

哪怕被誉为真无敌,跟这位白玉京二掌教问剑问道之人,在青冥天下其实还是有的。

陆沉笑道:"我是说那种让你倾力出剑的问剑。"

"阿良?白也?还是说飞升至此的陈平安?"道老二问道,"那得等多久,何况等不等得到,还两说。"

陆沉举起双手,双指轻敲莲花冠,一脸无辜道:"是师兄你自己说的,我可没讲过。"

道老二笑了笑:"你确实无聊至极。"

陆沉趴在栏杆上:"很期待陈平安在这座天下的云游四方。说不得到时候他摆起算命摊子,比我还要熟门熟路。"

道老二说道:"差不多得有十境神到的武夫体魄,外加飞升境修士的灵气支撑,他才能真正持剑,勉强担任剑侍。"

陆沉说道:"不用那么麻烦,跻身十四境就可以了。不是什么剑侍,是剑主的剑主。当然了,得好好活着才行。"

道老二大笑道:"小有期待。修道八千载,错过远古战场,一败难求。"

第八章
李花太白虎头帽

龙虎山天师府摘星台。

在背剑小道童现身后，又有一位故意以水云烟霞遮掩面容身段的女子，在台阶底部施了个万福，然后得了天师法令，女子这才缓缓登高。她踏上台阶之后，障眼法便自行消散，露出了真容，虽然一身羽衣女冠装束，却仪态万方，天然妩媚，眉心处有一颗红痣。

她不但是浩然天下，也是数座天下境界最高的一头天狐，担任龙虎山天师府的护山供奉已经三千年之久。她在龙虎山山中化名炼真。

早年龙虎山大天师下山云游，炼真就假装成一名村姑，偷偷跟在只是弱冠之龄的年轻大天师身边，大天师也故意不揭穿她的身份，准许她远远跟随，更默认她旁观自己的修道之法。在那之后，年轻天师云游四方，一路斩妖除魔，整整甲子光阴，她借助天师的功德庇护，得以避过数次天劫，最终自愿跟随大天师一起进入龙虎山修行，作为回礼，大天师亲手钤印法印，使得她扛下天劫。

登至台上，高临天极，仿佛一伸手就能够摘星揽月。

天狐炼真登上摘星台后，立即止步不前，并没有走近那位年轻容貌的大天师，主要还是因为她天生敬畏那位化名无累的背剑道童。

剑修作为山上四大难缠鬼之首，尤其是剑仙的飞剑斩头颅，一剑破万法，杀敌也好，斩妖除魔也罢，可不是那些志怪小说和稗官野史的凭空杜撰。

那位小道童正是仙剑万法化身成的人形。

炼真被摘星台禁制压胜，又不好运转神通与之抗衡，便取了个折中法子，现出半数真身，十条巨大的雪白尾巴匍匐在地，一路垂下台阶，几乎将整条摘星台的登高道路给掩盖住了。

大天师转头与天狐炼真微笑点头致意。炼真赶紧还礼，很见外地打了个道门稽首。在摘星台下，她以大天师身边婢女自居；登台之后，在那位最不近人情的剑灵无累身侧，炼真只得勉强以道友自居，省得惹来对方不快。

炼真与无累几乎从不言语，双方打照面的机会其实也不多。

大天师对他们两位都称呼以道友，平辈相交，从不视为侍从、婢女。

炼真知道为何今天大天师要与无累相聚此地，登高远望那座位于浩然天下西南方的扶摇洲。不过如今扶摇洲是蛮荒天下版图，相信哪怕是以大天师的道法，施展掌观山河神通，依旧会看不真切。

大天师继续先前话题："我打算持印走一趟桐叶洲，你留在这里看护山门。"

无累一如既往地面无表情，嗓音冷清："如今天下形势，已经值得你涉险行事不假，但是千万别死在周密手上，不然还要我来斩你不成？"

炼真忧心忡忡，她想要劝说一番，又哪里敢在这种大事上对主人指手画脚。

就如主人昔年亲口所说，人间时时玄妙，处处被压胜，修道之人，道法越高，脚下道路只会越来越少，山上天上则风越大。每一个身不得已，每一次心不由己，都有可能身死道消，风流总被雨打风吹去，与光阴长河万古同寂寥。

至于那个小道童的冷漠神色和言语内容，炼真倒是见怪不怪了。剑灵虽说是名义上的侍从，但是大道纯粹至极，几乎没有后世所谓的半点善恶之分。

大天师伸手轻轻虚提一物，腰间便现出一支青竹笛，铭文却取自世间仿古风字砚的八字开篇："大块噫气，其名为风。"

龙虎山当代大天师赵天籁。中土神洲十人之一，排名犹在符箓于玄之上。哪怕争论不休的浩然十人，他都必然有一席之地。

五雷正法，有万法之首的无上赞誉。龙虎山历代大天师本身就是当之无愧的世间雷法第一人。

一剑破万法。可四把仙剑之一的万法，本身又被赵天籁持有。

赵天籁不但是龙虎山历代天师当中最长寿之人，如今道法之高，更是仅次于那位远游天外、不再归来的开山祖师，况且赵天籁还被浩然天下视为最有希望跻身十四境的几人之一。

只不过世事无常，拥有一把仙剑的修道之人，反而出剑次数远远不如一位山上的寻常剑修。

有好事者专门算过三把仙剑的现世次数，白也从大玄都观孙道长那边借取仙剑太白之后,递剑次数,应该不会超过十次。

青冥天下那位白玉京真无敌,在漫长的修道生涯当中,更是撑死了只有一手之数。此外与那些已算山巅强者对敌,依旧根本用不着带上那把道藏。其中最近一次,便是剑落玄都观。道老二身披法衣,与号称道门剑仙一脉祖庭所在的大玄都观问剑。至于和飞升天外天的阿良,双方较劲,更是赤手空拳,一个无称手佩剑,一个舍了仙剑不用。

摘星台上这位龙虎山大天师,出剑次数相较于前两者算多的。大致是下山云游后,在每一境递出三五剑。

至于第四把仙剑,浩然天下知晓内幕的山巅修士一样屈指可数,赵天籁因为拥有一位剑灵,加上精通推衍,所以刚好算一个,不但知道那把仙剑名为天真,还清楚此剑既不在南婆娑洲镇剑楼,也非三千年前斩龙之人所持长剑,而是遗留在了剑气长城,万年之久。

至于那位横空出世又如彗星迅速陨落的斩龙之人,身份名讳,都是不小的忌讳,只知道他来自一座至今还是封禁闭关的上等福地,却与兵家初祖有着牵扯不清的大道渊源。不管如何,斩龙期间,还能够教出白帝城郑居中这样的弟子,此人都算名垂千古了,说不得在后世繁杂野史,此人都会一直占据着极大篇幅和极多笔墨。

赵天籁转头笑道:"炼真道友,桐叶洲好像有位与你算是同道。"

炼真轻轻点头:"她与我同道不同脉,与白先生身边的青婴是同脉。"

炼真始终嗓音轻柔,不敢高声言语,委实是无累道友蕴藉的剑意太过惊人。

作为四位剑灵之一,本身杀力相当于一位飞升境剑修的远古存在,又绝无人之性情,对于一旁炼真这类精怪魅物而言,实在是有着一种天生的大道压制。

远古神灵高高在天,在人族出现之前,碾压斩杀最多的就是大地之上的众多妖族。

其中唯独那些真龙,才被神灵稍稍高看一眼,收拢在昔年天庭五位至高神灵之一麾下。

天庭共主。

持剑者。地位类似后世剑气长城的刑官,或是山上祖师堂的掌律人。

披甲者。类似剑气长城的隐官,洞察天地万事万物。

火神。管辖万古星辰。

水神。看守光阴长河。

除此之外,还有十二尊高位神灵,动辄提挈天地,拖曳星辰。其中又有两位,掌管飞升台,负责接引地仙,以人族之身,成为神道真灵,也就是后世所谓的位列仙班。

先有剑术和神通落人间,人族不断崛起登高,通过飞升台跻身神灵的存在数量越来越多。然后出现了一场水火之争。这就是杨老头对阮秀、李柳说的你们双方罪责最大。再有持剑者负责破甲。传闻两者皆已陨落,而且按照常理,确实理当如此,这也是杨老头为何始终将她视为以剑灵姿态延续万年的缘由。加上她自己又故意以剑侍姿态存世。最终三教祖师与兵家老祖，四人联手登天最高处，打碎旧天庭。

无累难得有些犹豫。

赵天籁说道："不得不承认，跻身十四境，确实比较难。"

老秀才的合道天地，是凭借圣贤功德与山河合道，与天地共鸣。

亚圣更早凭此合道中土神洲，一洲山河，就是浩然天下的半壁江山。

白也的十四境，大道契合，却是白也自己心中诗篇，简直就是让人叹为观止，某种意义上，比起合道天地一方，让人更学不来。后世唯一一个被读书人视为才情直追白也的大文豪，一位被誉为万词之宗的风流人物，却也要感伤一句"诗到白也，堪称人间幸运，诗至我处，可谓一大厄运"。此人尚且如此自嘲，不得不转诗为词，还让旁人与后世，如何敢以诗词合道？

醇儒陈淳安，肩挑日月，心中光明，是要与心中圣贤道理真正合道。

蛮荒天下那位已经死在战场上的荷花庵主，辛苦炼化月魄，是想要进入浩然天下，与更多福地洞天的明月不断合道为一。

火龙真人，身为龙虎山天师府半个自家人的外姓大天师，被浩然天下练气士誉为火法、水法和雷法三绝，反而合道不易。

符箓于玄，欲想合道之物，是酒葫芦里半真半假的那条心相"星河"。

远古道家曾有楼观一派，结草为楼，擅长观星望气，故而名为楼观，于玄对这一脉道法造诣极深，而且楼观一脉，与火龙真人大道缘法不浅。火龙真人和符箓于玄，两人成为挚友，不单单是性情相投那么简单，切磋道法，相互砥砺，未尝没有大道同行、联袂跻身十四境的想法。

赵天籁轻轻叹了口气，轻轻一挥袖，稍稍打开禁制，免得到时候给某人找到由头叫苦喊冤。

无累忍不住翻了个白眼。

炼真最为后知后觉，她也最是无奈。

炼真小声问道："我去待客？"

大天师没好气道："待什么客，他是主人我是客人。"

三座学宫，中土穗山，镇白泽楼，白也在第五座天下打造的草堂……此人哪次不是反客为主，表现得比主人还主人，恨不得以主人身份拿出家底来帮忙待客。

龙虎山天师府内宅禁地。此地禁制森严，犹胜符箓于玄的祖山。

一个鬼鬼祟祟的老秀才偷摸而来，先不去摘星台，而是在心中默喊几遍，主人不应，就当是答应了，他直接来到大天师的私邸内宅，总算没好意思直接跨门而入，而是站在前厅外停步仰头，对悬有赞颂当代大天师仙风道骨、道德清贵的一副对联，啧啧称奇，真不知道天底下有谁能有这等生花妙笔。当代大天师也是个眼光好的,舍得摘下原先那副内容一般般的楹联,换上这副。

楹联内容,口气极大:

  道尊德贵法高通天,吾在此山中。羽衣卿相仗剑危坐,仙风契清凉,我不知道谁知道。
  镇妖伏魔心系凡间,万邪退散去。黄紫贵人悬印御风,神骨压五岳,谁不修行我修行。

横批则是"天人合一"。

若是入门再去中厅,就是那头天狐的修道之地了。后厅则是当代大天师的问道之地。

遥想当年,先生跟几个弟子一个个在墙根那边喝了酒,拿手当扇子使劲散酒气,就聊到了天师府的这头天狐,有猜是九条还是十条尾巴的,也有猜测狐仙是不是有心想要与大天师结成道侣而求之不得的,最后便问先生答案,老秀才当时还声名不显,哪里有钱去游历天师府,一些个说法,都是从野史杂书上边搬来的,连他自己都吃不准真假,又不好胡乱与弟子瞎掰,只说子不语怪力乱神,教一个少年大失所望。后来老秀才成了名,出门都不用花钱了,自有人出钱,隆重邀请文圣去各地讲学传道,老秀才就专程走了一趟龙虎山,偏不乘坐仙家竹筏渡船,而是选择手持青竹杖,徒步大摇大摆上了山。当时天师府摆出那阵仗,真真了不得,前无古人不敢说,前无几个古人,老秀才还是自认问心无愧的。

当时那条神道两旁皆是黄紫贵人和各大宫观、道庵的修道神仙,而且人人既惊且喜,惊讶的是文圣在这之前从不踏足儒家学宫书院之外的仙家府邸,所以这算是为龙虎山破了例,而且据说还是文圣主动与天师府递交文书,饶是龙虎山这般道门圣地,都由不得修道人不欣喜几分。喜的是文圣主动驾临龙虎山,而且当时正值再次赢过三教辩论,更有接连两桩惊世骇俗之举——一桩是文圣去往天幕,伸长脖子请道老二往这里砍往这里砍,再就是辩论结束后,文圣有请释道两祖落座。

老秀才高居文庙第四神位,连赢两场争论,故而那时候文圣出人意料莅临龙虎山,以至于连大天师都破天荒亲自在山门迎接。

最终老秀才与当代大天师一起坐在前厅,老秀才以诚待人说着天地良心的肺腑之言,眼光却一直斜瞥中厅,每喝一口茶,就嘿嘿笑一声。

老秀才总算没好意思径直跨过门槛,转去别处逛荡起来。将龙虎山祖山当作了自家庭院一般,反正道理是有的,与主人太过客气不算好客人。

老秀才忍不住回望了一眼楹联和横批,不枉费自己当年连刷子、糨糊都一并带上了山,都不劳驾大天师费力张贴。

什么叫客人,这就叫贵客!

老秀才去了龙虎山祖师堂所在的道德殿,道德殿中悬挂历代祖师挂像,还有十二尊陪祀天君,除了首代大天师的两位高徒之外,其余都是历史上龙虎山的外姓大天师。祖师堂内大柱上盘踞有八条符箓金龙,传闻仙人只要帮忙点睛,再嘘以白云,便有龙从云生,出门镇压一切入山犯忌的妖邪。

老秀才唏嘘一番,龙虎山的开山祖师确实豪杰,当年礼圣率领众人远游征伐神灵余孽,虽然成效不大,毕竟天外之大,无法想象,禁制之多,更是无比夸张,可其实惨烈厮杀是很有几场的,龙虎山第一代大天师就是在归途陨落,而此人的身死道消,又很大程度上导致了龙虎山在后世最终失去了"符箓为首"的说法,不过也绝对算不得符箓于玄乘人之危,大道补缺罢了。

老秀才便在门外作了一揖,权当遥遥祭拜先贤。

一口天井,名为镇妖井,井口悬有一块玉璞镜。关押着被天师府各地镇压、拘押回山的作祟山精水怪。天井四周围有一圈白玉护栏,雕刻有雪白蛟龙在内的九尊异兽,是历代天师府黄紫贵人炼化的雷电之精。

一座从不开启的大殿,大门上张贴有历代大天师以信物天师印层层加持的一道符箓,传闻里边镇压着无数凶祟邪魔。历代大天师,一生中会有前后两次钤印,分别是在接印时与辞印时。

大天师私宅后院,种植有一棵树影婆娑的千年老桂,高出院墙太多,老秀才在地上瞧了半天,还是没能找到一块石子。这棵桂树,是大天师昔年仗剑游历宝瓶洲之时,偶然所得的一枝正统月宫种。用桂子酿造出来的桂花酒,埋在水云间,拿来待客,山上一绝。

至于那次跨洲远游,赵天籁当然是去砍那个一路远遁的琉璃阁阁主粉袍客。他是白帝城郑居中的小师弟又如何,天籁老哥照砍不误。

龙虎山大天师背剑下山,本身就是一种对白帝城的遥遥威慑。当然,那位怀仙老弟,也极少讲究什么同门之谊就是了。

老秀才很少佩服他人的胆识,但是这个如今化名柳赤诚的家伙,相当可以,与陆沉半个首徒的桂花岛老舟子是同道中人。惹过龙虎山大天师,挨过符箓于玄的一道龟驼碑符箓,在宝瓶洲好不容易脱困,又陆陆续续惹过小齐和小平安,还有道老大之一的李希圣、水神李柳……

真是条好汉,真是个人才啊。下次见面,先喊郑居中一声老弟,再喊你柳赤诚一声柳兄都成。

毕竟白帝城与文圣一脉，一向关系不错。只是老秀才再一想，就又难免悲从中来，与魔道巨擘关系好，好像也不是什么值得说道的事情。

敕书阁是保存中土文庙圣贤、各大宗门仙府所赠匾额、楹联，储藏各国皇帝圣旨诏文书信以及请神宝诰之所。阁内珍藏金书玉牒青章无数，文运之浓郁，龙气之充沛，用老秀才的话说，就是让人只看一眼就要转头不看，看不得看不得，看多了容易眼馋。

老秀才突然有些神色尴尬。负责看守此处禁地的一位貌美女冠，面容年轻，却在天师府辈分极高，她本身就坐镇小天地，加上是仙人境，所以她敏锐察觉到老秀才的一丝气象后，立即在门口现身，打了个稽首，非但没有向擅闯此地的老秀才兴师问罪，反而以心声轻声问道："文圣老爷，敢问左先生是否无恙？"

老秀才跺脚道："我这弟子猪油蒙心睁眼瞎啊。当年如何舍得对赵姑娘的那位嫡传出剑，将那剑仙坯子带回龙虎山，与赵姑娘好好商量有那么为难吗?!"

不管三七二十一，先骂过自己的弟子，老秀才这才收敛神色，小声安慰道："左右那痴子还好，让赵姑娘担心了。"

女冠松了口气，笑道："我那嫡传，身为黄紫贵人，却滥施道法，出剑无理，若是落在我手上，只会责罚更重。"

老秀才笑呵呵道："我自个儿逛去，不耽误赵姑娘清净修道。"

女冠轻轻点头。

龙虎山大天师是她的兄长。

其实天师府可谓枝繁叶茂的黄紫贵人们，绝大多数都不是真正的修道中人。所以辈分一事，比较特殊，分祠堂家谱和道牒辈分，更奇怪之处，在于后者需要迁就前者，而不是前者为后者让道。所以她与赵天籁在两个辈分上都一致，在龙虎山天师府极其罕见。

老秀才离去后，还是有些痛心疾首，但凡左右稍稍开点窍，自己这位先生就要跟着小小沾光，勉为其难当赵天籁的半个长辈了，那么你左右的小师弟，岂不是就与龙虎山大天师是半个平辈？再使得落魄山与龙虎山成了半个姻亲，这龙虎山还不得开心坏了？

有一座百花园。相传历任大天师游览百花福地，福地花主和十二神主们将精心培育的一种种花卉作为礼敬天师府的礼物。

有一座小雷池。位于一方巴掌大小的砚池当中，底部铭文"第三雷池"。此物看似不起眼，实则有第三池的说法，品秩仅次于倒悬山那座洗剑池，以及一座传闻遗落在北俱芦洲某地的雷池。此物一直被搁置在大天师书案上，天师府每年都会有开笔仪式，若是大天师闭关或是远游，就交由天师府黄紫贵人嫡传，代为持笔"蘸墨"，书写一封封金书符箓，除了自家之用，其余或赠王朝君主，或送山上仙人。一张五雷正法符箓，无论是帝王君主用来转手赏赐给山祠水府、镇压山河气运，还是被宗门祖师堂赐给谱牒嫡传，当作一件护身的攻伐至宝，都功效极为显著，被奉为至宝也就丝毫不奇怪了。

不谈那几座牵连众多龙脉、山峰的山水阵法，光是来历不明、用途难测的二百仙蜕悬棺在崖，就是一种莫大震慑。

只说摘星台外边三座高低不一的云海，便各有讲究，各有一尊某种意义上属于大道显化而生的雨师、雷将、电君，分别负责坐镇云海其一。

这就是一座山巅仙府苦心经营数千年的深厚底蕴。

历史上龙虎山声势最为鼎盛时，有十大道宫、八十一座道观，此外犹有浩然天下六洲五十国，其中囊括了中土神洲的十大王朝，他们纷纷耗费巨大财力，都要在此建造道院、道庵，宣扬道法，将国内最拔尖的修道种子送入此山修行。所以那个时候的龙虎山，不但有"天下道都"的美誉，还在名义上主领三山符箓，掌管天下道教。

符箓丹鼎不分家，反正都在龙虎山。

香火道脉悠长，绵延八千年。

论摩崖石刻和题咏碑碣之多，不计其数，龙虎山只输穗山。

论家底，比起自家关门弟子的那座落魄山，龙虎山确实暂时还是要略胜一筹。

问题是龙虎山藏着这么多不太用得着的好东西，借也借不来，搬也搬不走啊。说到底，还是串门次数太少，积攒下来的香火情不够。

也亏得左右不在身边，不然先生肯定有话要说，老秀才有道理要讲。当学生没话说，顶好顶好，可是怎么当的师兄？

一个心湖涟漪，龙虎山大天师问道："看够了没？"

老秀才哈哈大笑，一步跨到摘星台的台阶，见着了那十条雪白狐尾铺地的绝美画卷。他哎哟喂一声，高声大呼道："炼真姑娘，越发俊俏了，美不胜收，龙虎山十景哪里够，这般雪压摘星阁的人间美景，是龙虎山第十一景才对，不对不对，名次太低……"

炼真赶紧运转神通，收起那十条狐尾，瞬间来到台阶底部，稽首行礼，与管着敕书阁的女冠仙人一样，敬称老秀才为文圣老爷。

老秀才笑着摆手道："又不是啥外人，炼真姑娘如此客气作甚，都要让我心中惴惴了。"

赵天籁来到第一级台阶上，与老秀才并肩而行，一起缓缓登高。

无累盘腿坐在摘星台边缘，自顾自远眺云海，只当没老秀才这个人。

老秀才轻声问道："当年为何拒绝火龙真人的提议？不让那小道士继任外姓大天师？龙虎山亏，天师府更亏。凭那火龙真人的脾气，哪怕就此卸任了职务，却肯定只会比以往更加护道龙虎山。"

赵天籁反问道："我若是就此身死道消，或是跌境到仙人境，一个年纪轻轻且境界不够的外姓大天师,空有其名,却需要早早挑起许多山上恩怨,对他们师徒二人都不是什么好事。与其被大势裹挟其中,还不如让年轻人走自己的道路。如此一来,火龙真人也不用对龙虎山心怀愧疚。当是一场好聚好散吧。"

天下道法,群峰竞秀,各有各高。赵天籁对符箓于玄,对火龙真人,皆是如此看法。

许多天师府的黄紫贵人,至今仍是看不开一个"符箓"头衔,也算情理之中,可若是身为大天师的赵天籁都要一门心思拘泥于此,龙虎山道统才是真正的危机暗藏。非是全然不争,而是争在大道更大处。不然若有别家山峰高起平地间,龙虎山就要一剑砍去山尖,或是一印拍碎秀木,或是于玄一枚符箓压山巅,火龙真人一袖移山……如此一来,浩然天下本土道统数脉,干脆认了白玉京三脉做祖宗算了。

老秀才小鸡啄米,使劲点头:"对对对,豪杰不谈利弊,只认定心中是非,大道大道,总不能只是嘴上说说,脚下却偷偷使绊子。"

老秀才这种话听了就算。

赵天籁直接问道:"为白也而来?"

老秀才没有藏藏掖掖,和龙虎山大天师抖搂什么小心机,只会弄巧成拙,所以直截了当说道:"老头子在穗山的作为,你肯定看得出来,我那弟子左右,被萧愻掣肘太多,离开南婆娑洲的陆芝,终究难敌刘叉,所以说来说去,扶摇洲战场,最后就只是白也和于玄两人面对蛮荒天下的七头王座。刘叉一旦倾力出剑,定会使得一洲山河变色。"

跟在两人身后的炼真欲言又止。

老秀才苦笑道:"我也不是让大天师一定要如何舍生忘死,天底下没这样的道理,嘴歪心斜,大义不真,念不正'道德'两个字,我只是希望大天师尽力而为,就已经足够,很够了。比如哪怕救不下白也,好歹也救一救于玄,龙虎山单凭此举,以后浩然天下,尤其是你们道门符箓派内部,关于'符箓'二字之归属,就不会吵得那么面红耳赤了。吵来吵去,真会死人的。这么多年以来,山上人山下事,惹来多少笔大大小小的糊涂账了?当然,我只是随便举个例子,大天师如何不为难如何来。"

赵天籁更无藏掖,说道:"我打算走一趟桐叶洲,不会更改了。"

老秀才点点头:"好极了。当得起那横批。我相信龙虎山道脉,当真会如《龙虎山志》所言:'道都吾山,愈久愈昌。'"

赵天籁笑道:"老秀才真是忙碌命。"

老秀才弯腰坐在无累身边,说道:"忙忙碌碌,不至于庸碌到一事无成,哪怕只成了一事,就很不错了。"

赵天籁盘腿坐在一旁。

无累已经站起身,不愿与老秀才凑一堆。

老秀才问道:"要不要喝酒?"

赵天籁说道:"你请我喝?"

老秀才不说话。

赵天籁手持青竹笛,说道:"那些桂花酿,你喝一坛,当我请你的,其余的都劳烦给我放回原位。"

老秀才就等这句话了,抬起手,立即从袖中滑落一壶酒,当然不是贪图这点山水草木灵气,而是真馋这酒味。

老秀才喝了一口酒:"其实白也当初剑落一洲,我就知道是个什么下场了。现在一心所求,就是让那个最糟糕的情况,变得稍稍好些。"

比如于玄能活,最好还是那个符箓于玄。又比如白也能不至于全死。哪怕从此浩然天下就要少去一位剑仙最得意,哪怕白也甚至都不在浩然天下了,可只要白也还在,好歹老秀才他自己不用多喝一壶心碎酒。白也在哪里,都是白也,还是那个好似教天下李花白也的白也。

赵天籁吹奏竹笛,果真天籁。

黄鹤盘旋众山巅,青鸾翱翔云海上。好似一粒粒青黄珠子,滚动点缀着白珠帘。

老秀才一边喝酒,一边以诗词唱和酬答:

凿开风月长生地,修得金霞不老身。紫府黄衣天上籙,碧桃开出天下春。
三峰和雨作龙飞,扶摇觑见五雷君。一涧琉璃万堆烟,真人登山即为仙。

无累摇头道:"拽文打油诗,不如天籁笛子曲。"接着又补充了一句:"远远不如。果然文庙圣贤,要论诗词曲赋功夫,输给世间文豪骚客多矣。"

炼真先前姗姗然施了个万福,然后坐在了大天师一侧。

等到赵天籁收起竹笛,老秀才也喝完了一坛天师府桂花酿。

老秀才没舍得丢了酒坛抛入云海,而是收入袖中,说道:"不做什么神灵,要做唯一的神明。一字之差,天壤之别。文海周密要以最简单的强弱之分,一了百了,隔绝天地众生,所以你这趟桐叶洲之行,凶险程度极有可能不亚于白也坐镇扶摇洲,要小心那贾生啊,小心再小心。"

赵天籁笑而点头。

年轻面容,道气古朴。山风拂面,清俊非凡。

炼真好奇问道:"文圣老爷,我能问那飞升台一事吗?"

老秀才笑道:"这有什么不能问的。远古天庭位于一处遥远星河之中,如今所谓的仙人御风,说不定穷其一生都到不了。以往神灵莅临人间大地,除了极少数神通广大,能够全然无视光阴长河外,其余绝大多数神灵也需要走那飞升台往返,所以飞升台不单单是接引地仙飞升这么个用途。青童天君负责其中之一,因为其实有两座嘛。"

至于另外一座,便是蛮荒天下的托月山了。只是早已名不副实,当初陈清都与龙君、观照一起问剑托月山,可不是做那意气之争。

不过剩余这些内幕,老秀才就不多嘴了。

赵天籁自己都不与炼真道友讲,一坛桂花酿而已,可买不了几页老皇历。何况那个独自站着不嫌累的无累道友,作为远古四位剑灵之一,恐怕比大天师赵天籁更知晓真相。

老秀才站起身,笑道:"虽然没有遂愿,可真真是托了炼真姑娘的福气,上次是喝了一壶好茶,今儿又在这里喝了一壶好酒,我这人登门做客,老秀才嘛,囊中羞涩,却也一向是最讲究礼数的,上次送了楹联横批,今天还要送龙虎山某位结茅问道数年的年轻人一方印章,有劳大天师或是炼真姑娘,以后转交给他。"

赵天籁站起身:"说来说去,还是肥水不流外人田。"

那个昔年乘坐牛车离开骊珠洞天的赵繇,是齐静春嫡传弟子之一。后来游历中土神洲,在龙虎山一座道宫修行过一段岁月,都不算龙虎山不记名弟子,身份依旧是儒生,最终赵繇去了第五座天下。好像是有位心心念念之人,在那座飞升城。

因为些许蛛丝马迹,按照道宫真人的推衍,赵繇竟然与白也关系不浅。

赵天籁只是双手持笛,笑而不言。

炼真知道主人不愿沾染过多红尘姻缘,只好她来代劳,从文圣手中接过那方白玉材质的印章。事实上,她和那年轻人赵繇也算不得什么陌生人。

老秀才笑呵呵道:"又不是什么见不得光的东西,炼真姑娘只管看印文内容,反正又不着急转交给赵繇,需要代为保管差不多九十年。"

炼真也就不再客气,双指拈住印章,抬起一看。

四字印文:心灯不夜。

赵天籁看了一眼,会心而笑:"丘壑精神,云水陈人。心灯不夜,道树长春。"

老秀才大笑道:"天籁兄,人间书都快要给你读完了!"

赵天籁其实原本还有一句好话,是称赞刻刀做笔字不错,烟火气里边生出一股仙佛气。结果被老秀才这么一说,便算了。

老秀才试探性问道:"莫不是马屁拍马蹄上了?我可以改。把话收回都成。"

炼真收起印章后,闻言忍俊不禁,文圣老爷这般读书人,世间少有。

赵天籁问道:"接下来要去哪里忙碌?"

老秀才犹不死心,继续问道:"回头我让关门弟子专程帮你篆刻一方印章,就写这'一个不小心,读完人间书',如何?中不中意?嫌字数多留白少,没问题啊,可以只刻四字,'将书读遍'。"

赵天籁依旧不答话。

老秀才给自己找台阶下的功夫也是一流，行云流水，转折如意，他已经开始抚须而笑："两位再传弟子，一个是小齐找的，一个是我为关门弟子找的，就成了一个辈分，俩孩子刚刚凑巧汇合，我当然得去看看。"

等到老秀才偷偷使了个眼色，大天师赵天籁只得施展神通，帮老秀才缩地山河，去往遥远处。

无累问道："老秀才何必如此？"

赵天籁笑道："木秀于林风必摧之，弟子太出类拔萃，当先生的也会忧愁不已。只不过这等心累，别有滋味，寻常人求也求不来就是了。"

无累突然眉头紧皱。

那个老秀才，没还酒水！

赵天籁笑道："所以我还了一个不小心。"

老秀才在极远处落脚，笔直撞入一条江河中。

老秀才凫水上岸后，不知为何，长叹一声，再次御风远游。他找到了在一处王朝书院碰头的小宝瓶和裴钱。

老秀才却没有立即现身，只是远远看着不知不觉就长大了的昔年小姑娘，如今都已亭亭玉立。

她们的小师叔和师父，小心翼翼跋山涉水，救过很多人，很多了。没有主动害过谁，一个都没有。

青山绿水千万重，翩翩少年思无邪。

有些老秀才心中真正在意的好话，老人都不舍得说给外人听。怕人知道，偶尔又怕人不知道。

老秀才突然回头看了眼浩然天下的西南方位。

第五座天下，飞升城刚刚开辟出一处距离飞升城极远的飞地山头，不过暂时还只是城池雏形。

飞升城剑修众多，但是哪怕吸纳了相当一拨远游依附飞升城的扶摇洲练气士，厮杀之外，还是人手不够，处处捉襟见肘。在这个过程当中，出身皑皑洲的供奉邓凉确实功劳不小，肩负起了很大一部分拉拢扶摇洲修士的职责，待人接物，远远要比刑官、隐官两脉滴水不漏。不但如此，邓凉还帮忙完善了飞升城泉府的部分机构。高野侯为首的泉府，如今风气如何，举城皆知，简直就是见钱眼开到了丧心病狂的地步。什么"泉府修士驾到，天高三尺地薄一丈"，什么"寸草不生、见好就收"，一个个口头禅流传无数。

邓凉又是隐官一脉剑修出身，那么自然是得了上任隐官几分真传本事的，所以邓凉在个个嗷嗷叫大肆四处搜刮山河捡破烂的泉府修士那边,稳稳妥妥的座上宾。

由于这处无形中又圈画出一大片广袤辖境的山头,几乎已经位于飞升城与天下南方的中间位置,所以飞升城与那些不断向北推进、一路疯狂割据山头的桐叶洲修士,先后起了数场争执。

这处飞升城精心挑选的飞地,实在是一处当之无愧的风水宝地,除了一条万里大江,还可以打造出五岳之势,山水相依,搁在桐叶洲,说不定就是一个王朝的龙兴之地。其余三处用以帮助飞升城大范围开疆拓土的飞地,其实都不如南方这一处如此霸道蛮横,只是相对更加靠近位于天地中央的飞升城。

用暂领隐官的某位女子大剑仙一场问剑过后撂下的那句话,就是"欺负的就是你们桐叶洲"。

齐狩和高野侯作为刑官、泉府两脉领袖,对此也无可奈何,况且剑气长城对桐叶洲印象确实糟糕至极。

最终按照第二场祖师堂议事的既定章程行事,在山头最高处矗立一碑,单单篆刻一个"气"字。此外东方立碑刻"剑",西边刻"长",北边刻"城"。

最大的意外还是在"剑"字碑地界,一位道号山青的年轻道士,不但剑劈石碑,还将飞升城剑修全部驱逐出境。

在那"剑"字废墟,宁姚赶到山巅,然后御剑直去,找到那个山青,到了青冥天下地界,宁姚一场二话不说的问剑,最终一剑将那枚曾是倒悬山的山字印斩落在地,不但如此,宁姚还剑挑山字印,搬回"剑"字碑山头,她在搬印离去之前,和脸色惨白的山青,再次撂下一句话:"以后再有问剑,与我打声招呼,剑分生死。"

那位剑毁"剑"字的道祖关门弟子默认此事,然后不得不暂时闭关养伤。

经此一役,原本还小有异议的崭新天下的第一人是宁姚无疑了。

宁姚返回"剑"字碑途中,就收到了飞升城的飞剑传信,他们在南方"气"字碑地界,与一大群桐叶洲修士起了争执。

由于先前那场气氛凝重的祖师堂议事,其间隐官一脉提及如何与外界打交道一事,难免让许多剑修束手束脚,不太敢倾力出剑杀伤对手,所以宁姚只好御剑南游,再次对外出剑。

在那之后,连同南方建城剑修在内,整座飞升城就都明白了,唯独对桐叶洲修士不用太客气,只要占理,大可以活活"气"死这帮桐叶洲谱牒仙师不偿命。

邓凉对此要比齐狩和高野侯看得更远,私底下主动找他们两位喝酒,大致意思是说宁姚出剑,不但解气,更划算,因为如此一来,与整个桐叶洲修士结怨不假,但是无形中会拉近飞升城与扶摇洲修士的关系,能让后者心中越发舒坦几分,对飞升城会有一种额外的天然亲近,这就是浩然天下的人心,是可以善加利用的。至于桐叶洲那些谱牒仙师,别看如今一个比一个义愤填膺,将来飞升城的外门谱牒身份只要开出一个口子来,对方只会一个比一个更愿意砸钱。

宁姚返回飞升城后,却有些心情不佳。

今天暮色里,宁姚难得去了一趟酒铺。昔年骊珠洞天小镇的看门人,如今当起了酒铺代掌柜,混得很是风生水起。铺子每天酒鬼赌棍一大堆。

宁姚端着酒碗,在酒铺里边看墙壁上的无事牌。

郑大风只是笑着与宁姚招呼一声,就继续压低嗓音,手持酒碗,蹲在街边和那帮客人侃大山,具体说他那晚到底是如何梦了个好梦,梦中二十四芙蓉女仙,又是一个个如何的国色天香。最后感慨一句:"我们老男人啊,哪个心里边不关押着个女子,光棍什么,天底下其实就根本没什么光棍,尤其是喝过了我家铺子的酒水,就更不是光棍了。"

其实方才宁姚出现后,酒铺这边气氛就骤然一变。只有当宁姚进了铺子后,才稍稍恢复几分正常。

没办法,宁姚剑术越来越高,威望越来越大,所以飞升城自然而然已经将她当作第二位老大剑仙来看待了。

刑官、隐官和泉府三脉之上,犹有宁姚一人独一份嘛,天经地义的事情。

所幸宁姚去了铺子,不然这酒喝得就要拘谨了。

有少年听不太懂郑大风的言外之意,只是傻乐,就问郑掌柜:"到底咋个说法,怎就关押了个女子,是你们浩然天下的独门神通不成?能不能学?"

郑大风抬了抬酒碗,立即有人赶紧满上,郑大风痛饮一大碗,然后瞧向邻近酒桌一处,是位旧玉笏街豪门女子剑修坐处,她如今经常拉着几位女子剑修来此喝酒,出手阔绰。郑大风使劲剐了几眼板凳,一旁酒鬼就跟着转移了视线,然后同时点头,会意会意了,难怪酒铺的长凳好像越发窄了,郑掌柜果真是个读过书的学问人哪。

在那女子转头之际,郑大风立即收回视线,轻轻抹嘴,转头与少年说:"老弟你这想法下作,下作了啊,哪里是什么术法神通,男子心中挂念某位女子,便是一双自顾自山盟海誓的神仙眷侣了,而且那女子不管是山上仙子,还是山下女子,都会永远是十几岁的模样,或是二十几岁的姿容。美不美?自然是美事。"

众人顿时恍然。还真有那么点道理啊。

郑大风一手挠头,一手抬碗,又被旁人倒满了酒水,然后说道:"兄弟们都起来!搔首走一个。"

郑大风喝着酒,笑容依旧,只是偶尔低头喝酒的眼神当中,藏着细细碎碎的不可言说,不见酒水,遥遥见人。

宁姚喝过酒后,第一次主动找到了刑官二把手、缝衣人捻芯。

可能隐官一脉任何剑修来见捻芯都是忌讳。宁姚当然是例外。

捻芯住处在一条僻静小巷,十分简陋。

夜幕中,宁姚入屋落座后,开门见山道:"捻芯前辈,他是不是留了信在这边?"

身披一件宽大法袍的捻芯点点头:"确实留了一封信,但是按照我跟陈平安的约定,暂时还不能交给你。事实上,这封密信,宁姑娘最好这辈子都不用打开。"

捻芯言语之间,双指轻轻拈动桌上一粒灯芯。

宁姚点点头,只是瞥了眼那盏古怪灯火,没有向捻芯讨要那封密信。

不承想捻芯从袖中取出密信,笑道:"不过我觉得还是早早拆开得了,说不定还可以讨个好兆头。"

宁姚有些犹豫。

捻芯将密信搁在桌上,自言自语道:"我有遵守约定,好好珍藏此信。"

事实上,陈平安先后给出了三封信,除了交给捻芯的这封,还有一封交给太徽剑宗翩然峰嫡传剑修白首。当时私底下跟少年只说在你师父比较伤心,以至于一个人会主动喝酒的时候,再将此信交给你师父。那封信上,陈平安只是恳请了刘景龙一事,即帮忙和嫁衣女鬼讲道理。关于此事,陈平安觉得刘景龙只会比自己做得更好。

另外一封信,当时在春幡斋交给了韦文龙,其实算是一个信封装有两封信,都算家书。一封转交朱敛,一封转交刘羡阳。

那封落魄山家书事无巨细写了诸多事情,其中一件事是让曹晴朗担任下任山主,同时一定要照顾好裴钱。

宁姚手中这封交由捻芯的密信,是年轻隐官最早提笔却又是最晚写好的一封。

宁姚拆开信封,看到了第一句话,她便立即转过身去。

捻芯幽幽叹息一声。那个年轻隐官,不知道信上写了什么混账话,能让宁姚这样的女子都要如此躲避。

捻芯默默起身,将桌上那盏灯火一并带走,将屋子独自留给宁姚一人。

宁姚依旧转身,重新看了遍那封密信上的第一句话。

"宁姚,放心,我一直有在想你,此生最后一刻,亦是如此。"

此后有些信上内容,宁姚会少看几遍,有些言语,会多看几遍。

"对不起,明明大势如此,我偏要任性行事,人生处境又像是年少时上山采药,来到溪涧旁,只不过当年跨过去了,然后有幸遇到了你,这次没能做到,让你伤心了。如果早知道如此,就不该去剑气长城找你。只是怎么可能呢,怎么可能不去找你,再给我一万次机会,也会去找你一万次。

"没办法,陈平安不可能永远是泥瓶巷的孤儿,也不可能永远是学什么都慢的窑工学徒,一样不可能永远是大骊龙泉郡的落魄山山主,自然更不可能永远是剑气长城的隐官,唯一能做到的,就是喜欢宁姚的陈平安了。其实长大以后,这些年远游也好,歇息也罢,都没觉得如何不自在,没觉得怎么吃苦头。失望难免会有些,希望更多就是了。

"只是有些真心话,你总是听了就羞恼,我就只好一句句余着了。你曾经问我,喜欢一个人,有那么了不起啊?我一直想对你说,陈平安喜欢宁姚,宁姚喜欢陈平安,当然是天底下最了不起的啊。人间万万年,就只有我们相互喜欢啊。

"遇见宁姚,是陈平安在四岁之后,最高兴的一件事。

"你好,宁姑娘,我爹姓陈,我娘姓陈,所以我叫陈平安。

"宁姚,一定要平平安安的。"

宁姚收起信,闭上眼睛沉默许久,终于起身来到门口,她再次伸手抵住眉心。

捻芯从厢房那边走出,以心声问道:"这就是你无法破开仙人境瓶颈的原因?"

宁姚点点头。

这把温养多年的仙剑天真,竟然想要让她宁姚成为剑侍,由本该是剑灵的她来当剑主。所以跻身仙人境后,宁姚在心境中两次差点儿将其直接拘禁起来。这些年天真就像个顽劣丫头,一直四处逃遁,哪怕宁姚都很难觅寻踪迹,至于先前异样,是同样作为剑灵的仙剑太白,与天真有些玄之又玄的感应。相信其余两把仙剑,龙虎山万法,与白玉京道藏,都是和天真差不多的光景。

捻芯说道:"慢慢来吧。"

宁姚默不作声。

捻芯看着宁姚,突然笑道:"你好像没有我想象中那么伤心。"

宁姚说道:"因为我相信他。"

老秀才依旧只在自家人眼前现身,笑呵呵道:"小姑娘都变成大姑娘喽。"

裴钱下意识抱拳,然后觉得不太对,见宝瓶姐姐作揖,就立即跟着向文圣老爷作揖行礼。

裴钱是前不久跟随郁狷夫一起回的中土神洲,然后听说了郁氏附近的这座书院,她就独自背着竹箱、手持行山杖一路远游至此,至于那个小哑巴阿瞒,死活不愿意挪窝,就留在了郁狷夫家族那边继续当哑巴。裴钱只好叮嘱他别忘了练拳,孩子当时依旧没说话,既不答应,也不拒绝。

这座书院不在儒家七十二书院之列,如果是,裴钱反而就不来了。只是裴钱没有想到竟然能够碰到宝瓶姐姐。

老秀才和她们摆摆手,疑惑道:"怎么,又跟人吵架了?"

李宝瓶点点头。

书院山长就是那位最早点评何谓醇儒之人,不但如此,还写了诸多文章,慷慨激昂,针砭时事。这位出身亚圣一脉的书院山长,专骂自家圣贤,为自己赢得山下无数赞誉,只是听说有些扶摇洲和南婆娑洲的返乡修士和士子,想要来此与山长争辩,好像都被拒之门外了,一来二去,山长就又写了篇文章,写世风日下,实在堪忧。此文一出,与山长同忧同虑者更多。

李宝瓶与那位山长的某位嫡传学生争论过,李宝瓶先认可了山长言论的一个个可取之处,说浩然天下和中土文庙,肯定容得人人说心里话和难听话……然后李宝瓶只是刚说到第一个有待商榷之事,比如山长之真心言语,所谓的真话,便一定是真相了吗?读书人读到了书院山长,是不是要自省几分,稍稍耐心几分,听一听持有异议的年轻人到底说得对不对……不承想对方立即满脸讥讽,甩袖离去。

李宝瓶当时只是叹了口气,又是这样。

当时裴钱一直面无表情地站在李宝瓶身旁,对着那个背影当场骂了一句:"去他妈的。"

那位书院山长嫡传这时耳聋又变耳尖,立即转头,质问裴钱在说什么,有本事再说一遍。于是裴钱就又说了句"去你妈的"。

大概是不愿意有辱斯文,那位士子大笑不已,转头跟李宝瓶说:"你瞧瞧,这些就是你们持有异议之人的态度,值得我们山长先生听半句吗?"

老秀才听过了李宝瓶简明扼要却又一五一十的阐述,笑眯眯点头:"小宝瓶讲理说得好,裴钱骂得也好。都好都好。"

文圣一脉,除了关门弟子,嫡传都是拿来骂的,可是再传弟子,老秀才当然是怎么夸都夸不够的。

裴钱微微赧颜,习惯性挠挠头。原本还担心文圣老先生会责怪自己几句。骂自己再多都没关系,可如果连累师父就不好了。

老秀才让她们稍等,去找了那骂天骂地骂圣贤、忧国忧民忧天下的书院山长。结果那个山长起先没能认出老秀才,争论一番后,山长嫡传嘀咕了一句:"你算老几?"

老秀才立即回骂了一句:"我算老四!"

山长愣了愣,有些了然,反而越发书生意气,一身的大义凛然,质问早已不是文圣的老秀才,是不是要以曾经的圣贤身份让他闭嘴不言?

老秀才就懒得多说什么了,重新找到李宝瓶和裴钱,一起去往郁氏家族,那个郁老儿果然是个臭棋篓子。

老秀才猛然抬头。

壮哉!一剑率先离开龙虎山天师府,直去扶摇洲。随后又有一剑,破开青冥天下与浩然天下的接壤天幕。再有第三把仙剑,同样是破开第五座天下的天幕,去往扶摇洲。连破扶摇洲三层天地禁制。

与白也所持仙剑,四把仙剑,首次齐聚浩然天下。

白也，太白。

白玉京道老二，道藏。

龙虎山大天师，万法。

剑气长城，第四把仙剑，天真。

一人身侧，仙剑齐聚。

蛮荒天下的文海周密，离开桐叶洲最北端的渡口，施展神通，先后找到了赊月和斐然：一个在随便逛荡山野，在异乡和家乡接连吃过两个亏，棉衣圆脸姑娘越发小心谨慎，开始勤勤恳恳收拢、炼化各地月色；一个正在大泉蜃景城外的照屏峰山巅赏月。周密随手将两位数座天下的年轻十人之一拘到身边，让他们陪着他一起来此欣赏一座法相显化的建筑，以及一棵真相躲藏其后的梧桐树。

绣虎崔瀺擅长不与他人最强处争胜，喜欢先补齐短板，再将某些自身长处发挥到极致，这就使得宝瓶洲之争夺，周密再如何耍心机、使手段，意义都不大了，只能以攻对攻。

斐然和赊月各自与周先生行礼。周密笑着点头，然后望向斐然，微笑道："终于舍得搬出师兄切韵的名头了？"

斐然道："让周先生看笑话了。斐然事后愿意主动去与戊子帐赔罪，按照军功大小，交换既得利益。斐然自己不够，就与师兄借。"

大泉京城如今得以暂时保全，不是蜃景城的山水阵法如何难以撼动，不是大泉边军聚拢收缩一城之后如何难攻，而是斐然先前离开桃叶渡后，临时起意，在照屏峰异想天开，竟然飞剑传信旧戊子帐，要求将大泉蜃景城作为他在桐叶洲的最新地盘，而且是斐然独自一人占据一城，甚至都不是斐然所在的癸酉帐索要此地，这就与驻扎在南齐旧京城的戊子帐起了极大冲突，一个年轻十人之一的头衔，还不至于让整座军帐如何忌惮，最后双方之所以没打起来，是斐然用一句话就说服了对方。

"切韵是我师兄。"

斐然都不用说什么拿师兄切韵的战功换取蜃景城，戊子帐数位上五境修士就已闭口不言，默默离去，一个字的狠话都没撂下。

甲申帐剑修浯滩是王座大妖仰止的嫡传弟子，雨四更是被大妖绯妃尊称为公子，加上斐然与切韵是师兄弟的关系，这些都是甲子帐的头等机密。

在蛮荒天下，讲理最轻松。只不过既然周先生拿此事调侃，斐然当然也就愿意换一种法子讲理。

在蛮荒天下，之所以讲理简单，当然是规矩太浅显了，道理有大小之分，对错是非皆可覆盖。

周密摆摆手,说了一番让斐然不明就里的言语:"小事。回头我会亲自帮你算账。别说一座厜景城,就是整个大泉王朝都是斐然该得之物。"

桐叶洲的上五境妖族修士,先前几乎都察觉到了一洲的天时变化。所幸谈不上太多心悸,稍稍宽慰几分。

桐叶洲中部出现了一座早该出现却不出现、晚不该出现偏出现的雄伟建筑,正是儒家文庙建造的九座雄镇楼之一的镇妖楼,是压胜桐叶洲一洲之物。

这座镇妖楼圈画出一条囊括千里山河的圆形地界,周密刚好与赊月、斐然站在界线外,周密伸出并拢的双指,轻轻抵住那个天地禁制的阵法屏幕,涟漪微起,以至于千里之地都开始景象摇晃起来,斐然和赊月作为妖族修士,瞬间察觉到一种大道压顶的窒息感,斐然以剑气消去那份天然压制,赊月则凝聚月色在身,唯有周密依旧浑然不觉,却不是因为这位贾生并非妖族的关系,恰恰相反,不知为何,哪怕周密还不曾涉足镇妖楼辖境之内,在那股激荡而起的琉璃七彩光阴涟漪中天地气象好似凝为实质,不断凝聚在周密手指处,威势大小,只看斐然和赊月各退数步便知,这还是镇妖楼阵法始终被周密镇压的缘故,不然斐然和赊月恐怕就只能迅速撤离此地了。

周密收起双指,禁制异象渐渐消散。他仰头望去,与赊月说道:"荷花庵主是必须要死的,只不过死得早了些。你知不知道自己是'明月前身'?所以托月山那边对你一直比较刮目相看。留守托月山的大祖座下嫡传弟子新妆,早年经常去明月中探望你,她却对境界高你太多的荷花庵主从来都是冷眼旁观。新妆昔年真身曾是月宫中浇水斫桂的神女,所以新妆对荷花庵主当然看不上眼。"

赊月说道:"有猜过想过,一直不确定。"

周密突然笑道:"劝君高举擎天手,多少旁人冷眼看。"

心有千古谋,胸堵万冰炭,冷却一副热肝肠,烧掉心中圣贤书。

赊月听了也当没听见。

斐然问道:"这座雄镇楼,周先生能否摧破?"

周密说道:"可以是可以,但是得不偿失,所以目前没必要。不过比起南婆娑洲那座只能当花架子的雄镇楼,确实碍眼又碍事。"

斐然对这位来自浩然天下的周先生,确实由衷钦佩。早年斐然曾经在周密身边求学数年,只不过双方没有什么师徒名义就是了,临别之际,周密曾经与斐然笑言,说圣贤书,要只读半本。少了装不成圣贤,多了就是真圣贤。半本刚好,名利双收。

周密望向天幕,似乎在等待什么。

斐然骤然间剑心震颤,下意识就要远离周密。只是下一刻斐然就如释重负了,只是赊月却不知所终。

周密轻轻抖袖,一只袖口上雪白月色熠熠生辉,他望向浩然天下那轮明月,微笑道："以防万一。"

扶摇洲三座山水禁制，真正的撒手锏，除了围困白也，更在于周密以通天手段，强行拘押那一洲的光阴长河，成为一座几乎静止的湖泊。

周密突然以心声跟斐然说道："你师兄要我捎话给你，代师收徒这种事情，他已经做得足够好了，以后就看你的了。"

斐然脸色漠然，死死盯住这位蛮荒天下的文海。周密身形却瞬间消逝不见。

一道剑光劈开天幕，从青冥天下去往浩然天下。

世间仙人御风，极难快过飞剑，这是常理，而作为四把仙剑之一的道藏，此次远游，自然更快。

白玉京最高处，陆沉去而复还，一屁股坐在栏杆上，似笑非笑，望向那位不太听劝的二师兄。

道老二微微皱眉不悦，问道："作甚？"

陆沉抬起双手，扶了扶头顶那顶象征着掌教身份的微斜莲花冠："就不怕与太白剑落得一个下场？真无敌是真无敌，八千载不坠的美名，难道要被师兄自个儿弄丢了？白也再念旧情，也得白也能活下来，才能还上这份天大人情，我看悬。师兄这笔买卖，做得让师弟糊涂了，敢问师兄赠剑的理由？"

一旦没有了那把很称手的仙剑道藏，师兄真无敌的头衔说不定就会花落别家。

道老二反问道："将那化外天魔潜入姜云生道种，师弟这般违例行事，需要理由吗？"

陆沉一脸无奈道："当然有啊，只是晓得师兄肯定懒得听，师弟善解人意，才不愿意讲的。"

道老二说道："那我丢剑浩然天下，确实没有理由。算计来算计去，以有为近无为，累也不累。这句话我很早就想对你说了。只不过你一向是个听不见别人看法的，我这当师兄的，以前一样懒得对你多说什么。"

陆沉扭头望向仙气缥缈的五城十二楼，感慨道："师兄做事无须理由，大概这就是我与师兄道不相同，却还是认了师兄弟名分的理由。"

白玉京三位掌教，其实关系极为微妙，从三人各自掌管白玉京一百年的天下大势，就足以看出不同的三条大道，尤其是陆沉和师兄道老二，更是让整座青冥天下的修道之人都要一头雾水，捉摸不定。

当道老二坐镇白玉京百年，天下百年就要乖乖听从白玉京的规矩，最不服约束者，当初以大玄都观那位收拢了无数道脉的天纵奇才最为著称于世，结果就被道老二亲自问剑，就此道散天地中，白玉京与大玄都观就此彻底结下死仇。

轮到陆沉坐镇其中,天下百年就又会自行其道,聚散、乱平皆不定,脉络繁杂,一团乱麻。而陆沉与大玄都观,或是岁除宫这些白玉京三脉道统之外的道门圣地,其实香火情都不差,他经常游历其中,肆意谈天说地,饮酒赏景作乐,就是不切磋道法。传闻岁除宫宫主闭关多年,以及数座天下年轻候补十人之一的"二十二",竟然能够与一位死敌宗门的飞升境开山祖师女修最终结为一对神仙道侣,其实都与这位最逍遥游的白玉京三掌教有着千丝万缕的关系。

等到白玉京大掌教返回,天下潜在形势就有了水落石出的迹象,诸多道统道官、王朝豪阀和仙家府邸,得以休养生息,各自壮大。

倒是他们这两位师弟,与代师收徒的道祖首徒,关系都相对融洽,陆沉从家乡天下飞升来到白玉京之前,就早早将未来的大掌教师兄与道祖一起并列为古之博大真人,甚至陆沉在乘舟出海之前,专门跑去找到了一处遗落在光阴长河当中的古天水遗址,因为在那里,昔年道祖驾青牛薄板车过关,有人强使著书,才为后世留下五千言。此人正是后来的道祖首徒,一个让陆沉都要赞誉一句"天象地理,仰观俯察,莫不洞彻"的古之真人。

简而言之,陆沉觉得大师兄的道法很高,大道几近于道。但是在青冥天下的山巅修士眼中,陆沉却未必如何认可那个自称"文有第一,武无第二"的道老二。

陆沉闭上眼睛,以秘术通过一位嫡传弟子的眼观山河,感知了片刻浩然天下的命数流转,睁眼后,双手抱住后脑勺,笑道:"可惜那位心高气傲的大天师赵天籁,比师兄送剑要更快一步,不然又是个不小的笑话。"

道老二冷笑道:"那就看看到底是谁的仙剑更早进入那座扶摇洲。"

道老二随手挥袖,一股气势磅礴的青冥道气如银河挂空,浩浩荡荡追随那把仙剑而去,再次破开天幕。

陆沉忍不住转头问道:"师兄这也要争个先后啊?"

道老二反问道:"真要我搬出师尊,你才肯老老实实去往天外天?"

陆沉正要缓缓起身,悠悠御风,缓缓离去,突然笑呵呵道:"我这牵红线的月老,当得真是没谁了。"

原来第五座天下又有一把仙剑天真,紧随久负盛名的万法和道藏。其在剑气长城沉寂万年,终于第一次现世了。当年陆沉在骊珠洞天辛苦摆摊,为了牵上这条红线,可是让他费了九牛二虎之力,才好不容易将板车推到了泥瓶巷。只不过后来在剑气长城,宁姚那边的一半红线被陈清都斩断了。只是不知陈平安到底是怎么想的,竟是有意无意一直留着不斩红线。

人性之复杂难测,本就在神性和兽性之间游移不定,在人心间相互拔河,才能够让人族最终成为打碎远古天庭大道的那个一。神灵将其视为最坏,人族却做到了最好,各走极端,此消彼长,从而更换了一个一。

道老二瞥了眼得意扬扬的师弟陆沉。

陆沉正要继续说话,一位少年面容的小道士出现在栏杆旁:"哦?"

哪怕是道老二与陆沉都有些措手不及,毫无察觉。

陆沉立即闭嘴,收敛神色。

道老二毕恭毕敬打了个稽首,沉声道:"弟子余斗,拜见师尊。"

白玉京道老二,俗名余斗,家乡青冥天下,修道八千载。

陆沉赶紧一个后仰,翻转落地,直腰后打了个稽首:"弟子陆沉,拜见师尊。"

白玉京三掌教,俗名陆沉,道号逍遥,家乡浩然天下,修道六千年,入主白玉京五千年。

只不过道祖在莲花小洞天的观道容貌却非少年。

道祖微笑道:"可惜未能亲眼见到白也出剑。"

不是不能,而是不愿坏了规矩。至圣先师和道祖佛陀,当年三教祖师共同为天地订立规矩,此后万年,各自都不曾违例一次。

在这"少年"身边,稍晚一步,出现了一位首次做客白玉京的外乡来客——浩然天下桐叶洲东海观道观老观主。

对于十四境老观主,道老二余斗显然并没有放在眼中,看也不看一眼。

陆沉笑道:"老观主何等道法通天,都能与我师父掰手腕了,当年怎就输给了老秀才,以至于先输了一枚簪子,又输了藕花福地的日月精魄,实在让晚辈备感意外。"

老观主嗤笑道:"输?道有先后?法有大小?虚舟有高下?"

老道人看似随口言语,却言出法随,以至于整座白玉京五城十二楼皆有感应,尤其是那座城主位置暂时空悬的神霄城最是摇晃不已。

陆沉恍然道:"受教受教。"

余斗冷哼一声,神霄城异动随之停歇。

道祖说道:"陆沉。"

陆沉立即心领神会,笑道:"谨遵师尊法旨。"

不过这位三掌教不是去往天外天,而是去往大玄都观。

道老二余斗则去往天外天,近期注定要帮着师弟陆沉收拾烂摊子了。

老观主说道:"第五座天下,要变天。"

一座天地初开的崭新天下,大道压胜最重,谁高压谁肩头。但是宁姚先前实在"气盛",锋芒无匹,以至于连那方天地大道都不得不暂时避其锋芒,原本没有意外的话,宁姚会跻身飞升境,到时候才是大道关键所在,毕竟天下第一位飞升境,与天地间第一位十四境积攒下来的天道劫数大小,云泥之别。

但是当那个小丫头祭出一把仙剑,远游浩然天下时,便会牵一发而动全身,变数极大。那些蠢蠢欲动的远古存在,不会对此视而不见,极有可能不再蛰伏各地,而是会蜂拥而起。

道祖说道:"不然。"

老观主点头道:"天变未必变天。"

道祖笑道:"然也。"

飞升城。

捻芯看着脸色微白的宁姚,问道:"何必如此,何苦如此?"

捻芯实在不认同宁姚的选择。太冒失,太激进。她都有些后悔将那封密信提早给宁姚看了。

龙虎山天师府的出剑也好,白玉京道老二的出剑也罢,犹大有余力,但是宁姚如今毕竟只是仙人境剑修瓶颈,就要祭出真正的本命飞剑,远游别处天下不说,还要掺和那场当之无愧的神仙打架,怎么看都是不划算的。一旦仙剑天真遭受破损,受伤而归,就已经是莫大损失,仙剑若是就此崩碎遗落在扶摇洲战场,说不得宁姚就要直接跌境到玉璞境,飞升城等于失去了那个稳居天下第一宝座的大剑仙宁姚,宁姚则距离崭新天下的飞升境第一人不近反远,最终一步慢步步慢,不光是宁姚自身大道受阻,飞升城极有可能就此失去以一城争天下的大好先机。

宁姚坐在门槛上,默不作声,她只是伸手擦拭掉眉心处的鲜血。

不管如何权衡利弊,宁姚都不该如此意气行事,捻芯摇头道:"如果陈平安在这里,一定会拦阻你。"

"为飞升城,该做的事,我都会做。"宁姚说道,"但飞升城是飞升城,我是我。如果飞升城没了一位飞升境剑修,就要失去天下大势,我不觉得飞升城有了宁姚,就真的可以争得天下。飞升城真要就此失势,我一样不亏欠飞升城半点。"

只是亏欠了陈平安那么多的辛苦谋划。而宁姚也不觉得他在身边,会拦阻自己出剑。

再说了,如果有陈平安在飞升城当隐官,她只会更闲,哪里需要这么劳心劳力,出剑就是了。

宁姚伸出手背,抵住眉心。

此次祭剑,非同小可。

在这之前,剑气长城除了陈清都,只有董三更、陈熙在内的寥寥几位老剑修,知道她其实拥有斩仙之外的第二把本命飞剑。何况即便是那把本命飞剑斩仙,宁姚也不太愿意祭出,因为很容易被天真牵引,导致她剑心失控。到时候她就真要沦为仙剑天真的剑侍了。一把仙剑剑灵桀骜不驯,剑心纯粹至极,修道之人,要么以境界强行压制,要么以坚韧剑心砥砺,别无他法,什么善恶人心,什么大道亲近,都是虚妄。

宁姚温养两把飞剑本身,就既是炼剑,又是以斩仙问剑天真。

事实上,宁姚曾经私底下询问过老大剑仙一个问题,那个甲子之约,陈平安真的没事吗?当时陈清都答非所问:"看那位前辈到时候的心情吧。"

捻芯突然皱了皱眉头,说道:"你要小心这座天下的大道针对。"

宁姚转头望向这个缝衣人。似乎这句话,是有人在提醒捻芯,然后捻芯再来提醒自己。

捻芯摇头道:"这件事情,我还是要信守承诺的。"

宁姚点点头:"没有天真,我还有斩仙。"

捻芯突然笑了起来:"能让他喜欢,果然只有宁姚。"

当年在牢狱,关于和宁姚的所有相逢和重逢,年轻隐官从不和谁提及,就像个……守财奴吝啬鬼,好像多说一句,就要少去好些银钱。倒是那头飞升境化外天魔霜降,因为与年轻隐官相互算计的缘故,得以知道些内幕,实在憋得慌,就与捻芯多说了些。

霜降其实也不曾真切看清陈平安近乎迷宫的复杂深邃心境,只是和捻芯说了两个相对模糊的心相景象:一个是少年脚步沉重地走向陋巷小宅,天地昏暗漆黑,唯有祖宅屋内犹如有一盏灯火点亮,光明,温暖,草鞋少年在门口那边略作停顿,看了一眼屋内光明,他既不敢置信,又忍不住开怀起来,这让少年跨过门槛后,脚步变得轻快起来,少年却小心翼翼走得更慢,好像不舍得走快了。再就是少年独自走向一座廊桥,步履蹒跚,天地间越发黑暗得伸手不见五指,只是当死气沉沉的少年缓缓抬头,见到台阶上坐着一个人,少年原本漆黑如墨、好似深坠古井深渊的一双眼眸,如蓦然瞧见日月光明。

宁姚告辞离去。捻芯重新将那盏灯火放回桌上。

龙虎山天师府。

老秀才离开摘星台后,赵天籁说道:"有劳无累道友,走一趟扶摇洲,总不能教几座天下笑话我们天师府有剑等于没剑。"

小道童点点头,化作一道剑光,率先去往扶摇洲。

老秀才在天师府现身之时,其实正是扶摇洲战场最为形势险峻之际。

故而老秀才离开穗山,故地重游天师府,当然不是无头苍蝇乱撞,只不过老秀才火急火燎赶往龙虎山之前,至圣先师却给了个奇怪说法:"到了天师府那边,先随便逛逛,不着急叙旧。"所以就有了老秀才的奉旨找酒,喝你赵天籁一点酒咋了,那副楹联写了多少个字?尤其匾额横批"天人合一"四个字,是能随便给的?

文庙那边当年为此不是没有吵闹,觉得会分去一部分儒家道统文气,关键是与礼不合,尤其是那两位有重塑文脉道统之功的文庙正副教主,最终道理是听了老秀才的道理，可都没给他什么好脸色，所以老秀才我不过喝你一坛桂花酿而已，都补不回来与人吵架的那几大缸口水。至于其余几十坛不小心忘了放回原处的桂花酿，当是帮你天师府余着啊，何况退一万步说，送谁喝不是喝，天师府贵客络绎不绝又如何，可这里边能有浩然山君第一尊的穗山大神吗？能有白泽吗？有至圣先师或是礼圣老爷吗？做人得讲点天地良心，得了便宜还卖乖，不是什么好习惯，改改。"

老秀才被赵天籁丢出摘星台之后，扶摇洲战场一分为二。

在白也心相显化一部分的古战场天地当中，中土符箓于玄与枯骨王座大妖白莹捉对厮杀。

蛮荒天下十四王座之一，与浩然十人之一对峙，撒豆成兵的符箓傀儡与麾下白骨大军的厮杀无处不在，战场遍布天地。使得白也心相天地早已破碎不堪，只是被于玄以数以万计的符箓支撑而起，这等缝补天地的仙家术法，不可谓不神通广大，其实比单独造就出一座小天地更加不易。

白也依旧持剑太白，一斩再斩五王座，剑诗俱风流。

仰止终于说出白也的十四境合道所在，正是这位"浩然诗无敌"之心中诗篇。几乎同时，和符箓于玄正在一座小天地中的白莹座下剑侍龙涧，手持那把以观照魂魄炼化而成的长剑轻轻抖出一个剑花，一串金色文字震颤而出，化作灰烬，天地间却没有多出一丝一毫灵气。

切韵无奈抚额，笑眯眯道："我的亲娘唉，仰止妹妹你总算瞧出来了啊。可现在的问题是这个吗？不是猜一猜白也心中到底还剩下几篇诗文，剩下几句诗文？"

十四境的合道。大致可以分为天时、地利与人和三种。

合道天下一地山河，属于地利，类似浩然天下的亚圣和文圣。

荷花庵主、符箓于玄则属于合道天时，与那亘古不变、仿佛不被光阴长河侵扰的日月星辰有关。

白也合道十四境，则属于人和。

此外剑修想要跻身十四境，大抵也是如此，天时根本不用奢望，地利则毫无意义。何况剑修本身追求的就是"天地无拘我剑"，岂会主动去与天地契合证道？

白也出剑不停，不但无视光阴长河的凝滞万物法门，剑光反而无迹可寻，更重要的是使得白也灵气消耗得极为缓慢，出剑次数再多，除了些许递剑消耗的灵气，真正消耗的，其实只能算是心中诗篇。

有一条瀑布之水天上来，黄河落天走东海，落在人间与仰止大道显化的曳落河狠狠撞在一起，大浪滔天，一幅白描山河画卷当中，万里化水泽，声势不弱于仰止与绯妃的大道之争。

白也一剑将仰止那尊不再维持人首的巨蛟法相一斩为二。

袁首以万丈真身持棍杀至，距离白也不过百余里，成为最为近身白也的王座大妖之一。

太白一剑横扫，以开天地一线的璀璨剑光硬生生挡住袁首真身的一棍砸下。

袁首手中长棍再次崩碎，他右手抖腕作势一攥，手中又出现铭文定海的长棍，吐出一口血水。亏得白也心中诗篇无法重复祭出，不然这场架，不得打到地老天荒去？

不但如此，白也剑意余韵又有心相生发，让越发凶性大发的袁首挥棍乱砸，恨不得将天地一并打碎。

至于那个最早近身持剑白也的五嶽，与白莹处境类似。

浮云落日，青泥盘盘，悲鸟绕林，枯松倒挂，磴道盘峻，砯崖万转……大道青天，独不得出。我白也尚且出不得，何况心相天地中的那头大妖五嶽，更不得出。

这般天地异象让五嶽尽管三头六臂、法相巍峨，近乎顶天立地，依旧拳与兵器，皆开不得天。

访仙白也。

仰止好不容易撞碎黄河之水，不承想白也又是一剑斩至。

白发三千丈，我昔钓白龙，抽刀截流水，放龙溪水旁。

雪白飞剑三千，如雨齐齐落在溪涧中，剑斩大蛟真身的王座仰止。

溪涧一侧远方，更有将军白马，旌节渡河，铁骑列阵，密若雪山，饮马断水。

箭矢攒射，铁枪突进，剑气又如雨落。

边塞白也。

仰止苦不堪言。

已经从金甲牢笼当中脱困的大妖牛刀，刚要近身白也，天地一变，朔云横天，万里秋色，苍茫原野，凛然风生。

风起处即是剑气起处，剑气重重如山攒岭叠，一一连峰碍星河、横斗牛。

切韵纹丝不动，再次扯开皮囊，稍稍避开白也一剑，拭目以待，看了一眼天幕，本以为是天落白玉棺的剑气砸地，再低头看一眼人间，猜测会不会是三月麦垄青青的乡野景致，不承想皆不是，而是一处闹市酒肆旁。少年学剑术，醉花柳，同杯酒，挟此生雄风。年少侠客行，杯酒笑尽，杀人都市中。

游侠白也。

切韵这一次没能躲开少年游侠的一剑。

下一刻，切韵刚刚合拢身躯，就又身在星空夜幕中，他苦笑不已，连自己都要觉得烦不胜烦了，估计其余几头王座就更是杀心坚定、杀意盎然了。

梦骑白鹿西往山中，山四千仞峰三十二，玉女千人相随云空。高咏紫霞神仙篇，诸君为我开天宫。真灵炼玉千秋，桥蹑彩虹，谪仙人步绕碧落，遗形无穷。太白苍苍，星辰森列,大醉酩酊,挂剑依靠万古松,谁道脚下天河此水广,眼中狭如一匹练。蓦然回首,伸手笑招青童……

在另外一处战场。

反正打架不用卷袖管亲自动手,加上白莹是差不多的路数,所以符箓于玄教会了白莹不少俗语,什么抢什么都别抢棺材躺,蛙儿要命蛇要饱,什么老子这叫没毛鸟儿天照应,你那是母猪挤在墙角还哼三哼……

胡言乱语之际却不耽误于玄办一件头等大事。

于玄先将两张金色材质的符箓悄无声息掩藏在数千张品秩各异的符箓当中,悬在小天地东西两端,分别是日符、月符,各悬东西,最终变成一枚明字符。日月交相辉映,大放光明照彻天下,无幽不烛,所以山上有赞誉:于玄此符一出,人间无须点灯符。

只不过于玄祭出这两张符箓是为了确定一件事,扶摇洲天地禁制当中的光阴长河流逝速度到底是快了还是慢了,若果然有快慢之分,又到底是如何的确切差异。可哪怕日月符合成一张明字符,依旧是勘验不出此事,要想在重重禁制、小天地一座又一座的牢笼当中精准看出光阴刻度,何其不易,何等艰辛。

符箓于玄再丢出两张青色材质的符箓,一心两用,分别念咒,一袖两乾坤,祭出日景符和箭漏符。

"日晷停流,星光辍运,香雨旁注,甘露上悬。日影现光阴,流水定时刻,急急如律令!"

"光之在烛,水之在箭。当空发耀,英精互绕,天气尽白,日规为小,铄云破霄!敕!"

于玄再一咬牙,竟是又丢掷出了一张青色符箓,是他自创的亭立符。

山中无刻漏,仙人于清泉水中,立十二叶芙蓉,随波流转,定十二时,晷影无差。

三符一出,刹那之间,大道尽显。

虽然三张青符瞬间燃烧殆尽,可是于玄哪怕不过惊鸿一瞥,就已经窥得天机,跟白也提醒道:"小心光阴长河逆转倒流……"

符箓于玄蓦然哑然。原来在他喊出半句心声之时,刚好先后有三把仙剑破开扶摇洲天地三重禁制,三把仙剑刚好打消了符箓于玄"小心""光阴长河""逆转倒流"三个说法。

不但如此,那个身在白也心相天地中的切韵刚好对白也微笑道:"人间最得意,白也名副其实。"

切韵当然驾驭不了三把仙剑,但是切韵却能够掌控三重禁制和光阴长河。所以要符箓于玄勘破了天机,也无法告知白也一部分真相。

白也说道:"贾生。"

替死之法,在白莹;但是替身之法,却在切韵。所以目前这个切韵,说生说死都可。

另外一个天地,或者另外一个"名副其实"的人间。

四把仙剑齐聚白也身侧,白也先后手持一把太白、道藏、天真、万法,各自一剑倾力递出,四剑斩杀白莹、切韵之外的四头王座。四剑斩杀,让五嶽、仰止、袁首和牛刀,都死得不能再死了。

切韵身形消散,未曾挨上一剑,却是身死道消的那种大道消逝,周密微笑道:"以未来剑,杀现在人。白也只能去也。"

周密最后说道:"以后再与我问剑一场,如果你我都还有机会的话。"

一剑斩至。白也毫不犹豫以现在剑斩眼前王座切韵。

周密竟是任由剑光斩落在身。

一洲天地翻转,光阴长河紊乱不已。

仰止和袁首面面相觑,似乎不太理解为何自己还能活;牛刀和五嶽则神情凝重,望向那个不知为何大道突然崩散开来的白莹。最大的疑惑,则是白也何在?再者为何切韵的气息与白莹如出一辙,好似大道彻底断绝,却又稍稍藕断丝连,好像切韵莫名其妙变换成了周密?

至于符箓于玄和四把仙剑何去何从,更是让一群死而复生的王座大妖更加摸不着头脑。

白也如何在周密眼皮底下斩杀的切韵和白莹?

刘叉收剑归鞘,神色复杂。

浩然天下再无十四境白也。

至于那把仙剑太白,除了剑鞘犹存却不知所终外,长剑本身已经一分为四,分散各地,去势如虹。

其中一截太白剑尖去往倒悬山遗址附近。灰衣老者龙君好像被一巴掌拍在头颅,坠入脚下漩涡当中。

中土神洲,邹子突然伸手一抓,从刘材那边取过一枚养剑葫,将其中一道剑光收入葫内。之后将养剑葫还给刘材,让这位嫡传剑修,向那位读书人作揖致谢。

自认只是出于无聊才护住一座蜃景城的斐然突然瞪大眼睛,只见眼前悬停有一截剑身。

第三道剑光追随那把仙剑天真,破开第五座天下的天幕,一个急坠,最终轻轻落在青衫儒士赵繇身边。

看门的大剑仙张禄对过门而入的最后那道剑光视而不见,守门只拦人,一截碎剑有什么好拦的,再说张禄自认也拦不住。于是那道剑光去往半座剑气长城。

陈平安猛然抬头,虽然隔着一座甲子帐天地禁制,依旧察觉到了那股剑气的存在。

离真欲言又止,最终还是没有说话,只是默默地看着那一袭灰袍第一次身形掠过北边城头,就为了阻挡那截仙剑落入陈平安之手。

陈平安一个趔趄,一尊法相屹立而起,竟是陈清都手持长剑一剑斩向那一袭灰袍:"龙君接剑。"

陈清都此生最后一剑,竟是在身死之后多年为了剑斩龙君。

离真蹲在城头上,双手捂住脑袋,不去看已经看过一次的画面。

中土神洲一处,李花白也,花开太白。

树下,一个凭空出现的稚童环顾四周,略显茫然,最后抬起头望向那树李花。

一个虎头帽蓦然拍在孩子脑袋上,一个老秀才摸着那顶精心准备的虎头帽,大笑不已:"天运苟如此,且进杯中物。白也老弟,我带你喝酒去?"

剑气长城,陈平安好不容易坐起身,就看到一团灰白破布裹着一截剑尖,悬停在自己眼前。这是什么情况?龙君老狗与离真小贼,都会用计谋了?瞅着本钱不小啊。

一个老人身影出现在陈平安身边,弯腰一掌拍在年轻隐官脑袋上,说了一句:"当是失约的补偿了。"

陈平安转过头,却只看到老大剑仙消散的光景,不等陈平安起身,陈清都就已主动坐在地上,双手叠放在腹部,轻轻握拳。老人笑问道:"这一剑如何?"

陈平安想了想,管他呢,诚心道:"厉害。"

陈清都笑道:"真是张嘴就来啊,像我当年。"

昔年河畔,年轻剑修说了一句"打就打啊"。

陈平安说道:"放心。"

陈清都点点头:"很好。"

陈平安不再言语。

陈清都就此消散人间。

一袭鲜红法袍的年轻隐官,双手握拳撑在膝盖上,片刻之后,陈平安身上法袍蓦然变作一袭白衣,他站起身,来到城头上,望向对面那半座剑气长城。

然后一个身影落在一旁,大髯背剑,是剑客刘叉。

第九章
徘徊陋巷

　　陈平安见过三位以剑客自居的剑修,最早的阿良,后来鬼蜮谷的蒲禳,再就是身边这位大髯游侠。

　　刘叉带给陈平安的压力,要胜过那个当了多年邻居的龙君。一方面是刘叉剑术剑意更高,龙君由于体魄不全,始终没有重返境界巅峰。另外一方面,龙君终究是人族剑修,刘叉却是妖族,陈平安承载真名的缝衣之道,与刘叉存在着一种相互压胜的玄妙关系。

　　刘叉饶有兴致地打量起这个白衣隐官,自己的开山大弟子背篓,在这个年轻人手上吃过亏。也好,省得不知天高地厚,以为剑气长城之外,浩然天下再无剑修。

　　陈平安纹丝不动,只是身上法袍重新变作鲜红色,问道:"飞升城如何了?"

　　刘叉取出一壶酒,仰头灌了一口,瞥了眼似有所动又心如止水的年轻人,反问道:"你还有本事顾得上别人?"

　　陈平安点头道:"确实心有余而力不足。"

　　一袭灰袍的龙君方才已经被老大剑仙斩杀。

　　陈清都当年曾经说过,只要龙君胆敢越过城头往北一步,就会死。事实的确如此。可惜陈平安未能亲眼见到剑斩龙君那一幕。

　　只是陈平安不知那一截剑尖到底是何物,来自龙君从未现世的某把佩剑,还是老大剑仙留在此地的某件遗物?依循先前那股天地异象,倒像是来自倒悬山遗址大门那边,只是谁会向剑气长城丢一截剑尖?若真是某样远游之物,为何剑仙张禄和蛮荒天下又不阻拦?

至于那团灰白的破棉布与剑尖裹缠在一起,正是龙君身死的一种明证。那些灰袍残余,类似一位剑修或暴毙或兵解,然后被大神通剥离出来的本命飞剑。所以绝非什么法袍。

老大剑仙只是要他好好收起,用心炼化,却不是炼化为什么本命物,而是炼化为一把身外物的佩剑,炼化一截剑尖为长剑,炼化那团棉布为剑鞘,到时候应该会是一把不错的剑客佩剑。

陈平安换了个问题:"陆芝死了?"

心中却默念:别死,千万别死。

剑气长城的剑仙已经死了太多太多。好不容易离开剑气长城,陆芝他们这些于剑于家乡于天地都已问心无愧的远游前辈都已经不该只是晚死几天了。

无论是陆芝这位女子大剑仙本身的性情脾气,让陈平安心生佩服,还是涉及剑气长城将来在数座天下的千秋大业,陈平安都希望陆芝能够活个几千年,哪怕陆芝就此在浩然天下开宗立派,与剑气长城和飞升城彻底脱离关系,都还是一桩大好事。一位开山祖师的行事风格,往往会决定一座山头百年千年的门派风气。

以后若是还有机会与陆芝重逢,陈平安第一句话就是说:"陆芝你确实倾国倾城,谁否认老子就干他娘。"

刘叉说道:"没有,陆芝当下正在与仰止、袁首厮杀缠斗,不过你师兄就在战场附近,加上萧愻担任隐官的时候就与陆芝关系不错,陆芝返回南婆娑洲问题不大。"

陈平安立即又问道:"扶摇洲?"

刘叉说道:"白也落入周先生的陷阱,仙剑太白已碎。不过蛮荒天下代价也不小,搭进去白莹和切韵。"

经此一役,接下来蛮荒天下的十四王座新面孔会越来越多。

浩然天下那边,萧愻剑斩桐叶洲荀渊,曜甲打杀中土神洲周神芝,白莹炼化了金甲洲完颜老景,扶摇洲一位本土飞升重伤远遁,差点连跌两境,好不容易才保住个仙人身份,若非齐廷济出剑相救,就要被刻字城头了,如今已经躲去流霞洲一座下宗宗门的白瓷小洞天,闭关养伤。

陈平安似乎陷入了沉思。

难怪,那截剑尖是剑仙太白的一部分。难怪龙君会掠过城头阻拦剑尖靠近自己。只是白也为何要如此赠送此物?而且还是一把仙剑杀力最大的剑尖?

蛮荒天下陆陆续续身死道消的王座大妖有荷花庵主、黄鸾、曜甲、白莹、切韵。

那位白也诗无敌的人间最得意,竟然会死?! 战场为何会在西南扶摇洲,而不是距离中土神洲更近的金甲洲? 中土文庙到底是怎么谋划的战事? 不过也对,白也与文庙关系平平，儒家好像没资格对白也仗剑何处指手画脚。何况扶摇洲和金甲洲到底是怎么个具体形势，陈平安没那未卜先知的本事，只能通过城头刻字"周神芝"和"完颜老景"来推衍一二。

刘叉说光是王座大妖就搭进去两个，加上刘叉尾随那一截仙剑太白剑尖而至，是不是意味着那场堪称人间最巅峰的厮杀，是一场前无古人后无来者的围杀？儒家文庙和中土神洲是否有应对之策？这个刘叉到底有没有参与其中？还是周密运转神通，类似崔瀺的山水倒转，直接将刘叉送到此地？以防万一，早早斩杀自己了事？

疑问太多，没有答案，不知真相，因为线索实在太少，何况刘叉的言语至多只能信七八分。

但是陈平安倒是很清楚一件事，蛮荒天下和甲子帐越想对半座城头斩草除根，就意味着浩然天下的大势越好，绝不至于糜烂不堪，至少南婆娑洲和家乡宝瓶洲如今肯定还据守稳固，否则半座剑气长城，加上他这么个地仙剑修，没必要让王座第三高位的刘叉亲自过来出剑。

陈平安被刘叉突兀一拳打碎了山巅境的身躯魂魄。

刘叉并未出剑，单凭剑修体魄出拳而已，而且还单手拎着那只酒壶。

陈平安能挡却未挡，硬生生扛下一拳，然后在不远处聚拢身形，心中大为疑惑不解，不知刘叉此举用意何在，如此出拳的结果，跟龙君昔年出剑的结果一样，根本杀不死与半座剑气长城合道的自己，甚至可以说与上任隐官萧愻出拳相似，陈平安如今最缺的，恰恰就是这种"武夫问拳在身"的淬炼体魄。但是陈平安没有任何侥幸心理，更不敢贪求刘叉再出一拳。

刘叉喝了口酒，笑道："难怪能熬过龙君多次出剑，武夫体魄底子很好。"

多次出剑？龙君先后递出了一百七十九次！

陈平安问道："飞升城如何了。"

同样的问题，忍不住多问。

刘叉答道："飞升城在崭新天下不但已经站稳脚跟，目前还是五大势力当中开疆拓土最多的。"

陈平安如释重负。随即叹了口气，刘叉如此有问必答，看来自己的处境不太妙啊。自己一个哪里都去不得的小小地仙剑修，至于劳驾刘叉亲自出剑斩长城吗？

果不其然，刘叉笑道："你问几个问题，我就递出几剑。所以你大可以多问几个，反正只要多于三剑，差别就都不大了。"

陈平安竟然还真就又问道："周密是不是与托月山大祖有过一场约定，使得周密不但是幕后主谋，还会是蛮荒天下的战力最高者？"

刘叉笑了笑，没有言语。

陈平安说道:"搭进去白莹和切韵? 半个才对吧? 我第三问,刘先生问了不答;第二问,刘先生更过分,问了作假,所以递出一剑,意思意思得了。不然我要是再问下去,说不定刘先生还要欠我几剑。"

刘叉不再理睬陈平安,随意缩地山河,行走在这半座剑气长城城头之上。

陈平安就一直跟随着这个昔年王座第三高位的剑客。

刘叉蹲下身,在一处伸手抵住城头,轻轻一按,很快就站起身,去往别处,刘叉与身边的隐官随口说道:"就当是欠你两剑好了,只管出剑二十次,在那之后,我再出剑。"

刘叉言语之时,环顾四周,天地一变,剑气森严。

刘叉喝了口酒,笑道:"还真是不客气。"

刘叉丢了一壶酒:"行了,先前是故意吓唬你的,也是故意说给老瞎子听的,周密要我拿你当鱼饵,钓那老瞎子来此送死。"

刘叉已经被周密以"天下大义"动之以情,加上托月山大祖的敕令"晓之以理",违心做事一次,就绝不会再次在剑气长城对一个年轻人出剑。但要是说剑斩一个十四境的老瞎子,刘叉不介意多出剑一次,只要老瞎子离开十万大山,刘叉就会倾力出手。

酒壶并未坠地,反而行踪不定,倏忽出现在各处。至于那个年轻隐官,更是不见身影。

刘叉笑了笑,这小子倒是谨慎得……好似周密了。

对面那座城头,离真站起身,一脸疑惑。

周密突然现身,笑道:"你应该感谢我,会让一条光阴长河稍稍偏离原先河床。"

离真叹了口气:"到头来,我才是那个傻子。"

周密摇头道:"我早年在托月山翻阅那本老皇历,一直坚信远古剑修当中,不管是已经战死还是存活下来的,观照都被低估太多太多,那场河畔议事,应该有你的一席之地。只不过想来没谁愿意自己身边站着一个好像在光阴长河下游渡口等人的存在。

"当年我专门替你推衍过很多结果,到底如何才能自救,尽量熬到更远的某座渡口,只是很难有一个万全之策,意外之喜,是让我受到启发,于是早早有了如今这场围杀之局,不过我当年设想的伏杀之人,是与众多远古神灵一起从天外撞入浩然天下的礼圣。一旦成功,世间再无小夫子,白泽就有可能改变主意。"

离真皱眉道:"白泽与礼圣关系绝好,不会因此彻底反了蛮荒天下?"

周密笑道:"胜负两可间,帮谁都两难。可当蛮荒天下占据六分胜算的时候,无论是为了浩然天下少死人,还是让蛮荒天下站稳脚跟,到时候白泽的选择,其实就只有一个了。干脆利落,速战速决,唯有天下大定,才有机会休养生息。当然在那之前,我肯定会主动找到白泽,答应一些事情,做出很大的让步。"

周密转头望向遥远南方的那处十万大山地界,微笑道:"妖族白泽,为浩然天下说话,人族贾生,为蛮荒天下谋势,你觉得还有比我们更合适的天然盟友吗?"

离真说道:"可惜没成。"

周密说道:"确实可惜。"

离真感慨道:"贾生手段,真是阴毒。"

周密笑道:"阳谋用得,阴谋也要用得,若是能将阴谋用得如同阳谋,就是兵家集大成者。"

离真小声嘀咕道:"当年文庙就不该让你活着离开浩然天下,至少也该在剑气长城就让贾生莫名其妙暴毙了。"

周密只是摇头。

离真问道:"你到底要吃掉多少大妖才罢休?我很好奇你如今当真只有十四境吗?你与我师父……"

周密摆摆手:"不该知道的,就别多问,也别多想了。"

刘叉倾力一剑所斩白也,是光阴长河停滞为湖泊,却好似蓦然重归既有河床,使得白也手持四把仙剑,的的确确剑斩了四头王座大妖,在那之后,白也已经彻底耗尽灵气与心中最得意之诗篇,然后又被周密重新将那段光阴长河倒转逆流,只余下一个身死剑折的白也,留在光阴长河的渡口,其余一洲天地万物,连同六头王座,和一剑斩杀白也的刘叉,悉数重归光阴湖泊。只是在这期间,白也察觉到对面的切韵正是贾生之时,就已经手持太白剑斩切韵,不但如此,被刘叉出剑斩杀的白也,同样以阴神出窍远游,以其人之道还治其人之身,倒转光阴,逆流而上,以毁弃仙剑的代价再次出剑斩杀白莹。直到这一刻,周密再真正将湖泊打开禁制,重新恢复正常光阴长河,汹涌流泻天地间。所以在那之后,一洲天地的光阴长河才会如此破碎紊乱。

为的就是让将来之白也,尽量远离当下之白也。再无十四境修为,彻底失去一把仙剑太白,从此白也再无碍天下大局走势。在那之后,白也未来百年千年,是否能够重返巅峰,周密非但不会忌惮,反而充满期待。

离真突然试探性问道:"白莹是你……的阳神身外身?然后在修道过程当中,夹杂了诸多魂魄,让白莹自以为是白莹?"

周密笑道:"观照为何说自己是个傻子,我看不是。所以我一直很看重你这个托月山嫡传。如果不是小有意外,年轻隐官代替宁姚出战,离真如今就可以知晓更多内幕了。当然,四仙剑之一的天真,要么毁去,要么成为我的本命物之一。"

离真问道:"周密,几千年来,你到底'合道'了多少大妖?"

所谓的周密十四境之合道,便是吃,吃荷花庵主,吃曜甲,吃切韵,合拢阳神白莹,不还是吃?

事实上还有一个跌境到元婴境的王座大妖黄鸾!

至于那个金甲洲的飞升境完颜老景,自以为可以苟且偷生,下场如何?落在了周密手里,还能如何。

蛮荒天下,谁都不易见到周密,周密所见之人,多是些值得栽培的年轻人。不然无须周密阻拦,自有托月山嫡传帮忙阻拦。因此周密的王座第二高,一直给蛮荒天下的感觉,就只是托月山有意为之,好像是因为托月山需要一个脑子够好、帮忙传话的存在。所以文海周密一直被认为至多是飞升境巅峰,是名次极高却战力相对靠后的一个王座。

而枯骨王座大妖白莹,几乎从未与其他王座或是飞升境出手厮杀,喜欢鬼祟谋划,刨地三尺,专门针对那些暗中养伤的大妖,传闻是炼化为傀儡。所以白莹看似战力不高,但是出了名的家底深厚,以及城府深重。

白莹不但有龙君头颅所化的剑侍龙涧,还有观照一部分残余魂魄炼化的那把长剑。白莹行事,当真称得上是百无禁忌。

离真颇为无奈,备感无力,竟是再次蹲下身,长吁短叹起来。

即便本命飞剑是那光阴长河的离真,也不敢说自己眼中所见就是真相。

许多时候,看见了一部分的真相,最让人自以为是。只不过寻常人越自以为是,活得越轻松就是了,山上山下皆如此。离真则是例外。

离真突然想起一事,差点儿没笑出眼泪来。

相传历史上大妖白莹曾经询问文海周密一个问题:周先生是否要当蛮荒天下的文教之主。周密好像只是笑答"不够"二字。

离真抬起头,怔怔地看着青衫文士装束的读书人。读书人这么可怕吗?

周密只是安静等待那个老瞎子的选择。

老瞎子还是老样子。

只要老瞎子不离开山头,周密也不至于去十万大山那边折腾。

周密以心声笑道:"离真,你好好想想,想通了,就去桐叶洲找我。想不明白,也无不可,你就留在旧蛮荒天下版图好了。"

扶摇洲一役,周密为了斩杀白也,除了那些层出不穷的神通手段,还有最根本的代价,就是周密身上半个白莹和半个切韵的大道就此付诸流水。前者早早得自蛮荒天下,后者最新得自浩然天下。

年轻隐官和刘叉对话当中,误打误撞的一语道破了天机,其实是猜的。

如何猜出,很简单,设身处地,以读书人去设想读书人的一肚子坏水,不妨以最大恶意揣测他人之用心,将诸多手段尽可能想得"周全缜密"。

线索其实也有几条,比如荷花庵主的身死道消,如果说托月山大祖与陈清都相互大道压胜,不能出手,那么周密作为蛮荒天下的"隐官",至少也该阻拦,而不是眼睁睁看着董老前辈剑斩大妖不说,还要拖曳一轮明月到人间。

至于周密如何"说服"切韵,离真猜不出来。周密好似猜出离真的疑惑,主动为其解惑:"在我的大局之中,剑修斐然是一个极其重要的存在,远比赊月、雨四之流更重要。"

周密随后又说出了一个让离真心神震颤的说法:"观照一样如此,在我心中,分量仅次于斐然。所以观照所有残余魂魄的兜兜转转,一直都在我的掌控之中。"

周密随即说道:"恼火?需要吗?一个在这城头怨天尤人多少年了的离真,当真就不想脱离光阴长河的河床拘束,甚至都不用再当什么剑修观照?"

周密指了指远处陈清都剑斩龙君的战场:"你以为陈清都最后一剑不是向观照递剑?老皇历终究是要翻篇的。"

这座城头,曾经有刑官和隐官官职,甚至昔年贾生还当过前任刑官。

更早之前,远古天庭,有持剑者和披甲者。

只是白也竟然赠剑给桐叶洲斐然,这让周密有些小小不悦,又需要他额外分心去打杀一个大意外了。

昔年讲学传道斐然,两人虽然没有先生学生的名义,但其实周密传授斐然学问,远比传授给绥臣、流白这些嫡传更为用心。

事实上,斐然所在师门,仅存三位,在托月山大祖安排下,都早已是周密的棋子,周密原本有朝一日,甚至会以斐然某种意义上的"传道恩师"身份现身,再还给斐然半个师兄切韵,也要让斐然死心塌地追随自己,共同走向那条几乎没有尽头可言的大道。两人身后会有离真、雨四、浧滩之流的存在,远远跟随他们。

昔年在托月山,周密找到了那位养伤六千年之久的蛮荒大祖,提出过上、中、下三策。

第一个意外是剑气长城的举城飞升,落在了第五座天下。不然蛮荒天下在剑气长城的战损会小很多。

第二个意外是绣虎崔瀺的吞并一洲,阻滞桐叶洲妖族北上。

此外,像是十四境白也的出剑,观道观观主的两边都帮一把,然后隔岸观火。当然还有当下隔壁年轻人担任隐官,都算不得什么意外。

不然周密的上策早已达成,一举攻破西南扶摇洲,主力攻打孱弱不堪的东南桐叶洲,北征最不堪一击的宝瓶洲,一鼓作气拿下战力空虚的北俱芦洲,以及最后一个墙头草皑皑洲。随后与中土神洲、流霞洲、南婆娑洲展开对峙,在此期间,先将扶摇洲暂时归还中土文庙,可最终还是由蛮荒天下夺得扶摇洲和金甲洲。

周密只要拿下宝瓶洲,就是一个重大转折点。

而那高低三策,最有意思的地方,在于蛮荒天下的大势与文海周密的大道成就,恰恰相反。

周密对此没有任何隐瞒，与那位灰衣老者直接坦言，后者更是大笑不已，不但没有一巴掌随便拍死当时境界平平的浩然天下贾生，反而让周密只管放手去做。之后数千年，贾生变成了周密，周密又变出一个白莹。至于剑气长城的战事，周密其实一直在暗中谋划，除了剑仙剑修本身的缓缓策反，重点更是浩然天下的人心，比如雨龙宗、蛟龙沟、扶摇洲山水窟，授意三头大妖在桐叶洲的潜伏……

至于最终是谁的上策谁的下策，托月山大祖和周密都可以接受。

一座毫无教化可言的蛮荒天下，却能以国士待浩然天下贾生，真是一个天底下最大的笑话。周密岂能不殚精竭虑，为托月山潜心谋划大势数千年之久。

周密突然微微皱眉，随即眉头舒展，微笑道："好个符箓于玄，接连坏我两件小事，迟早有一天要和他讲讲理。"

一处明月宫殿遗址大门外。"飞升"至此的紫衣白发老人，摇摇欲坠，几乎跌倒在地，他仍是心思微动，怒喝一声，忍着伤势，依旧毫不犹豫就以术法碾碎了数以万计的残余符箓，使得其中一张金色材质的明月符蓦然化作一个儒生身形，儒生略带笑意，随之消散，于玄大骂了一句："狗贾生，老子拉不出狗屎给你吃！"

为了脱离扶摇洲的光阴长河禁制拘束，于玄手持那把白也丢来的太白剑鞘，老人不惜打碎一枚酒壶的整条心相星河，一半作为还礼，竭力护住白也的魂魄，好让坐镇穗山之巅的至圣先师把握更大、胜算更多，余下白也魂魄更全，至于剩余一半星河，符箓数量仍是多达四十余万张，与天象星河相互牵引，变成一座类似飞升台的符箓长桥，拖曳于玄远离人间，最终来到这座浩然天下万年禁地之一的冷清月宫废墟。哪怕如此，依旧险之又险，若非白也之外的剑仙出剑阻拦，于玄恐怕就要被一个扎羊角辫的丫头打落人间了。

只是不承想周密竟然不知施展了什么手段，能瞒天过海，将一粒心神依附在符箓之上，一路尾随至此，于玄还是落地之后，才只是凭借直觉意识到不对劲，二话不说便"破罐子破摔"，宁愿打碎一件有关大道根本的本命物剩余符箓，也绝不让万一出现。事实证明符箓于玄此举赌对了。

周密甚至懒得收回那粒由赊月本命月色作为遮掩的心神，选择与那张金色符箓一同消散，免得被至圣先师拘了去。

在月宫废墟外，符箓于玄颓然坐地，手持一把白也嘱托他归还大玄都观的太白剑鞘，他大笑道："他姥姥的，再也不当英雄了。"

只是于玄很快抚须而笑："去他的十四境，老子爽得很！"

低头一看，雪白胡须血迹斑斑，抚须好似揪须，又开始破口大骂狗贾生。

骂完之后，于玄想要起身，远离这是非之地，不承想又一张书页凭空出现，飘落在他身前。他伸手一抓,整个人被拖曳远去,好像符箓于玄要被一页书带往浩瀚星河当中去了。

书页上边有诗句:星汉灿烂,若出其里。以及一句好似旁注的言语:符箓于玄,在此合道。

于玄站在那张蓦然大如虚舟的符箓之上,好似大道远游,仙人乘桴浮于星海。

于玄打了个道门稽首,心湖中有涟漪响起:"于玄仙气很浩然。"

于玄哈哈笑道:"至圣先师谬赞,谬赞了啊。"

剑气长城那边,周密打开小天地禁制,一脚跨入对面城头的笼中雀当中。

周密哑然失笑,两位剑客,好似天各一方,各自喝酒。

刘叉率先起身,破开那把笼中雀的天地禁制,重返浩然天下南婆娑洲,听周密的意思,既然已经拿下三洲,接下来就要给那位醇儒一个晚节不保了,争取同时拿下南婆娑洲和宝瓶洲。其中南婆娑洲战场,会交给刘叉,只需要问剑陈淳安一人,其余都不用多管。

陈平安站起身,笑眯眯道:"老瞎子不好杀吧?"

周密环顾四周,点头道:"比隐官大人是要难杀些。"

陈平安将手中酒壶收入袖中,问道:"如何能杀白也?"

周密答非所问:"你是剑修,却未能见到白也出剑,憾事。"

陈平安说道:"以后白也可以看我出剑。"

周密笑了笑,年轻隐官这句话,听着很豪气干云,寻常人听见了,只当是一个年轻人的眼高于顶,连白也都不放在眼中,但是周密却知道,这是浩然天下读书人陈平安与浩然贾生言语的一个道理。

憾事往往让人失望,可是我还是要做到不让他人失望。

周密看着这条不知该说他大言不惭还是赤子之心的丧家犬,竟然极有耐心,缓缓说道:"那是一个人还未曾真正失望过。"

陈平安双眼眯起,一样语速缓慢,说道:"曾经有个小女孩在流亡逃难的路上,亲眼见到自己的娘亲躲着丈夫和女儿偷吃馒头。小女孩就只是麻木地看着那个场景,你说她失不失望,绝不绝望?一样可以变的,可以改的。是个读书人,就了不起吗?失望就会更大吗?我看未必。"

周密摇头道:"道理是个好道理,可还是太小。"

年轻隐官蓦然而笑:"那是当然,晚辈年纪轻,学问浅,哪里能跟文海周密比较大、道、理。"

周密双手负后:"到底要亲手打杀多少个自己,才能真正认命,再去一步一步改天换地?"

陈平安面无表情。周密已经身形消逝,甚至连陈平安本命飞剑笼中雀对此人的到来和离去都毫无察觉。

陈平安拈出一张符箓,确定一下自己到底身在谁的天地当中。

周密在陈平安身后出现,笑道:"这么胆小,怎么当的隐官?"

陈平安收起符箓。

周密说道:"很期待你武夫十境的气盛。"

陈平安默不作声。

在两座天地之外的剑气长城,那些昔年从画卷当中走出的剑仙英灵开始列阵,能消磨掉周密多少道行是多少。

周密笑道:"金丹碎了又碎,才跻身的山巅境,那么元婴境呢?不如用练气士的跌一境,来换纯粹武夫的止境?"

陈平安深吸一口气,实在不行,就拼了半座剑气长城不要。

这就是陈平安最后的撒手锏。拿一条命和半座剑气长城去换某头王座的大道。其实半座剑气长城的价值依旧极大,这笔买卖很不划算,但是又极有意思。一头王座大妖,谁愿意拿大道来换?龙君大概是最舍得的一位,却一直在确定老大剑仙的后手是否存在。

周密好像在确定这位年轻隐官的决心大小。最终他一闪而逝,先撤去天地禁制,再破开笼中雀。

返回桐叶洲之前,在城头之上,周密竟是以剑气刻下"白也"二字。不但如此,周密甚至打散了甲子帐的山水禁制,使得年轻隐官得以稍稍重见天日。

陈平安出现在崖畔,对岸就是离真,龙君一死,那半座剑气长城,就只剩下离真这一个托月山百剑仙了。

遥遥对望。离真眼神复杂,似笑非笑。

陈平安问道:"吃着屎了,这么开心?"

离真问道:"分你点?"

陈平安点头道:"拿来。"

离真愣在当场,疑惑道:"陈平安你脑子是不是从小就有病?"

陈平安说道:"饿狗才不怕棍,你比较鸡立鹤群。"

离真看了眼南方的广袤大地,再转头看了眼北边去往浩然天下的大门,最后收起视线,望向陈平安,说道:"走了。"

陈平安说道:"离真是离真,观照是观照,离真是观照,观照是离真,是什么重要吗?眼前人是谁,这都没弄明白,你又能去哪里?"

离真错愕不已,隐官大人竟然都会说人话了?!

陈平安又道："你都听得懂人话了？"

离真抱拳，使劲摇晃，算是第一次主动认输了。

陈平安突然坐在崖畔，离真也同样如此，自言自语道："等我一走，离真、观照都不是了，陈清都死了，龙君死了，都死了。"

剑气长城的历史，甚至整个剑修的老皇历，似乎就此一分为二，比起被托月山大祖斩开实实在在的剑气长城，还要更加做了个了断。

陈平安默不作声，拿出一壶酒，轻轻抛出，再以剑气碎之。一壶酒水洒落大地。遥祭万年之前的剑修龙君，与两位挚友，一同问剑托月山。

中土郁氏联手皑皑洲刘氏，一个出人出力，一个出钱，再耗费玄密王朝一处清秀地界的山水气数——以至于方圆百里之内灵气枯竭——最终临时打造出一座从金甲洲北部跨洲来到中土神洲的大门。当然要做成此事，还需要有人出剑，出剑之人正是来自剑气长城的刻字剑仙齐廷济。

关于这位外乡老剑仙的传闻，如今在中土神洲多如雨后春笋，几乎所有不同脉络的山水邸报，都或多或少提及过这个横空出世的齐廷济。所有邸报几乎都不否认一件事，如果没有齐廷济的出剑杀妖，扶摇洲和金甲洲只会更早沦陷。

老秀才在书院那边气得不轻，去找了郁老儿那个臭棋篓子，讨要点酒水喝，顺便看看郁老儿有没有什么用不着的物件。

裴钱则带着宝瓶姐姐去见在溪姐姐郁狷夫。

金真梦和朱枚这两位剑修，最早离开金甲洲战场，撤往北方大门，郁狷夫和裴钱这两位纯粹武夫更晚离开。

最后只剩下曹慈，依旧留在了金甲洲北方。

裴钱与曹慈问拳四场，只好暂且搁置。事分大小，事有缓急，裴钱对此拎得很清楚。

最后郁狷夫四人一起返回郁家，不承想林君璧也在附近。林君璧先前从邵元王朝一路游历到玄密王朝，在京城待了半月有余。只不过林君璧此次出门，没有对外泄露任何消息。如果郁狷夫三人没有返回中土神洲，林君璧再待半个月就要返回邵元王朝了。

郁氏是中土神洲最拔尖的豪阀巨族，开枝散叶极广，家谱一箱箱。郁狷夫又是被寄予厚望的嫡女，不然当初也不会跟那位"怀氏麒麟"定亲。

林君璧、金真梦、朱枚，三人既是剑修，又都是邵元王朝人氏，关系绝好，如今都住在身为"玄密王朝太上皇"的郁氏府邸。

郁狷夫又当起了蹩脚月老，拉着那位家族同龄女子郁清卿来与林君璧手谈一局。

郁狷夫瞧着两人，越看越登对，真是一对璧人。不生一堆粉雕玉琢的娃娃真是可惜了。

至于那个据说来自山崖书院的红衣女子，郁狷夫只是礼数周到，仅此而已。她和裴钱是生死与共的患难之交，李宝瓶就只是朋友的朋友了，而打点关系一事，从来不是郁狷夫的长项。

郁狷夫带着一行人来到瘿柏亭，此处是郁氏府邸享誉一洲的名胜之地，亭内白玉桌即是棋盘，只有两张石凳，桌上有两只棋罐，对弈落座，其余站着旁观，很有讲究。当然，凉亭有围栏长椅可坐，只不过离着棋局稍稍远了。

作为一个庞大家族定海神针的郁氏老祖，是少年神童出身，被誉为"美风神，少有大志，好学不倦，博览群书"。这座瘿柏亭就是郁氏老祖郁泮水亲手打造的景点，不过在一百多年前，此地曾被郁泮水封禁了足足三百年，就只为了下出前无古人后无来者的一局仙棋。

先后有一百六十人落子棋盘，因为每人只能下出一手棋。至于是执白还是执黑，碰运气。黑棋从先手精妙无双，到江河直下、中盘大溃，白棋则形势一片大好，直到一位白衣儒士入亭，拈起一枚黑子落在棋盘，然后说了句"不用再下了"。

众人一入凉亭，再看四周，别有洞天，古柏森森。据说那些每一棵都价值连城的老柏，是从一处名为锦官城的仙府移植来的。

竹出青神山，柏在锦官城。

裴钱对围棋不感兴趣，从来都是这样，小时候是懒得动脑子，又挣不着钱，后来至多看老魏和小白他们几个在棋盘上杀来杀去的。

李宝瓶就站在郁清卿身后，观棋不语。

金真梦和朱枚则站在林君璧身后，自家人当然要护着自家人。

如果不是郁狷夫说过自家老祖是个臭棋篓子，只是喜欢附庸风雅，非要捣鼓些虚头巴脑的事情，不然裴钱都要以为郁氏老祖下棋能稳赢小师兄了。

私底下听郁狷夫说，甚至连那什么"少年神童""美风神""好学不倦"，都是她老祖当了家主之后请人瞎扯的，其实老祖小时候就是个视财如命的小胖子，小小年纪就学会了许多挣钱营生。

郁清卿笑道："君璧棋理，越发醇正了。"

实尖虚镇被林君璧发挥得炉火纯青。前些年林君璧做客郁氏时，他是在强行追求棋术的所谓奇妙高远、神龙变化，却似乎又在棋盘上的短兵相接处杀心过重。如今林君璧却棋风一变，邃密精严，不失步骤，杀法环环相扣，棋理与杀气却不重，所以郁清卿对其才有"醇正"的评价。

郁清卿棋术未必如何高超，至多能算是玄密王朝的第一流棋待诏，比起精通弈棋一道的山巅仙师差距还是很明显的,但是她的眼光一向很好,被老祖笑称为郁家解语花。

林君璧从棋罐掂子时,郁清卿看了眼俊美非凡又神色专注的年轻人,心中则感慨:国运兴,棋运亦兴。在蒸蒸日上的邵元王朝,林君璧必然是未来国师了。

终有一天,林君璧的棋理会达到"一气清通,脱然高蹈"的境界。不是所有精通弈棋的人,当真能够在棋盘外如何成就气候,可眼前这个昔年少年,好似大道就与棋相通,生枝生叶。

郁狷夫和裴钱并肩而坐,郁狷夫脱了靴子,盘腿而坐,摘下腰间酒壶,递给裴钱。裴钱赶紧给郁狷夫使眼色,悄悄抬起下巴,点了点神色认真的宝瓶姐姐。

郁狷夫笑了笑,自顾自饮酒起来,心中大为好奇,裴钱除了她师父之外,竟然还有怕的人。

郁狷夫伸了个懒腰,双手扶在身后围栏上,聚音成线,与裴钱说道:"曹慈在两洲战场出拳极多,跟你师父那次跻身山巅境关系不小。"

进了凉亭后,裴钱始终端坐,挺直腰杆,双拳虚握搁放在膝盖上,轻轻点头。

郁狷夫说道:"山崖书院如今名气可不小了,都要归功于那位大骊绣虎。"

裴钱却不愿多谈绣虎,只是笑道:"我很早就认识宝瓶姐姐了。我师父说宝瓶姐姐从小就穿红衣裳。"

郁狷夫点点头。虽然还是不太理解,为何裴钱会对红衣女子李宝瓶如此亲近,却也不愿刨根问底,就像裴钱就从不在她面前提及那个怀潜。

郁狷夫喝着酒,偶尔瞥一眼棋局,反正看不看都看不清胜负走势,她会下围棋,不过就真的只是会下而已。她更喜欢象棋,郁氏藏书楼就有一位兵家祖师亲笔手书的《象经》初稿。

山上练气士,远比山下俗子更加思虑幽深、算计长远,不过除了兵家修士之外,修道之人往往推崇围棋轻视象棋。

郁狷夫问道:"你会不会下象棋?"

裴钱摇头道:"没下过。"

当年老魏和小白经常下象棋,只是某次被小师兄冷嘲热讽了一通。稍微用心想了想,裴钱就想起了那番言语,一字不差,一一记起。其中一句最损了:"这象棋的深度,就是魏羡喝酒的海量,你们俩不臊啊?"

郁狷夫当然不知道这一茬,随口说道:"年轻候补十人当中,有个叫许白的年轻人,精通象棋,他那'许仙'美誉一半在此。因为许白在少年时,曾经梦游中土兵家祖庭直钩台,与那位隐世数千年的姜姓老祖对弈十局,许白四胜六负,所以许白在成为候补十人之前,其实在山巅修士当中就已经名气很大了,在'许仙'之前,早早就有了个'少年姜太公'的绰号。"

郁狷夫喝了一口酒:"有机会一定要与他请教请教。输棋是肯定的,只希望输得不要太难堪。"

裴钱对什么许白许仙就更不感兴趣了,所以说道:"我只见过符箓于玄老前辈,确实很仙。"

诗家白仙,词宗苏仙,符箓于仙。象棋许仙?

裴钱突然咧嘴一笑:"在溪姐姐,如果,我是说如果啊,我是你们郁家老祖,就将那一百多颗黑白棋子偷偷藏起来,铭刻上下棋修士的名字。既能珍藏,又很值钱。"

郁狷夫眼神古怪。

裴钱问道:"已经这么做了?"

郁狷夫叹了口气:"咱俩换个身份就好了。"

裴钱摇头。她可舍不得换。

林君璧和郁清卿下完一局棋,耗费了将近半个时辰,还要复盘。

事先问过郁狷夫,得到许可后,裴钱就带着宝瓶姐姐一起闲逛起来。

走远后,李宝瓶揉了揉裴钱的脑袋,说道:"跟朋友相处,不用那么拘谨。"

裴钱想了想,点点头:"听宝瓶姐姐的。"

李宝瓶继续说道:"你刚刚从金甲洲战场回来,下意识绷着心弦,也很正常,不过你不能一直这样。当年小师叔带着我们远游,偶尔都会偷个懒,何况你这个当弟子的。"

裴钱闷闷道:"师父就算偷懒,也是为了攒气力和心气,不一样的。"

李宝瓶笑着没说话。

老秀才突然现身,身边多了个头戴虎头帽的小孩子,老秀才大笑不已,和那孩子介绍说道:"可以喊宝瓶姐姐、裴姐姐。"

孩子斜眼老秀才,老秀才立即悻悻然道:"喝高了喝高了,怪不得我,郁老儿别的不说,这珍藏多年的酒水,真是很够劲。"

然后老秀才递给裴钱一把小巧玲珑的竹黄裁纸刀,诗篇铭文刻满正反两面,笑道:"裴钱,这是那位郁前辈补上的见面礼,收下吧。客气啥,长者赐莫要辞嘛。是件咫尺物,对于郁前辈来说,就是九牛一毛,落魄山的一粒瓜子,只管收下,不然郁老儿肯定要急眼。"

裴钱刚要说话,被李宝瓶扯了扯袖子,裴钱便挠挠头,接过了那把珍贵异常的裁纸刀。确实有些家当,没有咫尺物的话,都要头疼怎么带回家去,总不能一直欠着在溪姐姐那件咫尺物,说好了离开金甲洲就要还她的。

然后老秀才说要离开一趟,要去穗山。

从头到尾,老秀才都没说那个头戴虎头帽的小孩子姓甚名谁。

老秀才一走,李宝瓶和裴钱也各自离开了郁家。

李宝瓶要返回学宫,山崖书院学子目前在那边求学,裴钱则远游多年终于返乡。不过要先跨洲去往皑皑洲,再绕路去往北俱芦洲,才能返回宝瓶洲。

李宝瓶将那把狭刀交给裴钱,腰间只悬一枚养剑葫,红衣牵马离去。

裴钱站在门口,喊了声"宝瓶姐姐"。李宝瓶转过头,笑眯起眼,蓦然灿烂而笑,双脚轻轻跺地,双手飞快晃动。裴钱挠挠头,终究没好意思如此孩子气了。

裴钱站在门口许久,这才转身走回府邸,先劳烦一位管事帮忙通报一声,看她能否去郁家老祖那边道谢和告辞,那位管事笑着答应下来。

裴钱见过了郁氏老祖,再去与郁狷夫告辞,郁狷夫就要送她去那座仙家渡口,裴钱带着那个取名阿瞒的不记名弟子,结果到了渡口,郁狷夫临时起意,说:"裴钱,既然你要去趟雷公庙,我正好也想去那边逛逛,看能否与那位沛阿香沛前辈请教拳法。"

郁氏老祖郁泮水站在私人花园一处悬挂"木野狐"匾额的凉亭内,他身边站着一位年轻俊美的白衣公子哥。

郁泮水笑呵呵搓手道:"沾光沾光,亏得有齐兄在,气运在我,老秀才今儿下手不重。"

这位暂时做客郁家的"年轻公子"正是齐廷济,他在扶摇洲山水窟没能救下周神芝,所幸后来在金甲洲剑斩完颜老景。虽然那位飞升境多半没有彻底死绝,但这笔战功实打实落在了这位剑气长城老剑仙身上,至于那位扶摇洲本土飞升境,更是对齐廷济感恩不已,与齐廷济约好,等他在流霞洲白瓷洞天出关,一起找个地方喝酒。

老剑仙,是说齐廷济的修道岁月、城头刻字,其实齐廷济是极为年轻的容貌。齐廷济在中土神洲,先是声名鹊起,然后享誉一洲,只不过之后他却消失无踪,有传言说是皑皑洲刘氏财神要重金邀请齐廷济担任家族"太上供奉",刘氏的重金,那绝对是超乎想象的重金,所以齐廷济如今已经是刘氏的座上宾。

两洲战场积攒下来的功德,足够让齐廷济在浩然天下开宗立派了。但是齐廷济还在犹豫,一旦在浩然天下扎根,以开山祖师的身份建造出一座祖师堂,就等于主动放弃了飞升城和第五座天下。扶摇洲和桐叶洲两道大门支撑没几年,所以浩然天下这边关于飞升城的山水邸报几乎空白,要不然就是一些个胡乱杜撰的小道消息。

先前老秀才找上门来,齐廷济就主动避而不见,不承想就此错过了那个头戴虎头帽的孩子。

郁泮水甚至都没敢点名道姓,支支吾吾,齐廷济便大致猜出了扶摇洲一役的最终结果,儒家文庙一定付出不少。

郁泮水笑道:"刘聚宝那家伙财大气粗,心更凶,所以不如我,不用花一枚钱,就让齐兄当了郁氏的挂名客卿,君子之交淡如水嘛。"

齐廷济一笑置之。

郁泮水收敛笑意，问道："准备如何答复刘氏？"

齐廷济说道："我先见见这位刘氏财神。"

郁泮水点点头，花园内瞬间百花齐放，下一刻，一个身材修长、衣衫素雅的中年男子好似就站在百花丛中，中年男子走到凉亭中，和齐廷济抱拳笑道："刘聚宝见过齐剑仙。"

齐廷济抱拳还礼。

郁泮水笑道："你们聊，我去见个晚辈，看能不能给那小子忽悠瘸了，成功入赘我郁氏。"

刘聚宝扯了扯嘴角。

郁泮水一拍脑袋，打了个响指，匾额那边出现一缕青烟，最终凝聚出一个身姿婀娜的艳美女子，跟在郁氏老祖身后。

一间书房。

林君璧跨过门槛后，一位仙人境修士轻轻关上门。书房内只有一位老人，拎了把椅子背窗而坐。林君璧上前几步，作揖行礼。

林君璧能在那瘿柏亭落座，在这书房就休想了。

眼前这位跷二郎腿的郁家老祖，瞧着就是个锦衣玉食的富家老翁，胖乎乎，一眯眼，眼更小了，越发显得脸大，凭空多出几分油腻。

很难想象，这位老人不过玉璞境修为，就能够在大澄王朝覆灭后又扶植起一个国力更强的玄密王朝。而不管是大澄还是玄密，都要比如今的邵元王朝排名更高。

在略显幽暗冷清的书房里边，既然老人不说话，林君璧就只是站着。

郁泮水终于开口笑道："听说你精通弈棋，都快要青出于蓝而胜于蓝了？"

"君璧棋术依旧不如先生厚实。"

"这话说得油腻了，我是问输赢，没说棋风，按照你的说法，我还比绣虎下棋霸道呢，有意思吗？"

"君璧与先生对弈，各有胜负。"

"小子贼精，养望术比棋术更高。邵元国师教出了个好弟子。"

"该得的，一毫一厘别少我；不该得的，给了我也会还。"

"怎么还？当那人心、名望是钱财啊，油腻油腻，小小年纪老到得油腻，为人处世更油腻。"

"规矩之内，我问我心，我行我事。"

"你去剑气长城，初衷不是为了郁狷夫吗？是心灰意冷，知难而退了，还是犹不死心，打算放长线钓大鱼？此问可不好答，要么是你小子承认自己居心叵测，要么是承认你家先生心太脏，棋盘外落子都是下黑手，所以不如我帮你找个理由，窈窕淑女，君子好逑？是不是就比较斯文了？"

郁泮水攥着一枚冻如凝脂的玉石手把件，薄意雕刻，下刀极浅，唯有两处篆刻较深，皆是印文样式，一为"玉璇"，一为"琢"字。他呵了口气，换成双手紧握，轻轻拧转，然后又习惯性往脸上蹭了蹭。

林君璧对此视而不见，说道："郁狷夫看不上我，我和郁清卿不合适。"

郁泮水讥笑道："傻姑娘怎么看上的陈平安？"

林君璧反问道："郁狷夫为何会看不上隐官？"

郁泮水眯起眼，抬起手腕，轻轻虚握，下一刻手心就多出一枚印章，再以双指拈住。

印章边款：石在溪涧，如何不是中流砥柱？绮云在天，拳犹然在那天上天。印文则是：女子武神，陈曹身边。

郁泮水问道："你下棋，就是输给此人？知不知道他是谁？"

林君璧说道："郁先生知道就好。"

郁泮水提起手中另外那个玉把件，说道："你骂这家伙几句，我将此物送你。天知地知你知我知，我不说你不说，怕什么。提醒一句，我手中的把件，可是水绘园故物，等于半座水绘园，别说你需要，就连你家先生都不会嫌弃。"

此物出自老坑福地，这种奇石田黄，是老坑福地的山根精华所在，是福地的特有之物，价值连城，一两老坑石一两谷雨钱，更有"天下印章砚台，半出老坑福地"的说法。

老坑福地是出了名财源滚滚的上等福地，由符箓于玄山门的一座下宗宗门掌控。

符箓于玄，一山五宗门。手握一座上等福地、一座小洞天和两座中等福地，其中那座云梦小洞天中不仅有青草湖，光是蛟龙窟就有数座，水裔精怪更是无数，尤其难得的是天生性情温驯，最被山上仙子喜欢。

归功于浩然天下那些杂乱不堪的山水邸报，为仙子们评选出了众多山上必备物件，什么龙女仙衣湘裙裙，十二颗虬珠起步的"掌上明珠"手串，一把白帝城琉璃阁炼制的梳妆镜，一幅被誉为"天下一等真迹"的临摹《云上帖》或是《花间帖》，流霞洲玉春瓶，斜插一枝来自百花福地的梅花……

于玄能不有钱吗？符箓能不多吗？便是郁泮水这个手握玄密王朝全部财库的郁氏老祖都要自愧不如。

这会儿"现身"自家花园的那位皑皑洲刘大财神曾经主动开价，要跟符箓于玄购买半座老坑福地。据说当时刘聚宝身上带了一堆咫尺物，里边满满当当都是谷雨钱。除了堆积如山的神仙钱，刘氏还愿意将自家绿荫福地的一半送给于玄，只是于玄没答应就是了。

于玄说："你刘聚宝有钱又如何，可我像是缺钱的人吗？"

说到底，什么半座老坑福地、半座绿荫福地，什么刘聚宝送钱给于玄，都是表面功夫，却类似山下世族的一桩联姻。皑皑洲刘氏不过是要再抱一条大腿，当然双方确实可以一起挣长远的大钱。一方挣钱一方亏钱的买卖,做不长久,只是一条"流水"财路,说走就走,说没就没。

林君璧好似早有腹稿,毫不犹豫,背稿子一般,还真就骂了一通"崔东山"。

郁泮水哈哈大笑,十分快意,将那个玉把件丢给林君璧,林君璧收入袖中,说道:"可惜未能解石为一枚方章。"

郁泮水转头说道:"回头你告诉绣虎。"

一个清冷嗓音响起:"奴婢领命。"

林君璧始终目不斜视,置若罔闻。

关于这位郁家老祖的传言太多,性情不定只是其一。

郁泮水突然问道:"那个年轻隐官真能让你林君璧都要佩服?"

林君璧点头道:"不能为之,心神往之。"

郁泮水笑道:"咱俩手谈一局?"

林君璧说道:"输赢都由郁先生说了算。"

郁泮水抖了抖手腕,将那枚印章放回原处,起身道:"走,去瘿柏亭杀一局去,小子口气贼大,说得好像能赢我似的。"

京城渡口那边,裴钱和郁狷夫一起乘坐仙家渡船去往皑皑洲,阿瞒站在观景台栏杆那边,痴痴地看着一座恢宏京城变成巴掌大小、芥子大小,最终消失不见。

裴钱问道:"你先补上昨天欠下的练拳,不然你要还我一枚雪花钱。"

阿瞒只是踮起脚尖,始终望向远方大地。

裴钱也不恼火,更无责骂,只是说道:"按照约定,连续两天不走桩,还我一半雪花钱,一旦总计有三天不练拳,全部还我。"

阿瞒这才含糊不清地说道:"再看一会儿。"

陈灵均走渎,终于在春露圃附近的大渎入海口,成功离开一洲山河气运的镇压束缚,声势浩荡,一条庞然大蛟有如龙入海,掀起滔天巨浪。

只是陈灵均刚要趁势再咬牙前冲千百里,不承想微微扬起巨大头颅,只见远处海面上,一袭青衫双手负后立于船头,十分潇洒,但是在大浪之中,那人立即被打回原形,术法乱丢,也压不住水运汹汹导致的惊涛骇浪,这让陈灵均心一紧。

大渎邻近入海口沿途两岸数千里,已经有几家仙师帮着镇压水势,大水不至于漫延上岸,免得伤及无辜,不承想临了,还是有条道运不济的漏网之鱼。陈灵均瞧见了那个最终呆若木鸡的年轻仙师,一个发狠,晃动那条血肉模糊、可见白骨的蛟尾,更改轨迹,撞入大海深处,整个头颅砸在了海床上。

石、崖、桥、堤岸,一切陆地之属的万物,皆是蛟龙之属走江的无形大道阻拦。蛟龙走江，讲求一个一往无前，疯狂汲取水运，洪水滔天，走得越快就越轻松，陈灵均却一路走得磕磕碰碰，一鼓作气支撑至此，终于彻底衰竭，若非那一叶扁舟拦路，其实他还能冲出去最少千里海域。陈灵均晕乎乎晃动头颅，事已至此，再走海就毫无裨益了，他忍着全身剧痛，凝为人身，从方寸物当中找出衣物穿戴在身，背竹箱手持行山杖，摇摇晃晃踏波而行，去找那只落汤鸡。陈灵均环顾四周，见那落汤鸡上半身趴在倾覆的小船上，大呼道："好大水，咋回事？！"

见那人无事，陈灵均松了口气，然后悲喜交集，一个忍不住，就号啕大哭起来。

"老子这辈子再也不走水了，谁说都不成。老爷发话都不成！"

只是号了几嗓子后，陈灵均一屁股坐在水面上，又笑了起来，跌跌撞撞的，走渎总算成了嘛。也就是贾老道、白忙这些好兄弟都不在身边，不然这会儿陈灵均能拉着他们一起把一条济渎当酒水喝完。

陈灵均立即抹了一把脸，见那位瞧着只是洞府境的练气士好不容易将小船翻转来，正蹲在那边用双手倒水入渎，大概是先前以蹩脚术法抵御巨浪耗尽了灵气。

陈灵均心中确实有些愧疚，年轻练气士好好赏着景，就成了落汤鸡。

云海之上，李源捂着额头："我这灵均兄弟，走渎走渎，是不是脑子都跟着进水了，哪有这么走渎的。"

走渎成功，竟然就只是让一位金丹境蛟龙之属，只是元婴境初生，而不是李源和沈霖最早预期的元婴境瓶颈。

元婴境初生，与元婴境圆满，对于修道之人而言，哪怕同一境界，其实已算天壤之别，对于境界攀升更加艰难的蛟龙之属，两者更是悬殊，而且走渎这种事情，能一而再再而三吗？机会没了，这辈子就都没了。原本按照龙亭侯与灵源公的推衍，陈灵均只要走渎成功，最坏的结果，都是元婴境圆满巅峰境，运气好些，直接破开元婴境瓶颈跻身上五境都不是没有可能，可惜是被陈灵均扑腾出个当下的惨淡光景。

李源已经开始担心自己的前程了，陈平安不会到时候迁怒自己的护道不利吧？

南薰殿水神、如今的济渎灵源公沈霖，和龙亭侯李源并肩而立，她笑道："我倒是觉得这样不错。开始有些理解陈平安为何愿意如此照顾陈灵均了。"

李源还是替好兄弟心疼那份大道折损："当个好人，实在太花钱了。"

李源皱眉问道："那位瞧着总让我觉得气象古怪的练气士，好巧不巧，突兀出现在这里，连累陈灵均跌了半境，当真只是地仙修为？"

沈霖也有几分忧虑："除了岸上春露圃修士，还有你我双方的水官一起巡游海中，照理说确实不该有人出现在此地。"

再远些，千里之外，其实还有一位渌水坑出身的捕鱼仙，因为按照双方推衍，陈灵均裹挟大渎水运汹涌入海之后，会在那处被临时开辟出来的水府暂作休憩，以此固本培元。

一个身材臃肿的绿袍妇人凭空浮现在两位大渎公侯身边,说道:"主人让我捎话,要你们不用追究那人来历,随他去。不但如此,如果有人擅自探究此人根脚,比如大源崇玄署或是水龙宗,来与你们试探口风,你们劝一劝拦一拦,拦不住就与我打声招呼。"

妇人笑眯眯道:"要水淹婴儿山雷神宅,龙亭侯好大的气魄。"

李源嬉笑道:"澹澹夫人折煞小弟了。"

这头渌水坑飞升境大妖道号青钟,自封"澹澹夫人"。喜欢与人间最得意攀亲戚。传闻在那渌水坑大门外,悬有一副金字楹联:"击钟青冥之长天,足蹑渌水之波澜。"

飞升境咋了,白也为渌水写过一篇诗文又咋了,看把你拽的,荡漾得没边了,你真有本事,就去与我的好兄弟火龙真人拽去啊。

澹澹夫人笑着离去,忍不住瞥了眼海上的年轻练气士。虽然她现身后表面镇定,实则心有余悸,不比见到火龙真人更好。

斩龙之人,斩杀水裔,岂不是更信手拈来?

陈灵均机灵得很,随便找了个借口,陪着那哥们一起大骂这边的水势诡谲,然后很快两人就开始称兄道弟起来,不承想那哥们竟然也姓陈,名浊流,这名字取的,跟好兄弟白忙有的一拼,而且一看就是个科举失意人。陈灵均开怀大笑道:"你姓陈我姓陈,那咱俩岂不是五百年前的本家兄弟?"

陈浊流微微一笑。先前寻见了一处破碎秘境,随便找见了一副仙人遗蜕,就将先前皮囊还给了那个北俱芦洲的年轻车夫。

车夫"白忙"得了一袋子神仙钱,陈灵均换来了一场走渎成功,而不是功亏一篑,到头来白忙一场。

一旦走渎顺遂,任由飓风大雨肆意侵袭两岸,那么陈灵均跻身玉璞境并不难,而不是当下的元婴境蛟身,得以具备真龙雏形,可陈浊流说不得就要一个忍不住,先还钱,再一剑斩掉好兄弟的头颅了。而且方才陈灵均如果为了大道成就更高一筹,选择一撞而来,撞烂一叶扁舟和打杀拦路人,那陈浊流就更省心省力了。

陈灵均觉得自己到底不是那种乱认兄弟、乱斩鸡头烧黄纸的人,与陈浊流告辞一声,主要是要赶紧去与李源和灵源公道谢,再找到白忙,然后一起打道回府。

只是陈灵均一路返回,去过了龙宫小洞天谢过好兄弟李源,然后在春露圃四处逛荡一圈,却始终没能等到白忙,倒是又遇到了那个在春露圃渡口蹲着吃那啥龟苓膏的本家兄弟,这么巧,不认个朋友太可惜,结果这一聊就更投缘了。陈浊流掏出一只老旧钱袋子,打肿脸充胖子也要请客的样子,看得陈灵均都要心酸。陈浊流要去鬼蜮谷碰碰运气,因为如今那边京观城没了那头上五境英灵,机缘遍地。陈灵均一听,又顺路,只不过陈灵均还是打算多打听打听白忙,不承想陈浊流也是个大气的人,竟是陪着陈灵均一起在这边逛荡了足足一旬，钱袋子空了大半，只剩下渡船钱，陈浊流才说有事忙去了。陈灵均苦找白忙不得，只好让春露圃那边帮忙留意几分，这才带着陈浊流一起乘坐渡船去往骸骨滩。

李源在大渎畔望向那条渡船，突然悚然一惊。只见凭栏而立的青衫文士朝自己眯眼一笑，身旁的沈霖立即施了个万福，那个陈浊流这才转身离去。

两人先一起逛过了骸骨滩，好说歹说，陈灵均才说服陈浊流莫要去鬼蜮谷当山泽野修，跟着他去宝瓶洲吃香的喝辣的！

只是披麻宗渡船跨海南下，到了长春宫渡口，陈浊流却突然说稍后再去牛角山渡口，陈灵均便与他约好在落魄山碰头，之后独自南下。

到了牛角山渡口，双脚一落地，陈灵均又忍不住擦了一大把辛酸泪。

悬好剑符，御风到了自家山门口，见着了曹晴朗，陈灵均哇哈哇哈一阵大笑，大步走向曹晴朗："晴朗啊，几年不见，境界还是蚂蚁爬坡啊，这可不行的。"

曹晴朗站在原地，轻轻点头，笑而不言。

陈灵均笑问道："我不在落魄山的这些年，有没有谁欺负你啊，跟我说一声，如今也就是陈哥我一巴掌的事情。"

曹晴朗摇头道："不曾有。"

陈灵均有些失望，不过很快就开始大步登山，没能瞧见那个岑鸳机，走桩如此不勤快啊。不过陈灵均很快见着了那个正在巡山的黑衣小姑娘，小姑娘板起脸，憋着笑，以行山杖拄地，站在原地，以一颗颗瓜子做暗器，一个蹦跳，拧腰旋转，大喝一声"走你"，丢出一件暗器。一路巡山，"走你走你"，打得那些花草树木毫无还手之力，个个似呆头鹅。裴钱远游未归，右护法大人就真的是落魄山上无敌手了。

陈灵均咳嗽一声："小米粒。"

周米粒愣在当场，然后怀抱金扁担和行山杖，一路撒腿飞奔到陈灵均身边，喊道："景清景清景清！"

听到这个只有在落魄山才能听见的名字，陈灵均一下子红了眼睛，小米粒怯生生道："给人欺负啦？谁啊，打得过我就去打，下山远游都不怕。"

陈灵均笑起来，摸了摸小米粒的小脑袋，弯腰问道："老爷还没回家吗？"

周米粒点点头："路那么远，好人山主肯定要走得慢些。"

陈灵均嗯了一声。

陈灵均让小米粒带路找陈暖树那个傻妞，他先去霁色峰祖师堂上香。

一路上，小米粒说了些家里的故事，最后小声说道："好人山主的师兄、桌儿大剑仙，一开始误会了你，担心你会欺负暖树姐姐……"

小米粒一直没发现意气风发的陈大爷这会儿一直在牙齿打战，颤声问道："左……

左右?"

周米粒轻轻点头,邀功道:"放心吧,我帮你澄清事实了,桌儿大剑仙都笑嘞。"

陈灵均如遭雷击。传闻大剑仙左右从来都不会笑的,那就一定是大有深意了。哪怕看我不顺眼,好歹也得看我一眼吧,大剑仙咋了,就不要讲点道理啊。陈灵均顿时悲从中来,捶胸顿足,哀号不已。大爷我好不容易走江化蛟成功了,然后就只是将一拳事换成了一剑事?

和陈暖树重逢后,陈灵均就病恹恹的,只是到了雾色峰祖师堂,陈灵均深吸一口气,将竹箱和行山杖放在门外,跨过门槛。在那之后,陈灵均很快就恢复了几分风采,去灰蒙山找云子小弟,或是去黄湖山找泓下。三位蛟龙之属,竟然先后各自走水成功了。落魄山确实有几分大道亲水的意思。

其实泓下对陈灵均印象很好,也有一份私心,总觉得天塌下来,反正有陈灵均在前边先扛一拳……只不过泓下性子冷清,不太会表露情绪,在黄湖山又太过小心翼翼,才显得和陈灵均比较客套疏远。

要论胆小,在黄湖山默默打造水府的泓下,远胜身在落魄山的陈灵均,倒不是泓下真是怯弱之辈,一条能和"小泥鳅"争抢骊珠洞天大道机缘的黄湖山巨蟒、天生的蛟龙之属,脾气肯定好不到哪里去。

陈灵均连阮邛都当面骂过,那还是在龙须河畔的铁匠铺子,正儿八经的阮邛地盘。自家老爷敢吗?绝对不敢的。当然,陈灵均有错就改,没少给阮圣人磕头,那阮铁匠不也没咋的,当时只是脸色略显难看罢了。

这天,陈灵均陪着余米兄弟和小米粒一起在崖畔石桌那边耍,陈灵均让唯一的小弟云子现出真身,头颅搁在崖畔,身躯悬挂在峭壁上,小米粒闭上眼睛,侧着身子,出拳不停,最后打得大蟒坠落悬崖……基本上每天都要来这么一出,至于云子是什么心思,估计想死的心都有了,倒不是和哑巴湖小水怪如此嬉戏如何为难,而是那个笑眯眯嗑瓜子的玉璞境瓶颈剑仙让云子实在觉得瘆得慌。

今天云子刚要滑落峭壁,突然发现那个青衫余米笑容古怪,他转过头颅,发现悬崖一侧出现了一个气息熟悉的陌生人,是一个身材修长的年轻女子,她一样是手持行山杖背着绿竹箱。

小米粒瞪大眼睛,呆呆看了半天,赶紧走到年轻女子身边,她抬起脑袋,喃喃问道:"裴钱呢?"

还是个儿小小的黑衣小姑娘,好像是看着眼前的裴钱,却问那个熟悉的裴钱在哪里呢。

裴钱如今个子太高,让以前还会经常踮起脚尖说话的周米粒,都忘记踮起脚尖了。

话一说出口,小米粒就知道自己错了,低下头,挠挠头。

裴钱伸手按住小米粒的脑袋，问道："瓜子呢？"

周米粒一把抱住裴钱，大哭起来，哽咽抽泣，小声埋怨裴钱怎么长这么高了，才舍得回家。

裴钱返回落魄山后，山上还多了个名叫阿瞒的小哑巴，但是和谁都不亲近，最后裴钱让他去了骑龙巷压岁铺子，在那边帮忙当个小伙计。

米裕，化名余米，玉璞境瓶颈剑修。

下山远游的拜剑台崔嵬，元婴境剑修。

看架势要鸠占鹊巢霸占拜剑台的隋右边，金丹境瓶颈剑修。

按照以往宝瓶洲山上的说法，就是剑仙、大剑仙和老剑仙，总计三剑仙。

陈灵均、泓下、沛湘，两水蛟一狐魅，总计三个元婴境。

云子走江成功，动静没有泓下那么大，他只是走了龙须河和铁符江，金丹境。

还有很多很多大大小小的变化，都让裴钱有些不适应。

这天裴钱徒步去往拜剑台，曾经有一位长得极美的女冠姐姐——桐叶洲太平山剑修黄庭，教过她一门白猿背剑术和拖刀式。只是这么多年，她一直是竹刀竹剑地闹着玩。以后不会了。

在拜剑台那边，裴钱找到了在此结茅修行的隋右边。

如今元婴境剑修崔嵬已经赶赴南岳地界，蒋去和张嘉贞也早早搬去了落魄山，所以这里很清静。

隋右边见到裴钱后，备感意外。实在无法将眼前这个神色沉稳的年轻女子和当年那个混不吝、鬼精鬼精的黑炭丫头联系在一起，更没办法将那个外人稍稍抻筋就疼得一脸鼻涕眼泪的小姑娘和眼前这个纯粹武夫联系在一起。虽说在暖树和米粒那边，听说过一些裴钱练武的小事，比如喜欢跳崖什么的，隋右边仍是不敢置信。

裴钱抱拳致礼，喊了声"隋姐姐"。

隋右边笑着点头。

裴钱开门见山道："我记得师父借给你一把剑，对吧？"

隋右边眯起一双秋水长眸，说道："怎么讲？"

裴钱微笑道："隋姐姐反正是有本命飞剑的剑修，不如将痴心剑再转手借给我呗。"

裴钱拍了拍腰间狭刀祥符，笑道："刀剑错，刀有了，差一把剑。我很快就会还给隋姐姐的，最多三年。"

隋右边摇摇头："去别处换把剑。那把痴心，不借。让你师父自己来取回。"

裴钱笑道："又不是不还。"

隋右边干脆不再说话。

裴钱问道:"隋姐姐,知道为什么画卷四人,我跟老厨子、老魏和小白关系都很好,唯独跟你关系最一般吗?"

隋右边开始皱眉。

裴钱自问自答道:"因为我师父不是你心目中的那个夫子,你也休想我师父哪天会变成那个人。"

隋右边神色淡漠道:"你是要问拳拜剑台?"

裴钱说道:"有何不可?切磋而已。又不会死人。"

朱敛长吁短叹地出现在柴门外边,也不进门,只是说道:"裴钱,不要这么咄咄逼人,都是自家人。哪怕心有怨气,都不该早于道理先落拳上。"

裴钱头也不转:"你是我师父吗?"

朱敛哑然。

为难,真是为难。

其实朱敛知道这一天肯定会来,只是没想到会来得这么早。

下策就是出拳阻拦裴钱。中策是自己替隋右边挡灾,打不还手骂不还口,然后说不定要被裴钱和隋右边各打一顿。上策嘛,也是有的。

一位身穿雪白长袍的女子出现在朱敛身边。

裴钱犹豫了一下,转身抱拳。

长命啧啧说道:"拳法一高,道理就大。不愧是落魄山山主的开山大弟子。"

裴钱眯起眼。

长命满脸随意,嗤笑道:"你师父让我捎句话给你,什么都可以余着,唯独别攒栗暴吃。听不听是你的事情,我反正把话带到就行了。"

裴钱将信将疑。

长命似乎又记起一事:"你师父补了一句,让你个头别蹿太快。"

裴钱一下子心虚起来,下意识挠挠头。她坐在檐下一张小竹椅上,望向老厨子,欲言又止。

朱敛笑呵呵摆摆手,示意裴钱不用放在心上。反正这个隋右边,他想要收拾又不太好收拾,一样看不顺眼。

长命说道:"今天拜剑台的事情,我先帮你在山主那边记下了。"

裴钱点头道:"彼此彼此。"

朱敛和长命一起离去。

隋右边问道:"裴钱,你我恩怨先不谈,你的心境到底是怎么回事?"

如果裴钱今天造访拜剑台,撒泼打滚耍无赖也好,如当年小黑炭那么贱兮兮精明算账也罢,其实隋右边借剑也就借了。那把痴心剑,确实如裴钱所说,是陈平安借给她的,而裴钱作为开山大弟子,别说暂借三年,取回都在理。

裴钱双臂环胸,说道:"明知故问。"

茅屋这边只有一张竹椅,摆明了隋右边在拜剑台不欢迎外人打搅。裴钱一坐竹椅,隋右边就只能站着。不过当下裴钱总算有点熟悉的样子了。

隋右边笑起来。裴钱竟然开始打盹儿了。

只不过片刻之后,隋右边就在心中叹息了一声,好一个"睡身不睡神",练拳近乎道。

裴钱如今到底是远游境,还是山巅境?

裴钱一身拳意好似依旧酣睡,人却已经睁眼开口言语:"书简湖的五月初五,是个不同寻常的日子,隋姐姐如今是真境宗剑修,应该知道吧?"

隋右边点头道:"如果我没有记错,陈平安是五月初五这天出生的。"

"你可以喊'裴钱你师父',不要直呼我师父名讳。"裴钱先提醒了一句,然后从咫尺物当中掏出一袋子炒板栗,还有一种名叫五毒饼的外乡点心,上边的蜈蚣、蟾蜍、蝎子都是用木模子磕出来的。

裴钱递给隋右边,隋右边摇摇头。

裴钱吃了半袋子板栗,吃完了那块五毒饼,收起板栗放回咫尺物,拍拍手,说道:"有些文字,一直在我脑子里乱窜,怎么都赶不走。只要不练拳,就会心烦。本来以为回了家,就会好些,没想到越来越心烦,连拳都练不得了,怕暖树姐姐和小米粒担心我,只好来拜剑台这边透口气。"

隋右边笑道:"我好欺负?在落魄山最是外人?"

裴钱说道:"隋姐姐是同乡,又是长辈,所以隋姐姐说了算。"

隋右边问道:"什么文字内容,能让一位山巅境大宗师都要心境不稳?"

裴钱说道:"是在金甲洲乡野瞧见的一块禁制碑。很平常的物件,没什么古怪。"

裴钱不愿意多说了。

裴钱抱拳低头,告辞离去。

隋右边叹了口气:"不用如此。你自己才要小心。"

回了落魄山竹楼那边的崖畔,今天裴钱侧身而坐,眺望崖外云海。小米粒趴在石桌上,呆呆地看着裴钱。陈暖树在忙着针线活,帮小米粒缝补靴子,桌上摆着一个小木盘,里面装满了大大小小的物什。

一个一路飞奔到落魄山点卯的香火小人远远看见那个陌生背影,一边跑一边忍不住怒道:"何方神圣?!竟敢与我们右护法大人并肩而坐……气杀我也,何德何能……"

裴钱转过头,微微挑眉:"嗯?"

香火小人二话不说一个扑倒在地,高呼道:"小的如今暂领骑龙巷右护法,觐见舵主大人。这些年里，点卯勤恳，风雨无阻，劳苦功不低……"

不见裴钱如何动作，那个小家伙就被拽到了石桌上，贵为龙州城隍阁香火小人，这会儿比骑龙巷左护法还要狗腿，撅屁股趴桌上，嗓音略带哽咽道："裴舵主，小的盼星星盼月亮总算把你盼来了。棋墩山的那几只马蜂窝，如今可大了，欠收拾啊，万事俱备，只欠裴舵主的那门仙家剑法了……"

陈暖树微微歪头，咬掉一根线头，看着香火小人的装模作样，忍不住笑起来。小米粒咳嗽一声，提醒香火小人差不多就可以了。裴钱看着小米粒，小米粒嘿嘿一笑，眨了眨眼睛。

裴钱望向香火小人，说道："即刻起，你就是正式纳入我们竹楼小谱牒的骑龙巷右护法了。戒骄戒躁，再接再厉。"

裴钱对周米粒说道："速速去请来那本小谱牒，记得带上纸笔。"

周米粒一个蹦跳起身："得令！"

香火小人笑得合不拢嘴，大爷可算飞黄腾达了。而且前些年听咱们落魄山右护法的意思，说不定将来裴钱还要设置骑龙巷总护法一职。

今天夜幕中，裴钱独自走下山去，其间遇到了那个走桩登山的岑鸳机。

裴钱侧身而立，等到岑鸳机走桩登山而去，这才继续下山。

曹晴朗搬了一张竹椅给裴钱。两人一起落座后，沉默许久，曹晴朗说道："好像过了很久。"

裴钱轻轻点头。

曹晴朗也不知道该说什么，裴钱又不言语，就只好重新沉默下去。

裴钱突然说道："你知不知道禁制碑？"

曹晴朗说道："以前福地在南苑国京城以外就有不少，如今的浩然天下就更多了。"

照理说裴钱记性那么好，不该有此问的。

裴钱说道："我在远游路上见过乡野村头一块碑文。"

曹晴朗疑惑却不问，只是安静等着裴钱的下文。

裴钱缓缓道："上边只写了一句话：禁止溺杀女婴及五月初五日出生男婴。"

裴钱双手攥拳，眺望远方，神色淡然道："小师兄让我见过那幅光阴画卷走马灯，可我至今都无法将小时候的师父，和我认识的师父重叠在一起。我更想不明白，为什么这座天地偏要让我裴钱的师父久久不得回家。就一个个都这么想死吗？！又为何我学拳如此之慢，太慢了！"

曹晴朗陪着裴钱一起望向远方，轻声道："裴钱，不要觉得自己犯错，好像师父就会归乡，更不要觉得师父骂你几句，哪怕将你逐出师门，只要师父回家，你就都无所谓了。弟子拜师，学生求学，不管师父或是先生在不在身边，我们都要有所为，和有所不为。"

裴钱叹了口气，站起身。

曹晴朗没有起身，说道："裴钱，先生一直希望你不要着急长大，但先生并不是希望你不长大。落魄山上，先生对你，思量最多。在我看来，谁都可以让先生失望，唯独裴钱不可以。你知不知道，为什么我当年对你一直没有太大的怨恨？真不是我有多大度，多能忍。当年先生撑伞带我去学塾，走出巷子后，先生将油纸伞交给我，让我等待片刻，其实先生偷偷返回一趟，去看过你。先生回来后，当时先生的模样，我一辈子都记得清楚，先生当时重新拿过油纸伞后，低下头，好像想要和我说什么道理，却最终一个字都没有说，那个时候的先生，真是伤心极了。可我至今还是想不明白，先生当时到底想要说什么，为什么会那么伤心。"

在这之后，师父的弟子，先生的学生，不知为何，又都坐在竹椅上，只是沉默。

裴钱率先起身，曹晴朗欲言又止。

裴钱问道："如果我比师父更早跻身武夫止境，怎么办？"

曹晴朗想了想，答道："到时候我求先生帮你喂拳。"

裴钱登山之时，手攥一把竹黄裁纸刀，以拇指轻轻抵住竹刀柄，轻轻将裁纸刀推出刀鞘，又轻轻按回。

竹刀虽是文房清供裁纸刀样式，但因为所用青竹来自竹海洞天青神山祖宗竹，故若是用来对敌，也可算是一件极为压胜妖魔鬼魅的法宝。

岑鸳机刚好走桩下山，裴钱再次停下脚步，侧身而立，为岑鸳机让道，同时她将竹刀收入袖中。

在山巅台阶上，朱敛和米裕坐在那里各自饮酒。朱敛看着那一幕，感慨道："大概就算她再重新行走一遍当年走过的江湖，哪怕是一模一样的游历路线，天底下还是再不会有个头贴符箓、默念'走路嚣张，妖魔心慌'的黑炭小姑娘了。"

在米裕原本的印象中，裴钱还是当年那个在剑气长城碰到的小姑娘，古灵精怪，百无禁忌。米裕再次与裴钱重逢在落魄山，确实比较惊讶，米裕这种略显突兀的感受，其实和隋右边相差不大。

米裕登山后，对裴钱的所有了解，其实都来自陈暖树和周米粒的平时闲聊。当然，小米粒私底下与米裕每天一起巡山，自然聊得更多些。米裕每次大清早不用出门，门外就会有个准时当门神的黑衣小姑娘，也不催促他，就只是在那边等着。米裕曾经劝过小米粒不用在门口等，小姑娘却说等人是一件很开心的事情啊，然后等着人又能马上见着面就更幸福嘞。

小米粒这么简简单单的一句无心之言，差点儿就要让在家乡醉卧云霞百年复百年的散淡剑仙米裕当场流出眼泪来。

岑鸳机走桩到山门口后,擦了擦额头汗水,暂作歇息,她坐在曹晴朗身旁竹椅上,轻声道:"裴钱的变化这么大?"

曹晴朗笑着点头,没有多说什么。曹晴朗根本不用回头,就知道裴钱这会儿一定回头望向山脚这边,自己只要多说一个字,就要被记账。

以前陆先生说很多孩子的长大只在一瞬间,而很多人一辈子到最后就只是活成了个白头发的孩子,当时曹晴朗完全无法理解。

山巅台阶上,米裕喝了一口酒,突然说道:"相较于米粒和暖树,我对裴钱实在谈不上多喜欢,当然讨厌肯定不至于。"

朱敛点头道:"很正常的事情,裴钱太聪明了,很多时候,过分聪明本身就是一把无鞘无柄的长剑,出剑伤人,握剑伤己。

米裕自嘲道:"说句不要脸的话,落魄山有裴钱这样一位纯粹武夫,是让我莫名其妙就安心几分的事情。"

落魄山规矩不多却个个大,为人处世太讲道理。米裕愈懒散淡惯了,唯一能做的事就是递剑,所以难免觉得束手束脚,可以后若是裴钱率先下山不与人讲理,他只需要跟上问剑就是了,反而快意几分。不然以后等到隐官大人一回家,好像就他米裕在落魄山混吃等死了这么多年,不像话。毕竟隐官大人的剑仙言语,没几个剑仙接得住。

朱敛笑道:"剑修和武夫,到底不是读书人,一个飞剑斩头颅,一个撑开拳架对敌,没什么不敢承认的,双方求的就是无拘无束的大自在大自由,关于此事,我曾经与公子早早聊过不少……"

米裕有些头疼,举起酒壶道:"你们聊你们的,不管聊出什么结果都别跟我多说一句,我脑壳儿疼。"

朱敛说道:"鸳机这丫头,还有晴朗那孩子,可是我们落魄山为数不多的两股清流,两人所立,便是落魄山门风所在。"

米裕疑惑道:"此话怎讲?"

朱敛笑而不语。米裕瞬间恍然大悟,拍手叫绝,啧啧低声道:"有理有理。"

裴钱没有去往竹楼那边,而是一直徒步登山。

裴钱手中这把郁家老祖赠送、文圣老爷转交给她的竹黄裁纸刀,帮了她一个大忙,不然裴钱归乡跨三洲,就得一路当个名副其实的天大包袱斋,许多物件,说不得就只能寄放在郁狷夫那边。财不露白一事,是师徒双方最早就有的默契,有了这件咫尺物后,裴钱就得以清理家当,帮着蚂蚁搬家挪窝,如今里边装有她在金甲洲战场遗址从妖族修士身上捡来的六十九件山上器物。

先前在皑皑洲马湖府雷公庙那边,裴钱取出了一个玉璞境妖族修士的铁枪,半仙兵品秩,早先是老神仙于玄所赠。裴钱以神人擂鼓式,双拳打断两端皆似"锋锐狭刀"的枪尖，铁枪就好像一下子变成了双刀与铁棍三件兵器，再加上雷公山的雷法淬炼，品秩虽小有折损，却不多，最终裴钱相当于白白多出半件半仙兵。

当时看得沛阿香目瞪口呆，这个姓裴的小姑娘是不是掉钱眼里了？不过就沛前辈以雷公山帮忙淬炼三物一事，裴钱打算送出一件法宝，当是弥补雷公山的损耗，沛阿香倒不至于如此斤斤计较，遂婉拒了裴钱，只说以后雷公庙与落魄山的习武练拳之人多多切磋拳法、砥砺武道即可，如果还有机会江湖偶遇，说不定相互间还可以有个照应，两脉子弟只需要各自报上名号，便是江湖朋友了。

裴钱当时神采奕奕，问道："沛前辈，当真可以吗？"

沛阿香笑道："有何不可，落魄山瞧不起雷公庙？"

裴钱稍稍打开关于那块禁制碑的心结后，重新审视了自己的这趟四洲远游，她发现其实自己好像是做了些事情的，并非真的一事无成。

就像使落魄山和马湖府雷公庙一脉两座原本陌路的山头，变得亲近几分。

而且和她、郁狷夫一起撤离战场的金甲洲七位上五境练气士、三十一位地仙，还有更多曾经一起并肩作战的山上修士，都知道了来自宝瓶洲的武夫裴钱，知道了一个在金甲洲中部曾以"最强"二字跻身山巅境的年轻女子，是某座山头某人的开山大弟子。待人接物尚可，至少不缺该有的礼数，不是那种家教极差之人，至少裴钱双拳所向，一直唯有战场强敌。

至于某人到底是谁，某座山头到底在何处，裴钱则一直藏掖起来不愿多说，也不敢多说，害怕会带给师父和落魄山一些不必要的麻烦。老厨子曾经叮嘱过裴钱，同样一个纯粹武夫，许多金身境招惹的意外和麻烦，唯有远游境甚至是山巅境才能亲手打消之。这其实与师父当年教诲的"行走江湖，我先跌两三境界，不成敬意"，有异曲同工之妙。

到了山巅附近，离着老厨子和米裕还有好几级台阶，裴钱停步抱拳，主要还是米裕这位剑气长城的剑仙前辈，如今尚未在霁色峰祖师堂敬香拜挂像，不然裴钱也就不用如此刻意讲究繁文缛节了。然后她将手中那把裁纸刀丢给朱敛，聚音成线，和老厨子详细说了打开禁制的开山之法。

朱敛心神沉浸其中片刻，笑道："六十余件山上重宝，以后再和李槐文斗，岂不是稳赢了？"

裴钱轻轻摇头。这种小时候的幼稚打闹，以后肯定不会再有了。大概所谓的长大，就是儿时的一件件趣事排着队——变得不那么有趣。

裴钱不再聚音成线与老厨子私底下言语，而是直接开口说道："除了裁纸刀本身，再就是双刀和铁棍三件，我留下，其余都充公，劳烦那位韦先生帮忙勘验品秩和估个价，该卖卖，该留留，都随意。"

朱敛问道:"如果我没有记错,暖树和米粒那边的礼物,你都没送。"

裴钱笑道:"早有准备,两不妨碍。"

朱敛点头道:"成,那就这么定了。过几天,莲藕福地会有件大事,马上就要晋升上等福地,你先别着急下山远游。种夫子很快就会返回山上,到时候我们一起走趟福地,除了魏山君和刘岛主,还有老龙城范二和孙嘉树,也会前来观礼,大伙儿一起亲眼见证福地的品秩抬升。"

裴钱说道:"没问题。"

在裴钱就要转身的时候,朱敛突然笑眯眯说道:"米剑仙说不太喜欢你。"

裴钱哦了一声,只是说道:"米前辈真心喜欢暖树姐姐和小米粒就很够了。"

米裕一脸黄泥糊脸糊裤裆、擦不是不擦也不是的尴尬表情。

裴钱又与两人一抱拳,就此告辞离去。

裴钱从山腰岔路转向竹楼那边后,米裕无奈道:"朱老弟,你这就不厚道了啊。"

朱敛笑道:"说开了才好,你以为裴钱不清楚此事?你以为裴钱在意米兄的顺眼还是不顺眼?"

米裕释然:"是我自作多情了。"

朱敛安慰道:"自古多情多自扰,此间滋味,无情人不解风情。"

深夜时分,竹楼那边,裴钱独自坐在悬崖畔,双脚垂在崖外。

小米粒好像睡不着觉,干脆就不睡了,拎起金扁担和绿竹杖,早早去了裴钱大门口那边站着,一边打盹一边等着天明。

耳朵微动,周米粒立即睁开眼睛,瞧见地上有枚雪花钱,小米粒晃了晃脑袋,确定自己不是眼花之后,赶紧环顾四周,使劲皱起两条小眉毛,然后以迅雷不及掩耳之势将雪花钱捡起,再起身一个蹦跳,旋转身躯,轻轻将雪花钱丢入裴钱院子里边。周米粒轻轻拍掌,大功告成,等到她转身时,结果发现地上竟然又多出一枚雪花钱。小姑娘这次趴在地上,撅起屁股绕行了一圈,好不容易确定了那枚神仙钱与前边那枚多半是走散的兄弟姐妹。周米粒趴在地上,双手托住腮帮子,使劲盯着那枚神仙钱。这事儿太怪了,裴钱一回家天上就掉钱,她得好好琢磨琢磨,至于金扁担和行山杖已经和黑衣小姑娘一起合力临时为神仙钱搭了个小窝,免得神仙钱长脚跑路。裴钱以前可是信誓旦旦说过,天底下的银锭儿,真会长脚去串门的。

有人在高处问道:"吗呢,地上有钱捡啊?"

周米粒先是一个饿虎扑羊趴在神仙钱上,然后蓦然笑起来,原来是裴钱坐在院子墙头上。小米粒立即攥住雪花钱,一个鲤鱼打挺跳起身,刚要邀功,裴钱双指拈起一枚雪花钱,轻轻摇晃,板起脸问道:"刚才谁拿钱砸我?小米粒你瞧见是谁了吗?"

周米粒使劲摇头:"没得没得,没得瞧见,天地良心,万一是暖树姐姐路过捡钱哩,天晓得嘞。我刚才一直站在门口打盹，这不梦游到地上睡觉都不知道嘞。"

裴钱问道："暖树姐姐会乱丢东西？"

周米粒立即改口道："景清景清！可能是景清，他说自己最视金钱如粪土……肯定是景清吃了裴钱你那么多炒板栗，又不好意思给钱，就偷偷过来送钱。唉，景清也是好心，也怪我看门不力……"

裴钱跳下墙头，带着小米粒重新去往竹楼，两人一起坐在崖畔，最后黑衣小姑娘实在有些困了，就趴在裴钱腿上熟睡了过去。

天边泛起鱼肚白，先是米粒之光，然后大放光明。

朱敛得了那把竹黄裁纸刀，待裴钱离去后，立即去了一趟账房，找到韦文龙，合计了一下裴钱那把裁纸刀咫尺物里边物件的估价。只是有些来历不明、禁制森严的山上法宝，韦文龙终究境界不高，也吃不准品秩和价格，担心在牛角山渡口包袱斋那边被不小心贱卖了，再被山上外人捡漏。哪怕落魄山最终选择自家珍藏起来，也总不能不知晓珍稀程度，就只是放在那边吃灰尘，这会让韦文龙道心不稳。万事万物，得有了确切价格，才能让韦文龙心安，至于是过手再卖出挣钱，还是留下待价而沽最终卖出高价或是天价，反而不重要。韦文龙享受的是那个挣钱的过程。所以朱敛只好又劳驾长命道友来此，这位落魄山板上钉钉的"掌律祖师"，与钱和财运有关的某些本命神通确实不讲理。

长命帮着韦文龙查漏补缺，重新估价了三件被误认为是上等灵器的攻伐重宝，不过还是有几样山上物件，长命也不敢确定真实价值。最后长命给了六十八件山上法宝一个最终估价，是一个天价。需要以谷雨钱来折算，而且还带个"千"字。

以至于长命笑眯眯道："一事归一事，拜剑台记个小过，此事必须为裴钱记一大功。落魄山赚钱一事，就目前来看，除了主人，就数裴钱最卖力了。"

朱敛搓手笑道："毕竟是我家公子的开山大弟子嘛。"

朱敛随即问道："不如我喊来魏兄和米兄，再确定一下？长命道友的总价估量，肯定没差了，至多就是百枚谷雨钱的出入，但是具体落在单个物件上，还是美中不足。一旦敲定了，说不定可以又白白多出两三百枚谷雨钱的收入。"

毕竟长命道友的估价，只是六十八件山上法宝本身的价值估算，但山上买卖，尤其是宗字头出身的谱牒仙师，越是年轻的，越是一个比一个钱多压手，出手阔绰，只看是不是心头好。

涉及落魄山财运增长一事，长命心情不错，打趣道："你倒是心疼裴钱。"

朱敛如此小心谨慎，除了为落魄山多挣谷雨钱外，归根结底，其实还是不愿裴钱吃半点亏。

朱敛哈哈大笑。

片刻之后，除了落魄山大管家、掌律祖师、账房先生，又有两位来此，是自家人米剑仙，以及那位任劳任怨随叫随到、不辞辛苦赶来别家山头的魏山君。

魏檗一一勘验过众多山上灵器，其中两件魏檗比较感兴趣，一个是样式古怪的石磨碾子，一块是更不起眼的方巾。

魏檗微笑不已，说既然成双成对了，就该将它们视为两件法宝，上面是一种在浩然天下失传已久的古老篆文，两物分别篆文"金法曹"和"司职方"。昔年朱敛家乡藕花福地，不知为何从无"斗茶"习俗，若非如此，朱敛是绝对不会让魏檗来捡漏的，因为琴棋书画在内，一切只要涉及风花雪月一事，朱敛才是真正的行家里手。

韦文龙得知这桩内幕后，立即望向朱敛，都不用韦文龙言语心中所想，朱敛就已经双手负后，看来早有腹稿，立即脱口而出道："茶碾子两侧，我来补上两句铭文。

"碾声铿然，一皆有法，使强梗者不得殊轨乱辙，吾乃金法曹。

"琴瑟和鸣，四山拥翳，使孱弱者行此道路无恙，与君笑春风。

"至于这块方巾，我来铭文也可，让那崔先生以行草写就亦可。酷暑山中，羽扇纶巾，凉绿树荫，竹椅高卧，红袖淡淡妆，清茶融融风，溪涨青山拂人面，月赶繁星落满肩。白云数片船横渡口，飞鸟一声笛起山前。真真好山好水好茶好心一双人。"

韦文龙点头道："如此一来，两物不单卖，各以法宝计价不说，价格还要翻一番才算公道。"

米裕呆若木鸡站在一旁。还能这么挣钱？你们几个的默契又是怎么来的？我难道不是与文龙老弟一起来的落魄山？

所幸米剑仙今夜没有白走一趟，将其中两件跌境为上等灵器的旧法宝之物重新拔高为货真价实的头等法宝品秩。

其中一把剑身两侧各有铭文"细眉""月晕"的无鞘长剑，曾是蛮荒天下一个妖族剑仙的心爱佩剑，后来妖族剑仙修为一高，这把剑就沦为了鸡肋之物，遂转送给了剑术嫡传弟子，最终一路辗转不定，落入别家，失去了传承有序的说法，以至于如今连剑鞘都消失无踪。但是这把从不以杀力巨大著称的长剑，传闻真正妙处，在于月晕剑光可以凝为一个名为细眉的傀儡剑侍，女子音容笑貌，"拓印取法"于蛮荒天下一个本土女子剑仙，现世后相当于一位龙门境剑修的战力。对于某位上五境剑仙主人而言，这等女子傀儡，自然就只剩下赏心悦目而已，可对任何一位地仙修士而言，一旦与人捉对厮杀，凭空多出一个战力相当于金丹境修士，且全然不畏死、更可多次"兵解转世"的贴身侍女，那就是一记无理手和胜负手。

米裕单手持剑，抖出一个剑花，另外一手双指并拢，先拘了些窗外月色在指尖，然后轻轻抵住剑柄，再以月色和剑气共同"洗剑"。剑光与月色一起流淌，倾泻在地，转瞬之间便有一位细眉女子亭亭玉立在众人眼前，她身披一件布满云水烟霞气的雪白衣裳。女子面容清冷，一双眼眸略显呆板，最终望向米裕，动作僵硬，施了个万福。

米裕收拢全部剑气后，女子便身形消散，重归长剑。

米裕将长剑放回桌上，抓起一件原本黯淡无光的残破法袍，稍稍放在临近窗口处，轻轻抖动法袍，刹那之间，金色翠色交相辉映，宛如一枚枚孔雀翎眼，在浅淡月色映照下，变得熠熠光彩。

米裕随后道破天机，这件法袍，品相大毁不假，却是以蛮荒天下宗门金翠城压箱底的"云麾缂丝，通经断纬"手法精心织造而成，金翠城的立身之本就是为王座大妖仰止的那件龙袍锦上添花，这才使得女修居多的金翠城能够不受众多大妖肆意侵袭。

米裕笑道："放在日光和月光这些光源映照下，金翠两色相交处就会透光，波光粼粼，如水纹涟漪，透过法袍而出的昼夜两种水纹光色又各有不同，被誉为'水路分阴阳'，夜间水路，湍濑潺湲，白昼水路，曦光澄澈，能够让某些修行旁门秘术且不宜白日曝光的练气士，变得日炼夜炼皆可。所以北俱芦洲那座彩雀府和金翠城有点相似，立身之本都是法袍。"

韦文龙向一旁的魏山君试探性问道："城隍爷、文武庙英灵这类阴冥官吏，若是披挂此袍，岂不是就能够在光天化日之下，光明正大以'人身'巡游阳间？"

魏檗点头道："当然可以。只不过我们无法掌握金翠城的真正秘术禁制，难以缝制出真正的金翠城法袍。所以除了司职白昼巡查的日游神，其余城隍阁、文武庙大小胥吏官差，这类法袍穿戴在身，效果并不显著。"

韦文龙点头，心思急转，缓缓道："最值钱的还是这件法袍蕴藏的缂丝经纬术，哪怕无法涉及金翠城缝制法衣的大道根本，可只要稍稍沾边，就会不愁销路，哪怕如魏山君所说效果微小，可每当昼夜交替时分，夜游神哪怕提前离开衙门一刻钟都是好事，手有余钱，以此与同僚显摆一二，也是一桩美事……"说到这里，韦文龙明显语气凝滞几分。

北岳地界，谱牒仙师兴许还凑合，不管真穷还是假穷，私底下到底还敢与患难兄弟们哭穷几句。可是整个大骊北地，大大小小的山水神灵，都是披云山辖下官吏，谁还敢说自己手有余钱？上杆子去披云山魏山君夜游宴讨要几杯美酒喝吗？关键是一个个可怜兮兮，连哭穷都没胆子。

韦文龙只得迅速转移话题："我们可以和彩雀府做一桩买卖，交情归交情，买卖是买卖。我们以这件'祖宗'法袍和一门金翠城织造术法分账，大可以向彩雀府讨要三成利润。这门织造术，既然我们拆解得出来，藏是藏不住的，肯定很快就会被外人模仿，所以彩雀府要一鼓作气推出成百上千件，再让披麻宗、浮萍剑湖或是太徽剑宗一起帮忙售卖，到时候其他仙家买了几件去拆解术法，有样学样，一些个小山头，我们与彩雀府，拦是肯定拦不住了，也无须去断人财路，就当攒下一份双方心知肚明的香火情。可是北俱芦洲琼林宗这般生意做得极大的仙家府邸，如果想要公然售卖这类法袍，那就要掂量掂量我们几方势力的一起追责了。"

朱敛笑道："这桩买卖，不用麻烦太徽剑宗和浮萍剑湖了，到底是欠人情的事，不值当。回头咱们就让米兄走趟彩雀府，在那边当个挂名供奉，届时琼林宗敢卖法袍，米剑仙就去问剑砥砺山。真闹出事情了，米兄就御剑找人喝酒去，找刘宗主或是郦宗主都没有问题，就当是避避风头。"

米裕笑眯眯道："极好极好。"

朱敛坦诚道："只是如此一来，用的是彩雀府挂名供奉余米的人情，还要小心不要连累彩雀府。"

米裕笑道："'余米'攒人情有何用，毫无意义的事情。至于彩雀府的仙子姐姐妹妹们，我哪里舍得让她们受伤分毫，出剑前后，都会先好好思量一番。"

朱敛瞥了眼桌上那件金翠城法袍和那把"细眉"长剑，轻声问道："长命道友，韦先生，除了将合情合理的三成利润，主动和彩雀府降为两成，我还打算以落魄山的名义，将这把剑赠送给云上城练气士徐杏酒，作为他的护道之物，你们意下如何？"

云上城其实在北俱芦洲那条东南商贸路线上，虽然也算后续添补上的一分子，只是始终比较有心无力，因为云上城无论是师门底蕴，还是修士境界，都远远比不上骸骨滩、披麻宗和春露圃这样的大仙家，甚至相较于彩雀府，都显得和落魄山在钱财一事上关联不深，但是那座云上城，从城主沈震泽，到道侣徐杏酒和赵青纨两位嫡传弟子，对落魄山都极为友善亲近，有十分气力，就出十分财力人力物力，却也从不打肿脸充胖子，就连魏檗都说这样的山上盟友，千金难买万金不换。加上远游北俱芦洲的渔翁先生，先将嫡传弟子留在了彩雀府，之后就带着不记名弟子赵树下一起去云上城。毕竟彩雀府脂粉气重了点，山上山下多是女子修士，老先生终究要避嫌几分。

"问酒翩然峰"的风气，起始于落魄山年轻山主，然后添砖加瓦的第一个太徽剑宗外人正是云上城徐杏酒，金乌宫新晋元婴境剑修柳质清紧随其后。在那之后，还有南下骸骨滩路上，专程带着一位止境武夫和一位剑仙走了趟太徽剑宗的武夫李二。止境武夫正是那个当年习武走火入魔的老武夫王赴愬。老人先前在狮子峰地界，只因为几句肺腑之言，就挨了晚辈李二一顿揍，还好能够和同行剑仙在太徽剑宗翩然峰喝一场"问拳问剑太徽剑宗，都不如问酒翩然峰"的酒水。

在王赴愬和剑仙两个大嘴巴"推波助澜"下，一来二去，"问酒翩然峰"就成了如今北俱芦洲的一股"歪风邪气"，以至于郦采回到北俱芦洲的第一件事，都不是重返浮萍剑湖，而是直接带酒去往太徽剑宗，所幸刘景龙当时已经下山远游，才逃过一劫。

长命问道："是做长线生意，还是人情往来？"

朱敛笑道："纯属人情，不涉及生意买卖。"

长命说道："那我无异议。"

韦文龙点头道："附议掌律。"

"我稍后会和两位详细说云上城旧事。"

然后朱敛望向米大剑仙。米裕还挺乐和，今儿真是个黄道吉日，总算帮上落魄山一点小忙了，回去得记下来，此刻笑呵呵道："同理同理。"

言语过后，米裕一时间恍惚，仿佛重新置身于避暑行宫。

长命道友先行离去，腰间悬佩龙泉剑宗打造的数枚剑符，就快跟小管家陈暖树的钥匙串差不多了，反正山上无事，长命就买着玩，以后等到祖师堂谱牒弟子一多，她可以按例分发。

长命和阮秀天生亲近，所以龙泉剑宗那边，阮秀应该是打过招呼了，对此都睁一只眼闭一只眼，再者长命每次花钱买剑符，都按自己订立的照规矩走，即每次购买剑符都比上一次价钱翻一番。长命不太舍得开销神仙钱，都是拿自行铸造的金精铜钱来换。

阮邛是出了名的对落魄山谁都没有笑脸，以前只有裴钱是个例外，如今长命道友也算半个例外了，笑脸还是没有，不过双方偶尔在山上遇到了，阮邛却会与这位长命道友点点头。

朱敛最后对魏檗说道："魏兄难得大驾光临，老规矩，瓜子就酒？"

魏檗笑问道："难得？"

朱敛笑答道："这不是为了衬托出魏兄的山君身份嘛。"

魏檗和长命道友先后施展神通，离开落魄山。

朱敛将法袍和长剑交给米裕："有劳米兄走趟北俱芦洲了。"

米裕提醒道："朱老弟，隐官大人一回山头，千万记得立即飞剑传信彩雀府啊。"

朱敛笑着答应下来。

朱敛离开韦文龙所在的账房院落后，独自在落魄山上散步，去了山巅，那处旧山神庙暂时还没想好如何妥善处置，此地位于落魄山之巅，山上忌讳比较多。

有些想念大风兄弟，独乐乐不如众乐乐，好些神仙书的关键书页、彩绘图案都是轻轻折了书角的，这就是朱敛的善解人意了。以往大风兄弟每次登山借书，轻轻一抖，书好书坏，只看书角折的数量多寡，一眼便知。大风兄弟上山脚步匆匆，下山更匆匆。

天微微亮时分，朱敛下山去往竹楼那边，看到了裴钱和周米粒一大一小两个身影。

朱敛放轻脚步，坐在一旁，小米粒还在酣睡，睡得格外香甜。大人有大人的复杂心思，小水怪有小水怪的心事，落在各自心头，分量其实一般重。

朱敛聚音成线，和裴钱说了昨夜那桩账房议事的结果。裴钱知道老厨子的用意，是要自己不要忽略了掌律长命和剑仙米裕他们为落魄山的付出。

朱敛说道："心里好受些了？"

裴钱点点头。

朱敛笑道："有件事，得向你征询一下。"

老厨子说完之后，裴钱说道："我没什么意见。"

朱敛眺望崖外风光："看不厌山重水复一样风景的，可能就只有我们的小米粒了。人生路上，有些人走得快些，有些人就可以走得慢些。有些人个子高，人心向阳而生，身影被拉得长长的，铺在身后的道路上，就能够让身后的孩子们一直躲在阴凉中，躲过大日曝晒，躲过风吹雨打。那么一个人不得不长大的遗憾，就不至于那么那么地让你我难以释怀了。"

裴钱轻轻揉着小米粒的脑袋："懂了。"

沉默片刻，裴钱转过头，赧颜道："拜剑台一事，向你诚心道个歉。"

朱敛双眼眯起，双拳虚握，轻放膝盖，神色温柔："多此一举。小看老厨子的心胸了不是？"

裴钱跟着老厨子一起望向远方："老厨子介不介意，裴钱有无此心、愿不愿当面道歉，是两回事。"

朱敛微笑道："公子教拳法好，教道理更好。"

裴钱会心一笑："这趟出门远游，走了好些路，还是老厨子最会说话。"

朱敛笑道："打小铁骨铮铮，从不见风使舵嘛。"

裴钱呵呵一笑。

裴钱突然问道："那座狐国，要不要我在下山之前，先去偷偷逛一圈？"

朱敛摇头道："肯定有些清风城许氏安插的棋子藏在里边，沛湘已经拘押起来，或是派遣心腹暗中盯梢。至于剩下一些，这位狐国之主都察觉不到，所以将狐国安置在莲藕福地是最好的，折腾不出什么花头。你不用太担心，道理很浅显，许氏打死都想不到狐国会搬迁别处，所以最为重要的狐国棋子，更多是在气力上有优势，主要用来掣肘一位元婴境修为的狐国之主。说句难听的，让陈灵均和泓下去狐国待着，就能打消意外了？至于一些个心机手段，只要那些棋子敢动，我就能够顺藤摸瓜，一一找出，根本不怕他们如何与我们斗心斗力。等到新狐国大势已成，许多原本属于变数的人和事，自然而然就会顺势融入大势当中。"

裴钱犹豫不决。

朱敛笑道："是觉得我太拖泥带水了，不够杀伐果决，干脆利落？或是觉得我对沛湘私心过重，是因为担心她在落魄山不讨好，反而因此积攒隐患，将来诸多小意外累加，变成一桩大变故？并非如此，要真正让人心服口服，光靠气力和威势是不够的。若是落魄山是你刚到那会儿，我当然会以雷霆之势镇压种种起伏心思，但是如今，落魄山已经有底气和底蕴，要徐徐图之了。

"害人之心不可有,防人之心不可无。不单是我们要以此对待世界,当世界如此看待我的时候,也要理解和接受。

"这个道理,我当然懂,只是未必多在乎,藕花福地内外的朱敛,都是如此。只是公子很在乎,整个落魄山就自然而然跟着在意起来。

"规矩之内,要给人心一些足够的弹性,容得对方在大是大非两条线之间,有些对和错。

"这些话,原本都是要等到沛湘主动和落魄山提及狐国'文运'一事,我才会对她说的诚挚言语,这会儿就当是先与你唠叨几句大道理好了,你听过就算。"

裴钱点头道:"让曹晴朗丢钱福地一事,我就不记你的账了。"

朱敛气笑道:"敢情我要是不说这番话,还要被你记账在册?"

裴钱理直气壮道:"我那几箱子账本,可是连我师父都不会去翻的,老厨子你更管不着。"

朱敛好奇问道:"是在哪里跻身的山巅境?皑皑洲?"

在雷公庙那边,裴钱曾飞剑传信落魄山,那是裴钱寄出的最后一封家书,当时裴钱还只是远游境。

裴钱摇头道:"除了更早在皑皑洲北边冰原遇上的谢剑仙,还有帮我寄信的马湖府雷公庙,阿香前辈和岁余姐姐都是真正的好人,加上我当时远游境的底子也没多牢固,就没想着破境。我是在金甲洲那边破的境,因为在溪姐姐说守不住了,与其留给蛮荒天下那帮畜生,不如我先抢过来,求个落袋为安,也就是我没本事连续破境,不然按照在溪姐姐的说法,一旦从山巅境以天下最强身份跻身止境,武运之大,超乎想象,八境跻身九境,根本没法比,而且当时金甲洲半是浩然半是蛮荒,只要得了'最强'二字,我就能够学师父那样,从蛮荒天下本土争夺武运在身,天底下没有比这更无本万利的买卖了,所以那会儿不管是自己一个人练拳,还是去战场上出拳杀敌,我都很专心,就像……"

裴钱转过头,看了眼竹楼二楼。练拳最吃亏的岁月,都在那边,苦到好像这辈子的苦头都吃完了。崔爷爷走后,裴钱独自一路跨洲远游,哪怕是在金甲洲战场,不管如何厮杀惨烈,裴钱其实都没觉得如何煎熬。

裴钱收回视线后,问道:"老厨子,崔爷爷也算远游去了,对吧?"

朱敛叹了口气:"大概如此。"

突然有颗脑袋从崖畔探出,从眼角各自挤出一粒泪花儿,然后仰头悲愤道:"那美若天仙不黑炭的家伙,你速速还我可敬可爱的大师姐!"

小米粒打了个激灵,一下子被吵醒过来,一脸茫然:"裴钱裴钱,我咋个听见大白鹅的声音了?"

裴钱笑道:"没有的事。"

那只大白鹅方才被裴钱一脚踹下了悬崖。

崔东山趴在一朵不知从哪来的白云床褥上,缓缓升空,凫水划船而至,嬉笑道:"大师姐,小米粒,老厨子,想不想我啊?"

小米粒坐直身体,双手合掌,喃喃道:"好梦好梦,我再打个盹儿。"

崔东山蹲在裴钱身边,肩头一高一低,使劲后仰看着裴钱:"大师姐,你咋个回事嘛,都比小师兄个儿高了。"

小米粒立即睁开眼睛,起身跑到崔东山身边,站在一旁,伸手比画了一下双方个头,哈哈大笑道:"一连串的哦豁,大白鹅真是你啊,惨兮兮,从个儿第一高变成第二高哩,我的名次就没降嘞,别伤心别伤心,我把乐和借你乐和啊。"

崔东山笑眯眯点头:"还是小米粒好啊。"

小米粒如临大敌,赶紧使眼色,吗呢吗呢,裴钱那边的小账本,就数她那本最少了。当然,暖树姐姐是连账本都没有的。

崔东山哼哼唧唧,一个抖肩,就要震撼起身,小米粒赶紧双手按住,崔东山一番挣扎,只得颓然作罢。

朱敛看了眼崔东山,又看了看裴钱。裴钱则看了看朱敛,再看了看大白鹅。

崔东山笑道:"曹晴朗就曹晴朗好了,我又没意见的。"

朱敛说道:"那福地就今儿开工了?本该前来观礼之人,各有各忙,虽然人没到,但是礼物没少。"

崔东山笑道:"今日宜动土上梁,宜祭祀订盟,宜纳采嫁娶,万事皆宜。不然你以为我为何专程今天赶来?"

朱敛问道:"竹楼后边那处池塘?"

崔东山笑道:"关入莲藕福地才好,省去我的一门禁制,说不定还有一份意外之喜的还礼。"

今天对于落魄山而言,是一个注定要载入祖师堂谱牒史册的大日子。哪怕年轻山主不在山上,也实在是拖延不得了。

魏檗作为北岳山君,依旧负责打开梧桐伞的福地入口,一行人陆续走入莲藕福地。

山巅境武夫朱敛、山巅境裴钱、仙人境崔东山、观海境练气士曹晴朗。

一个玉璞境瓶颈大如天、到了瓶颈都好似寻常剑仙刚刚跻身玉璞境的剑修米裕。

仿佛天生便拥有玉璞境神通的落魄山掌律长命,三场金色大雨从天幕落在人间后,她如今境界是个谜。

倒悬山春幡斋出身的金丹境修士韦文龙,走渎成功的陈灵均,走水走过一河四江的泓下。

小管家陈暖树和落魄山右护法周米粒。

本身就已经身在福地的狐国之主沛湘,察觉到天幕处故意泄露给她的一丝异象,立即从安置在松籁国边境线上的新狐国御风升空,向落魄山众人施了个万福,最后她选择站在最边缘地带的泓下身旁。

其实这次一举提升福地品秩,老夫子种秋、元婴境剑修崔嵬等等,都和年轻山主一样缺席。有些则是暂时不宜牵扯太深,例如张嘉贞、蒋去,以及骑龙巷压岁铺子代掌柜石柔。

朱敛笑着交给曹晴朗一只钱袋子,曹晴朗大为意外,然后摇头道:"让小师兄或是裴钱来吧。"

裴钱默不作声。

崔东山笑道:"境界低的来,比较讨喜讨吉利。"

曹晴朗无言以对。

朱敛没有收回手,曹晴朗只好深吸一口气,接过那只钱袋子,拈出其中一枚谷雨钱,环顾四周。

裴钱说道:"总计八十一枚谷雨钱,慢慢砸钱就是了。"

崔东山先掐诀,异象浮现天地间。莲藕福地,水井洞天,洞天福地相衔接。

崔东山摊开手心,向悬在手心寸余高度的一座袖珍水塘轻轻一吹,袖珍水塘落在了福地中央处的山脚,落地后扎根,蓦然大如湖泊,水中生发出一朵摇曳生姿的紫金莲,片片荷叶皆大如数亩地,一朵紫金色的花苞,随风摇曳,将开未开。

莲藕福地本土练气士当中,唯有跻身了金丹客,才可以看出个模糊大概,只不过福地如今暂时还没有地仙修士。

曹晴朗攥紧一枚谷雨钱,炼化为灵气,轻轻松开手掌,灵气四散天地间。

魏檗微微一笑,从袖中摸出一只金黄色的小螃蟹。小螃蟹先前莫名其妙得了一道走江化蛟去的法旨,小家伙到了大渎水中,急得团团转,李希圣忍住笑,当是帮着小宝瓶完成了一个和小家伙无伤大雅的小玩笑,又将其从大渎水中押回手心,最后转赠给披云山魏山君,代为赠送福地,并且明言搁放在池塘中,作为那朵紫金莲的护水使。

小螃蟹坠入池塘中,背脊之上那句符箓法旨的金光一闪而逝,小家伙蓦然褪去蟹壳,变作一座好似龙宫的巨大府邸,缓缓沉到水底。

崔东山抖了抖袖子,施展袖里乾坤神通,不断有一粒粒虬珠如雨落人间,纷纷去往福地人间的江河溪涧。虬珠是那位青钟夫人,也就是李柳"婢女"所赠。虬珠其实是渌水坑那座歇龙石的数千年珍藏,全被她一股脑儿送给了崔东山,反正此物在渌水坑不是什么稀罕物,但对于世间任何一座福地的江河水运却是一等一的大补之物。

一开始臃肿妇人还有些难为情,觉得有些显出"珠黄"迹象的虬珠拿不出手,她想筛选一通,只给些成色好的,结果被崔东山喷了一脸唾沫星子,不但虬珠全给了,还被崔东山讨要了一件水法至宝。

除此之外,骸骨滩披麻宗、春露圃、彩雀府、云上城、老真人桓云、浮萍剑湖郦采、太徽剑宗刘景龙、济渎灵源公沈霖以及龙亭侯李源……趴地峰火龙真人、白云一脉、桃山一脉、指玄峰一脉、太霞一脉,皆有观礼之物赠送落魄山。

例如浮萍剑湖,总计十八个大小湖泊,郦采就拿出了其中一座名为"云雾剑毫"的湖泊,水域不大,但是剑气沛然,是浮萍剑湖地仙剑修的两大淬剑处之一。

又比如太徽剑宗托付披麻宗,寄来了一座山峰,山峰被炼化为巴掌大小的袖珍山岳,真实大小却不输灰蒙山。

沈霖赠送了南薰水殿里边一大片连绵的亭台楼阁,李源则拿出了一条水运浓郁的苍翠色河水。

元来这小子也半点不吝啬,这个更喜欢读书的年轻武夫,在中岳储君之山得到一桩仙缘,是整座破碎秘境,其中藏有两道金书玉牒,龙气盎然,破碎秘境无法搬迁,元来就将最为珍贵的金书玉牒寄到了落魄山。

披云山山君魏檗,当然不会没有表示。

以姜氏家主身份押注福地的落魄山供奉周肥,早早就在帮忙福地吸纳流民之时,准备妥当了一份重礼。

此外老龙城范家的年轻家主范二、孙家家主孙嘉树,各自得到一封落魄山密信之后,都送来礼物。

甚至龙泉剑宗,阮邛都让刘羡阳送了份重礼给落魄山。

曹晴朗丢掷出倒数第二枚谷雨钱后,天地齐鸣。

曹晴朗如释重负,然后这位青衫儒生郑重其事向天地四方各作一揖。其余人等,亦是以此礼敬天地,或作揖或抱拳,或施了个万福。

一件件天材地宝,涌现人间各地。一桩桩修道机缘,更是层出不穷。一头头原本浑浑噩噩游移不定的各地英灵鬼物、山泽精怪,纷纷凝聚出一粒真灵,或是找到真名雏形,开始开窍生出灵智,真正涉足修行之路。

四国疆域,山水灵气开始自行聚拢,成为一处处崭新的风水宝地。

落魄山掌律长命打了个响指,一场金灿灿的滂沱大雨,如遵法旨,笼罩大地,润泽人间山河千万里。

崔东山一个跳起,双袖飘荡,重复念叨"敕"字两遍。各有一粒光亮去势快若仙剑凌空。与此同时,日月一起悬空现身不说,还相较以往蓦然明亮了几分。

飘然落地后,崔东山叹息一声。万事俱备,只欠先生归乡。只欠一场不知何处的风雪,为落魄山带回一个夜归人了。

第十章
问剑商位

中土穗山。

坐在台阶上的金甲神人突然站起身,神色肃穆,向来者抱拳致敬。

能够让穗山大神如此由衷礼敬之人,当然不是那个贼眉鼠眼笑嘻嘻的老秀才,而是老秀才身旁那个……白也,如今成了一个头戴虎头帽的孩子。

人间最得意,仗剑扶摇洲,一斩再斩,若是加上最后出手的周密与刘叉,那就是白也一人手持四仙剑,剑挑八王座。

只是这会儿的孩子,白衣大红帽,眉眼清秀,略带几分疏离冷淡神色。见到了穗山大神,孩子也只是轻轻点头。

老秀才一把按住虎头帽:"怎么回事,孩子家家的,礼数少了啊,瞧见了咱们堂堂穗山大神……"

孩子抬手,拍了拍老秀才的手,示意他差不多就可以了。

老秀才装模作样帮着扶了扶本就不歪的虎头帽:"山上风大,怕你着凉不是?"

白也如今到底神魂孱弱,需要一物帮忙遮掩天机,免得被那个不太脚踏实地的托月山大祖纠缠不清,所以老秀才向至圣先师求了一件文庙至宝,至圣先师从文庙取来礼器后,老秀才好说歹说,才说服了至圣先师帮着顺手炼化一二,最终样式就成了白也年幼时在家乡经常戴的这种虎头帽。

穗山大神是真心替白也打抱不平,以心声与老秀才怒道:"老秀才,正经点!"

老秀才悻悻然收手,向孩子笑问道:"咱俩是徒步走去山巅,还是劳驾穗山大神帮忙捎一程?"

孩子已经率先挪步,懒得和老秀才废话半句,他打算走到穗山之巅去见至圣先师。

白也此生入山访仙多矣,但是不知为何,种种阴差阳错,他几次路过穗山,却始终未能登临穗山,所以白也想要借此机会走一走。

老秀才跟在虎头帽小白也后边,转头看着那个想要重新坐回台阶上的傻大个,笑骂道:"你是屁股底下能孵出一窝鸡崽子出来啊,还是在这儿当门神能从老头子那边收钱啊,还不赶紧护驾?麻溜的!穗山罡风嗖嗖的,不小心吹飞了这顶虎头帽,别怪我不念兄弟情谊,到了老头子那边,先告你一状……"

金甲神人自动忽略掉了老秀才的碎碎念叨,默默跟随在两人身后,一起拾级而上。

穗山的崖刻石碑,无论是数量还是文采,都冠绝浩然天下,金甲神人心中一大憾事,便是独独少了白也手书的一块碑文。只是当下的虎头帽孩子,大概能算一位名副其实的谪仙人了。

老秀才转头说道:"白也诗无敌,是也不是?你们穗山认不认?"

金甲神人点头道:"当然认。白先生诗篇,虎视何雄哉。"

事实上,穗山之巅,金甲神人专门留下了一块空白石崖。

须知世间名山,往往山上仙师和文人骚客崖刻极多,这就是所谓的自古名山待圣人,尤其是大岳山头,万年以来,只说山巅之地,能够留给后人崖刻,或是立碑的,几乎连巴掌大小的空地都留不住。于此足可见穗山大神的诚意。再者,这位"中土山神首尊"不是老秀才那种人,明明有此心思,却从不与人宣扬,白也不来登山,就留着,不来,就一直留着。不然就老秀才那德行,都能主动带上笔墨纸砚堵白也的大门去。

老秀才干脆转身,跳脚骂道:"咋个偌大一座穗山,愣是白也诗篇半字也无?你怎么当的穗山大神。"

金甲神人说道:"不愿打搅白先生闭关读书。"

老秀才呸了一声:"你就是诚意不够,你与白也半点不亲,很正常,天底下有几个人能跟白也称兄道弟,甚至沾自家弟子的光,隐约还要高出半个辈分的?!但是你和我什么交情,怎不见你求我半句?求不求人是你的事,答不答应是我的事情,先后顺序要不要讲一讲?"

金甲神人一阵火大,以心声言语道:"不然留你一个人在山脚慢慢絮叨?"

虎头帽孩子对身后老秀才又开始施展本命神通的拱火置若罔闻,他乐得独自缓缓登高,欣赏穗山风景。

老秀才立即变了脸色,跟傻大个和颜悦色道:"后世书生,大言不惭,说白也瑕疵,只在七律,不严谨,多有失粘处,所以传世极少。什么长腰健妇蜂扑花,安了一个蜂腰体的名头在白也脑袋上,与这虎头帽相比真是半点不可爱了,对也不对?"

金甲神人神色疑惑，莫不是老秀才难得良心一次，要让白也在穗山留下一篇七律崖刻？

老秀才以眼神示意傻大个你懂的，见穗山大神似乎不开窍，背对白也的老秀才便抬起一手，轻轻搓动手指。

金甲神人还真心动了。只要老秀才让白也留下一篇七律，万事好商量，给老秀才借去一座支脉山头都无妨。以两三百年功德，换取白也一首诗篇，亦无不可。

老秀才停步不前，抚须而笑，以心声咳嗽几句，缓缓说道："竖起耳朵听好了……诗词律例，古板规矩，拘得住我白也才怪了……"

不承想独自登高数十步外的虎头帽孩子说道："七律确实非我所长。如果穗山大神听了某篇七律，肯定是老秀才的托名之作。"

老秀才哀叹一声，屁颠屁颠跟上虎头帽，刚要伸手去扶帽就被白也头也不转一巴掌打掉了。

穗山大神一直护送两人到山巅，和盘坐翻书的老夫子一抱拳，重返山脚。

白也虽然再不是那个十四境修士，但是脚力依旧胜过俗子香客许多，登山所耗光阴不过半个时辰。

老夫子转头跟虎头帽孩子笑道："有点忙，我就不起身了。"

孩子与至圣先师作揖。看得老秀才乐和不已，本就个儿不高了，还弯腰。

穗山之巅，风景壮丽，半夜四天开，星河烂人目。

老秀才感慨道："天意从来高难问，不得不问。人间鼻息鸣鼍鼓，岂敢不听。"

只见天幕各处如有巨石砸湖，阵阵涟漪，激荡不已，正是蛟龙沟上方灰衣老者的开天手笔，试图将天外的远古神灵余孽引入浩然天下。而至圣先师就负责缝补天幕，免得让礼圣太过艰辛。至于托月山大祖一些落在人间山河的术法神通，同样会被至圣先师一一打消。

一把太白剑鞘蓦然悬在虎头帽孩子身旁，正是符箓于玄送返穗山。白也轻轻握住，欲言又止。

老夫子点头道："去吧。不管是在浩然天下，还是青冥天下，人间不还是人间，白也不还是白也。"

白也再次作揖，与至圣先师请辞远游别座天下。亏欠孙道长太多，白也打算远游一趟大玄都观。

当时白也身在扶摇洲，已经心存死志，仙剑太白一分为四，各自送人，既然如今得以重新涉足修行，白也并不担心自己还不上这笔人情。等到了大玄都观，给他至多百年光阴就可以了。

老秀才蹲下身，双手笼袖，轻声道："天地逆旅，秉烛夜游，我行忽见之，长天秋月明。"

虎头帽孩子一手持剑鞘,一手按住老秀才的脑袋:"年纪轻轻的,以后少些牢骚。"

事实上,除了至圣先师称呼文圣为秀才,其他的山巅修道之人,往往都习惯称呼文圣为老秀才,毕竟人间秀才千千万,如文圣这般当了这么多年,确实当得起一个老字了。可事实上真实的年龄岁数,老秀才比起陈淳安、白也,确实又很年轻,相较于穗山大神更是远远不如。但是不知为何,老秀才又好像真的很老,容貌是如此,神态更是如此。没有醇儒陈淳安那么相貌清雅,没有白也这般谪仙人。老秀才身材矮小瘦弱,脸上皱纹如沟壑,白发苍苍。昔年陪祀于中土文庙,各大学宫书院亦会挂像,请那位关系莫逆的丹青圣手绘制画像时,老秀才本人就咋咋呼呼,要画得年轻些俊俏些:"书卷气跑哪里去了?写实写实,写实你个大爷,你倒是写意些啊,你行不行,不行我自己来啊……"

老秀才站起身,说道:"游子归乡,天经地义,哪怕他乡再好,也要记得回家。"

白也点头道:"会的。"

手中太白剑鞘一闪而逝,归入一处本命窍穴当中。

老秀才忧心忡忡道:"听说大玄都观的素斋不太好吃。"

远处老夫子嗯了一声:"听人说过,确实一般。"

老秀才跟白也说道:"你听听你听听,我会瞎说,老头子会胡扯吗?真不好吃!"

昔年亚圣远游青冥天下多年,正是中土文庙对白玉京的礼尚往来。

白也伸手扶了扶头上那顶鲜红颜色的虎头帽,仰头望向天幕,再收回视线,多看了一眼李花年年开的家乡山河。

青冥天下,大玄都观大门外,一个头顶莲花冠的年轻道士不着急去找孙道长聊正事,而是斜靠着门房跟一位女冠姐姐微笑言语。陆沉说师兄道老二借剑白也一事,仙剑道藏一去千万里,是他在白玉京亲眼所见,春辉姐姐你离得远,看不真切,至多只能见到那条溟蒙道气的随剑远游,小小遗憾了。

那位背剑女冠笑道:"陆掌教你和我闲聊再多,也进不去大门啊,祖师爷发话了,路上一只狗摇尾巴都能入门,唯独陆沉不得入内。"

陆沉笑哈哈道:"孙道长对我还是最为刮目相看啊,进不去没关系,我这趟登门拜访,一半心意就是奔着春辉姐姐来的。见着了春辉姐姐,就已经不虚此行。"

道号春辉的大玄都观女冠,略显无奈道:"陆掌教,我真不会去紫气楼修行,当什么千古无人的姜氏外姓迎春官领袖。"

陆沉可怜兮兮道:"不当那迎春官,去青翠城也成啊,刚刚返乡的姜云生听说过没?娃娃脸一孩子,活泼又可爱,还是我大师兄离乡远游时钦定的琢玉郎,只要春辉姐姐你点头,明儿我就让青翠城多出一桩喜事来!聘礼极多,白玉京姜氏和青翠城各一大份,大玄都观半点嫁妆都不用给的……"

春辉有些羞恼:"陆掌教,请你慎言!"

陆沉眨眨眼,试探性问道:"那我让姜云生认了春辉姐姐做干娘?都不用欺师灭祖去那啥青翠城,白得一儿子。传出去也好听,大涨大玄都观剑仙一脉的威风。"

年轻容貌的玉璞境女冠春辉眯起一双丹凤眼:"陆掌教!"

陆沉无奈道:"罢了罢了,小道确实不是一块当月老的料,不过实不相瞒,昔年远游骊珠洞天,我苦心精研手相多年,看姻缘测福祸算命理,一看一个准,春辉姐姐,不如我帮你看看?"

一位高瘦老道人出现在大门口,笑眯眯道:"陆掌教莫不是被化外天魔占据了魂魄,今儿很不死皮赖脸啊。以往陆掌教道法高深,多行云流水,如那白露雨水走一处烂一处,今儿怎的转性了,好心好意当起了牵红线的月老。春辉,认什么姜云生当干儿子,眼前不就刚好有一个现成送上门的,与客人客气什么。"

当下孙道长的穿着打扮很念旧,他背一把桃木剑,腰系一串铜铃铛,身穿一件寻常丝绢材质的道袍法衣,暗摆十二幅,对应一年十二个月。若是被昔年某位同道中人瞧见了,定要暗赞一句老道长好仙风真道骨。

陆沉笑嘻嘻道:"哪里哪里,不如孙道长轻松惬意,老狗趴窝守夜,嘴动身不动。一旦挪窝,就又别具风采了,翻潭的老鳖,兴风作浪。"

孙道长微笑道:"走,咱哥俩进门说去。"

陆沉使劲点头,一脚跨过门槛,却不落地。

孙道长始终神色慈祥,站在一旁。

那位玉璞境的背剑女冠春辉却已经额头渗出汗水来。不是她胆子小,而是一旦陆沉那只脚触及大门内的地面,祖师就要待客了,绝不含糊的那种,什么护山大阵、道观禁制,外加她那一大帮师兄弟,甚至是许多她得喊师伯太师叔的,都会瞬间分散道观四方,拦截去路……大玄都观的修道之人,本来就最喜欢一群人"单挑"一个人。

陆沉一个蹦跳,换了一只脚跨过门槛,依旧悬空:"嘿,小道就不进去。"

春辉没有觉得有半分趣味,始终如临大敌,虽然担心自己被一位天下第三和一位天下第五的神仙打架给殃及池鱼,但是职责所在,大玄都观又有输人不输阵的门风习俗,所以她只能硬着头皮站在原地。她双手藏袖,已经默默掐诀,争取自保之余,再找机会往白玉京三掌教身上砍上几剑,或是狠狠砸上一记道诀术法。

孙道人转身走向道观大门外的台阶,陆沉收起脚,和春辉姐姐告辞一声,大摇大摆跟在孙道人身旁,笑道:"仙剑太白就这么没了,心不心疼,我这儿有些盐巴,孙老哥只管拿去烧饭做菜,省得道观斋菜寡淡得没个滋味。"

孙道人走下台阶,不过一脚跨过最后一级台阶,等到脚底板触及街面时,老道人就带着陆沉一并现身在数万里之外了。

孙道人喜欢清静,在大玄都观辖境外,开辟有一座避暑别业,不算什么风水形胜之地,也没什么禁制讲究,唯一能拿出手的待客风景,就是一棵古意仿佛苍翠欲滴的万年古松。松下有白衣童子正在煮茶,还有一位紫髯若戟、头顶高冠的披甲神灵站在一旁。古松枝叶间,挂有一个莹莹可爱的"白玉盘",好似镶嵌入古松绿荫间的一件文房清供。

除此之外,在古松南北两侧地上,有孙道人和师弟昔年分别以仙剑太白篆刻的两个词:北酆、南斗。

松下有石桌,老道人孙怀中落座后,陆沉脱了靴子,盘腿而坐,摘了头顶上的莲花冠,随手搁在桌上。

陆沉开门见山道:"我来这里,是师尊的意思。不然我真不乐意来这边讨骂。"

孙怀中微微皱眉。

除去天地初开的第五座天下,其余天地有序、大道森严的四座,不管是青冥天下还是浩然天下,每座天下修士打架一事都有个天大规矩,那就是得刨开四位。就比如在青冥天下,不管谁再大胆,都不会觉得自己可以去与道祖掰手腕,这已经不是什么道心是否坚韧,或是无所谓敢不敢了,不能就是不能。

只是道祖连白玉京都不愿多去,由着三位弟子轮流执掌白玉京,哪怕是孙道长,不管对道老二余斗如何不顺眼,对道祖还是很有几分敬意的。

陆沉笑道:"白也是个不愿欠人情的,所以意外不大的话,多半会来大玄都观偿还人情,文庙那边也不会阻拦。我今天来见你,就是打个招呼,白玉京与大玄都观以往如何,以后依旧如何,白也在此潜心修行就是了,白也不管入不入大玄都观的祖师堂谱牒,都会被白玉京只是视为白也,所以孙观主忧心万事,都不用忧心此事。"

孙怀中点点头。

陆沉单手支腮,斜靠石桌:"一直听说孙老哥收了几个好弟子,很是良材美玉,怎么都不让小道瞧瞧,过过眼瘾。"

孙怀中问道:"白也如何死,又是如何活下来的?"

陆沉叹了口气,以手作扇轻轻挥动:"周密合道得古怪了,大道忧患所在啊,这厮使得浩然天下那边的天机紊乱得一塌糊涂,一半的绣虎,又早不早晚不晚的刚好断去我一条关键脉络,弟子贺小凉、曹溶他们几个眼中所见,我又信不过。算不如不算,听天由命吧。反正暂时还不是自家事,天塌下来,不还有个真无敌的师兄余斗顶着。"

孙怀中嗤笑道:"道老二愿意借剑白也,差点儿让老道把一对眼珠子瞪出来。"

陆沉懒洋洋道:"余师兄还是很有豪杰气的嘛,孙老哥身为半个自家人,莫要说气话,容易伤感情。"

孙怀中和陆沉几乎同时抬头望向天幕。

孙怀中站起身，放声大笑，双手掐诀，古松枝叶间的那只白玉盘熠熠莹然，光彩笼罩天地。陆沉则赶紧穿上靴子，走了走了，溜之大吉。

等到陆沉离去，光芒收敛，孙怀中眼前站着一老一小。孙怀中瞪大眼睛，疑惑万分，不敢置信道："白也？"

那个头戴虎头帽的孩子点点头，取出一把剑鞘，递给孙怀中，歉意道："太白仙剑已毁……"

孙怀中大手一挥，喊了句"去他的，屁大事情何须多说"，他快步走到白也身边蹲下，打趣道："哪家小娃娃，这粉雕玉琢的，大玄都观以后那些年轻女子，还不得每天无心修行，光顾着跑来捏小脸了，我这个当祖师爷的，都不好多说什么……"

白也面无表情，只是扯了扯脖子上的虎头帽系带。

白也此刻心情应该是不会太好的。

来时路上，老秀才言之凿凿，说至圣先师亲口提醒过，这顶帽子别着急摘下来，好歹等到跻身了上五境。白也都无法想象自己在玉璞境之前，一直头戴虎头帽到底是怎么个光景。

一旁的老秀才双指拈住一张青色材质的远游符，一点点缓缓消逝，等到符箓燃烧殆尽，就是老秀才返回浩然天下之时。

孙怀中站起身，打了个道门稽首，笑道："老秀才风采无双。"

老秀才作了一揖，笑眯眯赞叹道："道长道长。"

双方心照不宣，对视而笑。久闻不如见面。果然，这才是自家人。

然后老秀才一手拈符，一手指向高处，踮起脚尖扯开嗓子骂道："道老二，真无敌是吧？你要么与我辩论，要么就爽快些，直接拿那把仙剑砍我，来来来，朝这里砍，记住带上那把仙剑，不然就别来，来了不够看，我身边这位侠肝义胆的孙道长绝不偏帮，你我恩怨，只在一把仙剑上见真章……"

白玉京最高处，道老二眯起眼，袖中掐诀心算，同时瞥了眼天幕。

白也突然说道："仙剑道藏只会在你符箓消失之前返回青冥天下。"

虽然境界没了，但是眼界还在。

老秀才呵呵一笑，神色自若。只是持符之手立即下垂，轻轻晃荡起来。

片刻之后，老秀才干脆抬起手，使劲吹了起来。都是自家人，面儿什么的，瞎讲究什么。老秀才穷归穷，从不穷讲究。

孙怀中笑道："文圣不用着急返回，道老二真敢来此地，我就敢去白玉京。"

老秀才将符箓攥在手中，搓手笑道："别别别，总不能连累白也初来乍到就惹来这等纷争。"

孙怀中突然皱眉不已:"老秀才,你去不去得第五座天下?"

老秀才摇头道:"暂时去不得。"

孙怀中提醒道:"最好去得。"

老秀才瞬间了然,摊开手,孙怀中双指并拢,一粒灵光凝聚在指尖,轻轻按在那枚至圣先师亲自绘制的远游符上。

老秀才转头望向那个虎头帽孩子。应该放心才对,却又实在是放心不下。终究如今白也就只是个需要重新问道的孩子,不再是那十四境的人间最得意了。

白也说道:"你先管好自己。以后找你喝酒。"

老秀才点点头,突然感伤不已,轻声问道:"仰天大笑出门去的那个白也,我其实一直很好奇到底是怎么个白也。"

老秀才其实就是随口一问,白也有无答案不重要。

头戴虎头帽的白也想了想,双手环胸,微微踮脚,高高仰头,张了张嘴巴又合上,其间好似背书一般迅速说了三个字,几乎没什么语气起伏:"哈,哈,哈。"

比较敷衍了事。

一旁孙怀中饶是见惯了风浪,也觉得今儿算是长见识了。

老秀才笑得合不拢嘴,整张脸庞都皱在了一起,最喜欢絮絮念叨的老人却不再多说什么,随着符箓消失,身形一闪而逝,天幕大门一开,重返浩然天下。

宝瓶洲,崔瀺法相手托一座仿白玉京,崔瀺真身今天破例没有讲学,而是待客两位老熟人。

两个老朋友都不是以真身跨洲远游至此,山上手段多,越玄妙的术法往往越吃钱,不过根本无须崔瀺担心此事。

当崔瀺落在人间,行走在那条大渎畔时,一个身材臃肿的富家翁,和一个穿着朴素的中年男人,就一左一右跟着这位大骊国师一起散步水边。

一个皑皑洲财神爷刘聚宝,一个中土神洲玄密王朝的太上皇郁泮水,哪个是会心疼神仙钱的主。

在家族书房让一个年轻后生林君璧头疼不已的郁泮水,这会儿溜须拍马得厉害了:"崔老弟大手笔,委实是改天换地的大手笔啊。浩然锦绣三事哪里够,得加上这么一桩。"

刘聚宝倒是没郁泮水这等厚脸皮,不过望向一条大渎之水,难掩激赏神色。

只不过刘聚宝眼中所见,不只是大渎滚滚流水,更是源源不断的神仙钱,只要一个人本事够大,就如同在那大渎入海口张开了一个大钱袋子。

崔瀺笑问道:"郁老儿,如今棋术如何?"

郁泮水埋怨道："明知故问，还是强啊。"

郁泮水的棋术怎么个高，用当年崔瀺的话说，就是郁老儿收拾棋子的时间比下棋的时间更多。

棋风霸道，杀伐果决，一往无前，所以下得快，输得早。崔瀺很少愿意陪着这种臭棋篓子浪费光阴，郁泮水是个例外。当然，所谓下棋，落子更在棋盘外就是了，而且两人心知肚明，都乐在其中。三四之争，文圣一脉惨败，崔瀺欺师灭祖，叛出道统文脉，沦为人人喊打的丧家犬，但是在当时看似鼎盛的大澄王朝，崔瀺与郁泮水在瘿柏亭一边手谈，一边为郁老儿一语道破花团锦簇之下的衰败大势，正是那场棋局后，稍稍举棋不定的郁老儿才下定决心，更换王朝。

崔瀺有一点好，最让郁泮水佩服，因为大异于世间读书人，但凡是知晓诸多弊端却依旧无解之事，崔瀺就会老老实实烂在肚子里，绝不故作高深语，简而言之，崔瀺只做力所能及的实在事，敢做肯做能做，所以当时崔瀺离开郁家，除了一场毫无悬念的棋盘胜负，还留给郁家改朝换代的一本册子，只说是尽量帮着郁老儿梳理脉络，双方策略，以此相互佐证。

郁泮水当时送到凉亭台阶下，只问了一句："绣虎何所求？"

崔瀺答道："以后我向郁家借钱，你郁泮水别含糊，能给多少就多少，赚多赚少不好说，但是绝对不亏钱。"

郁泮水这个出了名的臭棋篓子，在权术谋略上却是绵里藏针，不过而立之年，就已经身为大澄王朝国师，先后扶植起数位傀儡皇帝，有斩龙术的美誉。关于"肥郁"，在浩然天下的山上山下，一直毁誉参半，其中就有众多宫闱香艳秘闻，山上流传极多。与姜尚真在北俱芦洲亲笔撰写、再自己掏钱刊印的群芳野史，并称山上双艳本。

崔瀺转去问刘聚宝道："刘兄还是不愿押狠注？"

刘聚宝说道："挣钱不靠赌，是我刘氏头等祖宗家规。刘氏先后借给大骊的两笔钱，不算少了。"

谷雨钱。万。先后两次，各一百。

崔瀺笑道："赌？刘兄是瞧不起我宝瓶洲的守势，还是瞧不起蛮荒天下的攻势？"

刘聚宝笑了笑，不说话。跟这头绣虎打交道，千万别吵架，最没劲。

至于刘聚宝这位皑皑洲财神爷，手握一座寒酥福地，掌管着天下所有雪花钱的来源，中土文庙都认可刘氏的一成收益，是有过白纸黑字的。结契双方，是礼圣与刘聚宝。

那条雪花钱矿，储量依旧惊人，术家和阴阳家老祖师曾经一同堪舆、演算，耗费数年之久，最终答案，让刘聚宝很满意。也就是说皑皑洲刘氏不但现在有钱，未来还会很有钱，所以皑皑洲刘氏又有那"坐吃山不空"的赞誉。

就连那位商家老祖范先生都说刘财神是真有钱。

刘氏供奉当中,武夫有皑皑洲雷公庙沛阿香。作为一洲武道第一人,供奉排名仅是第三。术家总计三位祖师爷,其中两位都是皑皑洲刘氏的供奉。

崔瀺问道:"谢松花还是连个刘氏客卿都不稀罕挂名?"

刘聚宝坦然承认此事,点头笑道:"钱财一物,终究不能通杀所有人心。如此才好,所以我对那位女子剑仙,是真心钦佩。"

刘氏一位家族祖师,如今正在辛苦说服女子剑仙谢松花担任家族客卿,因为请她担任供奉是不用奢望的。谢松花对家乡皑皑洲从无好感,对财大气粗的刘氏更是观感极差。所以只要谢松花点个头,她这辈子非但不用去刘府走个过场,刘府更不会让谢客卿做任何事情,祖师堂议事,谢松花人可以不到,只要把话带到,一样管用。除此之外,谢松花的两位嫡传弟子举形和朝暮,跻身上五境之前,关于养剑和炼物二事,一切所需天材地宝、神仙钱,皑皑洲刘氏全部负责。

可哪怕如此,谢松花还是不肯点头。从头到尾,只跟那位刘氏祖师说了一句话:"如果不是看在倒悬山那座猿蹂府的面子上,你这是在问剑。"

皑皑洲刘氏当然不是真缺一位剑仙坐镇,只是皑皑洲刘氏家主发话了,让那位家族长辈务必达成此事,而且还要好好说话,对谢剑仙要多多礼敬尊重,不然回了祖师堂,他刘聚宝就不好好说话了。

崔瀺笑道:"生意归生意,刘兄不愿押大赚大,没关系。之前借钱,本金与利息,一枚雪花钱都不会少刘氏的。除此之外,我可以让谢松花担任刘氏供奉,就当是感谢刘兄愿意借钱一事。"

刘聚宝做人不忘本,光是为了皑皑洲武运和剑道气运一事,暗中开销无数,崔瀺都看在眼里。

天底下的有钱人,来来去去,不管新人旧人,总归是有人坐在有钱人的那个位置上的,那么谁理当有钱,就是大学问了。

天下事,兜兜转转,不还是人与人打交道。

刘聚宝说道:"接下来蛮荒天下就要收拢战线了,哪怕周密将大部分顶尖战力丢往南婆娑洲,宝瓶洲还是会很尴尬。"

崔瀺冷笑道:"聚蚊?"

刘聚宝哑然。

一旁以心大著称于世的"肥郁",仍是听得眼皮子直打战,赶紧拍了拍胸脯压压惊。

大骊王朝励精图治百余年,国库积攒下来的家底,加上宋氏皇帝的私产,其实相对于某个寻常的中土大王朝已经足够丰厚,可在大骊铁骑南下之前,其实光是打造那座仿白玉京,以及支撑铁骑南下,就已经相当捉襟见肘,此外那些浩浩荡荡悬空列阵的剑舟,迁徙一支支边军在云上如履平地的山岳渡船,为大骊铁骑量身打造的"人马皆甲"的符箓甲胄，针对山上修道之人的攻城器械、守城机关、秘法炼制的弓弩箭矢，打造沿海几条战线的阵法枢纽……这么多吃钱又不计其数的山上物件，哪怕大骊坐拥几座金山银山，也要早早被掏空了家底。怎么办？借钱。

绣虎崔瀺，向商家范先生借，向郁泮水借，向皑皑洲刘氏借，向墨家巨子借，暗中还向诸子百家借。

通过大骊铁骑南下，一洲即一国，不断整合一洲山河带来的巨大收益，偿还一部分欠债。在这之外，崔瀺还"预支"了一大部分，当然是一洲覆灭、山下王朝山上宗门几乎全毁的桐叶洲！

刘聚宝却摇头道："无须如此，不清爽。"

崔瀺转头笑道："谢松花主动要求担任刘氏供奉，你舍得拦着？翻脸不认人，你当是逗一位脾气不太好的女子剑仙玩呢？"

刘聚宝无奈道："算你狠。"

郁泮水幸灾乐祸，大笑道："看刘财神吃瘪，真是让人神清气爽，好好好，单凭绣虎此举，玄密王朝国库我再拿出一半来！"

崔瀺微笑道："无须谢我，要谢就谢刘财神送给郁氏挣钱的这个机会。"

郁泮水啧啧道："天底下能把借钱借得如此清新脱俗，当真只有绣虎了！"

刘聚宝突然停下脚步，说道："我只确定一事，你崔瀺是否给自己留了一条退路，我就押注，即刻起！"

郁泮水跟着停步，竖起耳朵，这也是他这位郁氏家主最想要知道答案的一件事，一旦确定，别说玄密王朝的剩余半座国库，郁泮水都能将十六藩属国翻个底朝天，也要陪着绣虎和刘财神一起做成一桩壮举，敢造反？嫌我玄密王朝地盘不够大吗？

崔瀺却摇头道："人心两不同。让你们失望了。"

言下之意，人无退路，心有安放，仅此而已。

崔瀺算计人事、国运、大势极多，但绝不是个只会靠城府耍心机、抖搂下作手段的谋划之人。

刘聚宝使劲揉了揉脸颊，然后破天荒骂了几句脏话，最后直愣愣盯住这头绣虎："一旦刘氏押大注，到底能不能挣桐叶洲山河钱，关键是挣了钱烫不烫手，这个你总能说吧?!"

郁泮水小声嘀咕道："你个聋儿，绣虎不一直说能赚钱，非要讨骂才开心。崔老弟这般英雄豪杰，若是一心想要挣钱，皑皑洲别说丢了个'北'字，你刘聚宝也要少掉一个财神头衔。"

崔瀺望向刘聚宝，微笑道："能帮朋友挣钱，是人生一大快事。"

刘聚宝神色复杂，抬起一只手，崔瀺犹豫了一下，轻轻与之击掌。

刘聚宝撤去术法神通，身形消散，撂下一句："钱有点多。"

郁泮水却没有离去，陪着崔瀺继续走了一段路程，直到遥遥可见那座大渎祠庙，郁泮水才停下脚步，轻声道："不管别人怎么认为，我舍不得人间少去个绣虎。"

崔瀺笑道："还好。"

郁泮水叹息一声，一闪而逝。

崔瀺坐在大渎水畔，转头看了眼远处齐渎大门，他收回视线，面带笑意，双鬓霜白的老儒士轻声喃喃道："夫复何言。"

当那道七彩琉璃色的璀璨剑光离开飞升城，再一举破开天幕，直接离开这座天下，整座飞升城先是沉寂片刻，然后满城哗然，灯火亮起无数，一位位剑修匆匆离开屋舍，仰头望去，难不成是宁姚破境飞升了?!

太象街陈氏府邸，改名为陈缉的昔年老剑仙陈熙，如今是少年面容，原本在廊道夜游散步，刚好是最早发现异象的人。陈缉目前将真实身份、境界都隐藏了起来，所以身后依旧跟着一位贴身护驾的侍女，作为可有可无的障眼法，其实在飞升城每过一年，陈缉就距离昔年刻字剑仙陈熙越近一步，所以"少年"身后担任死士的剑修侍女，就离死越远，然后离剑道高处更近。

陈缉叹了口气，觉得宁姚祭出这把仙剑，稍稍早了，会有隐患。等到将其炼化完整，以此打破仙人境瓶颈，跻身飞升境，最合时宜，只不过陈缉虽然不清楚宁姚为何如此作为，但是宁姚既然选择如此涉险行事，相信自有她的理由，陈缉当然不会去指手画脚，以飞升城大义与只是暂领隐官一职的宁姚讲理。一来陈缉作为曾经的陈氏家主，陈清都这一脉最重要的香火传承者，不至于如此小肚鸡肠，再者如今陈缉境界不够，找宁姚？问剑？找砍吧。

然后陈缉皱眉不已，不但是他和侍女，几乎所有被异象惊动的剑修都发现一袭雪白法袍的宁姚负匣御剑离开飞升城，看样子是要远游某地。

那位姿色平平的年轻婢女，忍不住轻声道："美人如玉剑如虹，人与剑光，都美。"

昔年太象街和玉笏街的顶尖豪阀，往往都会栽培几位剑仙坯子的女子剑侍，极为善待，未来嫁娶都在自家门内。这位资质绝好的婢女，名为言笙，赐姓陈。

陈言笙对宁姚仰慕已久。总觉得世间女子，做成宁姚这般，真是美到极致了。

宁姚这趟毫无征兆的远游山河，依旧身穿法袍金醴，脚踩一把长剑，剑匣所藏长剑名为剑仙。

陈缉早年原本有意撮合宁姚和陈三秋结成道侣，只是陈三秋对董不得始终念念不忘，陈缉也就淡了这份心思。

陈缉神色凝重："宁姚是故意远离飞升城，要引诱那些远古存在借此机会围杀自己,她要自斩因果,使得诸多因她而起的大道压胜,半点不落在飞升城头上。"

拦不住宁姚离城,更帮不上半点忙。

陈缉自嘲道:"境界不够,难道真要喝酒来凑?"

这些年陈缉有意放缓破境脚步,所以如今才跻身元婴境没多久,不然太早跻身上五境,动静太大,他就再难隐藏身份了。如今的散淡日子,陈缉还想多过几年,好歹等到这副皮囊到了弱冠之龄,再出山不迟。刚好可以多看看齐狩、高野侯这些年轻人的成长。百年之内,陈缉都不愿意恢复陈熙的身份。

陈言筌有些好奇那道剑光,是不是传说中宁姚从不轻易祭出的本命飞剑斩仙。

陈缉则有些好奇如今坐镇天幕的文庙圣人,是拦不住那把仙剑天真,只能避其锋芒,还是根本就没想过要拦,听之任之。

这很重要。见微知著,这涉及中土文庙对飞升城的真实态度,是否已经按照某个约定,对剑修毫不约束。

那位陪祀圣贤到底是作壁上观,只负责监察一座崭新天下,同时按照礼圣规矩,顺便监察一座飞升城,记录一座天下的功德流转,还是早早将监察重心放在飞升城身上,好似防贼一般防着所有剑修,这才是陈缉最关心的事情。如果是前者,百年之后的飞升城,对儒家愿意以礼相待,与浩然天下的恩怨彻底两清;若是后者,陈缉不介意将来以陈熙的身份问剑天幕。只要是个剑修,谁还没点脾气?

陈缉突然笑问道:"言筌,你觉得咱们那位隐官大人在宁姚身边,敢不敢说几句重话,能不能像个大老爷们?"

陈言筌思量片刻,答道:"早年在宁府门外边,宁姚好像其实挺顺着隐官大人的,至于回到家中,奴婢估计咱们那位隐官大人很难有什么英雄气概。听说每次隐官在自家铺子喝过酒,一到宁府门口,就会跟做贼似的,也不知真假,反正城内酒桌上都这么传。更过分的,是有个会吟诗的酒鬼,言之凿凿,拍胸脯保证说自己亲眼看到隐官大人,某夜归家晚了,敲了半天门,都没人开门,也没敢翻墙,他就好心陪着隐官一起坐到了天明时分,事后每每想起,他都要替隐官大人掬一把辛酸泪。"

陈缉气笑道:"以前剑气长城的酒桌风气多淳朴,等到两个读书人一来,就开始变得不堪入目,不堪入耳。"

陈言筌犹豫了一下,说道:"其实奴婢比较怀念隐官大人。"

陈缉笑问道:"是觉得陈平安的脑子比较好?"

陈言筌摇头道:"奴婢只是觉得隐官为人处世,心平气和,所以旁人不用担心出差错。"

陈缉点点头:"正解。"

宁姚独自御剑去往重新矗立在飞升城最东边的"剑"字碑。她御剑极快,风驰电掣，好似仙人施展缩地山河神通一般，御剑劈开座座云海，其间穿过一座闪电交加的雷云，雷云稍有靠近，就被宁姚一身沛然剑气悉数碾碎。

收剑入匣，飘落在那块石碑旁，宁姚背靠石碑，开始闭目养神。

宁姚以心声让附近飞升城剑修立即撤离此地，尽量往飞升城那边靠拢。数十位剑修相互间打招呼，然后毫不犹豫，纷纷御剑离开此地。

宁姚祭剑天真破开天幕没多久，坐镇天幕的儒家圣人就已经察觉到不对劲了，所以非但没有阻拦那把仙剑的远游浩然天下，反而立即传信中土文庙。

天地八方，异象横生，大地震动，多处地面翻拱而起，一条条山脉瞬间轰然倒塌破碎，一尊尊蛰伏已久的远古存在现出庞大身形，好似贬谪人间、获罪刑罚的巨大神灵，终于有了将功补过的机会。它们起身后，随便一脚踩下，就当场踏断山脊，造就出一条峡谷，这些岁月悠久的古老存在，起先略显动作迟缓，只是等到大如深潭的一双眼眸变得金光流转，立即就恢复了几分神性光彩。

此外几处瘴气横生的深渊大泽当中，亦有数尊巍峨身姿重见天日，裹挟着一股股气势磅礴的山河气运，张口一吸气，便能鲸吞方圆百里的天地灵气，甚至连水运都一并吞咽入腹，瞬间使得大泽干涸、草木枯竭。

冥冥之中，这些或沉睡酣眠或选择冷眼旁观的远古存在，如今不约而同都清楚了一事，若是再有百年的沉寂不作为，就只能是束手待毙，引颈就戮，最终都要被那些外来者一一斩杀、驱逐或是拘押，而在外来者当中，那个身上带着几分熟悉气息的女子剑修最该死，但是那股带有天然压胜的浑厚气息，让绝大多数蛰伏各处的远古余孽都心存忌惮，可当那把仙剑天真远游浩然天下，它们就再也按捺不住了，它们必须打杀宁姚，必须彻底断绝她的大道！绝对不能让宁姚成功跻身天地间的首位飞升境修士！

天地南方，桐叶洲修士要么远远撤离是非之地，抱头鼠窜，只管逃命，要么就是有几位已经身居高位的所谓得道之人，一番推衍，大笑不已。与此同时，一座好不容易打造出仙府山头雏形的抱团修士，几乎人人绝望，其实修士伤亡不大，多是些下五境的蝼蚁，但是刚刚建造起来的祖师堂被一尊莫名其妙的庞然大物横臂一挥，随意打碎，此外方圆数百里的天地灵气、山河气数，都被它凝聚在身，一同搬迁而走。

只是在迁徙路途上，庞然大物的一双金色眼眸盯住一座霞光紫绕、气运浓厚的碍眼山头，稍稍改变路线，狂奔而去，一脚重重踩下，却未能将山水阵法踩碎，它也就不再过多纠缠，只是瞥了眼一位仰头与它对视的年轻修士，继续在大地上飞奔赶路。身高千丈的魁梧身形一步步踩踏大地，每次落地都会引发闷雷阵阵。

那座一脚踩不碎的仙府山头，正是数座天下年轻候补十人之一流霞洲修士蜀中暑亲手打造的超然台。

只是不知为何蜀中暑是从桐叶洲大门来到的第五座天下。如果不是那份邸报泄露天机,无人知晓他是流霞洲天隅洞天的少主。

一个黑衣书生打开手中折扇,和蜀中暑并肩而立,微笑道:"蜀兄,其实咱们可以拦一拦的,好大一桩机缘,肥水不流外人田嘛,蜀兄与我联手,又占据地利,胜算不小,一旦得手,回报极大。天予不取反受其咎啊。"

一身锦袍法衣如绚烂晚霞的蜀中暑笑道:"我这不是信不过陈稳兄嘛,担心一个不小心,超然台就要为他人作嫁衣裳。"

来自北俱芦洲的陈稳,合拢竹扇,轻轻敲打心口,转头望向那头远古存在的远去身形,眼中满是失落,好像眼睁睁看着一条神仙钱溪涧从身边流逝而去,年轻书生伤心道:"见好不收,用人又疑,蜀兄不够豪杰。换成是我的那位好人兄在这里,保证今晚双方就要谈笑风生,坐地分赃。"

蜀中暑问道:"好人兄?陈稳兄似乎对此人颇为看重。"

陈稳点头道:"既并肩作战,一起挣钱,又斗智斗力,总之亦敌亦友,相见十分投缘,不过最后我还是技高一筹,那位好人兄算是我的半个手下败将。"

蜀中暑笑道:"我看未必吧。"

陈稳以折扇轻轻敲脸,委屈道:"好心告诫蜀兄一句啊,在我们北俱芦洲有个习俗,打人半死,也别打脸。"

蜀中暑抬头笑道:"好个太平山女剑仙。"

原来两人言谈之间,桐叶洲本土修士当中只有一位女冠仗剑追逐而去,御剑路过超然台地界边缘,最终硬生生拦阻下了那尊远古余孽的去路。

相较于擅长逃难避祸的桐叶洲修士,扶摇洲修士群居的天地北方,一位浑身帝王气的男子率领聚拢在身边的百余位练气士,与太平山女冠黄庭一般无二,强行拖曳住了一尊远古余孽。在此破境跻身玉璞境的黄庭是纯属无聊,找一场架打,至于扶摇洲这个身披大霜宝甲的纯粹武夫,则是为了挣钱赚气运。

天地西方,一个少年僧人一手托钵,一手持锡杖,轻轻落地,就将一尊远古余孽拘禁在了一座荷池天地中。少年僧人低头望去,掌心佛钵当中,有拇指大小的朵朵荷花,至于那尊远古余孽则小如一粒芥子,正在翻江倒海,但依旧徒劳,只是激起些许涟漪而已。

东边,大玄都观剑仙一脉的一位年轻女冠,和两位岁除宫修士在半路碰头,合力追杀其中一尊横空出世的远古余孽。

哪怕如此,依旧有四条漏网之鱼,来到了"剑"字碑地界。

宁姚等候已久,在这之前,四下无人,她一遍又一遍地玩过了跳房子,可还是百无聊赖,于是蹲在地上,找了一大堆差不多大小的石子,一次次手背翻转,抓石子玩。

等到察觉到那些远古余孽的踪迹,宁姚立即站起身,而最先靠近"剑"字碑的那个存在,好似与其余三尊余孽心有感应,并没有着急动手,直到四尊庞然大物各自占据一方,刚好围困住那块石碑,它们这才一起缓缓走向暂时失去仙剑天真的宁姚。

宁姚就由着它们围剿自己,只是脚尖轻点,将一颗颗石子踢飞出去。

她随便瞥了眼其中一尊远古余孽,这得是几千个刚刚练拳的陈平安?宁姚嘴角微微翘起,又迅速被她压下。

宁姚抬起手,一把仙剑出鞘也出匣,被她握在手中。与此同时,再无须与天真问剑的本命飞剑之一斩仙现世。

斩仙瞬间刺透一尊远古余孽的头颅,后者就像被一根纤细长线悬挂起来。斩仙去势极快,整个远古余孽如同被一条条剑气丝线禁锢在原地,只要稍稍一个挣扎,就要扯裂出无数道巨大伤痕。

宁姚阴神远游,手持一把剑仙。一个好似飞升境大修士的缩地山河大神通,一个渺小身形蓦然出现在身高千丈的远古余孽眼前,双手持剑,一道剑光斜斩而至。与此同时,大地之上,细微剑气茫茫而起,云雾升腾,方圆千里之地,仿佛处于白云中。

天空高处,云聚拢如海,浩浩荡荡,缓缓下坠。

没什么小天地,剑意使然。

一尊余孽双臂乱砸,金光萦绕全身,庞然身躯依旧如坠剑气云海当中,它以双臂和金光与那些凝为实质的剑光疯狂搏杀。

被宁姚阴神一道剑光斩成倾斜两半的巨大身躯中金色熔浆如修道之人之鲜血,相互牵扯裹缠起来,自行弥补伤口。

剑仙一斩再斩,相较于别处战场,井然有序的斩仙剑气牢笼,一把仙兵品秩长剑拖曳出的成百上千条剑光,毫无章法可言。纯粹以剑修至大杀力对敌。

宁姚现出一尊身披金色法袍的千丈法相,御风离开"剑"字碑,手持剑气凝聚而成的一把长剑,一剑削掉一尊远古余孽的头颅,再一剑钉入头颅当中,暂时失去头颅的神灵余孽轰然后仰倒去,被宁姚法相一脚踩在心口处。宁姚法相再抖腕,用贯穿余孽头颅的那把长剑,再次刺穿远古余孽,后者如无头尸体捧首在前。

倒地不起的远古余孽其中一条胳膊被宁姚法相踩住,另外一条胳膊试图打断宁姚法相脚踝,被宁姚弯腰一把拽住手腕,使劲一扯,随手丢往远处。

至于宁姚真身,依旧留在原地,这场厮杀的真正大敌,不在于这四尊难以真正斩杀的远古余孽,而是正在缓缓生成的大道天劫。它们要趁仙剑天真不在这座天下,以一场本该仙人境破开瓶颈后引发的天地大劫镇压宁姚。

好像完全无事可做的宁姚真身,只是站在原地,安安静静等着那场天劫,一开始她就做好了最坏的打算,那把天真哪怕可以赶回战场,也极有可能会故意放慢返回速度,好等她大道受损。宁姚在天劫后跌境,天真就能够找机会颠倒身份,从剑侍成为剑主。

宁姚不觉得那个好似顽劣小丫头的剑灵能够得逞，不愧名为天真，真是想法天真。

那四尊远古余孽，看似连宁姚真身都无法靠近，但事实上，宁姚同样难以将它们斩杀殆尽，它们总能死灰复燃一般。方圆千里之地，出现了无数条大大小小的金色江河、溪涧，然后刹那之间就能够重塑金身，再分别被宁姚本命飞剑斩仙、剑气云海、宁姚法相、手持剑仙的宁姚阴神——打烂身躯。

这就是剑修的唯一症结所在，飞剑也好，剑气也罢，都杀力巨大，冠绝天下，但是唯独最怕剑走落空。

若有几门上乘的术法神通，或是类似天地隔绝的手段，将那些象征着大道根本的金色鲜血分开拘禁，或是当场炼化，这场厮杀，就会更早结束。

对于大地上如江河流淌的金色鲜血，这些比天地灵气更加精粹的"神灵金身根本之物"，哪怕宁姚飞剑和剑气再锋锐无匹，就算能够肆意切割、粉碎，却始终无法像寻常对敌那般，只要飞剑洞穿对手身躯魂魄，就可以将剑气萦绕滞留在人身小天地当中，顺势搅碎修士一座座好似洞天福地的气府窍穴。可如果没有那道越来越大道显化的天劫，长久以往，哪怕双方就按照这个形势持续消耗下去，一个折损金身大道，一个消耗心神和灵气，宁姚依旧胜算更大。因为那些仿佛契合天地大道的金色鲜血，哪怕飞剑都不能损其丝毫分量，可是远古余孽想要聚拢重塑金身仍会出现一种先天损耗。

这四尊远古余孽，和宁姚先前打杀的几头显然大不相同。之前那些存在，不至于难缠难杀到这个地步。

宁姚抬头望去，天上好似悬有一圈金色光晕，仿佛一颗远古高位神灵的金色眼眸，死死盯住了自己。而大地之上，那四尊远古余孽竟然自行如积雪消融，彻底化作一整座金色血海，最终刹那之间矗立起一尊身高万丈的金身神灵，一轮金色圆晕，如后世法相宝轮，刚好悬在那尊恢复真容的神灵身后。然后大道显化而生，神灵手臂上各缠绕有一条金色蛟龙、蟒蛇。

神灵俯瞰人间。剑修问剑天庭。

宁姚高高扬起脑袋，与那尊终于不再藏掖身份的神灵直直对视。

按照避暑行宫的秘档记载，远古十二高位神灵当中，披甲者麾下有独目者，执掌赏罚天下蛟龙之属、水裔仙灵，其中职责之一，是与一尊雷部高位神灵，分别负责化龙池和斩龙台。

这尊在远古战场上大道受损的高位神灵，在第五座天下沉寂万年，既是在缝补大道，也在与天地大道缓缓契合，所以它就是天劫本身。

难怪如此难杀。难怪当初白也都未曾出剑斩杀这头余孽，因为它已算天地的一部分。

此时此景，不问一剑，就不是宁姚了。

对一切与真龙有关的存在,远的近的,是人不是人,说过话没说过话的,宁姚早就不顺眼很久了。

本命飞剑斩仙悬停在宁姚肩头一侧,阴神归窍,宁姚身穿法袍金醴,手持剑仙。就在此时,宁姚眯起眼,有些意外。

先有一粒剑光破开天幕,去向似乎是飞升城附近。再有一道更为完整的雪白剑光破开天幕,笔直一线从那尊神灵的后脑勺一穿而过,剑光越来越清晰,竟是个身穿雪白衣裳的小女孩模样,只是一撞而过,雪白衣裳上边裹缠了无数条细密金色丝线,小姑娘晕乎乎如醉酒汉,含糊不清嚷着"嘎嘣脆嘎嘣脆",然后摇摇晃晃,最终整个人倒栽葱一般,狠狠撞入宁姚脚边的大地中。

那尊再次折损大道的远古神灵蓦然消散,就此离去。

宁姚没什么犹豫不决,等飞升境再说。她弯下腰,将小姑娘姿容的剑灵天真像拔萝卜一般拽出。

宁姚问道:"怎么说?"

小姑娘盘腿坐在地上,双臂环胸,两腮鼓鼓气呼呼道:"就不说。"

飞升城内。

一位远游至此的年轻儒士,在酒铺那边找到了唾沫四溅的郑掌柜,毕恭毕敬作揖道:"赵繇拜见郑先生。"

今天酒铺生意兴隆,归功于宁丫头的祭剑和远游,以及后边的两道突兀剑光落人间,使得整座飞升城闹哄哄的,到处都是找酒喝的人。

郑大风笑着起身:"可喜可贺。"

赵繇轻轻点头,没有否认那桩天大的机缘。

赵繇年轻容貌,不过真实岁数已经奔四了。

郑大风其实最早在骊珠洞天看门那会儿,在众多孩子当中,就最看好赵繇,赵繇坐着牛板车离开骊珠洞天的时候,郑大风还和赵繇聊过几句。

一来郑大风每次去学塾那边,向齐先生请教学问的时候,经常会手谈一局,赵繇就在旁观棋,偶尔为郑先生倒酒续杯。

郑大风和赵繇勾肩搭背:"赵繇啊,这儿好看的姑娘,多是多,可惜你来得晚,留给你的不多啦。郑叔叔帮你选中几个,姓甚名谁,家住何方,芳龄几许,性情如何,境界高低,都有的,我编了本小册子,卖给朋友要收钱,你小子就算了,多光顾我这酒铺生意就成,往这儿一坐,读书人最吃香,尤其是年轻有为又相貌堂堂的,郑叔叔我也就是吃了点年纪的亏,不然根本轮不到你。"

赵繇苦笑道:"郑先生就别打趣晚辈了。"

这么多年的离乡远游，让赵繇成长颇多，昔年独自跨洲去往中土神洲，先是落难，却因祸得福，在孤悬海外的岛屿遇到了当时他不知身份的那位人间最得意。之后登岸一路游历，最终在龙虎山一座道宫落脚，修习道法，砥砺道心，不为境界，只为解心结。等到听说第五座天下出现，赵繇就下了山，走着走着，就来到了飞升城。因为这个选择，赵繇要想返乡宝瓶洲，就要八十多年后了。

郑大风一本正经道："开枝散叶，香火传承，这等大事，如何打趣得？"

赵繇笑着不说话。

郑先生的恭贺，是先前那道剑光，其实赵繇自己也很意外。

四把仙剑之一的太白剑身，一分为四，分赠四人：陈平安、刘材、斐然、赵繇。

杀力最大的剑尖，蕴藉剑气最多的一截剑身，剑意最重的剑柄，承载着一份白也剑术传承的剩余半截剑身。最终四个年轻人，各占其一。

郑大掌柜用屁股挤走了两个相熟的酒鬼，拽着赵繇在一张酒桌前坐下，要了铺子里两碗最好当然也最贵的酒水。

郑大风轻声问道："怎么来这儿了？你小子真舍得离乡未归百多年啊。"

赵繇笑道："就是比较好奇这座崭新天下，没什么特别的理由。这会儿其实挺后悔。"

郑大风轻轻叹息，算了算了，此地无银三百两，这种银子揪着心，旁人就别去扯了。

喝过了一碗酒，赵繇突然转头望了眼远处，起身结账告辞离去，郑大风也没挽留。

赵繇好似随便逛荡到了一条大街街口。

宁姚御剑极快，并且施展了障眼法，因为脚下长剑后边悬空坐着个小姑娘。

在宁府门口落地后，宁姚收剑入匣，小姑娘就干脆一屁股坐在地上。

宁姚走上台阶，没理睬身后，小姑娘只好自己起身，跟在宁姚身后。

赵繇本以为宁姚会往自己这边看一眼，他就好打声招呼，不承想宁姚浑然不觉，赵繇只好出声喊道："宁姑娘。"

宁姚停下脚步，转头问道："你是？"

赵繇笑道："骊珠洞天，赵繇。"

宁姚问道："然后？"

先前宁姚是真认不得此人是谁，只当是远游至此的扶摇洲修士，不过因为四把剑仙的关系，宁姚猜出此人好像得了一部分太白剑，好像还额外得到白也的一份剑道传承。但是这又如何，跟她宁姚又有什么关系。

等到这会儿赵繇自报姓名，宁姚才终于有了些印象，当年她游历骊珠洞天，在牌坊楼下，此人就跟在齐先生身边。

赵繇被宁姚问得哑口无言，他刚要硬着头皮说几句客套话，只见那个不知身份的古怪小姑娘扯了扯嘴角,斜瞥了一眼赵繇,然后翻白眼,最后扯了扯宁姚袖子,稚声稚气道:"娘,咱爹活得好好的哩,这不刚得手一截仙剑太白的剑尖,娘亲你跟爹打个商量,以后当我嫁妆吧?咱年纪还小嘞,可舍不得嫁人离开爹娘身边,就按照爹的家乡习俗,先余着呗。"

在玉圭宗护山大阵和蛮荒天下军帐之间的广袤战场上空,一袭鲜红法袍的飞升境大妖重光悬空而立,他身上法袍名为沉彩。进入浩然天下之后,重光负责统筹三大军帐战事,在桐叶洲炼化了不计其数的战场魂魄,故法袍越发鲜艳,细看之下,每当法袍表面泛起轻微涟漪时,便是小天地当中大河万里、血海滚动的惨烈场景,数百万魂魄幽灵如同置身于炼狱油锅当中,被一种类似大火走水的炼化法门烹煮。这件法袍便是重光试图再造一条"幽明光阴"的合道之物,亦是重光将来跻身十四境的大道根本契机所在。

如今桐叶洲别处再无战事,重光就专门盯上了玉圭宗,因为甲子帐那边给出承诺,只要他能够斩杀姜尚真,战功相当于斩杀一位飞升境,类似萧愻剑斩玉圭宗的上任宗主飞升境荀渊。

又因为剑气长城那位年轻隐官披了件相同颜色的法袍,所以如今重光有了个"老隐官"的绰号,他对此还挺得意。

坐等玉圭宗覆灭的大妖重光,猛然抬头,他毫不犹豫,驾驭本命神通,大袖当中飘荡出一条鲜血长河,没了法袍禁制,那些长河当中数十万残破魂魄的哀号响彻天地。长河浩浩荡荡撞向一张大如蒲团的金色符箓,后者突兀现身,带着一股让大妖重光备感心颤的浩然道气,重光不敢有任何怠慢,只是不等鲜血长河撞在那张渺小符箓之上,几乎一瞬间,就出现了成百上千的符箓,是一张张山水符,桐叶洲各国五岳、江河,各大仙家洞府的祖山,在一张张符箓上显化而生,山矗立水萦绕,山脉舒展水蜿蜒,一洲山水相依。

莫不是中土神洲的符箓于玄?

重光稍有犹豫,便驾驭鲜血长河当中的那拨强大英灵鬼物,稍稍后撤到江河尾端水域,反正如今这处战场,还有王座袁首负责督军,私底下重光和袁首有过一桩约定,重光只要姜尚真那条命,此外玉圭宗一切山头、修士都归袁首。

一位丰神俊朗极有古风的年轻道人凭借自创的山河跨洲符现身桐叶洲南端战场,只见身穿黄紫道袍的年轻道士,一手托一方五雷法印,一手掐指剑诀,一道雪白虹光骤然亮起天地间,让旁人根本分不清是符箓之术,还是剑仙飞剑,瞬间就将那条鲜血长河直接拦腰斩断。

重光心中惊骇万分,叫苦不迭,再不敢在此人眼前卖弄幽明神通,他竭力收拢溃散的鲜血长河归入袖中。不承想那个来自龙虎山天师府的黄紫贵人,一手再掐道诀,大妖重光身边方圆百里之地出现了一座天地并拢为方正牢笼的山水禁制,好似将重光拘押在了一枚道凝玄虚的印章当中。赵天籁再一手高举,法印蓦然大如山岳,砸在飞升境大妖重光头颅上。

重光只得现出真身,却依旧未能撞开法印,不但如此,重光在那方法印压制下,笔直坠地。

大妖真身被镇压得直接趴在了地上,重光不愿就此坐以待毙,他双手撑地,想要以背脊拱翻那枚法印。

重光不但擅长消耗战,本命遁法更是蛮荒天下的一绝,所以哪怕和一位大剑仙对敌,重光依旧丝毫不惧,比如中土神洲十人,哪怕周神芝与怀潜联手,重光虽说对敌其中之一都谈不上胜算多大,可好歹想撤就撤,无非是狼狈些,折损些大道根本之外的身外物,但是重光就怕符箓于玄这等更不怕消耗战的老神仙,更怕传闻一手天师法印、一手持仙剑万法的龙虎山赵天籁!

赵天籁飘落在法印之上,双脚触及印面之时,法印一个势不可当的轰然下坠,将试图挣扎起身的大妖重新压下,战场上顿时尘土飞扬,遮天蔽日。

除了法印压顶大妖,更有九千余条闪电雷鞭,声势壮观,如有四条瀑布共同倾泻人间大地,将那个撞不开法印就要遁地而走的大妖拘押其中。法印不但镇妖,还要将其当场炼杀。

一棍迅猛砸来,倾力一击,有开天辟地之声势。

赵天籁真身纹丝不动,只是在法印之上现出一尊道袍大袖飘荡、浑身黄紫道气的法相,抬起一只手掌挡住长棍,同时一手掐诀,五雷攒簇,造化无穷,最终法相双指并拢递出,以一道五雷正法还礼王座大妖袁首,近在咫尺的雷法在袁首眼前轰然炸开,打得御剑持棍的袁首眼冒金星,只得拖棍而走,脚踩飞剑一并踉跄后退,一口气撤出数十里才稳住身形。

好道人,好雷法,不愧是龙虎山大天师。

袁首虽然不太介意法印下边那头飞升境的生死,但是如果重光这个家伙死在自己眼皮子底下,终究不好跟甲子帐交代,尤其是周密那厮,如今更是让袁首忌惮万分,他与仰止合计过,双方最好都别靠近周密,所以袁首才来桐叶洲最南边的玉圭宗战场,仰止则去了南婆娑洲战场。

赵天籁那一尊法相黄紫两色道法真气凝聚在三丹田,如有三座星辰盘旋不定,斗转星移,繁密却有序。

一只手掌拦长棍,一记道诀退王座,赵天籁真身则环顾四周,微微一笑,抬起一只洁白如玉的手掌,手掌晶莹剔透,虚实不定,赵天籁最终凝神望向一处,一双眼眸中隐约有日月光彩流转,然后他轻喝一声"定"。

吾法笃定，精神专一，气合体真，专克遁术。万鬼精怪，魑魅魍魉，虽能变形隐匿，而不能在我镜中影变丝毫。

龙虎山大天师赵天籁以一手出神入化的镜诀，将好似"蜕皮"离开真身而非什么阴神远游的大妖重光定身在一条好似被冰冻起来的光阴长河当中。

大妖重光怒吼道："袁首救我！"

"废物只会聒噪！"袁首怒骂一句，不过仍是选择救下重光。袁首蓦然身高千丈，一棍砸向那尊天师法相，后者双手五指均收伏在掌心，五指攒簇正法，雷法分出五色光彩，正是龙虎山天师府秘术之一的道诀五雷指。

世人只传凡有妖魔作祟处必有桃木剑天师，却不知道凡入山渡江、祛病治邪、请神救鬼，龙虎山天师皆有掐诀书符，雷法浩大，邪祟避退。赫赫天威，震杀万鬼。

一般的天师府黄紫贵人，生成这门指诀，就该言出法随，施展雷法，但是那尊大天师法相却再改道诀，五雷缠绕手腕之外，又双手背对，右上左下，双手中指和无名指相互勾连，左手向外旋转，最终两手掌心皆向上，掌上造化万千，如有雷鸣震动，与此同时食指勾食指、小指勾小指，一气呵成，雷光交织，一瞬间就结出一记反手翻天印。

加上先前蓄势待发的五雷指，赵天籁法相已是两印在手，道法蕴藉双手，如同一道雷法天劫高悬战场上空。

可远道而来的赵天籁依旧意犹未尽，电光石火之间，又结紫薇印，再施展一门玄妙神通，以一法生万法，紫薇手印不动如山，但是有法相双手虚相，稍稍变换手指道诀，一鼓作气再起伏魔印和天罡印。又以三清指，生化而出三山诀，再变五岳印，最终落定为一门龙虎山天师府秘传的"雷局"。

一法生万法，万法归雷法。且有一座八卦图阵缓缓旋转双手之外，加上三座斗转星移的大千气象，又有五雷攒簇一掌造化中。

赵天籁到了战场后也不说一字，就要打杀一头飞升境大妖，不但脚下法印已经镇压大妖重光，看样子还要与王座袁首分个胜负生死。

龙虎山大天师赵天籁好像要一人勘破所有天道真意。一道道指诀、手印、雷局，当真只是龙虎山大天师法相的弹指之间，便是一位玉璞境修士都无法看清赵天籁的天师法相到底掐了几记道诀，更别谈看清楚赵天籁如何握捻法诀。而且赵天籁好像根本不需要持咒稳固道法真意，所以这都不算是什么玄之又玄的言出法随，而是在山巅修士当中流转的"心起道生，万法归一"。

最终赵天籁法相掐诀收官，竟是将所有道诀法印合成了一记剑诀。如手托一轮白日，光芒万丈，宛如九万剑气同时激射而出。

玉圭宗修士和蛮荒天下的攻伐大军，不管远近，无一例外，都不得不立即闭上眼睛，绝不敢多看一眼。

片刻之后，天地寂静。好像是那雷声大雨点小的光景？只是再一看，王座袁首竟然手中无长棍，而是破天荒单手持剑，悬空站立在百里之外，手中拖曳着那头法袍破碎大半的大妖重光，重光整个背后都血肉模糊，以一头飞升境的坚韧体魄，仍是不见丝毫痊愈迹象。

大妖重光奄奄一息道："谢过袁老祖救命之恩。"

袁首低头一看，突然松开手，再一脚踩穿重光胸口，轻轻拧转脚踝，更多搅烂对方胸膛，他提起手中长剑，抵住重光的额头，大怒道："好家伙，先前一直装死?！当我的本命物不值钱吗?！"

重光由着袁首的泄愤之举，袁首脚下对自己造成的这点伤势，哪里比得上赵天籁那份法印道意和在本命法袍血海中的翻江倒海。今天这场没头没脑的厮杀，差点儿让重光在桐叶洲的大道收益全部还回去。只不过袁首愿意出剑斩剑诀，救下自己，重光还是感激万分，都不敢伸手去稍稍拨开剑尖。重光无奈道："袁老祖，那龙虎山大天师剑印两物，最是天然压胜我的术法神通。老祖今日折损，我必会双倍偿还。"

袁首一探臂，手中又多出一根铭文定海的长棍，只不过折损得越发厉害了，先后经历过与白也和赵天籁的两场大战，这根长棍事实上已经名存实亡。除非将来能够炼化一整条大渎，才能恢复，只是近一些的那条宝瓶洲齐渎、更远些的北俱芦洲济渎，袁首如今都不太愿意靠近了。

大妖重光站起身，心中悲愤万分，除了法袍折损大道之外，被赵天籁法印镇压在地，又有无数雷鞭炼化体魄，使得他神魂伤势远远比表面看上去更重。只是蛮荒天下强者为尊，许多大道之争都在搏杀上，一旦他被附近三大军帐知晓真正伤势，肯定会有不少野心勃勃的晚辈要蠢蠢欲动，试图取而代之。

赵天籁已经收起法印，一场独力面对一王座一飞升的厮杀，这位当代大天师从头到尾都显得云淡风轻。

当然和袁首不愿真正搏命也有些关系。

赵天籁来到玉圭宗祖山，与恭候已久的宗主姜尚真打了个稽首。

龙虎山天师府道号无累的童子，负责看家，独自盘腿坐在伏魔殿外，盯着那张历代大天师重重加持的符箓封皮。至于仙剑万法的那把剑鞘被无累搁放在了水井那边。

姜尚真还了个不合规矩的道门稽首，算是大礼了。只不过姜尚真这种人，行事向来百无禁忌，只要这位帮宗门解了燃眉之急的大天师赵天籁愿意，说不定他揉肩敲背都没问题。

姜尚真笑道："大天师术法无敌，收放自如，姜某人都没机会祭出飞剑。原来一境之差，何止天壤之别。"

赵天籁笑着摇头，然后感慨道："好一场苦战死战，玉圭宗不容易。"

姜尚真说道:"比起咱们那个身为一洲执牛耳者的桐叶宗,玉圭宗修士的骨头确实要硬几分。"

桐叶洲北边的桐叶宗如今已经归顺甲子帐,一群老不死的挺尸一般,当起了卖洲贼。所以地盘相当于两个半宝瓶洲的一洲山河大地,就只剩下玉圭宗还在负隅顽抗。桐叶宗倒戈甲子帐后,玉圭宗一下子就越发岌岌可危,如果不是原本四处游荡的宗主姜尚真重返宗门,估计这会儿一洲大地就真没什么战事了。

姜尚真当初被一洲险峻形势逼得只得现身,重返自家山头,确实有些心烦,如果不是玉圭宗快要守不住了,实在由不得他继续在外逍遥,不然他宁愿当四处乱窜的过街老鼠,自由自在,四处挣战功。

果然,祖师堂那张宗主座椅,比较烫屁股。早知如此,还当个屁的宗主,当个云游一洲四方的周肥兄,暗戳戳丢一剑就立马跑路,岂不痛快。

玉圭宗原本上五境修士济济一堂的祖师堂,椅子已经空去大半,别说各位祖师、谱牒嫡传,就连供奉客卿都死了不少。这也就罢了,关键是玉圭宗那么多张年轻面孔,说没就没了,还一个个毫不惜命,战死得轰轰烈烈,自以为死得其所了,傻不傻? 连姜尚真这种自认足够铁石心肠、无情无义的人,都要忍不住辛酸到近乎心碎。

姜尚真问道:"天师,白也真死了?"

赵天籁点点头:"若说十四境白也,可算真死了。世间再无仙剑太白。"

姜尚真叹了口气:"这场仗打得真是谁都死得。"

赵天籁说道:"以前浩然天下的山上修士,尤其是中土神洲,都觉得蛮荒天下的所谓十四王座,至多是中土十人靠后的修为实力,如今白也一死,就又觉得整个浩然十人或是十五人,都不是十四王座的对手了。"

姜尚真无奈道:"打架一事,蛮荒天下的畜生们行不行,中土神洲就没点数吗?"

很快,姜尚真就自问自答道:"当然没数,剑气长城心中有数,浩然天下心中没数。"

九弈峰的那九座剑阵,早已荡然无存。大妖重光之外,袁首也亲临玉圭宗,除了名义上帮着重光指挥调度妖族攻伐山头之外,也会时不时现出搬山真身,一棍棍砸向山水阵法,却也不倾力出手,不去刻意针对修士或是玉圭宗祖山,只说既然你们山头有钱,家底厚,那就看看到底有几枚神仙钱。

袁首还曾撂下一句:"爷爷连白也都杀得,一个仙人境姜尚真算什么。"

金甲洲一洲覆灭之前,蛮荒天下一座军帐再次施展镜花水月手段,一幅画卷反反复复,就一个画面——刘叉一剑斩杀十四境白也。浩然天下再无最得意,再无诗无敌。

这幅枯燥乏味却又惊心动魄的画卷,玉圭宗修士也瞧见了,姜尚真如果不是听了龙虎山大天师赵天籁亲口确定,一直不敢相信,也不愿相信白也已死。

所以先前姜尚真实在是心烦意乱至极,以至于有次主动离开山水大阵,找到那头飞升境畜生，实实在在单挑了一场。

双方一场各自压箱底手段尽出的厮杀搏命，打得天翻地覆，不说妖族，就连玉圭宗许多相对年轻的谱牒仙师，对于姜尚真的真实战力都不太清楚深浅。他们多是从师门长辈、祖师那边道听途说，早年只听知道风流倜傥又臭名昭著的姜氏家主，跑路功夫天下第一，所以一直以来，姜尚真只要出手，打那境界高的，保证能活，打修为低的或是境界相当的，对方必死无疑。

等到亲眼见识过了那场厮杀，才知道原来姜宗主如此能打，一片柳叶斩仙人，是如此凌厉无匹。

赵天籁歉意道："仙剑万法，必须留在龙虎山山中，因为极有可能会有意外发生。"

姜尚真破天荒没有现出混不吝神色，更没无赖言语，反而脸色凝重，眼神诚挚点头道："天师能够跨洲来此降妖，已经仁至义尽，我们玉圭宗不会昧良心奢望更多。"

这就是跟真正聪明人打交道的轻松所在。

姜尚真蹲在崖畔，轻声道："天师稍作休息，最好去护着那棵梧桐树，那是镇妖楼阵法中枢所在，玉圭宗还能支撑一段时日，长则半年，短则三月。只是劳烦天师离开之时，帮忙带走一座云窟福地。一些个年纪小的，都会被我按着脑袋丢进福地去。至于一些个相对年纪大辈分高的，想留下就留下吧。"

赵天籁说道："事已至此，姜宗主不如带人一并迁徙离开？人存地失，终究有希望人地皆存。可如果人亡地存，就肯定会人地两失。"

姜尚真摇摇头："如太平山、扶乩宗那般，我们玉圭宗确实学不来，不过学谁都别学桐叶宗，姜尚真再不要脸，这点脸还是要的。如果不当这个宗主，自然哪里都去得，可既然当了宗主，哪怕被打肿脸，也要乖乖受着。况且我要是走了，那么玉圭宗一代代修士积攒了数千年的心气就算全毁在我手上了，以后的玉圭宗，哪怕表面香火鼎盛，谱牒仙师再多，都只是个竹篾纸糊的空架子。"

赵天籁笑着点头，对姜尚真刮目相看。

山上传闻，真真假假，山水邸报之上，一些个大义凛然言之凿凿的言语，反而就那么回事，一部分真相，只会远离真相，倒是某些三言两语一笔带过的，反而藏着余味无穷的浩然正气。

姜尚真不知从哪里找来一棵草嚼在嘴里，突然笑了起来，抬头说道："我早年从大泉王朝接了一位九娘姐姐回家，听说她和龙虎山那位天狐前辈有些渊源。九娘心高气傲，对我这个花架子宗主，从来不假颜色，唯独对大天师一向仰慕，不如借这个机会，我喊她来天师身边沾沾仙气？说不得以后对我就会有几分好脸色。债多不压身，大天师就别跟我计较这些了？"

赵天籁微笑道："当然可以。"

大泉王朝边境客栈的掌柜九娘，真实身份是浣纱夫人，九尾天狐。龙虎山天师府那位名动天下的护山供奉炼真却是十尾天狐。

　　得了姜尚真的一道"敕令"传信，九娘立即从昔年姜尚真的修道之地御风而来，落脚处距离两人颇远，然后快步走去，对龙虎山大天师施了个万福，赵天籁则还了一个道门稽首礼。

　　姜尚真对此视而不见，只是蹲在崖畔眺望远方，没来由想起祖师堂那场原本是恭贺老宗主破境的议事，没来由想起当时荀老儿怔怔望向大门外的白云聚散，姜尚真知道荀老儿不太喜欢什么诗词歌赋，唯独那篇有"归去来兮"一语的抒情小赋，最是其心头好，理由更是古怪，竟是只因为开篇序文"余家贫"三字，就能让他喜欢一辈子。

　　老宗主荀渊其实生来就是山中人，衣食无忧，修行无忧，大道路上可谓顺风顺水，所以连姜尚真都想不明白，这么个荀老儿怎就偏偏对这三个字情有独钟。

　　姜尚真一直蹲在原地，由着九娘向赵天籁询问些修行关隘事。姜尚真嚼烂了草根，嘴中空无一物了，依旧下意识地用牙齿嚼。

　　余家贫。与君借取青竹杖，从此深入白云堆，芒鞋踏破无人管。田园将芜胡不归？

　　姜尚真后仰倒去，双手枕在后脑勺下边。

　　自己担任供奉的落魄山，那座莲藕福地提升品秩为上等福地，姜尚真注定无法观礼了，所以当时手握福地，收纳桐叶洲难民时，早早留下了几份礼物在福地，除了必需的天材地宝神仙钱之外，姜尚真还随手插柳成荫，在福地那边圈画出一块私人地盘，终于有点祖师堂供奉该有的架子了。只是不知为何，柳树水畔，姜尚真亲手种下了最寻常的一株山野香草，香草名为蘅芜。

　　柳成荫，花也开。只希望有朝一日，心上人远远去，念念人犹还在，柳荫纳凉看花开。

　　有一袭鲜红法袍安安静静悬在高出城头数丈的空中，双袖垂下，若是偶有风过，就随风飘荡，就如江河之上的一叶浮萍，又像高出城头些许的一朵孤零零红云。

　　习惯了天地隔绝，等到周密不知为何撤去甲子帐禁制，陈平安反而有些不适应。好在这种感觉并不让人陌生，当年竹楼练拳久了，被喂拳多了，等到下山远游，陈平安也会浑身不自在。

　　在这之后，真有不怕死的妖族修士，咋咋呼呼、嗷嗷叫着潇洒御风过境，完全当脚下的年轻隐官不存在。他们倒是不敢登上城头赏景，因为那些杀之不死却个个相当于地仙剑修的剑仙英灵如今还在城头各地驻守。

　　一开始陈平安还担心是周密的算计，便拗着性子让一个又一个的妖族修士从高处掠过城头。

陈平安将一个和自己境界相当的大妖殷勤挽留下来，客套寒暄一番，由着对方登门送礼，一大通术法纷纷乱乱砸下，打得那叫一个酣畅淋漓。陈平安一边乖乖挨着打，一边用比对方还要字正腔圆的蛮荒天下大雅言问了些小问题，只可惜对方答话言语都太不见外，真把自己当贵客了，没半句有用的消息，最后陈平安只好自己打散身形，那头金丹境大妖肆意大笑，然后蹲在对方身后城头上的隐官大人，揉着下巴，遥遥看着那头英雄了得的大妖，都不知道是该陪着对方一起乐和，还是该送他一程。

怎么就不是条汉子了？

除了最早那头时运不济的过境妖族被陈平安拽落，以伪玉璞境界当场打杀。此外，出拳之人是上任隐官萧愻，出剑之人是王座龙君，比拼术法神通的是年轻十人之一的赊月。是谁都能够打杀一次隐官大人的吗？

所以作为待客之礼，陈平安将那头金丹境大妖的脑袋拧了下来，不去管无头尸体，只是将那颗头颅高高丢起，身形旋转一圈，一脚踹出去几百丈。

禁制一去，这般怪事趣事就多。

有妖族修士不敢跃过城头，就只是御风升空，稍稍拉近距离，欣赏那些城头刻字。

对面城头，还有过一位攀墙登顶的少年妖族武夫，扬言要和陈平安切磋一场，不过得等他再习武三十年。

还有来自蛮荒天下最南方疆域的三个妖族剑仙，联袂御剑来此游历，却也不去浩然天下，就只是在此赏景一番，就转身返回家乡。

又有一拨年轻女子容貌的妖族修士，大概是出身大宗门的缘故，十分胆大，以数只白鹤、青鸾牵动一架巨大车辇，站在上边，很是莺莺燕燕，叽叽喳喳说个不停，其中一个施展掌观山河神通专门寻觅年轻隐官身形，终于发现那个身穿鲜红法袍的年轻人后，个个雀跃不已，好像瞧见了心仪的如意郎君一般。

好嘛，大的小的，公的母的，一个个当这是一处远在天隅的游览胜地了？

陈平安抬起一掌，五雷攒簇，砸出一道去势惊人的雷法。那施展掌观山河神通的宫装女子脑子进水一般，不去打散雷法，反而以袖里乾坤的上五境神通，硬生生将一道雷法装入袖中，炸碎了大半截法袍袖子，然后她非但没有半点心疼，反而抬起手，抖了抖袖子，满脸得意，好似在和身边闺阁好友们显摆什么。

陈平安站在城头那边，笑眯眯和那架宝光流转的车辇招招手，想要雷法是吧，凑近些，管够。看在你们是女子模样的分上，老子是出了名的怜花惜玉，还可以多给你们一些。到时候礼尚往来，你们只需将那架凤辇留下。

看样式，是一架帝辇无疑了，除了几头仙禽不说，车轮竟是分别以些许月魄、日精炼化而成，至于车辇外饰，更是极尽豪奢，前垂一挂车帘，竟是郁罗萧台、玉京丹阙的图案。这要还只是一件法宝渡船，而非半仙兵品秩的话，陈平安就白当那么多年的包袱斋了。

可惜只见那车辇依旧悬停不动,那些女修却一个个眼神熠熠、秋波流转,竟是瞬间安静下来,死死盯住掌上山河画卷中的年轻隐官,窃窃私语,好像是在对大名鼎鼎的隐官大人评头论足。

风水轮流转,以前只有陈平安恶心龙君、离真的份,如今倒好,遭报应了。

一阵罡风吹拂过城头,那袭扎眼的鲜红法袍便再次随风飘荡起来。

来剑气长城远游赏景的妖族修士,络绎不绝,乱七八糟一大堆,真正来城头这边找死的大妖却越来越少。只不过所有收获,陈平安一件不取,很不包袱斋。

陈平安好似酣睡,双手叠放腹部,呼吸绵长,背靠一把狭刀斩勘,只是狭刀被宽大法袍遮掩了踪迹。

陈平安的一个个念头神游万里,有些交错而过,有些同时生发,有些撞在一起,混乱不堪,陈平安也不去刻意拘束。

是法平等,无有高下。心无挂碍,无挂碍故,无有恐怖,远离颠倒梦想。

坐镇城头的那位儒家圣人,曾经跟人说他在想那人欲天理之争,只是一直没能想出个所以然来。只是觉得既有的盖棺定论,不太妥当。

扶乩宗喊天街的山上物件是真好,就是价格真高。

岳青、米祐他们战死之时,城池飞升已经远去,那些远游剑修,都未能瞧见两位大剑仙此生的最后出剑。

两位大剑仙,剑气长城的巅峰十人的候补,就那样说走就走,都没什么打不打招呼的,不撂下半句豪言壮语。

如果连老子都死在这里了,最后谁来告诉世人,你们这些剑仙到底是怎么个剑仙,是怎么个豪杰斫贼书不载?!

你们都给老子活过来,老子要问剑,一人问剑你们一群剑仙,什么岳青、米祐、孙巨源、高魁、陶文,全都加上,有一个算一个,老子要是皱一下眉头,就跟老大剑仙一个姓!

剑仙之外,不是剑仙的剑修,年老的,年轻的,身死道消更多。留在战场上,死在战场上。

我还没有去过太平山。也还不曾见过雪落后的蜃景城,会是怎样一处人间琉璃境地。

坐镇天幕的三教圣人之一,是青冥天下白玉京神霄城的城主,不知道远游青冥天下的剑修,董黑炭和晏胖子他们,会不会去游览一番。

不知道那个头顶莲花冠的白玉京三掌教余梦到底如何,大道显化七物又会如何。

先前看到了睚月身上的那件甘露甲,如身披七色彩衣。很难不想到当年那个喜欢在城头上荡秋千的女子剑仙周澄。她的本命飞剑七彩,剑光同样分出七色,就像一人拥有七把本命飞剑。这样的遗憾,实在太多太多。

刘材。陆抬。

身为练气士,竟然会恐高。还有那玄之又玄的体质,陆抬身为陆氏嫡系,修为境界却不算高,虽说陆抬一身法宝倚仗多,也能打消许多疑虑,但是陆抬身边没有任何护道人,就敢跨洲远游宝瓶洲、倒悬山和桐叶洲。双方最早相逢于老龙城范家渡船桂花岛,后来在春幡斋,陈平安让韦文龙私底下翻阅过最近三十年的登船记录,陆抬并非中途登船,的的确确是在老龙城乘坐的桂花岛,陆抬却从不言说自己游历宝瓶洲一事。不过当时陈平安信不过的是中土阴阳家陆氏,而非陆抬,事实上陈平安早已将陆抬视为一个真正的朋友,跟君子钟魁是一样的朋友。

但是在飞鹰堡,陈平安曾经有过古怪感受,遇到过一个人。陆抬说过自己有两个师父。后来陆抬竟然能够附身在一个女子身上,暗示自己已经身在一处洞天福地中。东海观道观老观主,作为屈指可数的十四境之一,规矩极重。所以陆抬单凭自己,肯定没有这个本事去打破藕花福地的规矩,以老观主的身份来历,又绝不至于卖中土陆氏这么大的面子。

所以陈平安无比希望当时造访剑气长城的棉衣圆脸姑娘就是那个万一,是刘材。所以赊月才会疑惑,询问陈平安为何确定自己不是刘材之后会恼火。

陈平安不是愤怒陆抬是那个"一",而是愤怒让陆抬逐渐成为那个"一"的幕后主使。

陈平安甚至想过无数种可能,比如以后如果还有机会重逢的话,陆抬会不会手拎一串糖葫芦,笑意盈盈,朝自己走来。

怎么办?只能等着,不然还能如何。

四岁之后的多年困顿,和一场突如其来的人生绝境,让一个原本习惯了一无所有、哪怕有什么都觉得留不住的执拗少年,好像自然而然变成了另外一个人。大道不该如此小。行走天下,从来就没有遇到一个坎就绕过去的时候……

一直在闭目养神的陈平安突然睁开眼,袖袍翻转,一瞬间就站在了城头崖畔。

有一拨蛮荒天下不在百剑仙之列的剑修,陆陆续续到了对面城头,大多年轻面孔,开始潜心炼剑。

只不过没了龙君坐镇城头,又无甲子帐的山水禁制,所以百余个剑修都离崖畔极远,免得被对面某个家伙随便一剑剁掉头颅。

一个年轻妖族剑修得到一缕纯粹剑意后,一袭鲜红法袍的年轻隐官只是双手拄刀站在崖畔,遥遥望向对岸,纹丝不动。

那个面容年轻、岁数也年轻的剑道天才,御剑去往浩然天下之前,稍稍更换御剑轨迹,不过仍是极为谨慎,最后朝年轻隐官咧嘴一笑。

陈平安转头望向南边。

极远处有一道虹光激射而至，骤然停止，飘落城头，是一位相貌清癯的消瘦老者，穿道门法衣，外披氅服，腰间系挂一支竹笛，青竹色泽，苍翠欲滴，一看就是件有些年月的值钱货。

老者环顾四周，不见陈平安身形，蛛丝马迹倒是有些，流转不定，竟是以浩然天下的大雅言笑问道："隐官何在？"

陈平安缓缓在对面城头现身，双方隔着一条城墙道路。陈平安笑问道："老前辈瞧着好风度，穿法衣披氅服，意清净貌棱棱，仙风道貌很岸然。是顶替龙君来了？"

老者不计较陈平安的含沙射影，笑着摇头道："老朽化名'陆法言'多年，因为早年很想去你家乡，见一见那位陆法言。至于老朽真名，巧了，就在你身上刻着呢。"

陈平安恍然大悟道："如此说来，老前辈真的有点老了，不然当不了切韵的传道恩师。"

"隐官大人果然学问驳杂，又有急智。"老者微笑道，"只不过隐官大人的那些打油诗，于韵律不合，平仄更是一言难尽，实在让老朽道听途说都要揪心几分啊。"

陈平安好奇问道："到过十四境？"

老者点点头。

陈平安跟着点头道："可以，很可以，我要是活到老前辈这般岁数，至多二十八境。"

这头王座大妖切韵和斐然的师父笑呵呵道："年纪轻轻，活得好似一位药王爷座下童子，确实可以多说几句荒唐话。"

陈平安一身正气道："老前辈再这么阴阳怪气，可就别怪晚辈破例骂人了啊。"

双方看似叙旧，可若是随便换一个地方，只要不是这座合道城头，估计陈平安这会儿，要么已经被对方一巴掌打碎魂魄，要么生不如死。

如今的陈平安，面对一位到过十四境的飞升境大修士确实没法打。

老人问道："想不想知道剑修龙君当时面对陈清都那一剑，临终言语是什么？"

陈平安感叹道："还能如何，多半是那骂人言语？龙君老贼，确实擅长此道，这些年来我没少领教，苦头吃饱。"

老人摇头道："错了，是'龙君领剑'四字。"

陈平安叹了口气，果然如此。那就旧账一笔勾销，龙君那些出剑，就当是问剑自己了。以后如果还有机会返乡，可以拿来劝酒刘景龙。

老人问道："说说看，图个什么？"

陈平安双手笼袖，笑眯眯道："就图个我站在这里很多年，王座大妖一个个来一个个走，我还是站在这里。"

"我那弟子云卿，是死在你手上？死了就死了吧，反正也未能说服老聋儿叛出剑气长城。"

老人突然说道："云卿可有遗物留下，比如那支名为谪仙人的半仙兵竹笛。"

陈平安默不作声。

云卿那支竹笛，在谪仙人之外，犹有一行小字，字与文，皆极美：曾批给露支风券。

如今龙君一死，方寸物、咫尺物看似皆可随便入，但越是如此，陈平安反而半点念头都无。

至于昔年关押在牢笼内的五个上五境妖族修士，分别是云卿、清秋、梦婆、竹节、侯长君。唯独云卿，和陈平安关系相当不差，陈平安甚至经常跑去找云卿闲聊。

陈平安再次瞥了眼这位清瘦风雅大妖的腰间竹笛，小篆七字稍大：蕲州水芹不需酒。

和云卿那支竹笛是近乎相同的形制样式。此外也有一句行草铭文：碧水青天两奇绝，老笛新悲竹将裂。

陈平安突然没头没脑问道："你如今算是周密的……阴神远游？曾经的十四境，至于沦落到这个地步吗？是不是太惨了点，你们家那位托月山大祖真不管管？"

若是换成询问一句"你和周密到底是什么渊源"，大概就别想要有任何答案了。

老者感慨道："周先生所言不虚，果然要多读书。"

陈平安忍不住笑道："这么喜欢自己夸自己，周先生你跟我学的？拜师了吗？"

反正认定眼前此人就是周密化身之一。

陈平安又说道："如今我道心一点就破，因为大势我认命，大事再坏也压不死我，所以你先前故意打开禁制，由着妖族修士乱窜，是为了趁我某次喝酒取物，好打碎我的咫尺物？或者说是奔着我的那支簪子而来？"

老者笑着点头。可惜眼前这个家伙还是比较谨慎。方寸物、咫尺物，甚至是袖里乾坤术法，都不去动一次。比起龙君在时，还要小心。

周密的阳神身外身，是王座白莹，自行修习大道，一步步跻身王座。但是阴神却与这副十四境皮囊融合，只不过这等好似改天换日的通天手段，托月山大祖没有任何帮忙，只是冷眼旁观，所以是周密以蛮荒天下的惯有手段，硬生生夺来的。

望向这个好像就快四十不惑的年轻隐官，周密双指袖中掐诀，先隔绝天地，再驾驭城头之上的光阴长河，缓缓道："陈平安，我改变主意了，披甲者还是离真，但是持剑者，可以将斐然换成你。"

年轻隐官陈平安一个跳起，就是一口唾沫，大骂道："你他妈这么牛，怎么不去跟至圣先师道祖佛陀干一架?！"

周密笑了笑，光阴逆流，收回那番言语，结果陈平安竟然笑道："失敬失敬，我方才肯定骂人了。"

饶是周密都有些烦陈平安，再次施展神通，逆转半座城头的光阴长河，直接变成自己刚刚露面现身、双方初次相逢的场景。

这一次陈平安只是皱眉不已，似乎有些摸不着头脑，不过蛛丝马迹其实是有的，那就是对面城头的些许天时变化，以及一个妖族剑修的气机流转，分心多用一事，加上陈平安走过多次光阴长河，所以确定身边此人动过手脚。

周密身形消散之前，只是摇头笑道："可怜一把剑鞘。"

图书在版编目(CIP)数据

剑来26：人间最得意 / 烽火戏诸侯著. —杭州：
浙江文艺出版社, 2021.10
　　ISBN 978-7-5339-6621-8

Ⅰ.①剑… Ⅱ.①烽… Ⅲ.①长篇小说—中国—当代
Ⅳ.①I247.5

中国版本图书馆CIP数据核字（2021）第184839号

选题策划	柳明晔
责任编辑	关俊红
营销编辑	宋佳音
封面绘图	温十澈
责任印制	张丽敏

剑来26：人间最得意
烽火戏诸侯　著

出版	浙江文艺出版社
地址	杭州市体育场路347号
邮编	310006
电话	0571-85176953（总编办）
	0571-85152727（市场部）
制版	浙江新华图文制作有限公司
印刷	杭州杭新印务有限公司
开本	710毫米×1000毫米　1/16
字数	327千字
印张	16.25
插页	2
版次	2021年10月第1版
印次	2021年10月第1次印刷
书号	ISBN 978-7-5339-6621-8
定价	48.00元

版权所有　侵权必究
（如有印装质量问题，影响阅读，请与市场部联系调换）